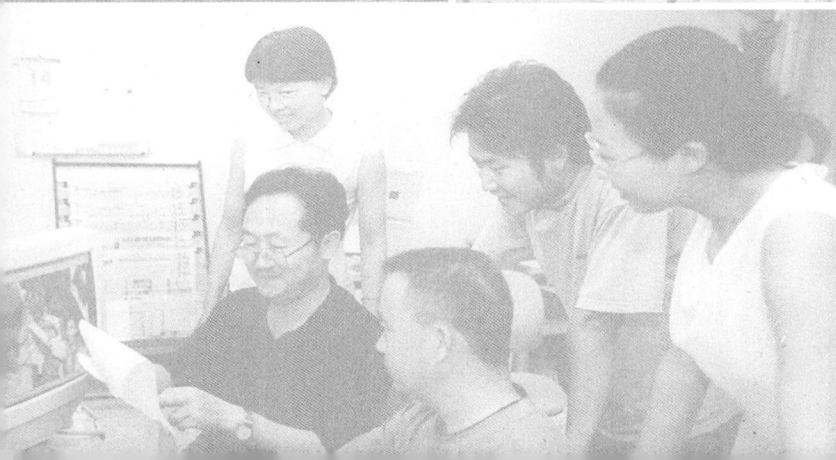

中山南街

47号

ZHONGSHAN NANJIE
SISHIQI HAO

张弦 著

黄河出版传媒集团
阳光出版社

图书在版编目（CIP）数据

中山南街 47 号 / 张强著. -- 银川：阳光出版社，2023.9

（阳光文库）

ISBN 978-7-5525-7043-4

Ⅰ.①中… Ⅱ.①张… Ⅲ.①中国文学－当代文学－作品综合集 Ⅳ.①I217.2

中国国家版本馆 CIP 数据核字(2023)第 188629 号

中山南街 47 号　　　　　　　　　　　　　　　　张　强　著

责任编辑　申　佳
特邀编辑　倪　慧
封面设计　晨　皓
责任印制　岳建宁

黄河出版传媒集团　阳光出版社　出版发行

出 版 人　薛文斌
地　　址　宁夏银川市北京东路 139 号出版大厦（750001）
网　　址　http://www.ygchbs.com
网上书店　http://shop129132959.taobao.com
电子信箱　yangguangchubanshe@163.com
邮购电话　0951-5047283
经　　销　全国新华书店
印刷装订　宁夏凤鸣彩印广告有限公司
印刷委托书号　（宁）0027388

开　　本　720 mm×980 mm　1/16
印　　张　24.75
字　　数　350 千字
版　　次　2023 年 9 月第 1 版
印　　次　2023 年 9 月第 1 次印刷
书　　号　ISBN 978-7-5525-7043-4
定　　价　88.00 元

序

好文不舍人世情

《中山南街47号》包括"本报讯/小故事""通讯/特写""人物/访谈""评论/献词""序言/手记""散文/随笔"6辑。作者张强与普通人无异,有亲人、师友、同学、同事、领导和各色社会交往(采访)对象。在成长过程中,辛酸、拼搏、远方、步履、泪奔、童心……还有农事、职场、饭粥、书画、沙山、鱼虫、窑洞、桥头,等等,给他留下了印记。他与你我一样,都是寻常生命。当然也有不一样的地方,那就是眼力。他眼里的人世间,他的散文、随笔、评论、通讯、特写、访谈、小故事、消息,流淌着时代、理念、感悟、情怀的江河,其中的思想性、趣味性,读者一旦接触,便不想放下。宁夏山里人说某人眼光深邃、独到,常说这人眼里有"水"。张强眼力时透纸背,眼里有滴"水"。

张强的笔头有只"手"。他的文章长短随内容,语言凝练、简洁,间有俗语俚语入章,常有风趣幽默散出,表达放松而文气连贯。用语貌似随意,实则字里行间有只看不见的"手",始终牵着那些跳跃的文字,使之有序起舞。所谓序,就是主旨,凝练、简洁、放松、随意、跳跃的字词句，只有契合主旨才是有意义的。张强文章繁简适度、收放自如、软中有硬，盖因笔头操控精细，不让符号"放了羊"。这是他笔力强劲的表现。

张强大学新闻专业毕业，记者、编辑出身，大江南北、宁夏山川留下了他的足迹。夜深人静之时，喧闹江湖之地，都不妨碍他"眼睛一眨点子出"。由于职业素养和习惯，他的脚力、脑力较好。

总之，张强的脚力、眼力、脑力、笔力的功底，造就他的文章可读耐读。选读几篇《中山南街47号》的文章就可印证。

《周易》曰："无平不陂，无往不复。"（没有只平而不坡，没有只往而不复）这是说事物是变化起伏的，丰富而不单一。又说"天地际也"，认为这是天地交流的现象。这在当时可理解，今天看来，与其说是"天地际"，不如说是人世情。智力正常者选文学、新闻方面的文章，会比较喜欢展现变化起伏丰富的文章。此所谓好文不舍人世情也。《中山南街47号》的文章，就是这样的好文。

各种写作的培训班和个人写作练习，或许需要好文做参考。《中山南街47号》应是可供选择的一本书。

王庆同

2023 年 6 月，于宁夏大学

王庆同，1936 年生，北京大学中文系新闻专业毕业，现为宁夏大学新闻传播学教授（退休）。出版专业著作四本、散文集（回忆录）六本。获中国新闻教育贡献人物、全国优秀新闻工作者、宁夏优秀新闻工作者、感动宁夏人物、宁夏百姓学习之星、宁夏离退休专业技术人才突出贡献奖等荣誉。

目 录
CONTENTS

中山南街 47 号

中山南街 47 号是宁夏日报报业集团的门牌号。

这里 2006 年以前叫宁夏日报社。我第一次走进这道大门，是 1983 年冬季的一个夜晚。1983 年秋季入学的宁夏大学中文系新闻专业 41 名同学（我在其中），第一学期被安排到宁夏日报社体验夜班编校工作。记得我们在大谢（高个儿的办公室主管谢景枫）带领下，楼上楼下看了几个编辑室，又来到办公大楼后院灯火通明的排字车间。组版编辑庞宏给我们讲解，还提示我们可以从浩瀚的铅字库中找寻自己的名字，找着可以拿走留作纪念。同学们纷纷找到了自己名字的铅字，如获珍宝，有的拿回去还用胶布绑紧，当名章用。11 点开夜宵，我们与夜班人员一起每人吃了一碗羊肉臊子面。碗大肉香面足，觉得美气得很，内心想着将来毕业能否成为正式员工，夜夜在这里吃羊肉臊子面。

1986 年春季开学，面对三个月实习单位的选择，有的同学选择去甘肃日报社、兰州晚报社，有的选择去宁夏电台、宁夏电视台，我毫不犹豫选了宁夏日报社。这样就有了第二次且长达三个月出入于中山南街 47 号的经历。1987 年 7 月大学毕业，我被分配到家乡的固原日报社。在固原日报社工作了五年时间，采写了很多稿件，其中有不少投给《宁夏日报》并刊发。内心是想通过多多发稿，引起关注，能够正式敲开中山南街 47 号的门。

1992 年五一之后，我如愿以偿跨入首府的中山南街 47 号，加入省级党报队伍，一头扎进去，再未曾离开。从入职第一天提暖水瓶到一楼后院打开水、紧握拖把把办公室地面拖亮起，白班夜班、编稿写稿、办报办网，在这里 30 年干了自己喜欢的职业。有多少工作日清晨赴岗上班，有多少长夜钟摆值守夜班，有多少文字篇章见诸报端，有多少亮人亮点留住留存！

就从总编辑李涌泽说起吧。

我调入宁夏日报社时，是李涌泽先生担任总编辑的第三个年头，其时正值《宁夏日报》新闻改革如火如荼，挟 1990 年 8 月"银川会议"（在银川召开的第一届全国报纸总编辑新闻摄影研讨会）劲风，改革创新步履强健。图文并重，两翼齐飞，版面浓眉大眼，亮点频现，好稿连篇——要闻版的新貌、民族团结版的特色、市场特刊的服务、西部周末版的可读等，成为西北乃至全国省级党报同仁公认的精品佳作。

1992 年 10 月下旬，总编辑李涌泽带着摄影记者田春林和我，由张新中驾着吉普 213（当时是宁夏日报社最好的车辆），驱车 400 多公里南赴泾源县采访。车进泾源县城，天空白雪飘飘。接下来的几天采访，钻山林，踏泥路，与被采访者倾心交谈，对风物景观用心拍照，我总能看见一个专注工作、精雕细刻的总编辑形象。在李涌泽先生的悉心指导下，我完成了《泾源，撩开你神秘的面纱》长篇通讯，在《宁夏日报》见报后，引起宁夏回族自治区旅游局、固原地委、泾源县的广泛关注。中山南街 47 号，初来乍到，能够跟随总编辑征战一线、挥笔写稿，是我在新闻工作经历中最大的荣幸和收获。

难忘被总编辑李涌泽推动着成长的细节。1995 年我在石嘴山市驻站，年初到岗不久，采写了《多种题材做文章，八仙过海奔小康》，并配发了短评《可贵的"一齐上"精神》。当天在《宁夏日报》头版头条见报后，李涌泽总编专门来到我所在的办公室，当面点赞这篇稿件，说："消息细节抓得好，评论写得扎实。"办公室坐着七八位同事呢，我感到非常光荣和满足。当年 5 月期间，本应当接二连三地在《宁夏日报》上发稿，但是有那么十几天，我因个人原因没有一篇稿件见报。月底回到单位大院，遇见总编辑李涌泽，他老远走过来，说出四个字："怎么回事？"我就知道说的是什么了，很愧疚，禁不住低下头。接着，我发奋地采访、写稿、发稿，再也不让老总牵挂，总是以"拿得出手的头条和硬新闻"回应关注和爱护。这种来自总编辑给予的工作上的"压力"，饱含着关切和鼓励，让我终身受益。

2019 年 9 月，我以《征程万里云鹏举》为标题，叙写了李涌泽先生有智有谋有魅力的报人形象，赞扬其在工作职场释放和呈现的光亮，感受他广纳人才、开门办报及推动下属成长的胸襟和作为，推崇他"最美不过夕阳红"的生命质量和富足精神。这篇长文收录于《守望新闻的岁月》一书。李涌泽先生看了很满意，并从美国他女儿家中回复微信："阅读了你写的通讯，我很高兴，也很受感动，感激之情油然而生。"我是由总编辑李涌泽提议，经考察、决定调入宁夏日报社的，滴水之恩，涌泉相报，用心写出我心目中在中山南街 47 号征战一辈子的老总，这是我愿意并力求做好的事情。

2019 年 11 月 8 日，惊闻老领导王树禾先生逝世，哀悼之际，一些曾经的细节从记忆中浮现：1998 年春天，树禾（当年中山南街 47 号大院上下都这么称呼）带着我出差七八天，其间在上海出行的一天，我怕累着老领导，就自作主张自费打了一次出租车。晚上上床休息前（我们住两人标间，副厅级的老领导在行程中始终没有提出住单间），他告诫我明天起还是乘公交好，不应该多花公家的款，也不要多花个人的钱。出差期间每晚睡前，我都借故上洗手间躲一阵，好让老领导脱衣放松躺下入睡。早晨醒来，尽量创造轻松气氛，我跑到楼道公共卫生间去方便。一天晚上，我们忙完公务散步，走到斜土路一带，在小店吃了大排面后，我请老领导到附近的八万人体育场看甲 A 联赛上海申花对阵青岛海牛。申花教练是波兰人安杰依，手里总是夹个烟斗，范志毅、祁宏、吴承瑛、申思等出场，老领导站起来随着身旁的球迷喊，把脖子都喊红了。在南京时我们一起夜走秦淮河畔，他鼓励我趁年轻要多干多写。走完秦淮河畔，我们一起逛了一家商场，老领导让我参谋，给他老伴和儿媳各买了一件上衣。在北京时住新华社 9 号楼，早晨在西门口一家河南人开的小店吃了豆腐脑。从这些细节，我见证了老领导朴素节俭的生活作风。至于工作阵地上涉及编采业务的难忘经历就更多了。

副总编辑王树禾与总编辑李涌泽一样，都是 1958 年宁夏成立后，从北京名校毕业的"五湖四海支宁人"，他们的家乡分别是吉林省和河北省，二位一生的工作阵地都在中山南街 47 号。树禾先生一直分管《宁夏日报》编采业务，大事清晰，小事轻松，与人为善，与人留趣，把稳角色，维护团结，自觉自律还有担当，他卓尔不群的品性和才华，影响和带动了一批新闻从业人员。树禾先生生前留下遗嘱：后事从简，不发布讣告，不搞遗体告别仪式，不宣读生平。宁报好记者，从来有榜样；职责阵地中，总有光亮人！

1992 年 5 月，我调入宁夏日报社，办理相关手续时，时任总编辑助理兼周末编辑室负责人的丁思俭，把我安排到新成立的周末版。我问能不能把我放到固原记者站当驻站记者，以方便照顾三岁的儿子，保持家庭团聚。老丁（同事们都这样称呼）说："创办周末版把你挖来要当骨干用，还要考虑到全国去组稿写稿，家里困难暂时克服吧。"

我就打消了顾家的念头，穿上在固原最大的商场民贸楼花 80 元钱新买的西装，打上领带，开始了《宁夏日报》周末版的编辑工作。果然是"走向全国"，当年 7 月 3 日周末版创刊号出版，我就带上报纸乘坐硬卧被派到北京去"抓稿子"。26 个小时的火车之旅，到达北京站。偌大京城，茫茫人海，一周下来我采写的稿子有《"讽刺与幽默"营地探访》《潇洒白沟》《京城报业再刮"清风"》等，发出来反响不错，老丁也很满意。当年9月，他又把我派到南京去采访潘振声，写了《潘振声"童心难泯"》。1993年4月下旬，湖北日报社邀请全国省级党报周末版的同行，主办"告别三峡行采访活动"，老丁又把我派去。这是我除北京之外，脚步到达最远的地方了。"读万卷书""行万里路""诗与远方"这样的词汇，我深有感触和体会。当然，老丁讲原则、爱工作、善待人的品质，深深影响着我和其他战友。

2013年8月，得知退休后的丁思俭先生在北京女儿家生活期间查出患有肺癌，我和妻子搭乘飞机到北京找到医院，来到老丁病床前。老丁说，很想回去看看宁夏日报社、见见老战友。由于治疗限制，这个愿望一直没有实现。2014年5月老丁去世，要将遗体运回银川安葬。杨兆海、赵梅花夫妇，昝树春、马银祥、杨树虎等，我们一起在银古高速路口迎接从北京开回来的运送车。老丁的爱人马少霞老师说："进城后先去宁夏日报社绕上一圈，经常念叨老地方、老同事，就让圆了梦吧。"几辆车就在中山南街47号缓缓行驶绕了一圈……

我的老师王庆同，最早是宁夏日报社的人。即便是1983年之后他成了大学老师、新闻学教授，但报人情怀、记者风范仍深深植根于他的心魂。中山南街47号更是他魂牵梦绕的地方。

1958年7月，22岁的王庆同老师从北大中文系新闻专业毕业，听闻刚刚成立的宁夏回族自治区需要人才，就与几位同学相约报名到宁夏工作。他们从北京坐火车来到银川，中山南街47号接纳了他们。

王庆同是浙江嵊州人（绍兴地区），他在宁夏无亲无故。1958年到1963年，王庆同在宁夏日报社干了五年，写了很多新闻作品。后来王庆同和几名同事被错划为"反革命集团"，下放到机关农场喂猪、放羊。

1966年秋天，政治形势升级，王庆同被迫告别中山南街47号，离开银川，先在盐池油坊梁劳动九年，后部分平反到青山公社工作六年。在油坊梁劳动改造最初的一年，王庆同不甘心，跑到银川打问风声，呈递诉状寻求转机，但难以跨进中山南街47号的大门。天黑了他没有"立身之地"，在解放街一带低头徘徊，被曾经的同事余再忠发现，把他带到家里管吃管住"藏"了几十天。余再忠、马国霞夫妇在友人患难之际伸出援手，令人感动，对此王庆同写有文章记录。余再忠已去世。在中山南街47号附近，我每次见到马国霞和儿子余佳斌，都会打招呼，并多次当面赞说他们的好。

1980年春，王庆同彻底平反，恢复政治名誉，恢复原工资级别，恢复团籍，恢复预备党员身份。1981年5月，奉调中共盐池县委宣传部工作，还当上了县委宣传部副部长。39岁时，他在盐池农村组建了小家庭。盐池差不多的老年人，都知道"大知识分子"王庆同，1980年起，在盐池偏远农村掌握了各种劳动技能的王庆同，开始握起笔，以通讯员名义向"老东家"《宁夏日报》写稿投稿，稿子从盐池县青山公社寄往银川市中山南街47号，并频频见报且署名王庆同，这样的发表与署名，中间隔了十几年。1983年宁夏大学创办新闻专业，从盐池"挖"到王庆同这个人才，他举家迁往宁大，完成了他17年之后的"返城之旅"，开启了他"47岁才开始"的职业人生，教书育人10多年，倾注所有心血于数百名学子。

1998年北大百年校庆，王庆同返校参加，80多岁的罗列老师看见63岁的学生王庆同，抓住他的手说："王庆同，都过去了。你还年轻，好好干几年!"王老师岂止"好好干几年"!退休20多年来，他笔耕不辍、传扬精神、从不言倦。2021年6月，王庆同入选自治区党委老干部局、自治区党委离退休干部工委评选的"不忘初心：我是老党员"名单，并登上表彰大会介绍了自己的事迹。

20多年了，我与王庆同老师一直有互动，邀请他为报纸写稿子开专栏，有的已结集出版。2020年以来，他依然笔耕不辍，为《宁夏日报》《宁夏法治报》等报刊写了大量文章。近两年，王老师还写成出版了两本书《我的宁夏时光》《青山无言》。年届八旬还与学生我共同办报纸写文章，乐此不疲。

我深深感到，王庆同老师把他对中山南街47号的眷恋和热爱，全都融进了这些书写过程中和字里行间。

只有越过脚下蜿蜒曲折的道路，放眼望去，才可能得到一个通盘的概念。同样，只有走过人生旅途中的某个阶段，才能认清我们全部行为之间的真实联系，并明确知晓我们做了什么，得到了什么。只有那时，才能明白精确的因果链条和我们一切努力的价值所在。中山南街47号，是聚集着仁人志士的工作舞台，释放着光亮、能量的党报阵地，我在这里汲取也在这里雕琢，在这里耕耘也在这里获得，我在这里守护也在这里眺望，在这里追寻也在这里珍存！

补记：白纸黑字有信仰，铁肩担重写文章。报人报业，是活泼的人从事严谨的事业，是炽热的人肩负冷静的使命，是浪漫的人从事艰辛的劳作。中山南街47号，我与同事在这个家园办报写稿30年，获得深刻而美好的工作经历和生命体验，值得留住留存的人与事很多，我要一一书写下来。且当此篇为开篇，捧出宁报芬芳来！

（原载《六盘山》2023年第2期）

"日报社"琐记

1

1958 年秋季，随着宁夏回族自治区成立，《宁夏日报》复刊并成为省级党报。当时编采力量十分薄弱，从人民日报社、解放日报社、工人日报社、铁道兵政治部支援和北京大学分配来的毕业生共约 70 人，满怀激情地充实到《宁夏日报》编采、印刷队伍之中。之后，陆续从中国人民大学、复旦大学、北京广播学院、西北政法学院等高校分配来不少毕业生。这些人中，不少还告别原籍，拖家带口迁来，宁夏从此成了他们的第二故乡。"日报社"的称呼，好像就是从那时候开始有的，而且这三个字得用宁夏话叫出来，普通话没有那个味道。用宁夏话说"日报社"，包含着对五湖四海支宁知识分子的敬意和接纳。"孩子在哪上班？""日报社。""今天去哪了？""日报社，送了一篇稿子。"这样的交谈问答中，"日报社"三个字，甚至包含对新闻事业、对记者编辑的仰望。

"日报社"的门牌号是中山南街 47 号，地处银川的绝佳位置。羊肉街口、灯光球场、东方红电影院和红旗剧院，都是一步之遥。鼓楼、玉皇阁、南门楼，都分别不到一公里的距离。面朝中山南街的"日报社"大门很气派，门顶上"宁夏日报"红色毛体大字，更显其"高大上"的文化味。用现在的话来说，"日报社"是银川当年的高端打卡地，除了能写的人、联系采访的人，不是什么人都能随便、随时跨入"日报社"大门的。银川以外市县的通讯员，都把稿子按"中山南街47号"投递，有的人稿子在《宁夏日报》上发了几篇，但一辈子未曾到过"日报社"。

"日报社"成为宁夏日报社的俗称，被叫了40多年。直到新世纪初，宁夏日报报业集团成立，"宁报集团"渐渐代替了"日报社"的叫法。

"日报社"叫法的消失，好像也是宁夏日报高楼大厦建起之际。这个"土气"的称谓，也就专指那个庄重简朴、寂静芬芳的宁夏日报社大院。

2

我的"日报社"琐记，就是20世纪八九十年代我上大学给《宁夏日报》写稿子和当实习生、入职宁夏日报社后初期的一些经历。

20世纪80年代是"诗歌中国"的年华，大学生们最为活跃，我们就追风在"诗与远方"的梦想里。1983年寒冬，杨森君带着我，办起了宁夏大学"朔风诗社"。"朔风"这个名称，有些模仿《朔方》杂志的意思。

当时，宁夏仅有的几份报纸杂志——《朔方》杂志、《新月》杂志、《六盘山》杂志、《宁夏日报》六盘山副刊、《宁夏青年报》副刊，成了我们向往的文学圣地，盼望着能够在上面发表自己的作品。看见中文系导夫、陈继明、王跃英、陈新平、丁学明等师兄在《宁夏日报》六盘山文艺副刊发表作品，我们会高兴地奔走相告。

当时，离我们最近的青年诗人要数杨云才。他1983年9月从灵武考到兰州的西北民族学院，大学一年级起就不断在报刊上发表诗歌。杨云才1984年秋季返校前，去兰州路过银川，来到宁夏大学，我们这些"朔风诗社"的成员跟杨云才见面，都把他当明星看。他给我们讲唐祈老师，讲校友韩霞和张子选，我们听得入迷。有人提议一起到西玲照相馆合影留念，于是八九个诗社成员簇拥着杨云才，穿过了操场。照相时，杨云才当仁不让坐在前排中间，手里捧着一个绒毛小狗当道具，笑得比我们都灿烂。我们个个严肃的神情中，都带着对诗歌、对诗人的几分崇拜。

1984 年 9 月的一天，我在读当日的《宁夏日报》六盘山文艺副刊时，在版面的右上方位置发现了杨云才的一首诗，标题是《我选择寒假旅游》，就把报纸拿给刘中看。我们羡慕得要死，刘中还饱含深情地给我朗诵了一遍。我跟刘中说："咱们去'日报社'吧，去拜见诗人秦克温，也争取在《宁夏日报》亮个相。"

我讲这么多，表达的是，在青春岁月中，热爱和逐梦多么美好——对文学的爱好以及报考了大学新闻专业，我才有缘一步步向"日报社"靠近。

3

应该是在 1984 年国庆节之后，一个朝日喷薄的早晨，我和刘中搭乘二路车，从宁夏大学南门站点上车，途经一个小时，到了终点站南门广场。我们又步行不到 10 分钟，来到"日报社"大门口，跟门卫讲清楚并登记后，双脚迈进了大院。大院道路两旁，是高大茂密的椿树，树叶都要把蓝天遮住了，树上蝉鸣声不绝于耳。每一片树叶都泛着诗歌的光亮，每一声蝉鸣都是诗的吟唱。我们既内心忐忑，又神圣提气，两人在眼光对望中互相打气，坚定地爬上了编辑部三楼。长长的楼道里寂静无声，我俩还分别伸手，给对方整理了发型。我们终于站在六盘山文艺副刊编辑部的门口，向几位编辑做自我介绍，并表达诉求。穿着白色衬衫的秦克温老师，停下手中的笔，站起来，热情地迎接我俩，并搬过两把椅子，示意我们坐下。短暂的交谈中，总是一副笑脸，我们感受到如父亲般的关切和抚慰，我们发紧的心一下子放松下来。接着，秦克温老师把由他编发副刊的几期《宁夏日报》给我俩各送了一套，并鼓励我俩写出青年人的理想和朝气，大胆地给他投稿。

此行中，我们有幸看到了"日报社"编辑张涧、李乃扬、秦克温、姚承秀、王庆、张晓敏、刘慧等的群体工作形象。在一间大办公室，他们都安静地趴在各自办公桌前，专注用心，挥笔抄写，互不打扰。他们不仅用心编发来稿、扶持无名作者成长，而且坚持写出精品佳作，推动宁夏文艺事业发展。

秦克温老师在书山报堆中趴着的耕耘形象，让我印象更为深刻。多年后，当整理我在《宁夏日报》历年刊发的稿件时，发现在1984年12月29日六盘山文艺副刊上，经秦克温老师编发的散文《山区，我向你祝福》，竟是我的处女作。能够在省级党报发表这个篇幅较长的作品，对一个大学二年级的学生来说，该是多么大的提携与推动。记得在《宁夏日报》上看到我这篇作品变成铅字时，我激动得想翻几个跟头，借了同学的自行车，骑上在校园里飞奔不停，谁想拦也拦不住。

有多少人，一生都珍存着在《宁夏日报》六盘山文艺副刊发表作品的美好！去年9月，远在乌鲁木齐的我的中学同学陈新平，看到我写的《问询南来北往的客》后，把他珍藏了42年的处女作《一只小蜜蜂》（刊于1980年11月26日《宁夏日报》六盘山文艺副刊）原件拍照发我。我按见报日期，嘱咐小同事从宁夏日报资料馆，找到尘封了42年的原报纸，把《一只小蜜蜂》全文从版面上摘录出来，发到朋友圈供大家欣赏。陈新平发表此文时，是固原市原州区三营中学的高二学生，正值17岁青春年华，文中的人生思考和喻义，挺深挺实，比同龄人成熟不少。此后几天，陈新平给我发微信说，他已正式办理退休手续，很快要回银川一趟。一只飞了42年的"小蜜蜂"要飞回来了，我很激动，就约了10多位好友同学，在"山上人家"为陈新平办了"荣誉退休仪式"。席间，我做主持，刘中朗诵陈新平的处女作《一只小蜜蜂》，大家都认真地聆听着。此情此景，穿越时空，继往开来，增添力量，陈新平眼含热泪，大家使劲鼓掌。

21岁有幸在《宁夏日报》六盘山文艺副刊发表作品，促使我对文学持续爱好，并将文学元素植入新闻业务中，且对写作乐此不疲，为此我感激不尽。怀念已故的秦克温老师，珍惜"日报社"的第一次拜访！

4

　　1986年3月至6月，我作为宁夏大学新闻专业的学生，在"日报社"有了长达三个月的实习经历，不仅驻守于编辑部编稿子、以实习记者名义外出采访，而且与张俊峰、薛海滨等同学被安排住在"日报社"大院南边的家属楼，吃在"日报社"大院里的职工食堂。

　　论实习经历，千言万语，最想说的是，有幸在"日报社"被推了"两把"。

　　一天，在宁夏日报社政文部编辑部，我和几位编辑正伏案静心编稿时，门口走来一位长者，询问"哪位是张强"，我听见后，赶紧小心翼翼地站起来。来人说："是你呀，稿子写得不错！"他对我说这句话时，眼睛里发出善意、欣赏、鼓励的亮光。留下这句话后，这位长者就悄然离开了。我坐下来，心里像浪一样翻滚。事后才知道，长者名叫马悦，是政文部的老编辑，他当时是在编过我采写的通讯《调解民事纠纷"有招"》后，从另一间办公室找过来的，当着众人表扬了我。这个不经意间获得的点赞，伴随着我与马悦老师30多年的美好交往。在"日报社"大厅后院、巷道路口，每每遇见马悦老师，他老远就会大喊我的名字，笑盈盈地走过来，拍我的肩膀，牵我的大手，这一拍一牵，传递给我的是激励、是力量。2021年春天，似乎是相见没几天，突然传来马悦老师去世的消息。据说，90岁的他，在沉睡中辞世，连他家人都始料不及。2022年6月的一天，我在羊肉街口遇到马悦老师的儿子马卫东，他手提一个塑料袋，一条鱼的尾巴伸出来在动弹。我问他干啥去，他说去"日报社"家属楼看老妈，给老妈做一顿鱼吃。我们站在街口，聊了有五六分钟，我讲述了马悦老师36

年前当众表扬我稿子写得好的情景。马卫东听了，长叹一声，提着给老妈的鲤鱼，拔腿走了。

在"日报社"，周旋老师是拿"大稿子"的"本报记者"。我三个月的实习期，其中有两个月跟着他学采写。两个月里，我亲眼看到他写出《韦州有个海明珍》《"大化肥"兴建记》等"大稿子"，《宁夏日报》都在头版以整版刊发。周旋老师是湖南人，拥有拿"大稿子"的天赋和才华。他的笔下，聚光亮、讲故事、抓细节、显温度，洋洋洒洒、一气呵成，读得人解渴上瘾。他不止一次对我说，一定要下大功夫，要练成写"大稿子"的本领，那样才有当党报记者的底气，腰板才能硬起来。

周旋老师不仅在采写中善抓典型，精雕细琢，且生活上也挺讲究。有一次在永康巷，我在小店买夹菜饼时遇见周旋老师，他看见我手中的食品，建议我不要在饮食上过于粗糙，还顺手把他刚买的一盒"粤花牌"豆豉鲮鱼罐头送给我，并说宁夏人应该少吃些羊肉多吃点海鱼。从此，我就记住周旋老师的这句良言，时不时地从超市买回"粤花牌"豆豉鲮鱼罐头，给全家人吃。每当我吃"粤花牌"豆豉鲮鱼罐头时，都会想，周旋老师出"大稿子"，一定与吃这个海鱼有关，他要是光吃烩羊肉、羊杂碎，也就是个写"豆腐块"的记者。

2022年4月，我在保健院体检时遇见周旋老师，70多岁的他看上去精神好得很，与同龄人比就是不一样。他说他每天都注意饮食，坚持慢跑锻炼。我说"您是拿自己有办法的人"，还说起他的"大稿子"和"粤花牌"豆豉鲮鱼罐头。他听了，朗声大笑。

5

在"日报社"，编辑们日复一日趴着编稿的工作形象，永远令人难忘。当年编辑编稿，要把编好的全文逐字逐句抄写到稿纸上，连一个标点符号都不会出错。《宁夏日报》稿纸，每页 200 个方格，顶处"宁夏日报稿纸"几个字及 200 个方格都是蓝色的。编辑们用蓝笔精编抄写稿子，业务领导则用红笔审签批注。一页稿纸上，蓝色字体和红色笔迹相映生辉，堪称一道道最美工艺，散发着"匠人"的"匠心"。

"日报社"编辑部三楼朝西的一间大办公室，我当年实习时在里面"坐镇"了一个月。这间办公室里有闫毓堂、王肇沂、马跃峰、刘璞、宋进等老师，每个工作日上下午加起来 8 小时上班时间，除了工间操和上厕所，大家都是趴在办公桌前，一门心思编稿子、抄稿子。寂静的办公室里，甚至能听见"嚓嚓嚓"抄写的声音。

我与宋进老师是对桌。他一笔一画抄稿子的动作和笔体字迹，37 年后依然清晰地印在我的脑海里。有一次与周崇华、张怀民等小聚，我和周崇华回忆起当年在"日报社"政文部的经历，都谈起宋进老师编稿子的精雕细琢，还有他写得像书法作品一样的字，共同的印记、共同的榜样、共同的成长，说起一系列细节来，我俩都眼睛发亮、内心澎湃，让在场的七零后张怀民、赵霞等，听得入迷，感动不已。

6

1992 年 5 月，我从固原报社顺利调入宁夏日报社，被时任总编辑助理的丁思俭，一把抓到由他主持筹办的周末编辑室当编辑，终于实现了我跨入省级党报工作的梦想。这年五一后，我从在银川东门外租住的小平房出发，骑自行车正式到"日报社"上班。四楼的周末编辑室有两间办公室，坐有丁思俭、沙新、傅冰、田群英、武立真、徐东魁、马文锋、王霞、赵英、边慧琰等人。初来乍到，我加入这支队伍后，每天清晨赶早到岗，先干两件事：一是把办公室泛青的水泥地面拖干净，二是提上热水瓶到楼下后院打开水。四层办公楼里的员工，都会集中在这个点下楼打开水。锅炉房朝西的外墙上伸出一个水龙头。大家排着队，依次把这个水龙头拧开、灌满开水、再关紧。那开水真是滚烫呀，不小心溅到手上，会把皮肤烫出泡来。

"滚烫的开水"和"闪亮的地面"，是我初到"日报社"上岗，印象最为深刻的两个情景。有一首歌唱道："我吹过你吹过的风这算不算相拥；我走过你走过的路这算不算相逢。"我把它改为"我喝过你滚烫的水这算不算相拥，我踩过你闪亮的地面这算不算相逢"——神圣的舞台，奋战的团队，创新的工作，自觉的行动，在"日报社"新闻改革的长河中，我们曾掀起浪花朵朵。

以周末编辑室为出发点，推动我开启了"诗与远方"般的记者之旅：我乘着170次列车到达北京，拜访了人民日报社和北京青年报社，记录报业改革潮流中的亮点；我前往河北白沟，采访如火如荼的箱包批发市场；我乘大船逆流而上，参加难忘的"告别三峡"采访；我去往古都南京，拜访了潘振声，当面听他吟唱"春天在哪里"……多年后，我能够请缨带队，创办系列报，其征战的勇气、操盘的能量和资源的拥有，当然与在周末编辑室的"初心"和"出发"关联。

安排我数次跨省采访的主要是老丁（大家都这么尊称他），有些出行也是因工作出色而获得的奖励。读万卷书，行万里路，在奋斗的大好年华里，我总是汲取和享用着"日报社"最好的"营养"与"福利"。

缅怀老丁，珍惜良善！

7

曾任人民日报社副总编辑的梁衡先生写过一首词：《一剪梅·报纸夜班》。

遥夜如水孤灯照

窗外星光，桌上电脑

夜班昨夕又今宵

钟摆漫摇，键盘轻敲

闲拍电话等电稿

车声迢递，东方破晓

长夜最是把人熬

白了青丝，黑了眼梢

白天不懂夜的黑。没有上过党报夜班的人，体会不到这首诗的真实和境界。

1996年至2003年，我在"日报社"上了7年夜班。夜班阵地对外叫"总编室"，同事之间则称其为"夜班部"。每个夜里七八点上班，编稿子、划版样、盯差错、签大样等，一道道工序完成后，凌晨两三点才下班回家。有时候等新华社的重要电稿，甚至天亮才能干完活。日复一日，年复一年，长期值守，昼夜颠倒，上午补觉，下午出门，睡眠质量差，跟人交往少，内心甚至会生出抑郁情绪。

在党报阵地上过夜班的人，能更真切地知道白纸黑字有政治、冷静严谨靠得住。这些年来，我负责办系列报，总是给助手们讲，缺少在大报上夜班的经历，就是从事新闻工作的短板，即使用再多的心，也补不了这个短板。我总是安排和鼓励骨干们，去大报夜班阵地现场体验和学习。

"日报社"夜班人，常年吃不到早餐。2022年3月老校对郑吉祥退休时，同事们聚一起开欢送会，他站起来发表感言："退休后最大的幸福，是每天可以吃早餐了。"

觉得亏欠的还是孩子。儿子早晨出门上学我在睡觉，晚上放学回家我去上班，盯作业的事只能全靠妻子。也只有星期天，才能安心陪儿子逛书店，买《蔡志忠漫画》，买《一千零一夜》，吃"迎宾楼"雪糕，讲"傻大胆"故事。

2018年隆冬的一天，下班路上，我遇见当年宁夏日报社总编室校对科科长王鸿庆，迎上去和他聊了一阵。我在总编室的7年夜班工作中，见证了老王的工匠精神。他几乎每晚不落，一辈子值守在校对岗位，每天凌晨三四点下班前，七八个小时工作中，全神贯注于版面文字，一个标点符号都休想逃过他的火眼金睛。由他带的十几名校对人员全是这么认真，干工作硬气得很。专注的人最可敬。像王鸿庆这样的夜班带头人，更是"日报社"稀有的能工巧匠。那次相见，我还用手机给王鸿庆拍了照片，配写一段话，起了标题《宁夏六十年，致敬老校对》，发到朋友圈后，点赞者稀里哗啦。

8

20世纪八九十年代，"日报社"大门两侧有"两道美味"：一个是南侧的"南京板鸭店"，另一个是北侧斜对面的"袁志伟泡馍馆"。"日报社"从创建到发展，有不少人来自上海、江苏、陕西等地，这"两道美味"的老板分别是江苏人和陕西人，他们都是把心往碎里操的人，往往都亲自下厨干活，待客时总是笑脸相迎。是不是瞄上"日报社"老乡们的口味，把店开在"日报社"门口，不得而知。不过，凡是"日报社"的老人手，没有谁没品尝过这"两道美味"。

当年"日报社"有几十位员工家住在20公里外的新市区，每天都乘陈思全开的一辆通勤车上下班。每到周末，临近下班，他们中不少人跑出大门，到"南京板鸭店"挑上一只板鸭或咸水鸭，付过账，又小跑回来，跳上车。回家的路上，车厢里都是香味。

那些加班写稿子的记者，常常会去"袁志伟泡馍馆"，要上一大碗，羊汤配饼子，粉条肉片子，再来一头泡蒜，美美地吃一顿，擦过嘴唇，再上楼接着干活。

新世纪以来，随着城建发展、街巷整修等，"日报社"门口两侧的店铺大都消失了，"南京板鸭店"与"袁志伟泡馍馆"也不例外。中山南街，"日报社"近在咫尺的这"两道美味"，你们搬到哪去了？说起这"两道美味"，我的唇齿间竟然会泛起当年的肉香来。

有人调侃说，"日报社"附近开馆子都不长久。仔细一想还真是。"永和大王"开起来不到半年，就关门了。小吃街几十个馆子，现在只剩下"仙鹤楼"了。究其原因，固然与商业气氛和人流有关，但缺少精雕细琢的追求，缺少把一件事干到位的态度，应该是大多数馆子开不长久的主要原因。

馆子不见了，改成手机店了。"日报社"楼下、马路对面，手机店十几家，其中"现代通讯"开了二十几年了，生意从来没萧条过。1998 年 10月，我从新开业的"现代通讯"买了一部"爱立信"手机，挑了一个中意的号码，心里美滋滋的。此后，换过的诺基亚、摩托罗拉、多普达、三星、苹果、华为等手机，都是从"现代通讯"购买的。25 年了，我的手机品牌换了十几个，手机号码却从来没有更换过。这让我想起我的"日报社"从业经历，1992 年到现在，超过 30 年了，从没有想过挪窝子，一直都是"日报社"的人——"我还是从前那个少年，没有一丝丝改变"，时间只不过是考验，种在心中的信念丝毫未减！

9

2021 年深秋的一天，清早上班，我进入宁夏日报报业集团新闻大厦大堂，等候电梯时，回头看见一幕：老报人邹荣顺和老伴，坐在会客区沙发上，各自捧读着当天的《宁夏日报》。我掏出手机，悄悄地走过去，拍了照片并离开，他们竟浑然不觉。报人情怀一辈子——每天清早，"日报社"退下来的老报人，都会起早来到收发室，取走当天出版的《宁夏日报》。无论是行走在取报路上的老报人，还是老邹这样急不可耐的读报人，构成宁夏日报报业集团经年不变的最美风景。《宁夏日报》永远是他们离不了的、最丰盛的"早餐"。

我踩着不变的步伐，是为了每天读《宁夏日报》。"日报社"这支取报的队伍中，其主力是焦兴清、时茂青，马国霞、杨发福、陈玉香、马和亮、谢志忠、吕世龙、苏发科、朱以林、贺秀英等，还有90岁的彭守斌。在他们之前，一批又一批的取报人，有的病倒了，有的辞世了，总会有人掉队。我注意到，有几位老报人的遗孀，精神面貌还挺好，她们风雨无阻坚持取报、读报，一定饱含着对丈夫的深情怀念，一定是对"日报社"精神的延续和传承。早餐时没有《宁夏日报》读，那一定是个夹生的"早餐"。

2022年11月8日记者节，宁报人迎来高光时刻：宁夏日报报业集团从兴庆区中山南街47号搬迁到7公里外的金凤区泰康街宜居巷156号。64岁的"日报社"，在新时代和新媒体浪潮中，必然迎来升级换代。这一天乔迁新址，登高望远，天高云淡，跟得紧党委，望得见贺兰山，还有德馨公园可以健步慢跑——美好的拥抱，令人感慨万千。欢欣之时，我忽然想起"日报社"后院那支取报队伍。编采大军都转战新的阵地了，他们还能取到、读到当天的《宁夏日报》吗？我就此事询问了副总编辑张国礼，他说没问题，都安排过了，每天早上都会有专人从印刷厂把报纸准点送过去，确保他们取走。电梯里遇见昝岑，她妈妈就是取报队伍中的主力队员。我问："你妈妈现在每天还能取到报纸吗？"她说："能取上能取上。"这让人既放心又开心。

（原载《六盘山》2023年第4期）

本报讯\小故事

无波焉知无潜龙

▼ 王庆同

『本报讯/小故事』13篇，『道具』细微，『全户已登』纸片、粪筐子、缝纫机、烫猪锅、电视机、小锅小灶、苜蓿鸡……多是土东西；篇幅短小，情节平常，可谓无波古井。然无波焉知无潜龙？无波下面潜藏时代大主题：党的十一届三中全会解放思想，搞活经济，促民致富，助力社会安全、和谐、脱贫、法治、创新。于无声处听惊雷，在简朴事中见光芒，这是作者脚踏实地、根植生活、眼光敏锐、观察细致、表达沉稳风格的反映。这些其貌不扬、外圆内方的作品，对新闻工作者（尤其是初入此行者），乃至所有文字工作者，具有较高的参考价值——在什么地方可实践这种参考价值？在锤炼基本功上作参考啊！

13篇『本报讯/小故事』另一个特点是，结构清晰，表达精练、爽朗、有趣，特别是运用有声有色语言、民间俗语上颇有讲究，如『看来你是活腻了』『嘎嘎鸭叫声、咕咕鸡叫声、哞哞牛叫声』『一个个眼睛都亮了』『秋好一半谷，妻好一半福』等，富有表现力。

有几个『本报讯』（消息）的时效性较差，实为不足。但瑕不掩瑜，『本报讯』的主题鲜明、表达明白、文气顺畅。

掬新闻的浪花　聚世间的光亮

▼　张　强

如果一篇稿子，所写的人或事，历经岁月后还有得一读，那就是有心的记者对稿件生命力的最好诠释。

诚然，记者不是史家，其责任是传播而非修史，但是当他记录新近发生的新闻时，还要能契合时代，审视当下，启迪未来。所以，好的稿件一定是『星星之火』；每提笔写稿，一定要展现闪光之处。

掬新闻的浪花，聚世间的光亮。我的一组篇幅短小的『凡人报道』，有我持续而为的追求和努力。

普查员来到我们家

6月15日晚饭后，一位陌生的女孩敲开了我家大门，她微笑着介绍自己："我是普查员，来登记的。"

哦，第四次全国人口普查已经落实到我家了！

说不清当时我和爱人的心情。看着张嘉旭——我们刚满周岁的儿子同我们一起被登入表格，我们体味到小家庭被承认了的感觉。

普查员名叫王向萍，今年21岁，家住固原北川农村。在城里当临时工。厂子停工了，热心人介绍她当上了人口普查员。虽然一天的报酬只有三块钱，但她干起工作来还是乐呵呵的。

王向萍说，她负责登记古雁市场80多户人家，"有时候遇上有些家里没人，一天要跑几趟；有些家里有人，是老奶奶，咋解释她也不懂"。看来，普查员不好当！

王向萍第二次来我家摸底，也是晚饭后，大概只有这时才是普查员的"黄金时间"吧。王向萍笑了。她说："你猜对了。"

7月3日第三次来我家，王向萍身后跟着个小男孩，是她弟弟，手里捧着胶水瓶，姐姐逐个项目问完后，弟弟把胶水抹在一张"全户已登"的纸片上，跑出去端端正正贴在我家大门上。

这样一张纸片被贴上了，王向萍的工作就算前进了一步。她总是笑盈盈的，领着弟弟走出我家时，还逗我的儿子玩，惹得小家伙还舍不得让人家走。

为什么要写王向萍呢？读者朋友不妨回想一下去你家的那位普查员吧，这么一项事关重大的工作，就是靠他们来完成的。

辛苦了，人口普查员！

（原载 1990 年 7 月 11 日 《固原报》）

曹殿辉的粪笼子

　　1984年春节刚过，曹殿辉穷得没招了，和老婆商量定，领上三个未成年的娃娃，从隆德来到几百里以外的潮湖吊庄。这地方好活人，可苦难咽，要挽着裤腿下稻田，蚊子咬得浑身起血泡泡，有人受不了，又跑回了老家，曹殿辉坚持了下来。

　　刚迁来时，只带着个空空的盛面的木箱。落户后，国家救济了点面粉，凑合着吃。五口人要混饱肚子，曹殿辉可不敢偷懒，他说："务庄稼就得有个样样子，好光阴等不来。"潮湖吊庄毗邻的农场、村落真个是富，黄河水灌上，优质化肥施上，那种田才像回事！吊庄人比不过，可不下苦咋能说得过去。曹殿辉一来，就编了个粪笼子，出了门，拾岔岔道道上的驴马牛粪。脑子一转，他还在路口砌了个厕所，又抓回两只猪崽养上，想多积肥。

　　大男人经常挽着个粪笼子，在当地早没这行当了。曹殿辉没有钱施化肥，只好这样干，农家肥积得像座小山，种田派上了用场，第一年秋后就打粮1400公斤，老家人听了觉得稀罕。在吊庄生活了四年，曹殿辉靠粪笼子创了大业，打粮食过了一万公斤，还种菜增加了收入，粮食吃不完，卖了出去，买回来木制家具、电视机，还买回一辆"渭阳牌"摩托车，真让乡邻们眼馋。如今，走远路，曹殿辉驾上"电蹦子"，一溜烟飞了。可在庄落附近，总见他挽着粪笼子。看来，这粪笼子已和他结下了不解之缘。

（原载 1988 年 4 月 13 日《宁夏日报》）

特级劳模倪兆善安全岗上尽职责

　　本报讯　石嘴山矿务局二矿安全监督处 58 岁的老班长倪兆善，近年来消除各种事故隐患 496 次，在他当班时，没有发生一次重大事故。1 月初他从北京佩戴"全国煤炭工业特等劳动模范"奖章回来后，矿上为这位全自治区唯一摘此殊荣的获奖者举行了庆功会。

　　倪兆善 1964 年参加工作，当过采煤工、采煤队队长，熟悉井下业务。1984 年 8 月他被组织安排担任矿安监处安监班班长后，始终抱定"安全是矿山的生命线，丝毫不敢马虎"这样一个朴素的道理，牢牢镇守安全关口，坚持做好本职工作。去年 7 月初，倪兆善到采煤二队检查时，发现有一名人称"惹不起，不敢碰"的工人为提前升井违章操作。他一把将这名工人拉过来。这名工人被激怒了："我看你是活腻了！"老倪一听，铁青着脸，喝令一声："这句话说给你自己听！"老倪坚持原则，直到对方认了错。去年 2 月，有支采煤队为抢时间和任务，在炮眼还未打完的情况下，跟班班长便催放炮员放炮，正巧被倪兆善撞上了。老倪立即制止，还迫使班长让工人们放下活，来听他的"安全教育课"。班长早已声闻倪兆善的"厉害"，不敢不从。

　　在生产现场，倪兆善坚持做到多走一步、多看一眼、多提醒一句、多问一声、多想一想。一次，他到采煤四队工作面检查时，发现煤层顶板已脱落，有的柱子已失去了支撑作用。老倪预感一场冒顶事故要发生。他果断地将两排柱间的一名工人拉出，随即向身旁另外两名工人高喊撤退。就在大家跨出最后一步时，顶板"呼"一声冒落下来，被救的人抱住老倪，流下感激的泪水。

倪兆善在坚持身处井下的同时，还协助领导制定各项安全制度。为了帮助工人们消化，他将这些制度编成顺口溜，督促大家诵记。要求下井工人做到的，倪兆善首先做好。他本是喜欢饮酒的人，但担任安监班班长10多年来，一滴酒都不沾。安监班班长虽没级别，却很特殊，一些违章工人为躲避处罚，时常找老倪说情，甚至送钱送物，都被他拒绝了，近年来他拒绝这样的"贿赂"100多次。

（原载 1995 年 2 月 22 日 《宁夏日报》）

裁缝世家

　　回族老人郭金林和他的 5 个子女，依靠缝纫谋生，服务于民，走上了富裕路，成为西吉县兴隆镇的一大新闻。

　　郭金林在他 8 岁时开始跟父亲学缝纫技术，走过漫长而曲折的大半生。父亲郭兆瑞是当地有名的裁缝，也是 8 岁时拜师于一个四川江湖裁缝，辛辛苦苦学习后，在兴隆镇创办了"郭裁缝"的摊子。那时候，全是靠一双手缝缝补补，直到新中国成立后的 1952 年，才想法子从甘肃平凉购得一台缝纫机，那年郭金林 18 岁。父子二人不断地踩动缝纫机，手艺出了名。可是，没过上几年舒服日子，在那动乱的年月里，缝纫机归大队了，父子俩被迫无偿服务于大集体，干些缝袖章、旗子之类的活计。1972 年，年迈的父亲终于一病不起，抱憾而逝。

　　十一届三中全会以后，兴隆镇上历史最悠久的缝纫机终于归了原主，这时，郭金林已是五个子女的父亲了。1980 年，郭金林开始有了向往，党的政策给他拓宽了路子，于是他去银行贷款 300 元，加上手头一点积蓄，又买了缝纫机、锁边机，办起了裁缝铺，和妻子、大儿子、二儿子一起经营。后来郭家两兄弟先后娶了媳妇，儿媳们也学得了好手艺。

　　没几年，两个儿子另立门户，兴隆镇便多出了两家裁缝铺。这之后，郭金林又教会高考落榜的两个小儿子缝纫技术。仅有的一个女儿出嫁时，郭金林陪嫁了一台上海产的"蝴蝶牌"缝纫机，鼓励她在婆家那儿也干出个样样来。

在兴隆镇，郭裁缝这位本分、憨直的回族老人受到人们的信赖和尊敬。他的子女们，不仅继承了父业，而且继承了父亲的美好品德，诚实经营，不断钻研、提高缝纫技术，面对外地来的裁缝的竞争，也能在顾客心中独树一帜。

（原载 1987 年 12 月 30 日 《宁夏日报》）

"人不能窝在家里守穷"

固原县城南关路猪肉市场常年活跃着二三十个卖肉摊点，摊主都是些来自乡下的老实巴交的农民。能沿着弯弯山道闯到这里赚城里人的钱，照他们的话说："靠的是胆子和脑子！"

王海清 30 岁了，固原南郊乡寇庄人，他说他家里 9 口人的花销全靠他在这里"砍肉"，"干上一年这行道，起码赚到 2000 元"。到今天，王海清已在这里设摊卖肉整整 3 年了。问到他的过去，他说那时候家里穷得不行，穷到一年养肥一只猪，自家人不忍心吃上一口，得卖了，换钱穿衣、倒醋、吃盐、给娃娃买作业本。那时候他也杀猪，年年腊月里帮村里人家杀，换个人情挣回个"伤命骨"猪脖子让娃娃们解馋。后来脑子活了，腊月一到，他索性在家门口支起个烫猪锅，一年村里村外合起来总杀它二三十头，能挣上百十元的加工费，过年用钱也就有了着落。3 年前的一天，王海清抱娃进城看病，眼见别人的卖肉摊，心里头一热，不久就支起了摊子。如今他走村串户，收购农家的活猪，杀了拿到城里卖，越干越红火。王海清自豪地说："人不能窝在家里守穷，找窍门干上一行就有个奔头了。"

（原载 1988 年 12 月 29 日《宁夏日报》）

赵德仁卖电视机

固原县三营镇赵寺村农民赵德仁今年胡麻、向日葵卖了1000元钱。票子一到手，全家人高兴得不得了，盘算起开销来，最后决定抱个电视机回来。

秋高气爽的一天，赵德仁用架子车拉上老伴去10里外的三营镇赶集，买下了一台550元的"长风牌"黑白电视机。1000元票子还剩400多，干脆又买了一台"燕舞牌"双卡收录机。

回了家，一家人乐得嘴合不上，连晚饭也懒得做着吃。从此，白天吼秦腔，晚上看热闹。

没有几天，秋雨绵绵，屋顶漏雨如线。电视机、收录机也没个安稳处待，主人就不用说了。一家人好不惆怅！

两个月后，祸不单行：赵德仁大冬天给地里送粪，驴惊了，架子车翻了，他的一条腿被砸成骨折；紧接着，赵德仁的小儿子又患了急性肺炎。父子二人被村里人送进了镇上医院。

住院的钱没着落。赵德仁对身旁的老伴苦涩地说："回家把电视机卖了算了。"

为了治病，赵德仁家的电视机只好卖给了旁人，比原价少卖了50元。村里有人说："他赵德仁本来就不该买电视机、录音机，明年的化肥钱都没着落，硬是要跟富汉家比。过日子哪能不留几个垫底钱呢！"

（原载1989年12月22日《宁夏日报》）

农民岳亚海进城办浴池

本报讯 惠农县尾闸乡乐土岭村农民岳亚海投资两万多元，在惠农县城办起了浴池，为城里人解决了洗澡难的问题。

岳亚海今年 40 岁，脑子活、信息灵，在致富的路上敢闯敢干。1987 年起他承包了村上 20 亩果园，收入一下子多了，过上了富足的生活。岳亚海对此并不满足，他开始琢磨利用手中的余钱办件大事。他想跟别人一样开商店跑买卖，他还想贷款进城办厂。经过一番深思熟虑，他决定扎扎实实选一个独门行道干。通过调查，岳亚海了解到惠农县城只有一家国营小浴池，还是一周限时营业一次，已不能满足城里居民的急需。岳亚海下决心在这方面做文章，安排好乡下的事，毅然携妻进城投资办浴池。

自去年 7 月份岳亚海的浴池开业以来，前来洗澡的城里人络绎不绝，县委、县政府的机关干部几乎全都来洗过，连县委书记和县长也光顾过。他们称赞岳亚海的经营路子对头，为城里人办了件好事。人们来岳亚海的浴池洗澡。每次只收一元钱，全天营业，随到随洗。岳亚海办浴池的月收入都在千元以上。

欣喜的是，眼下光顾岳亚海浴池的人不光是城里人，乡下人也慕名前来。他们说，讲卫生不光是城里人的事了！岳亚海还准备扩大设施，增加服务项目，想在自己选准的这行上干出门道来。

（原载 1995 年 2 月 3 日 《宁夏日报》）

多种"题材"做文章　八仙过海奔小康

本报讯　平罗县姚伏镇小店子8队村民各怀一技，憋足了劲，在奔小康的路上比着干。这个"富甲平罗一方"的纯回民村，惹得周围乡邻羡慕。

小店子8队现有农户52户、233人，人均耕地不足2亩，是个人多地少的村队。刚实行生产责任制时，生产和生活状况是小店子行政村11个队中最差的，不少人连肚子都混不饱。眼下的情形呢？走进村民谢广林家，嘎嘎鸭叫声、咕咕鸡叫声、哞哞牛叫声，好不热闹。据主人介绍，他家近年来靠养殖每年收入都在万元以上。像他这样的，在村里只能算是"单腿跳"，还有"双脚跑"的人家呢！村民岳秀兰一家不仅尽心尽力务好庄稼，而且在姚伏镇开了清真饭馆，每年全部收入在5万元左右。青年农民谢永祥致富的本事在赶集，每集他总要宰售一头牛，而且集散时还要买回几只羊，到下个集日再卖再买，美美地赚上一笔。

值得称道的是，小店子8队原本懒散的人，眼见富裕人家日子越过越好，自己也坐不住了。在"先富起来"农民的引领下，舍力气、流大汗、上了路。有些没有蹚出新路的农户，干脆学着别人的样子干。有10多户人家"眼红"开馆子的岳秀兰，在农闲时节提上小锅小灶，利用自己做饭的手艺经营风味小吃，一四七、二五八、三六九地巡回上平罗、下通伏、跑姚伏赶集，赚下殷实的家底。

尽管当前农村产业结构并不十分合理，农产品价格也不理想，但小店子 8 队农民还是千方百计种好责任田，解决了吃粮问题，农户们能商则商，可加工则加工，可贩运则贩运，凭借灵活的头脑，多种"题材"做文章。据村干部介绍，这个不靠路、离城镇也远的队目前人均收入已超过自治区制定的川区 1700 元的小康标准。

（原载 1995 年 2 月 7 日《宁夏日报》）

"黄金地段"为啥售给个体户

石嘴山市石嘴山区东大街一块 2387 平方米的商用地皮早就被当地银行、税务和几家房地产开发公司盯准，买下它干啥都成——这里南临长途汽车站和日渐繁华的春晖市场，西靠银北地区营业额最大的人民商场，东临 109 国道。说它是"黄金地段"，实乃名副其实！

这块"风水宝地"在众家争买的情况下，最后获胜的竟是石嘴山区年近 60 岁的个体户王德俊。今年 4 月 13 日，她一次性交清 50% 的土地使用费 337760.50 元，与石嘴山区土地管理局签订了 50 年的土地使用合同后，遂着手营建宁夏个体户中最大的商贸大厦。

半年时间过去了，王德俊的商贸大厦已开工兴建两个月有余，但关于这块"黄金地段"的议论仍未平息。

去年年底，石嘴山市委和政府在年终工作收尾时出台了一个力促个体私营经济上规模的文件，文件涉及的优惠政策和奖励措施相当诱人。这个文件下发到石嘴山区时，区委和政府的领导正为几家国有单位与个体户王德俊谁获得"黄金地段"的使用权而犯难。谁也没有料到，为落实市委文件精神，石嘴山区就以这块地皮使用权"归属"交出了第一份答卷。

消息传出，一片哗然。有人认为这步子迈得也太大了，更多的人，包括石嘴山区 3000 多个体户则拍手称快。不少原来有微词的人经过思考后对这一举措也表示由衷赞赏，认为冷清的宁夏"北大门"就得多刮几股这样的"劲风"，以促使个体私营经济尽快繁荣起来。

经过 15 年苦心经营，王德俊已是石嘴山区最有实力的个体户。党的十一届三中全会以后，这位要强的女性为了摆脱贫困，领着二子一女，在石嘴山区率先跨进个体经济行列，由最初背着照相机走村串户照相，发展到今天拥有 3 个百货商场和一辆运输车、安排 30 名青年就业的经营规模。15 年间，她累计上缴税费 10 多万元，还多次获得先进个体户和模范家庭等荣誉。如果这块"黄金地段"只在个体户中招标，也非王德俊莫属。石嘴山区委的一位负责同志告诉记者："把这块地皮售给王德俊，就是看中她及家人在发展个体经济中长期不懈的奋斗精神，支持她一把，就是想通过实际行动，把石嘴山区的个体私营经济引向更宽广的道路。"据悉，今年 5 月以来，石嘴山区新增个体户 100 多户、私营企业 13 家，这个速度前所未有，虽不能全归功于出售"黄金地段"的影响，但记者在采访中了解到，这些个体、私营从业者确实把王德俊当成了楷模。

有了政府的支持和同行们的信赖，王德俊不怕树大招风，她给自己正在兴建的商场起名为"德俊大厦"。这个投资 250 万元、高 4 层、建筑面积 3600 平方米的工程已由石嘴山区商业建筑公司主持兴建，预计明年 8 月交付使用。虽然为工程操心容易身体疲惫，但年近花甲的王德俊表示，她的内心从未像今天这样快慰。更令王德俊感动的是，从她买下这块"黄金地段"后，无论是拆迁清场、改移地下管道，还是规划设计等，区委书记、区长等领导都多次出面关照，帮助解决实际问题，连市委和政府的不少领导都为她鼓劲。今年 6 月 28 日，市委和政府召开全市个体私营经济表彰大会，王德俊还被请上台发言。老太太发自肺腑的心声和投身个体经济的精神令人敬佩，当她诚请市上领导明年一定要来为她的大厦剪彩时，台上台下的掌声响个不停。

（原载 1995 年 12 月 5 日《宁夏日报》）

"马书记帮了我两万元"

2019 年 2 月，过完春节，宁夏财经职业技术学院马铂老师作为驻固原市原州区炭山乡新山村第一书记，来到这个原州区最偏远的小山村，带领村民脱贫攻坚。时间已经过去一年半了，还有半年他就扶贫期满并卸任。

8 月 18 日中午，从银平公路炭山路口进入，我们驱车赶往新山村，用手机导航。30 公里的路，好几次都导航失败，不得不在狭窄的小道上掉头重新选路。跑了一个小时，好不容易找到了新山村—— 一个清新而寂静的黄土小山村。近年来雨水多，植被茂，新山村别有一番清静。

从银川来的马铂老师，肩膀上扛着责任，身子扎在了新山村，村民们很少见他回银川。他的到来，给新山村带来从未有过的改变。87 岁的"邻居"大爷说："马书记每天都是村里最忙的人，给我们办的好事，花一天都说不完。"

马铂去年 2 月初来乍到，就以个人名义，与离村部最近的母养福一家结对帮扶。因为帮扶的办法好、干得实，如今母养福的家境大变样，全家大人娃娃与马铂的感情也越来越深。在路口与马铂采访交谈时，总会有一些"碎娃娃"围过来，睁着大眼睛，竖着耳朵倾听。有位弓着腰的老汉走过时，自言自语地说："好人哟好人！"

今年 5 月，马铂驾上车，带上母养福、母全军父子俩，一口气赶到中卫的宣和镇，精心选购了一批小鸡娃子，所需费用都是马铂当场垫付的。

3 个多月过去了，母养福办在家门口苜蓿地旁的鸡场，1000 只小鸡娃子都长成了大鸡，"咕咕咕咕"地在苜蓿地、鸡舍旁低头觅食。马铂说："这几天我在微信朋友圈和单位的工作群里，帮助预售母家这些独有的生态苜蓿鸡，每只要价 100 元，选择订购的人还真不少呢。"1000 只鸡，能卖差不多 10 万元，除过饲料、护养、人工等成本，能赚四五万元。母养福说："马书记一共帮了我两万元，挣上了得先还给马书记。"马书记说："不急着给我还，接着再买些小鸡娃子养，等干大了再还给我。"

在马铂的规划和操心下，新山村新的村部已经建成。新址建有办公室、卫生室、宿舍、餐厅厨房、车库、篮球场、戏台子等，这些设施所需的一部分经费，由宁夏财经职业技术学院资助。马铂高兴地说："计划着联系银川的医院，为村上培养几名乡村医生，财院帮助培养专业会计，让新山村人越来越能干，环境越来越美。"

还有半年的扶贫任期，还有两户拖后腿的村民，新山村第一书记马铂说："工作一天都不敢耽误！"

（原载 2020 年 8 月 20 日《宁夏法治报》）

"宪法日"拍到紧握的双手

　　11月11日，在宁夏日报报业集团六楼全媒体指挥中心，宁报集团举行的庆祝第二十个记者节暨磨砺"四力"座谈会上，宁夏法治报记者张怀民以《我与李旺老马的二十年交往》为题，讲述了他与海原县李旺镇马莲村村民马元祥，因为宣传、学习、运用法律而结缘的20年交往故事，打动了现场的150名同事战友。我也深受感动。

　　12月3日下午，张怀民向我请假，打算在第二天国家宪法日，去李旺看望他的老朋友马元祥。我说能不能带上我，张怀民乐了。

　　12月4日，我们驱车260公里，从银川一路向南，来到李旺镇老街南头的马元祥家。甫一见面，马元祥就紧紧握住张怀民的双手，不停摆动。张怀民对马元祥说："我还给你带来了书和报。"小院门口笑声不断，引来一些村民围观。

　　马元祥家备好了午饭，吃着馓子、油饼，喝着八宝茶，我有幸听马元祥讲述他与张怀民的故事。

　　2000年7月，热心的马元祥得知，李旺镇团庄村村民丁义春帮助警察抓小偷时，摔成脚踝骨折，欠下一大笔医药费无法解决。"我那时候就想，不能让丁义春流血又流泪，做好事受伤不说，还要自己掏腰包。"他试着拨打《宁夏法治报》新闻热线，提供了丁义春的线索。很快，报社安排张怀民与同事深入李旺采访，最后使问题圆满解决。政府给丁义春报销了医药费，还给他评了见义勇为奖。

自那时起，马元祥不仅与张怀民相识交往，他还成了《宁夏法治报》的忠实读者、法律的忠实践行者。他坚持给《宁夏法治报》投稿，提供新闻线索，张怀民也主动关注报道李旺、高崖一带的新闻。《李旺市场缘何"不旺"》《汇到李旺的钱为啥要到海原去取》《海原县李旺镇需要一个法庭》……这些含着露珠、带着泥土的稿件，一篇篇见诸报端。马元祥两次获评《宁夏法治报》优秀通讯员，还被评为2014年度宁夏守法好公民、2018年度宁夏十大法治人物。

马元祥不仅自己学法用法，2012年取得宁夏回族自治区司法厅颁发的基层法律工作者执业证后，还运用学到的法律知识，不断帮助四邻八乡的乡亲们。

李旺是宁南山区有名的交通运输大镇，常年有数千辆大型货车奔波在致富的路上。爱学法、懂法的马元祥，自然成了车主心中的法律专家，他的手机24小时开着，只要有咨询、有求助，都有求必应。多年来，马元祥成功调解处理了数百起民事纠纷，代理参与了上千起民事案件，多数都是义务服务。

2018年11月的一天，同心县一个中年人慕名找到马元祥。这名求助者八旬的父亲，在县城骑电动车左转弯闯了红灯，与一辆小车相撞后身受重伤，交警认定老人负主要责任，小车司机负次要责任。中年男子不服，认为遇红绿灯，机动车应该礼让电动车。老马详细询问了情况后，让中年男子将翻拍的交通监控视频用微信传给他。观看视频后，老马告诉中年男子，以他10多年与交警打交道和所学的法律知识来判断，交警的事故责任认定没有问题，如果上访或打官司，不仅浪费时间、精力，且几乎没有胜诉的可能。听了马元祥的分析，中年男子接受了交警的责任认定。一起可能发生的信访，就这样被马元祥一通讲理说法化解了。

两个小时的讲述，两个小时的倾听。马元祥还提起了张九阳、朱岱云、陈建伟、张涛等记者，并拿出他写了两页的《我与宁夏法治报的缘分》让我看。谈话间，先后有两拨村民上门找马元祥，咨询解决遇到的法律纠纷难题。村民得知我们的《宁夏法治报》记者身份后，一个个眼睛都亮了，望着我们，满脸笑意。

20年来，马元祥和张怀民交往、互学的成长史，也正好反映了国家"三五"普法到"七五"普法的依法治国进程。这个记者和农民的故事，村民们也都知晓。这段佳话，如法律的种子一样，播撒在了宁南山区的大地上，生根发芽，不断成长。

这是一座干净整洁的小院，屋内窗明几净，炉子上不见一丝灰尘，临窗小桌子上摆着一台电脑和一台打印机，勤劳的马元祥再忙，每天都会坐下来敲打键盘，用心打印一份份代理词。

离别时，马元祥与张怀民再次握紧了他们的双手。这一握，有温度，有力量，有激励。在普法宣传的道路上，我们需要更多这样一双双紧握的手！

（原载2019年12月5日《宁夏法治报》）

县委书记滑志敏赴杭州倾情代言

　　本报讯　在风景如画的杭州西湖边，从近 2000 公里外打"飞的"而来的盐池滩羊肉，惊艳了现场百余位参会领导及嘉宾。10 月 19 日，中国驰名商标"盐池滩羊肉"品牌战略规划发布暨 G20 杭州峰会宴会使用盐池滩羊肉推介会在中国杭帮菜博物馆举行。推介会上，盐池县委书记滑志敏为盐池滩羊肉倾情代言，并正式对外发布"盐池滩羊肉"全新品牌形象。

　　9 月 4 日至 5 日，举世瞩目的 G20 峰会在杭州举行，满是西湖元素的 36 国国家元首午宴菜品中，有一道冷盘以羊肉为原材料，这道菜对食材的品质要求非常高。早在 4 月，在盐池县委、县政府及农牧局等部门的努力争取和积极配合下，最终确定申请盐池滩羊肉作为国宴食材测试餐品，盐池滩羊肉有了被确定为 G20 峰会专供食材的宝贵机会。经过多次检测，盐池滩羊肉中的羔羊肉肉质鲜嫩，没有腥膻味儿，肉质、出餐品质、稳定性等指标均达到峰会的选材标准。最终，经过精美加工，一道晶莹剔透、口感细腻的羊羔冻，被列入 G20 杭州峰会国家元首工作午宴菜单，为中外政要奉上了一道来自中国大西北的地道美味佳肴。

　　作为唯一一种来自宁夏的食材，盐池滩羊肉赢得 G20 峰会国宴入场券的制胜法宝之一是它优良的品质，真正体现了"中国驰名商标"的价值，其品牌战略实现了历史性突破。

　　如今，盐池滩羊肉畅销北京、上海、广州等全国 26 个大中城市，备受消费者青睐。在杭州，盐池滩羊肉已进入杭州大厦等四家大型连锁商超和八家四星级以上酒店，年销售量达六万公斤。畅销的背后，是盐池滩羊肉品牌与品质的精心培育和打造。据滑志敏介绍，长期以来，由于缺乏统一管理，盐池滩羊肉在滩羊品种、饲养、生产、加工、运输、烹饪等标准的执行和落实上还有待完善和提高。今年，盐池县委依托浙江大学中国农业品牌研究中心，对"盐池滩羊肉"区域公用品牌战略规划进行了前瞻性的专业研究和实践指导，形成了品牌化发展的顶层设计。品牌形象的发布，必将推动盐池滩羊产业更好、更快发展。同时，盐池县也在积极创建"盐池滩羊肉"国家级农产品地理标志示范样板，打造从养殖到餐桌的绿色通道，实现产业全链条、质量追溯全体系、监管无缝隙，切实保障"盐池滩羊肉"产品质量安全。

（原载 2016 年 10 月 24 日 《宁夏法治报》）

社区民警侯金知创办"母亲教育"课堂

本报讯 "老师好,我的孩子 5 岁了,不喜欢与人沟通怎么办?""我的孩子 12 岁,学习没有目标。"7 月 25 日 14 时 30 分,在银川市金凤区阅海万家会所,由银川市公安局金凤区分局上海西路派出所社区民警侯金知策划、搭台、举办的"母亲教育"课堂第二期准时开课,侯金知邀请著名家庭教育老师杨江为 54 位母亲授课。两个小时的课程,让这些母亲产生共鸣,下课后纷纷围住老师,将自己家庭教育中的痛点说出来,请老师"把脉开方"。

作为一名八五后社区民警,侯金知管辖的金凤区阅海万家社区辖 6 个居民小区、6 个单位、300 个商业网点,有住宅楼 158 栋、32129 人。她创新运用"互联网+微警务",建立了 17 个微信群和 11 个 QQ 群,覆盖辖区 17 个网格,服务 3 万多居民,被群众称为挂在家门口的平安结,成为宁夏公安战线上的一名网红片警。

在 14 年的社区民警工作中,侯金知处理了许多社区事务,其中家庭问题占大多数,绝大多数问题都与一个身份有关,那就是母亲。"这些'问题母亲',并不是不爱孩子,而是不会教育孩子。"侯金知说,"母亲好世界就好,孩子自然就优秀。如果每个家庭都和谐,社区就会和谐,国家就会和谐。"今年,身为自治区人大代表的侯金知提交了一个议案,涉及如何加强母亲教育立法、高校开设母亲教育课程、提高母亲教育质量,获得通过。"母亲教育"课堂的开办，让她在如何创新社区工作上再度尝鲜。

从 7 月 14 日第一期"母亲教育"课堂开班，"母亲教育"课堂已为辖区 96 位母亲授课。34 岁的朱艳婷是一位两个孩子的母亲，听说"母亲教育"课堂要开课，她早早来到课堂。老师从母亲教育的角色、家庭教育的核心、儿童早教及老人教育等方面，讲述了"注重家庭，注重家风，注重家教"的教育理念，彻底触动了她。课后咨询时，在老师的帮助下，朱艳婷不仅看到了自己在教育孩子方面的不足，而且找到了实用的解决办法，不禁泪流满面，"下次我还要来听课"。

据悉，"母亲教育"课堂每月举办一次，免费授课。为了把这个平台搭建起来，侯金知从 6 月份就开始找场地、请老师，阅海万家社区等单位赞助 2000 元，她自掏腰包垫付 1000 多元。"再苦再累我也要坚持下去。做好社区工作，别无他法，就是实干。"侯金知说。

(原载 2018 年 8 月 2 日《宁夏法治报》)

通讯\特写

人间地气入梦来

▼ 王庆同

夜读『通讯特写』12篇，总的感觉是人间地气入梦来。

第一篇《在广阔的天地里驰骋》发表于1987年12月18日《固原报》，那时作者大学毕业供职于第一个媒体单位不到半年。第十二篇《隆德暖锅子》发表于2021年12月21日《宁夏法治报》，那是作者供职的第四个也是最后一个媒体单位。前后30多年，是一位记者、编辑坚守专业岗位、关注社会、勤于思考的深情讲述。固原地区高考落榜青年回乡创业，固原地区地少人多趋势，宝中铁路建设助力『古道新曲』，固原地区群众从怕鱼到吃鱼、养鱼，泾源旅游资源的『前世今生』，白沟（河北

一个小镇）小商品的制作和批发兴旺，石嘴山市两种『桥』（交通立交桥和精神文化沟通桥）的建设，原州区偏僻派出所警民联系点和治安日记的创新，彭阳建县三十多年坚持『生态立县』战略以领导苦抓、部门苦帮、群众苦干的『三苦作风』愚公移山改造河山，隆德暖锅子创美食文化品牌……一幅幅政策导向鲜明、人间底气浓郁的画卷，体现了作者入世很深，开阔的视野始终聚焦于社会现实。这些作品展现了作者『深入群众 不尚空谈』（毛泽东语）的品格，正是媒体人讲好中国故事必备的宝贵品格，也是新闻作品跨越『易碎品』台阶而存世的主要支撑。

『通讯/特写』需提炼主题，谋篇布局，适度借鉴文学手法，这些，12篇『通讯/特写』都有上好表现。特别值得一提的是，作者对入微『食材』（细节）的兴趣和捕捉。如彭阳的大学落榜青年梁向光回乡创业，「第二年他扩大了种菜面积，却苦于肥料不足。怎么办？他想起在县城上学时见到的一个个脏乱的厕所。那咋行呢？别的不说，拉大粪遇见了熟悉的女同学，脸搁哪儿呀！几经思虑，梁向光还是坚决地去了……再说，有什么不光彩的呢？不偷不抢，靠的是诚实的劳动。于是，从1982年起，在彭阳县城，经常能见到拉着粪车的梁向光」（《在广阔的天地里驰骋》）。这个细节，令人难忘，说实在的，有几人能做到！又如『白沟人太精明了。去年南方救灾期间，电视上出现了记者穿「风雨同舟」背心采访的镜头，有个姓姜的白沟人眼细，立即请人刻版，连夜印制，第二天白沟市场就出现了标着「风雨同舟」字样的箱、包和背心，被批发商抢购一空（《潇洒白沟》）。河北的这个小镇，光箱包市场就有10里长，8000个摊位，每天去白沟的批发商就有10多万人，该不奇怪吧。再如『一张蓝图绘到底，一任接着一任干。37年来，彭阳干部不离「三件宝」：球鞋、铁锹、遮阳帽。群众中一直流传着「三平平」的说法：带上干粮，麻乎乎出门，热乎乎干一天，黑乎乎才回家。正是通过这样的苦干实干，亘古荒芜的彭阳窑洞换了人间」（《每一孔彭阳窑洞都是一页脱贫史》）。『三件宝』『三平乎』，对彭阳干部的描述胜过千言万语呢。12篇『通讯/特写』的入微『食材』（细节）闪耀光芒，这光芒过目难忘。

『通讯/特写』篇幅适中。作者依据内容确定篇幅，这个思路好。12篇作品，8篇获历届宁夏好新闻奖，实至名归。

动辄鸿篇叙事　最怕食之无味　▼ 张　强

记者采写通讯，往往重视稿件的主题思想，缺乏对通讯写作规律的认识和自觉运用。

通讯作品要有其政治生命力，要聚集和散发精神力量，要有全新的信息做内核，并合理得法地延伸，要注入文学的元素，生动鲜活地描述。我一直牢记着这些关键之处。

动辄鸿篇叙事，最怕食之无味。记者生涯数十年，最怕稿子随风去。

在广阔天地里驰骋

一年一度的高考大幕落下，人生的幸运儿满怀欣喜和梦想步入了大学校园，阳光、林荫、色彩……灿烂的未来在拥抱他们，但很多落榜者，又该如何对待生活呢？

近 10 年，西海固地区每年都有数千名"落第秀才"又得回到养育他们的黄土地上，这种现象还将持续下去。面对贫穷的家乡，他们当中有的沉沦、彷徨，有的奋起、抗争。这里记叙的是几位不甘沿袭旧习、决定追求新生活的山里后生，他们用自己的才智在家乡描绘出闪光的青春。

面对贫困的现实，你别无选择，把知识糅进诚实的劳动中，于是，生活展示给你另外一种图景。

梁向光正艰难地承受着高考落榜带给他的痛苦时，他的兄长在一次事故中身亡，11 口人的家庭少了一只轮子，梁向光没有条件像其他落榜者那样，找一个"回炉""深造"的中学继续拼搏。他用全部的爱支撑着父母倒塌了的心坝。

这是 1980 年初春，彭阳县白阳镇姚河村开始执行农村联产承包责任制。梁向光一家分得 43 亩山地，贫瘠培植的怯懦和自卑占据着父辈们的心，19 岁的梁向光兴奋于新的生产责任制。

春去秋来，43 亩旱地的收获仅够全家人一年吃饭。收获后的山地，又是光秃秃一片，这种无法和少年心境协调起来的环境，使梁向光不安。

1981 年，他谋划起种菜。他托城里同学从银川、兰州买回蔬菜栽培技术方面的书，如饥似渴地读。春节前夕，听到固原、彭阳两地联合举办种菜学习班的消息，他说服了父母，跑去了。这一年，他把同他参加高考一样的热情，倾注于仅有的 8 分菜地。疏土、灌水、拔草……将知识糅进这劳动工序里。果然奏效，8 分菜地给他以回报，所种辣椒、茄子、西红柿大部分出售，收入 500 元。父母高兴了，儿子的举动渐渐愈合了他们心灵上的创伤。

试种蔬菜成功给梁向光添了力量，第二年他扩大了种菜面积，却苦于肥料不足。怎么办？他想起在县城上学时见到的一个个脏乱的厕所。那咋行呢？别的不说，拉大粪遇见了熟悉的女同学，脸搁哪儿呀！

几经思虑，梁向光还是坚决地去了。年迈的父母应该有一个安乐的晚年，年幼的弟妹应该比他强，要让他们上学上出个样样子。再说，有什么不光彩的呢？不偷不抢，靠的是诚实的劳动。

于是，从 1982 年起，在彭阳县城里经常能见到拉着粪车的梁向光。从这一年开始，他的菜园子远近出名，他的收入一年高过一年。

如今，梁向光已娶妻生子，生活展示给他另外一种图景：1987 年他种菜收入就达 4500 元，富了，他依然每年去城里拉回 200 多车大粪，他依然不忘父老乡亲，教很多人种菜技术，他依然那么孝顺父母。

梁向光的弟弟将要参加高考了，祝愿梁家出个大学生！

我们的山区不再是悲哀和屈辱簇生的蒿草滩，不再是一把奏出涩音的破"三弦"。这一切靠的什么？政策和科学！你说："一旦插上知识的翅膀，穷窝窝也能飞翔！"

杨克新是 1980 年 7 月以 10 分之差失去了再去深造的机会，在家乡那块板结的土地上，他没有气馁，他依然在"深造"。

隆德县温堡乡靠近甘肃静宁，那儿连绵着的黄土山长久以来一直沉睡着，常常鸟儿的飞鸣吸引了山里娃娃的视线，蓝天之外的远方有什么呢？

小小的杨克新有过相同的憧憬。杨克新长大了，成了山村难得的"秀才"，然而，现在，现实使远方成了他达不到的海市蜃楼！

他高考落榜了，但他清醒地意识到他踩在祖辈踩过的黄土地上，他也清醒地认识到他不该再有父辈、同辈的麻木。

他的不安分开始于因为两亩滩地而与父亲的争执：他要在那儿种上葵花。父亲骂开了，几辈人种葵花只种上个十棵八棵尝鲜，从没见谁种成过，哪能种一片一片的。村里奚落杨克新高考落第的风言还未平息，一波又起了："这后生不窝着，还日能得不行！"

杨克新充耳未闻，葵花长得比他还高，向着太阳展示金黄，结果换回200元硬票子。父亲不吭声了。

1982年，杨克新执意承包了生产队的磨面机，搞起了粮食加工。父亲又火了：老先人老老实实过来了，也没把谁穷死！更让他气不过的是，儿子把50元钱往磨眼里塞，塞给山西的什么"刊授大学"。山西在哪达，天天花几个小时学，学了顶啥用，学了十几年，花上钱学回来了，还不是吆牛的料！

父亲的不满并未浇灭儿子的雄心之火。杨克新学得更多的是农业科技知识，他种树树成，几年工夫育林于荒山秃岭，荒山秃岭变了样样；他搞粮食加工，村里妇人说经他磨的面白耐吃；他越来越多的收入惹人眼馋，村里人也开始植树。

杨克新三年的"刊授大学"结业了，捧得的是那张结业证无法包含的"财富"。

1985年5月，他又报名参加中国农业科技函授大学的学习。他身上体现着新一代农民的气魄和素质。他深有感触地说："一旦插上知识的翅膀，穷窝窝也能飞翔！"

是的，温堡乡有了不安分的杨克新，更多的不安分者涌现出来了，山村的生活变颜变色。这儿的农民没有种西瓜的历史。今年，杨克新带领乡亲们试种"地膜西瓜"，结果人们尝到另一种实惠。在杨克新的带动下，村里家家养起了兔子，杨克新是出了名的"兔医"。儿子攒劲了，能成了，父亲倒洋洋得意起来。

你幻想过自己是一个拥有金银财宝、钻石玛瑙的阿里巴巴，在芝麻开花吧的渴望中，芝麻最终没有开花。后来，你依靠诚实的劳动走向富裕。振兴山区，离不开这种艰苦创业的精神！

夏永清再也没有敢亲自去打问自己的考分，从 1980 年开始，他已经连续考过三次了，屡试不第，他的勇气连同热情连同其他什么都没了，沉重的负担压着他。他这次参加高考前，在日记中这样写道："我已经使出了浑身的劲，最可怕的是父母伤心啊！"父母的爱漫过来，他们渴望儿子有出息，给糊涂了几辈的家族争个光。

然而，这一次，父母殷切的愿望又一次被粉碎。

夏永清很累，带着永久的失望回了家乡隆德县桃山乡夏坡村。

太阳抚摸下的黄土山顶使他孤独，父母的强颜欢笑反倒刺痛他的心扉。

他做了一个一个美丽的梦，梦见自己和跑江湖的朋友一起赚了大钱，有金银财宝，有钻石玛瑙。外面世界真格是大啊，他失血的心在呼喊："芝麻开花吧！"

芝麻之花是在他挥洒了无数滴汗水后，在自家那块土地上盛开的。诚实的劳动把他载上社会主义富裕的道路。

他的家底不可能使他实现惊天动地的设想。1983 年春节刚过，夏永清跑到 10 多里外的集镇上抱回两只猪崽，一个劲地喂养。猪长得肥肥胖胖，之后带去配种。母猪下了 11 只小猪，夏永清一片欢喜，他全部养下来，养到 1984 年 7 月全部交售给国家，收入 690 元。夏永清兴奋了，也点亮了父母的快乐之灯！

这之后，他成了有名的"猪状元"，收入一年比一年高。他觉着光彩得很！谁说学了知识在山村无用？夏永清正是靠科学务着农桑，猪肥粮丰，好一幅农家乐图！

到 1987 年，夏永清高考落第已经四年了。四年里，他诚实地走在生活的道路上，也许有人会说他身上还保留着陈旧的什么，靠养猪发家终也发不到哪达，但面对一些至今不得温饱的贫困山区，没有这种艰苦创业精神，改变落后的面貌岂不成了一句空话！

时下，农村出身的学生几乎全部挤在考学这座"独木桥"上，应考落第，几经"回炉"者有之，每年金秋 9 月开学之际，中学校门前家长、学生相伴，目睹之后令人忧心。更有"落第秀才"们面对家长、村邻奚落之言，性格变态，甚至荒废青春。想起了是谁说过这样一句话："劳动不会玷污人，不幸的是人们有时会玷污劳动。"我们应该悟出这句话的内涵：不管从事何种职业，都是社会劳动的一部分，我们国家还不发达，不可能尽如人愿。广阔天地，任你驰骋！

(原载 1987 年 12 月 18 日 《固原报》)

地之不存　民将焉附

人口越来越多，而耕地却越来越少，生存危机已摆在我们面前

我们的面前是一本有关人员为宁夏回族自治区三十大庆献礼而编纂的《宁夏区情》。翻开它，我们看到一幅宁夏地图：象征生命的绿色占据北部宁夏的版图，而南部——我们脚踩着的这块土地却是黄色一片……

黄色——黄土地，孱弱的母亲艰难地养育着她的 154 万儿女，占全区面积一半的 635.25 万亩耕地亩产量却不及引黄灌区的五分之一，还有 30 多万父老乡亲不得温饱。新中国成立初期，这里的人均耕地是 12 亩多，现在仅剩下 4 亩多点儿，农民在贫瘠的土地上拼搏着。虽然这令人痛心的现状已经摆在我们面前，但人口依然在增长，耕地依然在减少，人为因素使耕地和人口的矛盾在我们这块土地上变得尖锐起来。

"1980 年以后，由于山区退耕还牧还林以及基本建设、农民建房等用耕地，使耕地呈逐年减少趋势，全区大约每年平均减少 26 万亩。"（《宁夏区情》第 108 页）而事实上，引黄灌区由于挖排水沟以及整修渠道，给开垦荒地带来便利，耕地呈增加趋势。

每一个西海固人该正视生存的问题了，但是在禁止违法乱占耕地的呼吁下，蚕食耕地之风却有增无减。仅 1988 年，全区就查出违法占地案件 230 余起（事实上乱占耕地的案件远远超出这个数目）。

沿平银公路自固原头营乡至海原李旺乡清水河河谷川道走一趟，长达60多公里的公路两旁，你会看见一个个"新村"是早些年不曾有的。在固原县黑城乡，我们遇到一位古稀老人，他说："早些年，一大清早听得见十几里外的摆耧声和耕牛叫唤，现在醒来满耳的嗡嗡声，乱糟糟的。"老人的感觉来自人满为患。在这个西海固地区最大的川道里，50万亩良田正在被无形地蚕食着。黄河的水已经注入这块土地的北部，但是面临的却是耕地一天比一天少！

这是多么令人痛心的现状啊！

违法乱占耕地面面观

并非处处都是穷山瘦水，在以黄土覆盖的丘陵中，西海固的川、塬、盆、垴等中，也有好水流过，也有翠绿点缀，这些受河流冲积和大山分割而形成的地区，是西海固的"塞上江南"。

但是，正是在这较为丰饶的地区，许多农民在刚刚从贫困的泥土里站起来、手头较为宽裕的时候，却首先向给予他们财富的耕地发起了挑战——盲目建房、掘坟现象比西海固其他地方更为严重。

固原县三营镇是西海固有名的集镇。早些年，镇上的回族兄弟即便是谙于经商之道，也有糊口的几亩良田。但是近些年，许多人却穷得只剩下手中的钞票，他们的耕地在如同集市上"掏麻雀"式的讲价后，无声无息地卖给了几十里外甚至几千里外的外乡人。从三营镇至黄铎堡乡，最初三四里公路段西侧，昔日的耕地上已被住户占得严严实实。"候鸟"栖息于此，无非是先安家而后发财，他们在此有了家却没有正式户口。这种"候鸟"在这里少说也有百十来户。随意私下卖耕地的违法行为，该谁过问？

在清水河流域的北川，在西吉、隆德县葫芦河东岸的广阔川地，在彭阳红河河谷，乱占耕地现象可以说在每一个自然村都有。在这些地方，为数不少的农民是不知道中国还有了《中华人民共和国土地管理法》的。"三十亩地一头牛，老婆孩子热炕头"，那"三十亩"地怎么会是国家的呢？在这里，最权威的指令居然得由"阴阳先生"传下，想打个黄土院墙、想立木建房，花几个钱听那"阴阳先生"吩咐后便可为之，置国家《中华人民共和国土地管理法》于不顾。

有些人则是知道违法要受到惩治的。"不就罚几百元吗，换个地方也划得来。"持这种态度的农民为数不少。1987 年年底到今年年初，西海固各县先后开始执行缴纳耕地占用税金这一规定。但是许多农民在交了两三百元的税金换得"宅基地使用证"后，就开始在自己的承包田里为所欲为，凭那一纸"尚方宝剑"，给自己，甚至给自己未到法定结婚年龄的儿子、孙子来上一块工地。上级规定按总农户的 2%审查发放"宅基地使用证"，但事实上由于滥批，实际用地的农户远远大于 2%。

还有一部分农民在挥霍自己耕种不过来的耕地，在大片良田里开辟"根据地"。这部分农民的家庭成员中往往有去世或出嫁的人，但耕地依然在手，考虑到会有一天要被收回，何不先斩后奏。而更多家庭娶妻生子，多了人口，却没有多出耕地，所以这些人往往在饥饿线上挣扎，叫苦不迭。我们呼唤能尽快改善这种局面，安抚那些长期受贫困之扰的父兄。

有一种"别墅"是要推倒的，不倒不足以安民心。那便是一些"农转非"的干部在转进城市后，不仅不交出耕地，反而在那不再属于他的良田上建起了新居，供自己"避暑"。

强化土地管理需要动真格的。

"土地爷"，你该是非分明!

所有这些违法行为都能在《中华人民共和国土地管理法》中找到惩处

依据，只可惜时至今日，违法者仍逍遥法外。

不是各县都有个土地管理科吗？是的，那土地管理科必是科长、副科长、办事员、小汽车、办公室面面俱到，但我们采访某县一位土地科科长同志，他的态度却是："现在嘛，处于宣传阶段，还没有动真格的呢，全国都是这么个形势嘛！"

实际上农民文化素质不提高，人口超速增长不刹车，"土地爷"也是不好当的，加上如今复杂的社会风气、上级领导的"条子"以及捧至面前的贵重礼品，"土地爷"也有难以招架之苦啊！

《中华人民共和国土地管理法》中明文规定："征用耕地3亩以下由县人民政府批准。"而事实上，某县土地科竟擅自批准个人买耕地建私房，1987年、1988年两年审批54户，占用耕地21.37亩。50多户建房户中，国家干部和职工达46户。这种现象在西海固其他一些县也屡有发生。

但是，不管哪一种局面出现，最起码不应该执法带头犯法！

有的县土地科居然敢动用历年收回的土地管理费用以及征用农民承包地，准备为自己单位建家属院、划分给本单位干部建私房。靠山吃山、靠水吃水，靠耕地的"土地爷"竟吃起了农民的耕地，这种"土地爷"该谁管？

我们不能大事化小、小事化了地掩饰，或者一谈存在的问题，就变了脸色。为了子孙后代，我们还是要多找些问题并解决。从目前固原地区各县土地管理现状看，都存在认识不足、措施不力的问题。乡级土地管理人员多为兼职。兼职者，必是心不足矣，加上行政村、自然村管理有的瘫痪、有的不力，强化土地管理实际上是一句空谈。

忧患：地之不存，民将焉附？

固原县三营镇一位年过花甲的老人叫冯新元。按农民的传统说法，他该是抱孙子享清福的老太爷，但是谁叫他生出直条条的 8 个儿子。截至今年，冯老汉和他的老伴辛辛苦苦大半生，才为 5 个儿子娶上了媳妇，已成家的 5 个儿子都另立门户，5 个儿子又给他们生出 8 个孙子，尚有 3 个儿子还要等待父母"出血"。可以断言，冯氏家族未来的光阴不会有多么光明。耕地被住房占用了，靠什么糊口呢？

像冯新元这样规模的家庭在西海固任何一个村庄都有好几家，他们还没有认识到自毁家园的危害性。在西海固农村，如果有谁有幸去引黄灌区串亲戚，回家后，一定会当着乡亲们的面对川区农户的住地"攻击"几句："哎呀呀，哪有咱们这达宽敞，他们连个院墙也不围，连个大门楼楼也不安！"

走遍西海固，你就会发现，实际上这块土地并不怎么宽敞：泾源如今每平方公里的人口已达 210 人（不包括六盘山林业局所辖区域），隆德 175人，西吉 110.8 人，均高于全区平均数（63 人），也高于全国平均数（109人），而且，由于文化的落后、环境的闭塞和传统习惯，人口依然急剧增长，那么"地广人稀"的认识是该被推翻了，生存危机已摆在西海固干部、群众面前。

已经有 4000 多户农户、近 3 万人举家迁往黄河两岸的可垦区，告别养育了一代又一代人的故土，留下来的依然需要战胜艰辛。面对此情此景，我们只能真诚呼唤每一个西海固人：抛弃落后的、狭隘的心理吧，抑制人口增长，珍惜方寸之地，救救我们自己的家园！

（原载 1989 年 3 月 25 日《固原报》）

古道新曲

固原县蒿店乡至开城乡约 50 公里长的黄土山沟历代皆有重兵驻扎。位于蒿店乡的三关口更是"一夫当关，万夫莫开"的要隘，为兵家必争之地。离这儿不远的六盘山，当年红军长征途经时，毛泽东曾挥笔留诗。今天，来自北京、四川、陕西的数千名铁路建设者在这里扎寨，修筑"八五"期间国家重点建设工程宝中铁路。六盘山下大战犹酣，他们为凿通这条造福于贫困地区的幸福路而拼搏着。

祖祖辈辈耕种于黄土地的西海固人，开始体味着身边悄悄发生的变化。几天来，我们沿铁路建设工地走访，所见所闻无不令人欣喜！

固原县什字路乡五里铺村人哪能料到，千百年来沉睡在自己身边的石山被唤醒了。1990 年 12 月的一天，随着一声轰响，五里铺村办料石厂开业了。五里铺村人眼见这些碎石在宝中铁路上派上了用场，能不高兴吗？随五里铺村之后，大湾乡的绿塬、杨岭等村也相继办起了料石厂。一向沉寂的石山就这样成了村民们取之不尽的财富。

今年春节前后，铁路建设工地沿线的农民兴起了购置手扶拖拉机热。他们将手头的积蓄拿出来买这家伙，寄希望于从工地上搬回"金山""银山"。如今，就有一批人驾着"手扶"挤进了工地运输队伍，获得不少收入。

固原县大湾乡人真可谓"近水楼台先得月"。铁道部十六局宝中线建设队伍就驻在这里。去年 10 月至今年 5 月，瓦亭村的人利用农闲时节帮助十六局修建住所和一些简易工棚，每人每天挣回七八元钱。

17 岁的田玉珍是田注村人，家庭境况不咋好。十六局通过乡政府引荐，将她等 10 多名同龄人录用为服务员，每月除食宿费用由十六局承担外，每人还领得 70 元酬劳。小田等人在这里做事，不仅增加了家庭收入，而且长了见识，她们勤恳的工作态度和诚实的品格赢得了远方来客的赞赏。

今年 3 月，武坪村到井盘村添了一条约 5 公里长的能通汽车的砂石路。这是十六局为自己施工方便开通的。于是，周围三四个村庄的人也告别了走过不知多少年的羊肠小道，他们迈步往来于这条新辟的道路上，又眼见驶来驶去的汽车，心里别提有多高兴！

黄土沟里新添的许多个体饭馆和商店，都是附近农民开设的，既增加了他们的收入，又为铁路建设工人提供了方便。无论是李克民小卖部前广告牌上"一剪梅香烟比五朵金花好"这句话透出的经营意识，还是李金民请来姓周的四川师傅掌勺办起的"李周川餐馆"，都使过路人感受到牛营子村人脑瓜比以前活了。至于一些很少出门的村妇如今能拿上熟鸡蛋和瓜果到铁路职工住地叫卖，更是不简单哟……

宝中铁路固原段开工已经半年多了。隧道一天天在推进，许多桥梁的柱基也已打成，细心的人时时在关注它，投入热情，并默默地做着贡献。在大湾乡六盘山隧道工地上，我们见到一位当地的古稀老人，名叫刘金斗。他隔几天就来这里，深情地注视着工程建设。听建设工人讲，他还劝说过不少被征用土地的村里人。这位老人表示要活下去，等着坐火车浪西安逛银川。他说："如今都落在福窝里了，国家力量这么大，花下的钱能拉一汽车。"老人的话流露出对新生活深深的感情。

变化毕竟刚刚开始，也许有人还未曾注意到它。但是，变化着的事实说明，更好的日子还在后头。父老乡亲们，敞开你们的胸怀，献出你们的真情，迎接火车隆隆开来的那一天吧！

（原载 1991 年 8 月 21 日《固原报》）

黄土高坡唱渔歌

你想不到有鱼儿会畅游于这块贫瘠的干旱土地上吧！

1957 年前，只能在固原地区极少数塘堰中看到自生自灭的天然鱼。农民引水浇地，要是眼见顺水而来的鱼，都免不了惊慌，没有谁敢斗胆捉住。1967 年 6 月，固原县沈家河水库泄水迎汛时，许多鱼顺水而逃，幸存的一些大鱼被捕得，最重的超过 10 公斤。面对如此"庞然大物"，没人敢提个"吃"字。库区职工只好把这些鱼拉到银川、平凉等地卖了。

现在的情形当然是昔日无法比的！西海固人对鱼的感情在悄然升温，吃惯了"十大碗"（一种传统的宴客方式）的山里人，宴席上也悄悄地端上了烧鱼。固原县城南桥头有个鱼市，每天清早上市的约 300 公斤鲜鱼，不出两小时，准被抢购一空。

如果认为这些鱼全是靠鱼贩从外地贩运而来的，那就错了。这里上市的鲤、鲫、鲢、草等淡水鱼，绝大部分就是祖祖辈辈未曾尝过鱼味的西海固人自己养殖的。

固原县一个 176 亩大的鱼种场是自治区和当地政府投资 52 万元兴建的，负责向本县和邻县养鱼专业户提供鱼苗。鱼种场所在的彭堡乡，有近 60 户以养鱼为生的家庭。这里沟、堰、坝里自然或人工开挖的鱼池，宛若大大小小的星辰。彭堡乡申庄村曾是吃了十几年救济的贫困村，1986 年，村民唐国仁、马德林率先利用滩涂各开挖鱼池 12 亩，试着养鱼获得了成功，如今他们两家养鱼每年纯收入超过 2000 元。在他俩的带领下，村里 13 户农民先后开挖鱼池，投放鱼苗，靠养鱼过上了富裕生活。西郊乡什里村村民马进林，1989 年出塘成鱼 1250 公斤，获利润 5000 多元，现在养鱼劲头不减，去年仅养鱼收入就超过 1 万元。眼下，固原县涌现出像这样的养鱼专业户 100 多个。已成立 10 余年的固原县水产站拥有 12 名渔业专业科技人员，为全县渔业生产提供服务。

西吉县 20 多个天然水堰的渔业生产更是喜人。目前，全县养鱼面积超过 2000 亩，平均每年出售成鱼 100 吨，总产值 110 万元。西吉鱼不仅供应本县市场，还向邻近的甘肃省一些地方出售。

说起西吉鱼，自然要提到"水族"稀世之宝——彩鲫（俗名五彩鱼）。1980 年，在西吉的赤土岔、党家岔等塘堰内发现了彩鲫，一时成为美谈。1983 年，西吉人送彩鲫在新疆召开的西北五省区养鱼协作会议上展出，观者赞不绝口。1984 年，西吉彩鲫又在北京民族文化宫展出，首都群众得知它生长在黄土高原，无不称奇，中央电视台还拍了专题片向全国观众介绍。

同西吉彩鲫一样珍奇，泾源县培育出另一种名贵冷冻性鱼种——虹鳟鱼。去年 4 月，该县龙潭林场从甘肃永登县引进虹鳟鱼种，进行人工采卵孵化并获得成功。据了解，目前国内养殖的虹鳟鱼，原产地为美国，后来朝鲜引养成功。当年北京市市长彭真访朝时，金日成主席赠送了一批虹鳟鱼，即为国内虹鳟鱼始祖。由于各种原因，虹鳟鱼养殖迄今未在我国形成规模，仍处于初期发展阶段。而它却在偏僻的西北一隅培育成功，实属稀奇。今年春节，一些少量的虹鳟鱼在泾源上市。这种肉质鲜嫩、骨刺少的名贵鱼，国内只能在规格较高的宴席上吃到，想不到泾源人会有如此口福。

据固原地区水产部门调查，目前全地区养鱼水域面积有 1 万亩，可养鱼水域面积达 5 万亩。黄土高坡，山高水寒，养鱼事业却呈现出方兴未艾之势。从西海固人怕鱼到吃鱼、养鱼的历史，人们可以窥见这块黄土地变化的轨迹。

（原载 1992 年 10 月 17 日 《宁夏日报》）

泾源，撩开你神秘的面纱

使用地理语言描述泾源的话，那就是它位于宁夏回族自治区最南端，地处六盘山东麓，境内山峦起伏，绿树环绕，风光奇异，东西南北相对呈闭合状，是一块陆地上的"孤岛"。

多年了，大山把泾源人的视线阻隔了，山里人与山外很少联系，山外人也不屑走进山里。泾源人甘于寂寞，忍受清贫，依山而居，繁衍生息……

无论从风景的角度，还是从人文的方面，泾源都令我们联想起"桃花源"！

扑进眼帘皆胜景

前不久，我们有幸目睹了泾源的芳容。

泾河之水浇注成一个美丽的泾源。这是整个西北较为集中的湿润地区。在这里，掬一把空气都是湿润的，苍穹之下，山环水抱，佳景天成。

我们先醉心于当地人称之为"荷花苑"的地方。"荷花苑"有多长？15公里。位于香水河源头的这个峡谷竟是一条野荷长廊。山上松林层层、遮天蔽日，山下荷叶重重、溪流涓涓。想想看，天下哪里还有这样规模的、无雕琢痕迹的"荷塘"呢！穿越与人齐高的荷境时，有彩蝶相伴而舞，有百鸟穿梭而鸣。好不容易走出重荷，又是"香水脑""香水泉""香水桥""香水独山"扑面而来。这些景点一如其名称，让人流连忘返。

"凉殿峡"是个好去处。早在公元1227年，"一代天骄"成吉思汗就对此地情有独钟。连年征战，兵马疲惫，蒙古大军穿山越岭，浩浩荡荡开进六盘山这块腹地，正逢酷暑，于是安营扎寨，稍作休整，并建造了避暑山庄。1227年7月12日，戎马一生的成吉思汗病殂于此。"凉殿峡"，多么气派的名称哟，如今却寂静无声。我们禁不住大喊一声，直听得回音不绝。眼前的断垣残壁、桥墩石槽、点将台以及许多插旗孔，仿佛令人听到古时这里屯兵的嘶喊。这条长达20公里的峡谷，两岸奇峰绝石千姿百态，峡内林草葱郁，谷底泾水潺潺。这样的好地方至今却没有多少人光顾，真是让人遗憾！

"二龙河"地处县城南约30公里处。相传因泾河龙王家族居住龙潭时，老龙王让其两个儿子把守这里，故得此名。登高俯瞰二龙河，但见两条河流曲曲弯弯，水流湍急，水声轰鸣，真如两条银龙威风凛凛镇守山关。二龙河还有许多景点因地形之险尚待开发。河东峡谷溪流之上有两块巨石相对而立，形若厉鬼把守门户，谷风习习而出，如鬼嘤嘤鸣叫，故称"鬼门关"。传说这里是大唐宰相魏徵与泾河老龙王打赌、龙王赌输丧命的地方。至今，当地还有"鬼门关，山套山，进去容易出来难"的说法。恶名在外的"鬼门关"，峡内却美不胜收。只可惜每日午后，蓝雾弥漫，游人往往不辨东南西北，也就望而却步。那些胆大之人畅游其间，返回后就有讲不完的感受，惹得人们好不神往。

老龙潭美名远扬，被誉为黄土高原上的"天然水塔"。清人胡纪漠公元1790年奉诏勘测泾水时，在他的《泾水真源记》中赋诗曰："无数飞泉大小珠，老龙潭底贮冰壶，汪洋千里无尘滓，不到高陵不受污。"如今，老龙潭不光拥有风景迷人的景观和魏徵斩龙、柳毅传书、曼苏尔等美妙的传说，还拥有造福人民的能源，龙潭水库发出的电力照亮了泾源县的千家万户。

1991 年 3 月 23 日，济公和尚第 13 代传人、台湾人冯敏堂不顾 73 岁高龄，按图溯源，率 26 名佛教徒辗转昆明、西安、平凉来到泾源。那张图上写着"从老龙潭向太阳升起的地方步行 20 余里"字样。冯敏堂一行顺着这个方向寻去，终于找到了济公当年修行过的地方——泾源县新民乡张家台石窟。次年 6 月 5 日，另外 37 位台湾善男信女也来此朝拜。他们都在这里通宵达旦地焚香、坐禅、膜拜，惹得周围乡亲围观。而在此之前，泾源县文管所对张家台石窟的文字记载仅是"延龄寺，南宋石窟"几个字。台湾人决意以后每年来此拜谒，并表示出资与当地政府共同修复延龄寺。泾源人闻知，莫不惊喜。眼下，一向寂静的张家台石窟前开始有了不断线的游客……

泾源的景观何止一天两天能游得完，又何止这些文字能概括得了。秋千架、龙女峰、香水峡以及许多人迹未至的地方，足以表明这块土地的神奇。在泾源采访的日子里，我们见到的许多美景连当地人也不知其名，我们只好根据感受起名"神女峰""一线天""桦树沟"等，竟引得当地人连连赞同。陪我们采访的人还提起一个叫"鸽子窑"的地方，据说平时当地农民翻山越岭，去那里一背斗一背斗地背回鸽子粪施进田里。那该有多少野鸽呢！又该是怎样一种迷离扑朔的景观！遗憾的是，因路途之险，我们未能到达那里……

有人说，泾源风光既有北国山势之雄，又有南国山色之秀。

我们说，泾源处处都是景！

绿岛风物无处比

泾源所处的六盘山区属我国温带草原区的森林草原地带，植被有针叶林、落叶阔叶林、常绿竹类灌丛、落叶阔叶灌丛、草原、草甸等。

以上这些文字反映出这样一个事实：这片土地的植物兼有南方和北方特色。

1987 年 8 月，在二龙河林场小南沟口，洪水冲出的一截古木被全部挖出。面对这个长 25.26 米、3 个人牵手都抱不住的"树神"，人们都束手无策。有人建议锯断当柴。细心的六盘山林业局科研人员坚持保护，并采集了一部分样木南下检测。南京大学、南京林业大学、中国科学院等林木专家鉴定的结果是，这棵巨树已经埋藏了 7000 余年，树龄达 230 年，为落叶松。保存如此完整、历经数千年而不朽的古木，在国内实属罕见。这棵巨松以它完整的身躯反映了六盘山区辉煌的过去，证明史前这里为温带原始森林无疑。也难怪有的史书记载着六盘山曾长有棕榈等亚热带植物。这棵挖掘而出的古树现躺在六盘山林业局标本室供人们参观。

即使今天，泾源县仍是我国西北地区难得的天然动植物园。

仅以二龙河林区为例，这里生长着松、桦、柳、箭竹等 113 种植物和金钱豹、林麝、红腹锦鸡、草鹭绿翅鸭、白尾鹞、角百灵等 213 种动物。

整个六盘山林区属国家 52 个重点自然保护区之一，有林木 104 万亩，其中天然林 64 万亩。深入二龙河林区，能见到成山成片的原始森林。参天大树之下，又生长着 600 多种中草药，不乏贝母、黄芪、窝儿七等名贵中药材，所以泾源县又是少见的"药库"。

秋日里，与林草相映生辉的是漫山遍野的沙棘，红绿相间，不知该怎样形容才好。在国内许多地方苦于想开发饮品却没有原料时，泾源无以计数的沙棘果却自生自灭，落在地上腐为泥土，年复一年。

六盘山海拔 2000 至 2700 米处的箭竹，是我国竹类分布的最北界。泾源人用它编织山货。构图优美、编织精巧，富有地方特色、民族风格的炕席、背斗、竹篮、竹帽等，这些年不断运出山外，能让外地人感受到泾源人田园诗般的日子。

山清水秀的泾源，能耐还大得很哩。

1991 年 4 月，龙潭林场从甘肃永登县引进虹鳟鱼种，进行人工采卵孵化并获得成功。虹鳟鱼属冷水性鱼，原产美国，国内养殖少，故而此鱼很是珍贵，西北各大城市的虹鳟鱼价格是每市斤 60 元，而且 60 元还买不到呢。

这鱼儿却畅游于泾源。泾源水凉，在人工鱼池里，珍奇的虹鳟鱼摆动着淡黑色的身躯，悠然自乐，令观者赏心悦目。一年多时间的养殖史足以证明虹鳟鱼可是找着了好地方。去年秋季，几个鱼池溢水逃走了一批虹鳟鱼苗，鱼苗钻入了龙潭水库。来年盛夏，一些村民用叉子逮住不少，个个都在半公斤上下，拿到平凉、固原出售，竟然以每斤 6 元成交。拿上票子的和接过鱼儿的均喜出望外。这一幕拉开之后，泾源大面积养殖虹鳟鱼的历史就开始啦。

20 世纪 70 年代，黄花乡向阳楼村一个叫方沟的地方，石油勘测部门在那里找石油，机子轰隆隆地钻，没有钻出油，却钻出了水。水是热的，喷涌而出。那年月不兴享受温泉浴、喝矿泉水什么的，一个大铁板就把水头压住了。从此，周围的女人、娃娃利用从铁板上的孔自溢而出的泉水洗衣搓身。据说，养在县城里的奶牛喝过这温泉水后，奶就哗哗如注，所以如今这温泉旁就有个奶牛场。温泉旁还该有疗养院、矿泉水厂之类的。想来应该不远了吧。

翘问何时现芳容

能不能把泾源建设成中国西部的"避暑山庄"？联想到北京八达岭上仅仅因成吉思汗过路而修的行宫，竟使得游人如织，就真该在融自然景观与人文景观于一炉的泾源花花本钱了。

遗憾的是，泾源之美还不为更多人发现，也难免会有人对这里还存有偏见。时至今日，我们应该换个思路，重新审视这片神奇的土地。

自治区党委书记黄璜多次考察泾源之后，投入热情，他的"西安—泾源—银川三点一线旅游"设想已被积极付诸行动。白立忱、马思忠、程法光等自治区领导也先后深入泾源考察旅游开发工作，帮助解决了一些实际问题。

泾源和泾源人则正在勇敢地推销自己。泾源县计划"八五"期间修成一条通道，以便沟通本县与正在建设的宝中铁路上最近的车站——蒿店，以期吸引铁路带来的旅游"流"；境内都有简易公路从县城通向各主要景点；泾源人在首府银川经营的泾河宾馆、平吉堡吊庄，成为泾源人了解外面世界的窗口；泾源肉联厂则是引进丹麦技术的肉牛加工点，泾源人正设法使本土鲜嫩的牛肉输出到日本、独联体等国；一个叫"踏脚"的泾源舞蹈去年在全国第4届少数民族运动会上出尽风头，《新民晚报》以《泾源男子汉，不怕扯裤裆》为题予以报道；许多善经商的泾源回民大胆地跨出山门，最远的驻足广州、三元里等地，用地道的泾源风味小吃诱惑都市人们………

是的，相对于外界，这都是再小不过的事儿了。泾源和泾源人都在渴望"大事情"发生——等待着人们走进泾源，感受美丽。

泾源，当然是小了点，但它的旅游资源，就全国范围而言，不小了，不信就去瞧瞧吧。

那是你料想不到的"原汁原汤"！

近两年来，国家有关部委先后有人来泾源考察。中国港台地区、东南亚、日本、韩国等的客人根据搜寻到的一点资料，竟能找到泾源。他们来一个，被泾源的山水征服一个……

耐不住都市喧嚣的人们，我们劝你们看看泾源。

政界和商界的有识之士，我们请你们关注泾源。

让泾源走出贫困的历史峡谷。

让人们走进优美的今天泾源。

（原载 1992 年 11 月 21 日《宁夏日报》）

潇洒白沟

人称"北方小香港"

就是在最新版的中国地图上也找不到它的名字——它太小了。按确切的行政区划，应该称它为河北省新城县白沟镇。

就在 10 年前，白沟人还在为混饱肚子而奔波。不要说近在咫尺的北京和天津了，连偏远的陕甘宁，也有白沟人卖苦力度光阴。

白沟的火爆，是近两三年的事。眼下聚集在白沟的商人哪儿的没有？白沟人甚至悄悄跟洋人打上了交道——刚下飞机的"国际倒爷"，连北京城都不落脚，直奔白沟而来。白沟也成了名副其实的"京津郊外购物中心"……

如果非要报个数字的话，那就是白沟有固定和流动摊位 1.3 万个，从商人员 3.5 万人，日上市物资总值 2000 多万元，成交额逾百万元，日客流量 10 万多人，高峰期达 15 万人。

总之，人们称它"北方小香港"！

"北方小香港"已完全摆脱计划经济。在这儿上市的商品，价格全部放开，一律随行就市。一位专程前往白沟考察的政府官员得出了这样的结论：这里的市场为啥发展这样快？我看就是两个字——少管！

管得少了，环境变了。白沟人家家都是作坊，白沟人个个非商即贾。

白沟人不在乎外界刮风下雨，在乎钱挣了多少。

小小白沟竟也连着大千世界！小平同志南方谈话之后，先是香港和澳门的一些公司前来投资，不久，日本旭日公司也来"下注"。北京、天津、福建、辽宁、内蒙古等地的投资建厂者纷至沓来，白沟一时沸沸扬扬！

白沟是不是真的要发展成"旱香港"？

箱包市场十里长

白沟的拳头产品是啥？是箱，是包。

走进白沟市场，犹如置身于箱、包的海洋，8000多个箱、包摊位挤满了10里长街。女士包、公文包、骑士包、旅游包、学生包、摄影包等应有尽有，品种超过4000种。

白沟不远处是白洋淀，那一带只有芦荡很有名，再找不出什么矿藏了。说白了，白沟人致富就是靠箱、包，白沟火起来就是凭箱、包。

20年前，张国卿和李荣才两个白沟人从北京皮革厂买回人造革边角料，加工成自行车座套和小提包，串村叫卖，十分畅销。没多久，"尾巴"被割了。改革开放后，这两人大胆折腾，还做提包，没承想带出了白沟的一大产业——如今白沟镇90%的家庭都生产箱、包，还带动了邻县，从业人员达3万人，每年从白沟市场批发出去的箱、包约占全国箱、包生产总量的十分之一。白沟人说："李鹏总理的公文包，就是我们白沟的。"此话真假，无从考证。

白沟的箱、包出名了，惹得全国各地人光顾，他们先是专门批包，后来以货易货。慢慢地，白沟发展成人造革制品、小商品、针织品、人造革制品原料四大专业市场，市场的全名叫"白芙蓉"。一朵花就这么开放啦！

白沟打算在镇中心塑像，不塑人，也不塑神。塑啥哩？塑包！

怎一个"便宜"了得！

每天光顾白沟的 10 多万人，绝大多数就是冲白沟的货便宜而来的。

到底便宜不便宜，就请您算一算：

圆珠笔——15 元 1 公斤。

镀金（氧化铜）戒指——每枚 7 分。

牛仔背包——1 个 8 元。

全玻璃钢密码手提箱——100 元 1 个。

俄罗斯方块游戏机——每个 40 元。……

"白沟市场联合调查组"调查结果表明，白沟的商品要比国营商店普遍便宜 30%~60%。

货物为什么便宜，成了白沟难解之谜。其实谜底很简单，用白沟人自己的话，就是货多招远商，薄利促多销，多销利自厚。例如白沟人卖背心，只赚 1 角也卖，1 条 1 角，批发 1000 条就是 100 元。

走趟白沟，你会有颇多感触。一是白沟人很能吃苦。仅以守摊的白沟人来说，他们难得吃个饱饭，难得睡个好觉——清早 4 点多就上摊，晚上 8 点才收摊。二是白沟人太精明了。去年南方救灾期间，电视上出现了记者穿"风雨同舟"背心采访的镜头，有个姓姜的白沟人眼细，立即请人刻版，连夜印制，第二天白沟市场就出现了标着"风雨同舟"字样的箱、包和背心，被批发、抢购一空。白沟人也很重视信息，有 300 多私人直拨电话在显威力；今年 4 月 27 日，一种现代化的通信手段——无线寻呼又在白沟开通了。一位用户说："广州、深圳、香港早晨上市的新产品、新式样，下午我们就知道了，第二天白沟市场就有类似产品。"

白沟回族人家都很富足

没料到白沟有那么多的回族人！

白沟镇上到处都是标着"清真"字样的饭馆和回族人开的旅馆。在白沟遇着的前去白沟考察的宁夏同心县委书记肖金玉一行7人也表示惊讶：吃住这么方便。

41岁的王红军和姐夫辛友华合开了个饭馆，饭馆墙上的菜谱牌标着"沙锅肉""甘肃鸡""粉皮""肚丝汤"等菜名。我把砂锅肉吃好了，主人硬是拒收我的钱。回族老人张仓更是热情，硬拉着我去他家。他的弟弟张树臣一家现在宁夏汝箕沟煤矿居住，他说："我跟见到一家人一样。"

白沟镇政府接待办公室主任杨瑞告诉我："白沟发展这么快，近万名回族人是'排头兵'。"

白沟镇最大的饭店双龙饭店就是回族妇女辛大菊开的。她说："别看现在我们过得好，当年穷得连间像样的房子都没有。我和丈夫都属龙，就给店起名'双龙'，象征腾飞吧。"这个能说会道的回族妇女再三托我请宁夏来客到她店里住宿吃饭，真情也好，做广告也好，兼而有之吧。

白沟回族人家都很富足，白沟市场建设管委会主任信东骥告诉记者，白沟街13村47户回族人家，积蓄都在30万元以上。一位平常不显山不露水的人家要盖房子，建筑队一测算，要18万元，他连磕巴都没打，行！

当然，这样的生活都是一个个勤劳的回族同胞们干出来的……

眼下，白沟正在边经营、边建设，到处可见高高的脚手架，满耳朵的建筑机器轰鸣声，一派生机勃发的样子。白沟人信心十足，白沟正在走向成熟，步入鼎盛。愿冀中平原的这股雄风越刮越烈！

（原载1992年8月15日《宁夏日报》）

桥的赞歌

　　石嘴山市委、市政府坚定而执着的"搭桥精神"，成为记者不久前煤城之行的采访主题。通过一座座有形和无形的"桥梁"，耳听普通群众一声声真挚的评说，能强烈地感受到当地市委、市政府务实和创新的工作作风。

两座立交桥的建成通车，不仅圆了当地人多年的梦想，而且表明市委、市政府渴求发展的信念

　　石嘴山市 1996 年建设成就之最，当数境内两座铁路、公路立交桥的竣工、使用以及几条公路的开通与拓宽。

　　记者此行是经平罗走太西公路到大武口的。告别了往日狭窄的路面，太西路平罗火车站至大武口 8.9 公里的路段已成为名副其实的康庄大道，总投资 508 万元的沿路架线路灯工程也正在建设。这条宽阔笔直的道路经过光的点缀，银北将增添一道迷人的风景线。

　　横亘在包兰铁路与太西路平交道口立交桥的建成更令人惊喜。这个投资 2527 万元、长 448.44 米的上跨铁路、公路立交桥的通车，已成为眼下当地人议论的热门话题。多少年了，人们习惯了铁路道口标志杆的阻挡，有时一等就是几十分钟，而现在终于有幸体会畅通无阻的感觉了，能不

快哉!

与这座立交桥建设规模相当的还有石（石嘴山）营（营盘水）公路大武口立交桥。这个长534米、宽12.5米、总投资约2000万元的工程已于今年10月建成通车。

除了这两座较大的立交桥外，去年以来全市67万人民迎接和感受到的境内交通方面的喜讯还有石嘴山区沿黄河公路的修通、110国道的拓宽、大武口至崇岗22公里二级公路和大武口啤酒厂至平罗水泥厂9.87公里一级公路的开通等。

"道路通，百业兴。"石嘴山市委、市政府克服财力紧缺的困难，挤出并多方筹措资金，在交通建设这样的基础工程上倾注心血，既看出他们扎实有效的工作作风，又表明它们渴求发展的强烈愿望。

两条"引水桥"的铺设令当地群众赞叹不已，党和政府的感召力通过这些"益民工程"的兴建得以增强

1990年全国评选绿化先进城市，大武口榜上有名。可是由于连年干旱，加上地下水位下降，城市用水紧缺，眼见树木一棵棵枯死、草地一片片枯萎，几年了，大武口人企盼彻底解决灌溉用水的心愿与日俱增。

位于大武口市区西郊的工农大渠，是20世纪70年代当地一些厂矿、农场的灌溉用渠，全长4公里，80年代由于年久失修报废弃用。要改造并延伸工农大渠，利用它将黄河水引到城里来，的确不是一件容易的事。但是，1994年10月，市委、市政府果敢地拍板，这个被当地人称为"百年大计"的引水工程终于开工兴建。经过一年多的艰苦奋战，投资1200万元、长11.52公里的工农大渠修通了，黄河之水终于进城了。石嘴山市成为自治区境内迄今为止第一个利用渠道引黄河水入城的城市。

同是"引黄工程"，正在石嘴山区兴建的黄河水厂更是迫在眉睫的

工程。

　　祖祖辈辈饮用地下咸水的石嘴山区人，没想到近年来又遭受因地下水位下降而按点接水的生存窘境。投资 4300 万元的黄河水厂，将提引黄河水经取水泵站、净水厂等环节处理后，最终达到日产 8 万立方米的供水量，彻底解决石嘴山区的供水问题。今年 6 月底已完成所有土建工程，10 月安装工程结束后，年底即将通水。据悉，利用黄河水解决生活饮用问题，在黄河中上游城市中，石嘴山市还属首家。

　　人民群众正是从这些事关自己切身利益的实现中，体会到浓郁的鱼水之情，体会到党和政府的无比关怀。

从沟通并拓展地方与企业的"连心桥"中，
感受到决策者创新的工作思路和"造福一方"的心愿

　　从 20 世纪 50 年代起，就有中央、区属企业在石嘴山市相继兴建，这些企业大多数地处城乡接合部。有道是"远亲不如近邻"，可是几十年过去了，这些企业与地方的关系一直不冷不热，甚至一些工厂与相邻的村队还多有积怨。今年年初，石嘴山市委主动与这些企业的领导"套近乎"，表明"搭桥"的愿望。这样企地双方不相往来的局面终于被打破，双方开始建起合办互利产业共同发展的新型关系。

　　西北煤机一厂同平罗县崇岗乡潮湖村之间"借绿荫、护大树"的交情是企地协作关系的典范，被人们形象地誉为"煤城哥俩好"。年利税 1000 万元的煤机一厂坚持对潮湖村轧钢厂进行重点扶持，以优惠的价格为轧钢厂提供原料并将产品全部回购，仅这一项，便使全村农民每年人均增加收入 100 元。面对工人老大哥的帮助，潮湖人在对方用得着的事上全力提供方便，并以实际行动把家园建成对方的蔬菜和肉禽蛋供应基地。

　　企地之间协作关系带来的变化令人瞩目。今年 10 月 25 日，经市委倡议，驻石嘴山市的中央、区属企业负责人与市领导一起召开首次联席会，大家表示今后企地双方将为建成"一荣俱荣、不可分离的共生体"而努力。与会者对市委、市政府将大武口建成园林化城市的决定赞不绝口，主动请缨参战，表示竭尽全力做出贡献。

创造性的思路带来全局工作的主动，一项最初旨在加强企业与地方协作的动议，最终发展为调动起社会各方面力量参与地方经济建设的动力。

采访中发现和感受到的"桥梁"又何止这些！包村蹲点干部筑起的"理解之桥"，招商引资、促进个体私营经济发展的"经济之桥"，坚持派员外出考察取经的"观念之桥""信息之桥"，与国内外友好城市之间建起的"友谊之桥""文化之桥"等，所有这些，构成石嘴山市各项事业快速发展的"立交桥"。

桥，代表了改变，象征着飞跃。记者深信，正是有了像"立交桥"一样的多维工作思路，有了像"立交桥"一样的事业发展通达之势，必然激发富有改革和进取精神的石嘴山市委、市政府以及广大干部群众，满怀信心地迈向更加美好的未来！

（原载 1996 年 11 月 14 日《宁夏日报》）

118 本警民联系人的《治安日记》

2 名民警、4 名辅警，6 个人要保障辖区 3 万多名群众的平安，原州区彭堡镇派出所每一任所长肩上的担子都不轻。

彭堡镇是原州区的重镇，随着六盘山飞机场、清水河变电站、光伏发电厂、西北航空工业园区等大型企业的进驻，这里迎来了历史上最好的发展时期。随之而来的流动人口管理问题也逐渐凸显，加之农村常见的土地纠纷、邻里纠纷、家庭纠纷等问题，彭堡镇派出所的工作难度很大。

但是连续多年，彭堡镇的治安状况不仅没有恶化，反而治安案件、刑事案件的发案率大幅下降，为什么？这要从 118 本警民联系人的《治安日记》说起。

"有个啥事情，都有人管咧"

村委会办公场所尚未修缮，村主任马德祥便把家里的客厅布置成临时办公场所，硝沟村村委会的工作没被耽误。马德祥的临时办公桌上放着一本警民联系人《治安日记》，上面记录着村里发生的大小矛盾纠纷及化解处理情况。

2009 年，彭堡镇派出所推出"警民联系点"工作机制，在全镇 15 个行政村、96 个自然村，以及该镇宗教、教育、医疗卫生、土地、计生、妇联、民政等部门共设 118 名警民联系人。马德祥是村委会主任又是致富能人，在村民心中威信颇高。在担任"警民联系人"后，发现矛盾纠纷或者治安隐患后，他都会第一时间上报派出所，并赶到现场处理化解。事情的前因后果，都被他仔细记录在警民联系人《治安日记》上。

时间：2010 年 7 月 21 日

地点：穆某家中

调解人：马德祥

事件：肖某与妻子穆某因家庭琐事发生纠纷，且互不认错，执意要离婚，不愿接受调解。调解人找到穆某亲属进行劝解，并讲解了相关法律法规，从情与法的角度进行劝导。当事双方换位思考，做到了互相理解，同意好好过日子，不再为琐事争吵。

时间：2011 年 9 月 15 日

地点：调解人家中

调解人：马德祥

事件：村民马某把自家的羊赶到李某的麦田里。李某的女儿看到后，通知了李某。李某持木棍赶到田里，与马某发生争执进而扭打在一起。调解人得知情况后，约双方当面协商解决。最终，马某向李某赔偿了 50 元，双方表示以后不会再纠缠此事。

在马德祥的 3 本《治安日记》上，记录着 3 年多来的矛盾纠纷化解过程。"都是些小事情，但是不及时调解处理，就有可能成为治安隐患，甚至诱发刑事案件。"马德祥对自己的工作有清醒认识，也正是因为将隐患化解在萌芽状态，彭堡镇的治安状况才能逐年改善，"小事不出村，大事不出镇，矛盾不上交"的工作目标才得以顺利实现。

与马德祥一样，彭堡镇其他 117 名警民联系人也都有各自的《治安日记》，其中记录的最常见的矛盾纠纷就是征地、占地、劳资纠纷、夫妻吵架、家庭矛盾等，这些矛盾纠纷在警民联系人的调解处理下，绝大多数都能尽快得到解决。不仅如此，由于是熟人在中间调解处理，大家口耳相传，很容易起到举一反三的作用。

警民联系人起着公安工作有效、灵敏的触角作用

"谁家生了个娃，或者有老人去世了，派出所都会及时收到警民联系人上报的信息。村里发生什么异常情况，派出所也会第一时间知道，便于调控警力进行处置。"彭堡镇派出所所长马东升说，"118 名警民联系人起着公安工作有效、灵敏的触角作用。在几年的工作中，他们的威信不断提高，能够让群众感受到派出所就在身边、公安民警就在身边，群众的安全感也随之提升。"

"有个啥事情，都有人管咧。"这是记者采访过程中，村民们说得最多的一句话，也是对警民联系人工作最好的肯定。来自四川的农民工贸曾田在彭堡镇一家砖厂务工，曾与同事争吵险些动手，接受了警民联系人的调解，他说："吵架拌嘴很正常，有时候在气头上也按捺不住，很容易动手，但是经过调解，我明白了不能因为小事误了大事的道理。我在外打工多年，第一次感受到被人主动关心的感觉。"

在矛盾纠纷排查化解过程中，警民联系人的作用不可替代

警民联系人工作看似琐碎，但是在一些重要事件面前，其发挥的力量不容小视。

2011 年 4 月，某产业园基地在彭堡镇石碑村征地 640 亩。8 月初施工

期间，需要迁移征地上的33座坟墓，坟主家属以补偿费过低为由加以阻拦。先是消极对抗不予配合，后是扬言必须每座坟墓得到10万元补偿才能迁移，一些人员采取过激行为，到施工现场示威、阻拦。警民联系人马元武、马明福、海正龙及时将情况上报至派出所。

派出所邀请镇土地管理员、宗教干事、司法所干警、镇干部、警务联系人一同商讨解决方案。警民联系人对情况比较熟悉，让各部门人员看到了问题的症结所在。大家群策群力，一个周密的工作方案出炉：警民联系人通过亲戚、朋友等关系，及时掌握事件动态，并配合包村干部、司法干警与事件组织者进行谈话，做思想工作；司法干警、包村干部将有关迁坟补偿标准的规定以及相关法律法规打印成册，分发到当事的每户群众家中，进行宣传教育；镇政府相关领导对清真寺寺管会成员、执方阿訇、有威望的老人进行走访，征求他们的意见和看法，争取他们的理解和支持。在这些工作的基础上，警民联系人挨家挨户奔走，及时收集当事群众的意见建议。由于工作到位，这件涉及21户、67人的群体阻工事件得到圆满解决，每户都得到了符合国家标准的补偿款。

"他们人熟、地熟、情况熟，在矛盾纠纷排查化解过程中，作用不可替代。"这件事情对马东升的触动很大，他说："基层派出所面对的工作非常琐碎，面对当事双方比较激烈的矛盾纠纷，硬办法不能用，软办法不敢用，而警民联系人就可以在很大程度上解决这一问题。这种通过'身边人'发现和解决身边矛盾纠纷的新办法不仅可以用，而且非常管用。"

能让村里平平安安、乡亲和和气气，比获得金钱来得更幸福

如今，彭堡镇"三级矛盾纠纷排查化解机制"已经成熟，从自然村到行政村，再到镇政府相关部门，群众的疑惑可以及时得到解答，群众的顾虑可以及时得到消除，群众的困难可以及时得到解决，群众的矛盾纠纷可

以及时得到化解。警民联系人的角色也逐渐从单纯的治安防范、矛盾调处，到成为群众身边的"万事通"。

在姚磨村警民联系人姚文强的《治安日记》上有这样一段话："这件事情调解完了，双方都很满意，我对自己也很满意。"每人每年只有 500 元到 800 元的补贴，这 118 名警民联系人活跃在田间地头，热心于左邻右舍，在他们心目中，能让村里平平安安、乡亲和和气气，比获得金钱来得更幸福。

（原载 2012 年 9 月 12 日 《法治新报》）

劳作的汗渍和苦干的身影

4月14日到17日，我们在彭阳县蹲点，关注的是决战决胜脱贫攻坚中的干部和群众，改善生态环境中的壮举和作为，黄土地上的变化和风尚。

初来乍到，在县委书记办公室，赵晓东几分钟就把全县今年的重点工作讲清楚了。在常委、宣传部部长办公室，马宁几句话就定好了点。带我们下乡的是宣传部干事王宇，他思路清晰，长相帅气，越跑越精神。彭阳县干部的扎实作风，从他们的精气神中就能感受到，两个字：靠谱！

彭阳的杏花谢了，崖畔上的老毛桃花开了。春来勃发，大地生动，我们在彭阳看见了什么，请跟我们来！

"领头雁"干的都是实在活

白阳镇玉洼村村主任贾廷民，当年从宁夏粮食学校毕业后，没赶上分配的末班车，就接着考到无锡的江南大学轻工学院，学棉纺机械与工艺专业。他是在农村长大的，总觉得农村的广阔天地才能够实现人生梦想，2013年年底回到村里竞选村主任，成了。

7年了，有文化的村主任贾廷民，干得就是与众不同，总是以现代管理者的角色和方法，破解脱贫攻坚中的道道难题。

他说，自个儿要干起来，还要会干，还要干成，干不成在村里说话没人听、干事没人跟。

2018年起，贾廷民筹资300多万元，挑头办起窑洞民俗宾馆，村民有的人当上服务员，有的当上了厨师，有的当上了清洁工。窑洞民俗宾馆还被共青团固原市委员会、固原市青年联合会瞄上了，今年4月底将举办"彭阳单身青年——金鸡坪梯田公园大型联谊会"，联谊会的餐饮等服务，由窑洞民俗宾馆提供，贾廷民还是这次活动的组织承办人呢。

郑小义说"四个亿"没麻达

郑小义，今年50岁，是红河镇党委书记。红河镇条件好，是彭阳的"天心地胆"，这些年，各项收成都好得很。

郑小义说，今年他们的目标是收入四亿元：圈里养一个亿（牛），棚里种一个亿（菜），地里栽一个亿（果），劳务输出一个亿（务工）。我们说能实现吗。郑小义说没麻达。站在上千亩的林果试验园，郑小义介绍"果一亿"时自信满满。他说，红河镇60%的农户以种植水果为主，水果中又以烟台红富士为主打，比静宁的还好吃。郑小义脚下的青草长得好，我们问是啥草，他说是引进的美国黑草。栽的烟台苹果，种的美国黑草，厉害了，红河人！郑小义说，还有陕西的樱桃、柿子，甘肃的仙桃、大梅李。

郑小义来了劲，非要把我们带到山顶上看果树。我们驱车绕行，很快到了山顶。哇，自来水都引上来了，山梁山坡都整修成果地了。郑小义说，春季栽树，秋季收获，8月、9月你们来，山上吹吹风，摘果子吃。我们说好呀好呀，没麻达。

不要把老王亏待了

在孟塬乡高岔村春季植树造林现场，看见挥汗劳作的十几位村民，我们有心疼的感受。有的背运树苗，有的挥锹栽树，他们这样苦干一天，平均每人挖坑栽树 30 株，获得补贴 200 元。我们问他们干粮带足了没，说带足了，我们问带没带熟肉吃，他们哈哈大笑，说哪有那么美呢，咋还能吃上肉呢，瓶装水倒是不限量，尽管喝。我们给每个人都拍了照。一个叫黄帅的村民调侃说，老王还没给拍呢，不能把老王亏待了。我们就给他俩拍，老王一脸憨笑，黄帅一脸坏笑。

黄土彭阳，建县卅载，森林覆盖率由 2.8% 增长到如今的 28.5%，是靠"一个窝一棵苗"人工栽种出来的。"一张蓝图绘到底，一任接着一任干"，在改造山梁、染绿黄土的壮举中，历任干部实干为先、不遗余力，广大群众任劳任怨、生生不息。

战天斗地，脱贫攻坚，彭阳人把不该下的苦都下了。这些黄土高坡上劳作的身影，让我们想起爬行在黄山台阶上的挑夫、奔波在重庆街头的"棒棒"。

杨治刚的"十大碗"盛着未来

杨治刚，45 岁，白阳镇玉洼村村民。2012 年他投资办起桃源农家乐，主要做传统的"彭阳十大碗"。他说，刚开始三年，全交学费了，一块钱也没赚上。第四年起，熬出来了，路也修通了，人就来了。点赞杨治刚和他的"十大碗"，不光挣到了钱，还拥有了未来！杨治刚说，挣钱不挣钱，教育是关键；考上一个大学生，能富一家几代人；考上一个大学生，家里多了两个挣钱人（指考出去的孩子能找上城里的对象）；考上一个大学生，家长说话都带劲；考上一个大学生，家人不会干错事。

我们问杨治刚，那你的娃娃在哪里上学呢？杨治刚说，女儿在银川育才中学上高三，儿子在彭阳二中读初二。我们说，你家今年要出大学生啦。杨治刚笑着说，女儿想考个师范生将来当老师。我们说，那就上陕西师大去。他说，有点高了有点高了。我们说，那就考到兰州去，上西北师范大学去，分数低一些。杨治刚说，你的话我记下了。去年杨治刚收入 20 万元，我们说你好好挣钱，你儿子将来在大城市上学工作，把买房的钱挣够。杨治刚说，就这么想着呢。

崖窑故事彭阳独有

"我家住在黄土高坡，大风从坡上刮过。"彭阳县许多乡镇、村组地名中都带有塬、坪、峁、梁、崖、岔等字。20 世纪改革开放前，彭阳的自然风貌皆是黄土绵延、沟壑起伏，彭阳人祖祖辈辈依崖凿窑而居，日出而作日落而息，每一孔崖窑，都藏有不屈生命的故事，不是幸福，而是辛酸。20 世纪 90 年代，还曾发生因山体滑坡，造成崖窑瞬间毁灭、吞噬生命的人间悲剧。

如今，几乎所有的彭阳人家都告别了崖窑的居住方式，住上了土木结构、宽敞明亮的砖瓦房。散落于坡头山梁上的一个个崖窑遗址，饱经风霜，沉默不语。

为什么还能看到颜值更高的青砖窑洞？那都是将原有崖窑用青砖改砌而成的，用于对"往日时光"的重温，是独辟蹊径的开发利用。比如，红河镇王氏四兄弟分别拿出 10 万元积蓄，将当年住过的崖窑改造一新，每家一孔，逢年过节时欢聚在一起住上一回，就是为了找回他们的"清贫少年""成长气息"，共同形成美好家风。还有人投资办起了"窑洞宾馆"，满足了更多人的怀旧体验。

"悠悠岁月，欲说当年好困惑，亦真亦幻难取舍。"崖窑故事，彭阳独有，乡里乡亲，珍重珍存！

下苦就有好日子

在改善生态环境的奋斗中，苦干是彭阳干部群众唯一的行动。几乎所有的彭阳人都能脱口说出 14 个字："一张蓝图绘到底，一任接着一任干。"一年之计在于干，干起来是彭阳人唯一的选择，干得欢是一方黄土地上的交响！

告别彭阳的时候，下起了细雨。春雨贵如油，在黄土地上更是如此。有雨就有好收成，下苦就有好日子。我们在彭阳看见的田，都是发绿的田；我们在彭阳看见的人，都是苦干的人。来去匆匆没待够，盛夏时节再相逢。再见，彭阳！

（原载 2020 年 4 月 23 日 《宁夏法治报》）

新春走访草滩村

　　固原市彭阳县孟塬乡下辖村，2015年被自治区精神文明指导委员会评为第一届"自治区美丽乡村文明工程示范村"。2019年，入选第二批国家森林乡村名单。草滩村以环境优美、农民富裕、民风和顺为建设目标，大力实施规划引领、危房改造、收入倍增、基础配套、环境整治、生态建设、服务提升、文明创建"八大工程"，努力建设田园美、村庄美、生活美、风尚美的美丽乡村。

　　草滩村是彭阳县孟塬乡最东部的一个行政村，紧挨着甘肃省镇原县。在这里，甘宁两省毗邻的乡亲们地界相连，民风习俗相似，还共同拥有一个集市，两地村民相互攀亲结戚，美德善行代代传扬。

　　1月27日至28日，我们从银川驾车近500公里，直奔草滩村，与彭阳县委宣传部干事王宇会合，在草滩村走访多家农户，了解生产生活情况，并为村民们拍摄新年照片。吃了农家饭，学说彭阳话，留下美好记录。

　　牛年来了，牛气冲天，好日子还在后头呢！

红色窑洞红色印记

偏僻的草滩村，久远而深刻的红色记忆。

　　"红军战士郭文海，在长征途中受伤，路过草滩村时，将随身携带的手榴弹掩埋在窑洞的牲口槽中，减轻负重，继续拖着虚弱的身体追赶大部队，没走多远就晕倒了，被村民虎林周、虎儒林兄弟发现，虎家兄弟毫不犹豫地将郭文海搀扶到家中疗伤……"退休教师虎俊隆深情讲述草滩村的红色印记。

彭阳县，红军长征途经的地方，留下了红军的根。

"这是我发现手榴弹的窑洞。"虎俊隆指着院落里一处废弃窑洞，告诉记者，2015年，自己退休后，回到彭阳县草滩村老家准备翻修古庄院，不料在坍塌窑洞的马槽里挖出了两颗锈迹斑斑的手雷和一颗手榴弹，对红色文化颇为情深的他决定深入挖掘红色窑洞的红色印记。经过三年的走访、调查，终于找到当年在窑洞里掩埋手榴弹的红军战士郭文海的后人，并对多年走访、搜集的红色史料和郭文海的故事资料进行了系统整理，在自家的老宅子创办"长征战士纪念馆"和"窑洞里的红色记忆馆"。2020年，有一万多名干部、群众、中小学生来这里参观学习，接受红色教育。

快手"网红"带货找乐

陈志旭是远近闻名的"网红"。

一个偶然的机会，外出的他看到别人玩快手小视频，好奇地一探究竟，从此一发不可收拾，成为快手的"铁粉"。

陈志旭的小名叫"三利"，他便以"农村三利"为网名，在网络上开启了自己的"江湖"。

"不是一家人，不进一家门。"在网民们看来，陈志旭的妻子也富有"捧哏"才能，她和丈夫在镜头前拌拌嘴，在夫妻二人假装的"矛盾"中让陈志旭的"表演"更富有生活气息。

"粉丝多了，脾气见长。"陈志旭的妻子笑呵呵地评价丈夫。

"一年两万多元的直播收入都交给你了，我一点私房钱都没有，还不让人耍一耍了。"陈志旭满肚子"委屈"。

幽默风趣的陈志旭因地制宜置办的直播设备也自带喜感，令人忍俊不禁：不知道从哪儿弄来一块四方的"木板砖"，上面钉个手机支架，把手机往上一搭，就有模有样地进入"直播模式"。

"三利的粉丝有好几万，给我们直播带货美得很。"村民们高兴地说，"要卖货，找三利。"

"看我们农家的粉条好吗，纯纯的洋芋粉做出来的，爽爽的滑溜。"

"这是我们村的农家鸡蛋，纯天然、无污染、有营养。"

"谁要牛肉呢？味道美得很！"

………

再红红不过虎广红，再美美不过张美美

火车跑得快，全靠头来带。

2013年，村民们把当兵归来的虎广红推选为村支书。

"开阔眼界，解放思想，拓展市场。"这是虎广红新官上任的"三把火"。

他带着村民到彭阳县养殖大户那里"取经"，让村民们开阔眼界，学习养殖技术；积极拓展市场销路，解决养殖户被牛贩子"卡脖子"的难题，提升农民收益；大力帮扶村民们扩大养殖规模，成立家庭农场。

在虎广红的带动下，草滩村的草畜产业稳步发展起来，他自己也养了120多头牛。

在他的带动下，村民们的养殖水平和规模得到提升，存栏10头以上的养殖户达到20多户。

现在，在村民眼里，虎广红成为村里的"红人"。

正好虎广红有一个漂亮的媳妇，人如其名，叫张美美，还是县人大代表。

于是，草滩村就有了一个妇孺皆知的顺口溜："再红红不过虎广红，再美美不过张美美"。

为村民拍一张新年照

在虎广红家牛圈采访拍照时，引来不少村民围观，我们灵机一动，不光拍牛，更要拍人。于是，给村民拍一张新年照的想法开始落实。

大家喜气洋洋，有的大声吆喝照相了、照相了！有的跑到附近人家，把年长的老辈人也喊来了。我们先把长辈和娃娃召集到一起，拍一张"全家福"，谁知一个小家伙哇地大哭起来，任凭大人劝哄就是不配合。估计是见的外人太少，给吓着了。因为哭闹耽误了这对父子合影，留下了遗憾。

为惹一对老夫妻咧开嘴笑，我们大喊："给你们补拍结婚照啦！"二人就咧开嘴笑了，大伙儿更是咯咯咯地笑个不停。

赶了一回集

我们来到甘宁接壤处、由镇原人兴建的集市上逛了一个小时。

集市不大，也就一条街上摆了上百个摊位。由于临近年关，赶集的人还不少。一对卖肉的夫妻引起了我们的关注。男的是镇原人，女的是彭阳县孟塬乡草滩村人，二人每年养猪10多头，每头100公斤以上，全用玉米饲料等饲养。摆在摊上的肉真好，每公斤60元。他们说，买上回去吃去，吃了你就知道了。聊了一大会儿，我们也没有买人家的肉，心里还挺愧疚。

我们给一个手提橘子的男子拍照。他笑着问我们为啥给他照相呢。我们说我们是记者。他说记者我也不照，就笑着闪开了。

（原载 2021 年 2 月 10 日《宁夏法治报》）

每一孔彭阳窑洞都是一页脱贫史

4月14日至17日，我们与宁夏日报报业集团记者丁建峰、段涛在彭阳县蹲点采访。我们看见了苦干的身躯、劳作的汗水、连绵的青山还有无言的窑洞。

彭阳窑洞，最打动我们的心灵。黄土高坡，塬头山畔，在绿色的植被包围中，总能看到一个个废弃的窑洞遗址，有的张着嘴，有的闭住口，饱经风霜，或倾诉着，或沉默着，令人心生联想。因为时间紧，没有能够更深入地了解彭阳窑洞，但几个月以来，我们一直惦记着彭阳窑洞，期待再去彭阳。

8月17日清早，我们在新华网上看到宁夏回族自治区党委常委、固原市委书记张柱接受新华社记者的采访，一夜之间点击阅读量达124万多，感受到曾经苦瘠甲天下的"西海固"地区脱贫攻坚战果广为世人关注；更感受到"一鼓作气翻越脱贫路上六盘山"的豪迈之气和铮铮誓言。今年是决战决胜脱贫攻坚关键之年，我们也得交出新闻记者的答卷。8月18日，克服案上繁忙的事务，我们与丁建峰、段涛原班人马，由高建华驾车，直奔彭阳。

我们住在贾廷民的窑洞民俗宾馆。短短三天，又是在彭阳县委宣传部干事王宇陪同下，专门寻访了与彭阳窑洞关联的一些人和事。是的，此行我们主要关注"魂牵梦萦"的彭阳窑洞。彭阳窑洞，有亲有根，有苦有甜，饱含彭阳一方水土的灵魂，凝结彭阳大地变迁的精气，聚集彭阳不屈生命的奋争。

"欲说当年好困惑，亦真亦幻难取舍。"窑洞故事，彭阳独有；乡里乡亲，珍重珍存。我们深深感到：每一孔彭阳窑洞都是一页脱贫史。

请听我们的讲述！

那些凿挖在黄土垂直坡上的一孔孔彭阳窑洞

彭阳县位于宁夏东南部，属黄土干旱丘陵沟壑残塬区，也是宁夏生态脆弱的典型区。"山是和尚头，地无三尺平。风吹黄土走，缺水如缺油。"这是 20 世纪 80 年代彭阳县的形象写照。千疮百孔的彭阳，到处都是"烂塌山""滚牛洼"。

这是 20 世纪 90 年代以前彭阳县庄户人家的场景：黄土垂直坡上一孔孔窑洞，烟囱从陡坡上伸出，窑洞前一个个寂静的院落，少有生活的鲜亮。整个村庄都由这样的窑洞组成，一层层如蜂房一样散落在黄土深谷。掘土而居，安身立命，买不起木料、砖瓦盖房，窑洞是当年彭阳人唯一的居住方式。

一户人家一般掘有三孔窑洞，组成一个院落，分当窑、磨窑和家。当窑是指中间的窑洞，是接待客人和长辈的居所，可贮存粮食；磨窑是左边贮存粮食和磨面的窑洞，可住人；家是靠右做饭的窑洞，也可住人。

这样的窑洞挖在酥脆的黄土层，存有安全风险。1920 年 12 月 16 日 20 时 09 分，海原大地震，整个黄土层震荡，引起一系列惨烈的崩塌，造成 28.82 万人死亡、约 30 万人受伤。这些苦难的生命，正是因居住在简陋的崖庄窑、箍窑、地坑窑而不堪一击。1996 年 7 月 27 日凌晨 4 时左右，彭阳县红河乡黑牛沟村庙湾组居住在窑洞的 20 余户人家，因连续暴雨黄土山体滑坡，熟睡中的村民连同窑洞滑入山底，造成 23 人遇难。

寻访一处风景，可以有很多通道路径；走进一个村落，却需要穿越时光岁月。能够沉淀和呈现的，一定是内心深处的乡愁和传统之上的嬗变。彭阳窑洞里，有苦难，也有辛酸！

彭阳人的脱贫史，总是与"生态立县"关联

从 1983 年建县起，彭阳历届县委、县政府坚持"生态立县"战略不动摇，人接班，事接茬，以小流域为单元，山水田林路统一规划，沟坡梁峁塬综合治理，乔灌草种植相结合，一个山头接着一个山头推，一个流域接着一个流域治，以领导苦抓、部门苦帮、群众苦干的"三苦作风"，愚公移山，改造河山，为黄土高原综合治理树立了样板和典范。

一张蓝图绘到底，一任接着一任干。37 年来，彭阳干部不离"三件宝"：球鞋、铁锹、遮阳帽。群众中一直流传着"三乎乎"的说法：带上干粮，麻乎乎出门，热乎乎干一天，黑乎乎才回家。正是通过这样的苦干实干，亘古荒芜的彭阳县"换了人间"。森林覆盖率由建县初期的 3%提高到如今的 30.6%，初步实现了"山变绿、水变清、地变平、人变富"目标，先后荣获全国绿地模范县、经济林建设示范县、生态建设先进县、退耕还林先进县、园林县城国家卫生县城等一系列荣誉称号。

孟塬乡小石沟村农民樊世有写了一首诗描述家乡的巨变："英雄征服万重山，搬来银沙到人间。水随人家过山岭，陡坡变成高产地。更看三春艳阳天，山清水秀花烂漫。干群关系兄弟般，人民生活比蜜甜。"

陡坡变成了梯田，荒山变成了林地，粮食产量稳步增长。2009 年起，彭阳县推动"大花园、大果园"建设，流域治理与产业发展结合得更加紧密。2014 年，全面启动国家生态文明示范县创建活动，开展国家重点生态功能区建设与管理试点工作。2016 年起，强化"绿水青山就是金山银山"理念，更加注重增色与增景结合、增绿与增收结合、生态与旅游结合，更

好地发挥绿色优势。近两年，围绕打赢脱贫攻坚战，着力发展和实施固原市"四个一"林带产业工程，找到了适合当地种植的"一棵经果林"，适应市场需求的"一株苗"，与旅游结合、适应高海拔地区种植的"一枝花"，分类布局到绿化造林、城市园林、美丽乡村、庭院经济等领域，取得了良好的经济效益和生态效益。

彭阳县变美了，彭阳人变富了。

家境改变的最大特征就是居住条件的改善

20世纪90年代，彭阳人在吃饱肚子的基础上，手头多少有了几个闲钱，于是请村里的"泥土匠"对居住的土窑洞进行第一次改造。家境好、人脉广的人家，就多请几个壮劳力，重新挖了新窑洞。而大多数人家只是对原来的窑洞重新用土基套泥，有的则用红砖代替土基套泥，这些在当时就算是"大工程"了，一般耗时七八天到半个月。手艺好的"泥土匠"每天收入15元，一般的收入12元，小工以帮忙为主，谈钱的很少。打造一个窑洞院落，花销500元左右。

1996年起，相距较远的彭阳人见面总会相互打问："你上了塬没有？""上了塬"是指告别窑洞，在塬上盖起了房子。"上了塬"，是要有一定积蓄和底气的。能够盖起一院房子居住，是彭阳人梦寐以求的人生大目标。"塬上"的房子，历经泥皮木料房、砖瓦钢梁房、钢筋混凝土房等变迁，盖房子在强调用料的基础上，还注重"飞檐走壁""雕梁画栋"，有的人把心气、劲头全用在盖新房子上。

从20世纪90年代后期至今，党和政府决策并资助，大规模的农村危房、土窑改造在彭阳县开工并顺利推进。

针对地处寒冷地区、地震易发、湿陷性黄土区域分布较广等特点，彭阳县落实好自治区制定的《宁夏农村危房改造工作原则》《宁夏窑洞改造方案》《宁夏危房改造设计图集》等技术指南，对新建的房子、改造的窑洞，严格执行"选址要科学、地基要牢靠、结构要安全、布局要合理、设施要完善、风貌要鲜明、体重要恰当""七要"质量安全技术要点。有人说，这是拿"绣花"的功夫在改造居住环境。

在农村危房改造中，彭阳县对极度贫困户每户兜底补助 3.9 万元，重点对象每户补助 3 万元，其他贫困户每户补助 1.5 万元，其中窑洞加固改造每孔补助 1.5 万元。

习近平总书记指出，住房安全有保障主要是让贫困人口不住危房。农村危房改造是脱贫攻坚"两不愁三保障"的重要内容。如今，彭阳人几乎家家都住上了砖瓦房、青砖窑洞，居住环境突出地方特色、乡土风情，落实"人畜分离，卧室、厨房和卫生间独立设置"，整体接入水、电、路、气及通信等基础设施。过去 100% 居住窑洞的彭阳人，如今 100% 住上了砖瓦房，有的还跟城里人一样，住上了"小洋楼"。20% 以上的人家改造了破旧、土质窑洞，住进了更加安全、坚固的砖箍窑洞、混凝土箍窑洞。

新建的房屋和改造的窑洞，成为彭阳县美丽乡村中的亮丽风景。

喜见彭阳窑洞"升级版"

近五六年，"崖上改窑，塬上盖房"成为彭阳县农村的新时尚。

由于地理条件的独特性，彭阳窑洞具有冬暖夏凉、隔热防潮、材质轻巧、成本不大等特点。加上彭阳人自古以来的"窑洞情结"，认为住窑洞才像家、才有根，于是在农村危房改造中，有的彭阳人家就选择改造窑洞用以居住生活。

经过改造的彭阳窑洞，无论是安全性，还是颜值，都与昔日的土质窑洞大不相同。首先是选址，确保改造窑洞的位置、土质安全无风险；其次注重设计和用料用材，确保坚固安全；再次接通上下水、照明通信等，生活更加便利。

彭阳县草庙乡 46 岁的王风洲是当地远近闻名的匠人，专门承包窑洞改造小工程。2012 年，他首次为村民王成改造 3 孔窑洞，将原土窑洞改造为红砖瓦窑。不一样的窑洞，让全村人当稀罕看。多年以来，王风洲承包改造的窑洞超过 100 孔。经王风洲改造的窑洞，其设计感、实用性、安全质量等都没得说。王风洲介绍说："改造一院窑洞，天气不搅达的话，需 100 天。过去用红砖，2019 年起开始上青砖了。全梁、钢筋、混凝土、上下水，确保跟城里盖楼房一样的质量。"

在一处改造窑洞的施工现场，王风洲和主人邓颜愈都多次强调了青砖的用料。交谈后方知，青砖能体现出传统的怀旧感。

"望得见山，看得见水，记得住乡愁。"彭阳窑洞的改造改变，正是美丽乡村的真实体现。

每一个彭阳人都有自己刻骨铭心的窑洞故事

蹲点采访中，随机与任何一个彭阳人谈及窑洞，他们都会脱口而出："我就是窑洞里出生的""我每天从窑洞里跑出去上学""我当兵那一年离开了窑洞""贮存在窑洞的粮食不生虫""窑洞里石磨磨出来的面香""存在窑洞的腊肉和臊子能吃半年呢""在窑洞里睡觉踏实，不得高血压"……

彭阳人说："我们这儿不是岔就是洼，祖祖辈辈住窑洞。"从保存下来的遗址看，明清时期的彭阳窑洞，多窄而深，具有洞穴的特征，20 世纪中期以后，加宽加深，大多数宽 4 米、长 10 多米，个别窑洞更长更宽，"能耍一场社火""人畜、粮食、家什、磨台等，均集于一个大窑洞"，有的地方还凿出"三连环""五连环""七连环""九连环"的窑洞，即大小窑洞相连相套。古时窑洞群中，还有窨子、高窑子等特色窑洞。窨子是凿于大窑洞里的小窑洞，具有易守难攻、防范劫匪的功能；高窑子是凿在院落高处的另一种小窑洞，便于登高望远、掌握动向，看家护院、发号施令。

每一个较大的村庄，都有一位"泥土匠"，也算是"行行出状元"，专门为庄户人家挖凿窑洞。"泥土匠"的本领一般人不具备。比如，抹泥皮（装修粉饰）工艺技能，普通人就掌握不了。挖窑洞时，还有"望闻察嗅"的功夫，感觉到有塌方的危险时，"泥土匠"会大喝一声，带众小工撤离，果然不久就会黄土塌方。

彭阳土生土长的作家诗人，都会以窑洞为主题写出精品佳作。这次蹲点时，我在朋友圈发了一张在窑洞前拍的图片，很快就有一名叫何必的业余作者留言："照片中的老人是我的公公。"接着她发来《婆婆丧事记》《人间万事，没有一颗善心解决不了的》两篇以彭阳窑洞为背景、怀念婆婆的深情散文。

彭阳窑洞里更有"红色印记"。小岔沟是毛泽东长征途中在宁夏境内的第三个宿营地，位于六盘山东麓彭青公路北侧古城镇小岔沟村张有仁旧宅，院内原有窑洞5孔，现仅存3孔。毛泽东当年食宿的窑洞中，现遗存毛泽东当年用过的6条腿柜、带"福"字的雕花木椅等生活用具。乔家渠是毛泽东长征途中在宁夏境内的第四个宿营地，位于彭阳县城阳乡长城村乔家渠乔生魁旧居。当时毛泽东请乔妻母女烧开水喝，还吃了她们做的午饭，晚上睡在窑洞中用案板支起的简易床铺上。

在规避了选址、土质、凿挖等安全风险的基础上，彭阳窑洞也有不少可取之处、可便之利。祖祖辈辈的窑洞居住习俗以及与生存艰辛的抗争，形成彭阳独有的民风民俗、美好品德。彭阳窑洞，凝聚着这些传承和力量！

窑洞里长大的郭昊东，在北京参与盖起了"大房子"

郭昊东，彭阳县草庙乡周庄村人，在窑洞里出生并长大成人，高中毕业后到银川、西安、深圳等地打工。2001 年 7 月 13 日，北京申奥成功的不眠之夜，他在深圳作出决定：到北京去，与奥运同行。不久，他受聘于北京一家公司。

2005 年，他成立了北京德泰兴装饰公司，将彭阳、同心一带的农民"纳入麾下"，经过培训，掌握了玻璃墙施工技术。2007 年 3 月，"郭昊东施工队"承担了奥林匹克中心四大场馆之一的国家会议中心东、北、南三面玻璃幕墙的施工任务，采用"土洋结合"的办法，攻克一道道技术难关。2007 年年底，在监理单位严格审核下，中心上唇和玻璃墙顺利封闭，得到 2008 奥组委的认可。"郭昊东施工队"巧绘北京奥运场馆"双唇"的故事传回彭阳县，人们纷纷夸赞：窑洞里长大的彭阳娃，在北京参与盖起了"大房子"！此事经当时《宁夏日报》记者苏保伟采写报道，不仅全国许多媒体转载传播，而且获得当年中国新闻奖一等奖。

近年来，郭昊东专心在银川承接玻璃幕墙工程，干过的有银川光耀中心、宁阳广场、首创金融中心等。

令人赞叹的是，郭昊东还完成了从建筑施工到建筑数据收集的转型，创办的"土锤网"获两届中国互联网宁夏赛区金奖、全国竞赛铜奖。

写好脱贫攻坚中的窑洞新篇

一批八零、九零后彭阳年轻一代，独辟蹊径，描绘和写就彭阳窑洞的"新篇"。

孟塬乡虎山庄村 87 岁的张廷有，有 5 个儿子、9 个孙子、11 个重孙子，他家拥有 9 孔改造一新的砖砌窑洞。每年春节，9 个在外地工作的孙子回来，每人住一孔窑洞。大年三十晚上，4 代人还在最大的窑洞里举办"家庭春晚"。张廷有说："我们家的窑洞有 200 年的历史了，200 年来没有挪过窝。改造好的窑洞，就是全家人的归宿。"好家风就是从窑洞里传开的，给张廷有在窑洞前拍照时，他的脸上泛着厚德和幸福。

安海燕计划推土盖二层。安海燕是城阳乡杨坪村人，二十出头时在杭州打了三年工，回到家乡结婚后，不甘贫穷，凭见识寻求改变。凭借家乡近处茹河瀑布的人气，她改造了 7 孔原有窑洞为游客提供住宿餐饮服务。窑洞墙上画的是彭阳山水，饭桌上的食材都是自家园子里种的，喝的茶水是家乡的地椒茶。"原汁原味的彭阳窑洞"吸引着大批客人，2014 年以来，每年窑洞收入都在 100 万元左右。今年，来客更多，想住宿还得提前几天预订。安海燕说："计划着推土筑二层青砖窑洞，把摊子再扩大些。"

贾廷民的窑洞民俗宾馆成了乡村文明聚集地。白阳镇玉洼村村主任贾廷民从 2018 年起，筹资 300 万元，办起窑洞民俗宾馆，除接待住宿客人外，还坚持策划系列活动，吸引当地青年参与。今年办过的活动有彭阳单身青年金鸡坪梯田公园联谊会、白阳镇青年读书会和 K 歌会、游客篝火晚会等。

为古老的彭阳窑洞被赋予新的生机和活力点赞！

2023 年，彭阳县将迎来建县 40 周年，如果能以"彭阳窑洞"为题材，拍摄一部电影或电视连续剧，讲好彭阳窑洞故事，展示彭阳脱贫攻坚带来的变化，弘扬苦干实干的彭阳精神，定能唤起激情，赢得喝彩，提振信心，显现效果。

彭阳窑洞故事，我们只是点题人，愿更多有心人都来关注和讲述。

（原载 2020 年 9 月 1 日《宁夏法治报》）

隆德暖锅子

一方水土养一方人，一方山水有一方风情。

隆德县位于宁夏南部六盘山西麓，界临秦陇。得农耕文明滋养，受中原文化熏陶，形成了耕读传家、崇文尚教的好传统。"群众文化""民俗文化"是隆德文明传承中的风景线，看秦腔、耍社火、吃暖锅等是隆德风土人情最鲜明的特征。

千百年来，吃暖锅是隆德人永远的光阴故事、最温暖的记忆。当年岁月，暖锅里盛着艰辛日子的酸甜苦辣；如今丰年，暖锅里飘着新时代的醇香美味。

隆德暖锅子的前世今生

暖锅子，流行于甘肃静宁、庄浪和宁夏隆德一带的特色美食，是当地过年习俗中的一道硬菜。

改革开放前，能吃饱是隆德人最大的奢望，没有更好的食材来改善生活，只有少数人家在祭祀先祖时才做暖锅子。

改革开放后，日子渐渐好起来，过年杀猪贮菜，吃暖锅子成了家家户户的必备大餐。如今，隆德人的生活已由只求吃饱改善到吃好、吃得营养、吃得安全，暖锅子也就上了隆德人家平时的餐桌。

今天，隆德暖锅子，不仅仅是农家饭桌上的一道佳肴，更成为隆德县的美食文化象征、地方美誉名片、餐饮业特有竞争力。

走进久负盛名的隆德县"老巷子"，文化广场上一个造型硕大、圆润饱满、滋实敦厚、热气腾腾的隆德暖锅子，挺立天地之间，闯入游客眼帘，成为隆德一道特有的景观和特色美食的招牌。

在县城、在农家乐，暖锅已成为招牌菜。"龙源暖锅""小张暖锅""笼竿城暖锅""六盘香暖锅""渝河暖锅"等百余家暖锅店，馋引着味蕾，满足着口福。一年四季，人们都能津津有味地品尝到隆德暖锅子。

1987 年，随着宁夏早期移民搬迁工程的推进，一部分隆德人告别贫瘠的故土，来到石嘴山市大武口区的潮湖定居生活（即吊庄移民），他们把一些风俗、饮食习惯也带来了。"再生苑暖锅""张俭暖锅"等相继开店迎客，30 多年时光流逝，改变的是光阴，不变的是传承。隆德暖锅子——餐桌上这道不同寻常的存在，记忆中的老味道，在宁北再现。如今，就连生活在首府银川的隆德"老家人"，都会驾车几十公里一路向北去隆湖寻味。

如今，隆德人已把暖锅店开到了固原、红寺堡、银川等地，仅银川市兴庆区就有 10 多家隆德暖锅店相继开业，且生意兴隆，饭口时常常排队发号，食客们等多久也不在意，就是为了品尝"这一口"。

隆德暖锅子的民风民俗

每年春节，隆德人家家都会贴春联、挂灯笼、贴窗花、贴年画、挂中堂，隆德的年味最具文化味。

"家有字画不算贫""隆德人情一张纸（字画）"，只要家中有字画，家里生活不怕穷。许多时候，隆德人送给亲朋好友及贵客来宾的礼物，就是一张纸（书法）或画（绘画）。这种现象在宁夏其他地方鲜见。"早上健身，下午练字，晚上唱戏"是隆德人的日常。

社火大赛，彩灯展演，还有秦腔吼上，隆德人过大年，图的就是欢腾。串起这些丰富多彩民俗文化高潮的，正是共享一顿隆德暖锅子。

与隆德人勤劳、厚道、淳朴、坚韧的品格一样，以清清白白、清清爽爽的五花肉、白菜、粉条、土豆、大豆、豆芽等为主要原料的暖锅，自然成为隆德人传统美食最重要的一部分。隆德人最喜欢在过年的时候吃暖锅，吃出阖家团圆，吃出温暖红火。听着热闹喜庆的鞭炮声，围着咕嘟咕嘟熬煮着的暖锅子，大口吃肉，大口喝酒，热汗涔涔，笑语不断。家的亲情，家的温暖，家的味道，在热气中蒸腾，化为浓浓的亲情。

正月里，最好的"那一锅"，一定要献给社火队。

得知要来家里要社火，主人就用心备好暖锅等候。一队社火进小院，欢声笑语满堂彩，踩高跷、说仪程、耍狮子……当所有的环节表演完，主家就将几张桌子摆出来，把热腾腾的暖锅端上来，农家小院顿时成了暖锅宴会厅，大人娃娃都放开吃，吃得嘴上流油呢。谁家的肉厚，谁家的菜香，谁家的汤妙，谁家的花卷大，都有说法，都有传扬。过年的喜乐、人情的浓厚，都能在暖锅子里品尝到。

至于红白喜事、高考出榜、盖房起梁、游子归乡这样的重要时刻，待客吃暖锅，围桌喝几壶，绝对没麻达。

人情练达，家国情怀，皆在隆德暖锅子里！

隆德暖锅子的装锅仪式

隆德暖锅子，民间最早多用砂锅装盛，因为砂锅易碎难洗，如今餐馆一般都改用铜锅。

好锅要配好料，好汤料一般是指猪骨汤。猪骨汤需提前熬制，吃的时候则多次添加。隆德暖锅子主料全是隆德当地所产的蔬菜，以旱萝卜片

（用肉汤熬制）、大白菜片为主，装在暖锅最底层，俗称"菜底子"；二层装入丸子（用瘦肉、大葱等做成）；三层装入粉条（用凉水提前泡软）、豆腐、大豆芽（或黄豆芽）、土豆块等；四层放猪排骨、香菇、木耳、冬笋等；五层叫"盖面子"，即暖锅最上面的一层，是用过了油的薄五花肉片，逐个叠加码排成一圈，再撒上切好的葱丝、蒜苗丝、红辣椒丝，再浇上熬好的汤汁，"五层一面"的隆德暖锅子就装成了！

盖上盖子，在暖锅中央空心位置的锅膛里加入烧得正旺的木炭，熬煮得越久越香。味从煮中来，香自火中生，掀开盖子，再撒少许香菜段，肉的白与菜的绿红相配，立刻勾起人们的食欲，大快朵颐，停不下来。

隆德暖锅子除了分层装法，还有隔挡装法、混合装法。隔挡装法是将一种蔬菜装一格（一个区域），几种蔬菜就装几格，最后装上"盖面子"。混合装法就是将多种菜肴一同装入，象征"大团圆"。萝卜青菜各有所爱，各家喜好不同，装锅方式也就有别。

"门前雪花白，屋内锅子红。""围炉聚饮欢呼处，百味消融小釜中。"隆德暖锅子不仅仅传承了地方饮食习惯，更寄托着隆德人对美好生活的向往。

暖锅子浓缩着隆德人的脱贫史

传统文化是经济发展的软实力，善于发掘商机的隆德人靠开暖锅店脱贫致富，过上了好日子。

"老巷子"有一家"客满堂农家乐"，店主名叫潘娟娟。2017年，潘娟娟用丈夫在银川打工挣的三万元，在"老巷子"租了个店面，专营隆德暖锅子。潘娟娟的店专门用砂锅做暖锅，土猪肉、苜蓿菜、苦苦菜、蕨菜、扁豆芽等，再配上土豆摊饼，能吃出农家的味道。刚开始经营，生意并不咋样，但潘娟娟毫不气馁，坚持亲自干，渐渐地，"砂暖锅"独特的味道被顾客赞扬，名气大了起来。如今，旅游旺季时潘娟娟的店每天能卖出50份"砂暖锅"，加上其他菜品、酒水等，每天收入5000元。潘娟娟说："'老巷子'名气大，我开店就得配上这名气！"

2019年5月，央视摄制组来隆德拍片子，还专门找到"老巷子"，拍摄潘娟娟"砂暖锅"的制作过程。

千年隆德城，百年老巷子。"老巷子"之所以能火起来，既依靠隆德的民俗文化，又得益于隆德暖锅子。像潘娟娟这样开在"老巷子"的美食小吃店有30多家，从业者500多人，年营业收入数百万元。

在隆德县城繁华地段龙泉苑广场南侧，有一家规模较大、品种齐全、环境独特的暖锅店，名为"龙源暖锅城"，是岳骥、陈素方夫妇开的，他们经营暖锅店生意已有20年了。

位于隆德县人民路黄金地段中央名都的"六盘香酒楼"，2014年开始营业，现已发展为县城最大的餐饮店。由金镒、金铸兄弟俩开发创牌的"六盘香暖锅"，在县城里妇孺皆知，被称为"隆德第一锅"。

这些开暖锅店的老板，都是土生土长的隆德农民，他们开暖锅店的创业经历，就是一个个生动感人的脱贫致富故事。

在首府寻找隆德暖锅子

用手机搜寻开在银川的隆德暖锅店，发现有10家。隆德暖锅能够跻身竞争激烈的首府餐饮业，这在10年前是不可想象的！

李信是隆德县沙塘镇人。2014年，他在银川市金凤区开办了"六盘源暖锅店"，一开始就吸引了许多隆德老乡光临，后来很多银川人也喜欢来这里吃暖锅。经过几年发展壮大，现在已经设有三个分店，从刚开始的12名员工增加到现在的130名，并形成了以隆德暖锅、地方小吃为主的"六盘源餐饮"品牌，吸引了不少人加盟经营。

2020 年 1 月，李信通过微信公布了一个数字："六盘源暖锅"在银川已卖出 30 万份！

"六盘源暖锅"微信专题的留言，表达着食客们的真切感受："六盘源老板是个三十来岁的小伙子，年轻有为，把隆德暖锅发扬光大，做出了老祖宗传承下来的家的味道。""去六盘源，才能找到老家的味道，我们几个老姐妹，每次聚会都在这里，像回了家一样。""终于又见到六盘源暖锅，希望把隆德暖锅品牌继续做大！"

在银川，如果你想吃到原汁原味的隆德暖锅子，还应该去"十八盘"。"十八盘"与现在常见的铜锅隆德暖锅不同，这里依旧不紧不慢地按照自己的步调，坚持使用最传统的砂锅来烹煮。其实，最地道的隆德暖锅就是用农家的土砂锅做容器。砂锅材质具有通气性、吸附性、散热慢，能均匀而持久地把外部的热能传递给锅里的食材，汤汁浸润时间长了，味道就更香了。

"让每一个细节都回归传统。不光是排骨、五花肉的选材，哪怕是粉条子，都有讲究。而这一锅的灵魂，就是这个汤底，都有不可外泄的秘制配方。""十八盘"坚持家常做法的老味道暖锅，吃第一口，就令人惊艳，恰似回到食客的少年时光。

文学作品里的隆德暖锅子

孙海强是青铜峡市的一位文学爱好者，他发表在《宁夏日报》六盘山副刊上的散文《隆德暖锅》，有一段是这样写的：

以前只听说过暖锅，今天总算亲眼见到暖锅端上来，我不禁惊叹它鲜明的特色。暖锅中的食材几乎全是熟的，端上稍炖，即可品尝。一层过油肉一片挨一片整齐排列着，过油肉虽是炭火烧制，但没有炭味，吃一口，不腻，解馋。食去外层的肉片排骨，里面是丸子、粉条、萝卜片、豆芽、豆腐，土豆等。向内竖直的锅壁上整齐地粘着白萝卜片。丰富的食材，再配以小菜，更是味道鲜美。沸腾的汤汁，跳动的菜肴，缭绕的香气，在晴天暖阳下，一边津津有味地品尝隆德暖锅，一边和久未谋面的友人畅叙，这是多么幸福的一件事啊！

隆德县作者蔡文刚有篇《来隆德不吃暖锅等于白来》，写得大气热烈：

只是这几年工夫，隆德暖锅已经发展成隆德餐饮的代名词，一说到隆德有什么好吃的，人们下意识就会说出隆德暖锅子。暖锅本身的材质也由原来的砂锅、瓦锅摇身变成了大铜锅，甚至电暖锅。暖锅的味道自不用说，酒香不怕巷子深。我不敢夸口说祖国大江南北知道隆德暖锅的有几人，但在宁夏周边地区，很多人来隆德都是冲着暖锅，想一饱口福。我有几个朋友，每到隆德，都要我提前为他们预订暖锅。这也不是夸张，曾经，在隆德出现过排队等候吃暖锅的事情。就像静宁烧鸡、山西刀削面、兰州拉面、岐山臊子面一样，隆德暖锅也出名了，在巨大的消费市场已经拥有一席之地。别忘了，去隆德不吃暖锅子，就等于去了一半隆德。最关键的是，你对不住自己的嘴和胃。

两位作者的精彩描述，表达的是每一位品尝过隆德暖锅子的人的内心感受。

隆德暖锅子盛着美好未来

早在 2008 年，隆德暖锅子就获得"中国舌尖上的美味"称号，央视纪录频道曾播出 5 分钟的隆德暖锅子专题，节目以陈勒乡新和村村民翟调过夫妇制作暖锅为实例，再现了隆德暖锅的渊源、食材、制作过程，真正让隆德暖锅子走进更多观众的视野，让更多人知道宁夏六盘山下的隆德县。

10 多年来，隆德人不遗余力地呵护和推动隆德暖锅子经营发展，取得众人皆知的品牌效应。像兰州牛肉面、沙县小吃等知名品牌一样，隆德人期盼隆德暖锅子也能传到更多地方，能够到更大的城市去经营家乡的美味。

（原载 2021 年 12 月 21 日 《宁夏法治报》）

人物＼访谈

厚重的人物访谈 ▼ 王庆同

1992 至 2022 年 30 年间发表的 10 篇人物访谈，访谈的对象是社会关注度较高的人物，访谈的形式是人物故事与人物话语巧妙结合。人物访谈有料有趣，读后可品可咂。人物访谈怎样写？文无定法，可以有多种写法，也可以有所创新。作者采用人物故事与人物话语巧妙结合的形式，内容丰富，且呈现多角度表达，作品显厚重，效果也好。

头尾两篇可玩味。打头的《讽刺与幽默营地探访》，探访的『营地』是社会关注度较高的地方，这个选择体现作者具有较强的求实的先进理念。《人民日报》所属的《讽刺与幽默》半月刊，创刊 13 年深受广大读者喜爱，它的发行量

曾突破百万大关，达到 130 万份，且多是自费订阅，而坐班编辑只有 4 人（其中一人是做杂务的干事）。该编辑部半个月收到投稿约 1500 件，采用 30 件。从未谋面的《固原报》的投稿人何富成一年在该刊发表近 10 幅漫画，编辑们向前去探访的作者打问何富成是怎样的人，编辑们之可爱、可敬毕现。打头的这篇探访的可读性很强。结尾的《岂能虚度的『三百六十五里路』》讲述与作者亦师亦友王健的风貌与成就，通篇跳跃有序、灵动有章，与人物的性格、经历相契合，作者文笔老到、收放自如。头尾两篇显现的文章可读性强与文笔老到、收放自如的表达，大体覆盖本辑所有文章。

既要打动人心 又要历久弥新 ▼ 张 强

人物报道怎样才能写好？首先要传递出积极向上的价值观，其次要深挖人物的细节——他们身上有着怎样独特的故事，寻找他们的与众不同，寻找他们的闪光之处。人物报道如果不能打动人心，那就是写了一个『假大空』。

大千世界，人是主角。社会是由一个个个人推动向前发展的。典型人物是时代精神的标杆，典型人物报道一直是媒体有效的表达方式。因此，写好人物报道，是记者最基本的技能和从业法宝。

精准做好人物报道，拓思路，出精品，不仅让人物报道引领价值观、传播正能量，而且要经得起时光的打磨和检验。好的人物报道，一定是多少年后再读一遍，依然引人注目，仍然熠熠生辉。

《讽刺与幽默》营地探访

人民日报社 10 号楼是 20 世纪 50 年代初盖起的 3 层青砖大楼，比起如今周围拔地而起的高层建筑，这座承受 40 载风风雨雨的老灰楼自然难以引起路人注目。它的 1 楼 3 间房子的门上分别贴着《讽刺与幽默》编辑部的标牌。这标牌实在太小了，小到近视眼患者得鼻尖贴着门壁才能认出来。相对于威严、庄重的《人民日报》，它的这份增刊只是一个小弟弟。

这个可爱的小弟弟诞生于 1979 年。想想看，13 年前中国人的精神生活哪像现在这样丰富多彩。那时候没有的东西太多了。没有赵本山和黄宏，没有冯巩和牛群，没有葛优和梁天。所以《讽刺与幽默》一经出现，逗得向来缺乏幽默感的国人忍俊不禁。

这份报纸的创刊号与读者相见的时间是 1979 年 1 月 20 日。这天下午，一位叫苗地的编辑骑车上班，发现了令人难忘的一幕。他一口气蹬到报社大院，扔下车子闯进门后，向同仁们报喜："哎呀，真火，都在抢购咱们的报呐！"几位编辑听之，相互默视，激动得说不出话。

眼下，这个活泼调皮的小弟弟已经度过他 13 岁的生日。参与策划和编辑工作的华君武、袁鹰、英韬、江帆、苗地 5 位先生皆已年过花甲。13 岁的少年，英俊潇洒；13 岁的《讽刺与幽默》，在郁郁葱葱的中国报林中，实在是独树一帜！它的发行量曾突破百万大关，达到 130 万份。可以毫不含糊地说，创刊以来的《讽刺与幽默》的订户，绝大多数是自费订购。当然，这个事实与订它掏钱少有关。掏钱少而得到多，何乐而不为呢？

在《讽刺与幽默》编辑部，我看到最新出刊的 7 月 20 日第 14 期报纸，报头下标着"总 314 期"。13 年多的时间出刊 314 期，不算多。然而，发在这个半月刊小报上的作品却多是精品。编辑部每天收到来稿 100 多幅，半个月就是 1500 幅，从这么多的来稿中精选出 30 篇发表，对这些作者来说是荣幸的，对广大读者来说更是难得的。

314 期报纸，近 1 万幅漫画作品，如果将原稿倒腾出来搞一个展览，那应该能创下新的吉尼斯世界纪录！

因为《讽刺与幽默》，谁人道不出几个漫画家？看过《讽刺与幽默》，哪位不觉得痛快和愉悦？针砭时弊、反映生活、情调健康、诙谐幽默，它鲜明的个性叫人难忘。想不起《避邪》的作者是谁，但画面上那位主妇出门买菜前脖子上不佩戴项链，却挂了个弹簧秤，一副有所企盼的样子，一直让人难以忘记。这幅作品见报后，转载的报刊不下 20 家。至于"老姜"华君武、"幽默大师"丁聪以及更多的漫画才子，他们创作的或讽喻、或诙谐的作品，更是驰名中外。

漫画界自然视《讽刺与幽默》为规格最高的阵地。一个苦心创作漫画的作者，虽高产却不能在《讽刺与幽默》上露露脸，那就连他自己也觉得气短。于是，许多作者不惜气力向这个阵地"进攻"。

我在编辑部的 2 个小时内，不断有电话打来。我向主人打问，方知多是京城之外的长途，或打听来稿下落，或借机问候编辑等。既能感觉到作者的拳拳之情，又能体味出编辑的一片爱心。

于是想到编辑先生的无私栽培。几位编辑不约而同地提及何富成。何富成何许人也？他是宁夏西海固地区的一个山里娃，现供职于《固原报》，当美术编辑。曾多次高考不第的他 8 年前弄起了漫画。刚开始自然是胡画，每天都有"作品"寄往《讽刺与幽默》以及其他报刊。信封、邮票的花销让父母唉声叹气。一天，他意外地收到大名鼎鼎的英韬先生的亲笔信，几句勉励的话使这位激动得晚上睡不着。又有一天，他从乡邮递员手中接过一封信，拆开，一张《讽刺与幽默》令他大吃一惊。他发现了自己的作品和名字。他真是高兴啊，一口气跑到山巅上乱喊。如今，他已是大有收获的我区美术人才，光在《讽刺与幽默》，一年下来就发表作品近10幅。编辑夏清泉一个劲儿地向我打问何富成。这位勤奋、忠诚的编辑与偏僻西北一隅的作者何富成虽未谋面，通信却达数十封。信上自有道不完的情、叙不完的爱。1989年，英韬因公务飞赴银川市，何富成闻讯，搭乘便车连夜赶至。老先生双手拉着何富成，端视良久……像何富成与《讽刺与幽默》这样交情的漫画作者，自然不是一位两位。

读者视《讽刺与幽默》为爱物。这当然缘于它浓浓的读者观念。眼下的"周末潮"十分讲求读者观念，而《讽刺与幽默》不改初衷，更加精益求精。编辑部的柜子里搁满了读者的来信，随便抽几封读读，字里行间情深意切。更多的读者有一个共同的心声：能不能将半月刊的《讽刺与幽默》改为周刊。主编英韬说，暂时不可能了，人手太紧。

坐班的编辑和工作人员仅有4位，其辛苦可想而知。谈谈对这几位甘为人梯的主人的印象吧。

主编英韬和文字编辑袁鹰正忙着跟日本人打交道，筹办将要在秋天举办的中日友好漫画展。二位先生经历坎坷、阅历丰富，虽不多言，其和颜悦色已透出睿智和豁达。英韬虽已办理离休手续，但宝刀不老，余热不减，仍在营中掌帅。编务工作，大到出刊词，小到画面处理，他都要费心，深得部下敬仰和爱戴。他说，眼下人手紧，处于非常时期，待到诸事顺遂，他便回家，再去照相。这位幽默老头年轻时用心钻研摄影，技艺不俗，在国外奔波时，曾拍摄了不少胶卷，苦于多年来不得闲暇，没工夫印洗。他说："20年前冲出来的胶卷还保存着，到时候一并洗出来看看。"

袁鹰的名声可大啦。他是中国文坛的一员骁将，他的《井冈翠竹》教育着一茬又一茬中学生，一生最辉煌的时期便是当《人民日报》文艺部主任，现在退下来了。他一辈子与文字结缘，不写光看，怎么也不适应，于是打道回府，自愿做起《讽刺与幽默》的文字编辑。老伴孩子疼他爱他，只放他上半天班，都是上午。夏清泉说："有他这个能匠，我们几个人就轻松多了。"

　　要说夏清泉，年龄49岁，4年前因业余创作漫画成绩突出，自一所学校调入编辑部。他对我说："昏头昏脑地搞起了幽默，本人却极不幽默。"我说："其实你这句话就很幽默。"他这样表述他的作画追求："长期生活在普通人之中，作品都是情不自禁的结果，画的也难免是凡人俗事。"恰恰是"凡人俗事"，使他的画备受青睐。

　　雷猛是位搞版式设计的小伙子，没见着他。我倒是很想见一下这个大名鼎鼎的男子汉。

　　还有一位干事是女性，名叫李娜。名叫李娜的人可多啦，其中一位唱歌的李娜，唱的那首《好人一生平安》叫人心动。这位李娜专干寄信、拖地、打开水之类的杂事，除此之外，还负责给作者寄稿酬。漫画界的朋友，你收到的《讽刺与幽默》稿酬通知单正是她寄去的。她也是一位好人哟。

　　除营中坐镇的这4位外，大家还特别谈到苗地和江帆，说他俩才是《讽刺与幽默》的"排头兵"，他们作品风格虽然不同，但对《讽刺与幽默》的贡献一样大。其实读者没有忘记他们。我未见其人，就不多言了。二位先生，后会有期……

　　漫画，有人称之为"大众快餐"，这比喻实在是再贴切不过了。我谨代表广大消费者向《讽刺与幽默》致意，有心采访写成此文，权当薄礼敬呈。

附记：采访了《讽刺与幽默》编辑部，想到要配上照片，追求图文并茂的效果。手头倒是带了个照相机，是个"傻瓜"，拿不出手。于是恳请夏清泉编辑作画。他几笔就画出编辑们的漫像。我接过来一瞧，嘿，真棒！谢谢您，老夏！

（原载 1992 年 8 月 1 日 《宁夏日报》）

潘振声童心未泯

潘振声在南京接受我的采访时，喜悦挂在他的脸上。9 月 27 日，江苏省第 5 次文代会上，代表们将省文联副主席一职委任于这位号称拥有 5 亿歌迷的儿童作曲家。潘振声兴致勃勃，与我大谈振兴江苏文坛之策，而我努力在他身上找寻着作曲家的一面。我体味到了 58 岁的潘振声依然荡漾着的童心。

挣不断这根"红丝线"

潘振声是去年 3 月与宁夏"拜拜"的。照他自己的话说，就是"告老还乡"。自然，攀缘江苏这棵大树，有他老潘的好景。但他毕竟在宁夏生活了 33 年。33 年织就的一根"红丝线"，把他与塞上热土拴得牢牢的，想挣也挣不脱。

这首先表现在他那一个个跳动着的音符上。他虽然喝着长江的水，但每一首新作依然流动着黄河的"涛声"。不仅如此，他还不断地向宁夏小朋友寄来新歌。宁夏电台和宁夏电视台已先后播出了他的《西北娃娃模样俊》《小小男子汉》《西部娃》等歌；他正在为宁夏电视台新拍的儿童电视剧《我们的秘密》创作音乐，主题歌将请南京小红花艺术团的小朋友演唱。

潘振声永远忘不掉这一幕：离开宁夏那天，在火车站站台上，小燕子艺术团和银川市二十小的同学们与他作别，大家一遍遍跳着由他作曲的舞蹈……

潘振声说："我知道那不光是送行，而是希望我不要忘记他们。其实，现在每当我提笔写歌，眼前就晃动着六盘山区、盐池草原、贺兰山下、黄河两岸的景色。"

谁能说不是宁夏风雨塑造了我们的老潘呢！

难得这份"忧患"

全国儿童歌曲创作，潘振声自然是"第一把刷子"。潘振声说："不敢当、不敢当。"他倒是对"缺刷子"现象深表忧虑。他说："儿童音乐创作好比医院的小儿科，本该有它的位置。可从眼下看，国内几乎没有几个专业创作者，培养这方面专门人才的学校和专业更是空白。"

是啊，"饥不择食"的孩子们不得不喊"妹妹你大胆地往前走"，甚至连那电视广告里"我们是害虫，我们是害虫……"也满世界地唱。

潘振声力倡儿童音乐应一切从教育出发，他对时下儿童歌曲创作的粗制滥造和盲目引进极为不满。他劝家长们不要再购买那些套用社会歌曲的"儿歌大联唱"之类的磁带。"为什么不给孩子们完整的歌曲呢？这种儿童歌曲流行化的现象对孩子没有好处。"他还以台湾电影插曲《世上只有妈妈好》为例，谈起儿歌的教育作用。他认为这首歌作为插曲，在电影中很感人、无可挑剔。但家长们不假思索，一味地教孩子唱就不应该了：一是它与中国的国情格格不入；二是"干吗不注意教孩子坚强和自立呢"？

不比不知道。还有比潘振声的《一分钱》《小鸭子》《嘀哩嘀哩》更生动活泼、健康有趣的儿歌吗？

潘振声度过了大半生，创作了1000多首儿童歌曲。人们传唱着他的歌，也该牢记他的名。

潘振声踏上故土不久，正逢南方水灾。他满怀深情地"扑腾"在生活第一线，创作了儿歌《一片深情一片心意》。当南京的孩子们用这支歌在舞台上倾诉心声时，观众们禁不住抹起眼泪。

在南京，多年的积累加上崭新的感受，给了潘振声不少创作的灵感。

《给未来一片绿色》是中国专为今年6月5日国际环境与发展大会献去的音乐风光片。片中4首歌曲《月亮飞来的歌》《圆圆和方方》《绿色方舟》和《是真不是假》，都出自潘振声之手。

前不久，中国少年儿童出版社出版了他的盒带专辑《猜猜听听唱唱》，台湾一家出版商也买了版权。

广西出版社出版的《动物儿童歌曲集》，收录了他的3首新作。

献给南京市小红花艺术团的新歌《我们都是小画家》，在今年中央电视台元宵文艺晚会上播放后，一下子在各地校园中流行开了。

与此同时，鲜花般的荣誉不断向潘振声涌来。

今年5月23日，纪念毛泽东《在延安文艺座谈会上的讲话》发表50周年文艺晚会上，中央电视台邀请潘振声"亮相"。荧屏上，他那孩子般纯真的笑脸吸引着他的几代歌迷。

9月初，潘振声获得中国唱片总公司颁发的金唱片奖（演唱者和创作者的作品发行量达100万张/盒的有望获此殊荣）；中国福利会又授予他第6届中国福利会妇幼事业樟树奖。

潘振声不无感慨地说："还有些时间，要干一些事情。"

（原载1992年11月14日《宁夏日报》）

谢晋挥师宁夏川

早春二月，著名导演谢晋来宁拍片成为热门话题。

新片《炊烟》主要演员：谢添、斯琴高娃、于是之、赵丽蓉。

谢晋评价华夏西部影视城外景地：这样一个特定的环境，全世界也不多。

3月8日晚8时在金凤凰酒家，谢晋称赞西夏啤酒近似于青岛啤酒。

张贤亮说："谢晋既是我的挚友，更是我的良师。"

《炊烟》外景地定在银川市郊，遗憾至今仍未合适"狗"选。

投入地演一次，忘了自己——"香二嫂"要做"狗狗妈"。

来的都是大腕儿

宁夏这地方真邪乎，这几年让玩电影的人盯上了，拍了几部片子还行，获奖的获奖，叫座的叫座。这不，声名显赫的大导演谢晋带着一拨人来了，也要拍电影，拍一部由张贤亮小说《邢老汉和狗的故事》改编的剧本，暂定名为《炊烟》。

谢晋还用得着介绍吗？非要来几句的话，就说1992年8月8日谢晋恒通影视有限公司成立时媒体的反应吧：美联社报道此事的标题是《大陆文艺的春天》，中国台湾报纸的通栏标题是《谢晋一小步，大陆电影一大步》。

那么国内影坛导演群体中"大哥大"属谁，不言自明。

谢导挥师而来，身后跟着的全是大腕儿！

一生从艺的谢添年届 79 岁，这次出演邢老汉，自然是轻车熟路。他的身板还算硬朗，只是那张能说会道的嘴，演林老板绝了，这次演憨厚的邢老汉，就得少开尊口了。宁夏之行，他已学着沉默，与观众见面时虽激动得"诗兴大发"，"一首长诗"却也被他浓缩成 9 个字儿："银川，银川，你太可爱了！"

"虎妞"出落成可爱、可敬的"香二嫂"，斯琴高娃又一次火起来。爱来爱去，还是爱中国，爱中国电影，咱们的"高娃"终于找到感觉了。"香魂女"声震柏林市，邢老汉的女人——狗狗妈看来也有可能走出国门，拿个大奖。

曾任人艺院长的于是之此行是夫唱妇随，老伴曾在广播电台上班，退休都几年了，这回又干起"录音"，细心录几盘当地老人的口语回去，好让满口京腔、将要饰演魏老汉的丈夫琢磨、学学。

赵丽蓉演出繁忙，未能成行，4 月中旬开拍再来，在剧中饰演马三婆。她不光在电视台春节联欢晚会上跳探戈，前年一部《过年》，使她在日本红得发紫。看来女明星走红并不全靠羞花闭月之貌——姜还是老的辣哟！

幕后大腕儿也该亮亮相：制片主任毕立奎、祝士彬，高级摄影师卢俊福都是跟着谢晋闯荡多年的老搭档，能跟着谢导"打天下"者，当然是英雄好汉；曾 3 次获得金鸡奖的化妆师颜碧君、美术师费兰馨、服装师贺娟娣、照明师李明德、置影师高阿马、道具谢军，更是享誉国内影坛的腕儿。他们参拍的《柳堡的故事》《牧马人》《芙蓉镇》《周恩来》《大决战》《清凉寺钟声》等，哪个不火！

宁夏有幸高攀大腕谢晋，这中间还有一段插曲呢：其实拍摄外景本打算选在西安郊区，谁料张贤亮"半路"陈词谢晋："不在宁夏拍，就收回版权。"一句玩笑话，竟使好梦成真。

热情的塞上影迷满心欢喜，谢晋来宁拍片成了本周最热门的话题。

3月8日至13日，《炊烟》剧组在银川、贺兰、灵武等地考察外景地和深入生活，所到之处，人潮涌动。客人们也对宁夏独特的风光和风物赞不绝口。参观了正在规划的华夏西部影视城外景地后，谢晋说："这样一个特定的环境，全世界也不多。它保留了别的地方没有的特色。"3月8日晚8时整，在金凤凰酒家宴桌上，谢晋喝过西夏啤酒后，连连称赞，认为西夏啤酒近似于青岛啤酒。能得到大导演这个评价，就不只是生产厂家的荣耀了。当然，他们对宁夏的某些方面也不无遗憾，比如交通建设，认为银川至北京的航班每周只有两次，甚至到上海的航班还未开通，将制约宁夏的经济发展。

良师挚友　情义无价

按一般人的想象，《炊烟》剧本的选择以及来宁拍摄，皆是张贤亮与谢晋交情所致。此话当然有理，但更主要的原因是两位大腕儿对生活相似的切身感受和对艺术的热爱。

张贤亮说："谢晋既是我的挚友，更是我的良师，我敬佩他的不但有艺术上的成就，更有他的人格力量和对艺术最高境界的执着追求。在80年代初，他拍摄《牧马人》，提高了我的知名度，对此我终生难忘。现在我可以说，已经在国内外有了较大的知名度，我就想谢晋再次执导我的作品，从而提高我的第二故乡——宁夏银川的知名度。"

谢晋在谈及与张贤亮的交往时，用"患难共患难"形容。他一向推崇张贤亮以亲身经历创作的作品，对他虽历经坎坷而生活信心不减深表钦佩。12年前拍成的《牧马人》，片中感人的情节和主人公对生活的热爱，令刚刚从"左"的苦海中挣脱出来的一代知识分子及无数观众痴迷。这次他再执导《炊烟》，尽管原著发表于10多年前，但其中的人道主义、人性和人情使这位国内外知名的大导演难以割舍。可以看出，谢晋是想通过小说反映的当时人与人之间感情被全部摧毁的故事，表现其深刻的反"左"内涵。

谢晋一行飞抵宁夏后，正值以张贤亮为董事长的艺海实业发展有限公司、宁夏商业快讯社、绿化树保健饮品公司筹备组、华夏西部影视城4家企业成立庆典。《炊烟》剧组不仅参加了庆典活动，谢晋与谢添、于是之、期琴高娃一起还为其剪彩。

剪彩之后，这位与张贤亮同是全国政协委员的名流给他送去祝愿："我希望你下次政协会上不在文艺组了，换到经济组。"

中国有句古话：为朋友两肋插刀。在张贤亮初涉商海之际，谢晋率员鼓其劲、壮其行，君子之交，令人起敬。当然，最感动的莫过于张贤亮本人。庆典会上，他的开场白是："有这4位大腕捧场，我的企业将很快成为巨人，而且很快在中国成为巨人！"

谢晋还向蜂拥而来的宾客介绍道："最近，林青霞应邀为上海一家企业剪彩，主人送给她50万元酬金，周润发也来剪过彩，当然就不止50万元了。在港台请名人为企业剪彩，虽然不付金钱，但那把剪刀是金子的，剪完后当然作为礼物赠送了。今天这把剪刀……"张贤亮接过话茬："这把几块钱的剪刀我留下作为纪念！"一番话引得大家哄堂大笑。

文人的一半是商人。几天内，张贤亮不时提起他的经商之道。他跟谢晋开玩笑说："今后枸杞可不是一包一包地送你了，我将成箱成箱地送。"

有人问及谢晋"下海"。谢晋极认真地纠正道："我没下海。下海就是说我不拍电影，改做生意了。我成立公司是为了拍出更好的片子。其实张贤亮也没有完全下海。文化人什么样的经历都应该体验。我估计再过5年。张贤亮会写出反映商界的更好的作品来。"

《炊烟》是谢晋恒通影视有限公司成立后独资拍摄的第一部片子，从拍摄题材到演出阵容，可以窥见谢晋的目标。看来，一向以中国大众为对象、拍片最具中国特色的影坛大腕谢晋也抵挡不住诱惑，瞄准了国际市场。当然，中国电影业与经济建设一样，能与国际市场接轨，当属幸事。

紧锣密鼓　拉开"战幕"

选外景地，自是此行主要任务。按照《炊烟》剧情要求，主要是找一个邢老汉的家：一两棵枯苍的老树，几蓬衰衰的枯草，一片凄苦的苍野，再有几户散落的住家。但就这么一个说起来简简单单的景地，早在谢晋来宁的前5天，就派来先期人员，从银川平原到固原山区跑了个遍。谢晋飞抵银川次日，就赶到镇北堡、贺兰山口、横城堡等初选地亲自察看。在镇北堡村里的几间农舍前，斯琴高娃、谢添连连嚷嚷"这就是我的家"，激动得几乎进入角色。谢导却只是"嘿嘿"地笑笑，一直不露声色。

经过一周的奔波，谢晋终于找到了满意的拍摄景地。银川市郊的南梁一队、镇北堡等地将有幸迎到《炊烟》剧组。

邢老汉是个赶车的把式。剧组来到塞上，当然要寻找大马车，饰演邢老汉的谢添当然要学赶车。可是，现如今多数农家都用上了手扶、小四轮，20世纪六七十年代的马车早已被淘汰，车把式早已改行了。3月11日上午，演员们在贺兰县习岗乡永胜村体验农家生活，谁料路过农户马明亮家时竟发现院里有一辆马车。谢添那个乐哟，绕着马车转圈儿。车主马明亮本是车把式，教谢老赶车自然是小菜一碟。可是，没等马明亮上手，张贤亮抢先跳上车辕，一招一式，教开谢老了。他问马明亮："这是咱们国家著名的艺术家，给你当徒弟，你收不收？"马明亮不好意思起来，连连回答："行，行。"谢添搭上话茬："那我这里就拜师了！"

谢添、于是之等人还随身带着小录音机，录下宁夏人的方言。谢添说："我一时学不会宁夏话，录下来再琢磨那个味儿。"在贺兰县金山乡金山村，谢添拉着一个75岁放羊老汉的手对化妆师颜碧君说："你要把我的手弄成他这种色儿，要有这洗不净的黑折子。"老艺术家于是之尽管在影片中的戏少，但一点也不马虎，半眯着眼睛一路走着看着琢磨着，瞧这老汉的脸色，看那老头儿戴的小白帽。化妆师颜碧君是70岁的老太太了，整天端着个高级"傻瓜"，四处琢磨人物造型。她说："西北人的皮肤不是我想象的那样黑、那样红，而是略透土黄，是典型的东方黄色皮肤。我用什么颜色才能调出这种效果呢？"她还提议，高娃刚开始讨饭到邢老汉家时的头发应该又脏又乱，还要有两窝脏兮兮的眼屎，再流着半截清鼻涕，但眼睛一定要亮亮的，要透出一种原始的美。服装师贺娟娣这几天收获颇丰，在横城堡一农户家，她发现柜顶上一条已经旧得发灰的蓝色方围巾和一件破旧的蓝布褂子，如获至宝。"哎呀，多生动，太好了。"她急忙塞给女主人20元钱，连连问道："你还有什么？再拿给我看看。"女主人又寻出一件旧得不成样子的黑大襟棉袄，她一看眼睛都亮了："哇，太好了，这就是高娃的棉袄！"怕主人不愿给，急急把20元钱又塞给对方。随后，她又在另一户农家给高娃买了条补着补丁的大裆裤。不管车开到哪儿，她都把这些烂衣服随身抱着，生怕丢了。

说说咱们的高娃

银川真幸运，荣获1992年柏林国际电影节金熊奖的影片《香魂女》在宁夏的首映式，竟请来了"香二嫂"斯琴高娃，而斯琴高娃也是首次在这里观看自己主演的这部影片。

斯琴高娃无疑是人们关注的大明星。但是，3月7日在银川民航机场刚下飞机那阵儿，她总是不言不语，低着头似乎要避开记者的摄影镜头，以至于围观的群众一时竟找不到她。可是，一旦接触到电影，沉默的高娃马上就来了情绪，几乎是换了一个人。去镇北堡参观，一进城堡大门，她的激情就来了，待走到一间低矮的土屋前，她高兴地操着内蒙古方言对周围人说："这就是我家。快，进屋里坐，吃羊肉揪面片。"当行至一口井前，她一边和井台边提水的大嫂说话，一边接过桶绳，从井里打上来满满一桶水，拿起扁担，熟练地挑起双桶，一直把水挑进大嫂家。那情那景，简直让人佩服。

高娃对电影艺术完全是一种全身心的投入，那执着的追求、痴迷的献身精神实在令人感动。一天，在横城堡，正在农民家串门体验生活的高娃听说给她买来了服装，立刻接过那条脏兮兮的围巾系在头上，又脱下自己的羽绒服，把那件旁人看着都龇牙嫌脏的破棉袄穿在身上，扮出一副害怕、羞怯的模样——活脱脱一个逃荒要饭的女人！3月11日上午10时左右，高娃还是那身装扮，又套上一条黑色的大裆裤子，到贺兰县集贸市场逛。她走到一个打扮入时的姑娘面前说："给点钱嘛。"姑娘嫌她脏，直往后躲。在一个卖羊杂碎的小摊前，卖主给她盛了半碗羊杂碎，她低下头三口两口就吃了个差不多，还边吃边说："好吃，好吃。"她捏着要来的一角六分钱，走到一个卖醉枣的摊子前，卖枣的小伙子抓给她10多颗枣打发了她。一大拨人跟着她，他们搞不清哪来这么个"疯女人""傻婆姨"，后来知道是大明星斯琴高娃时，大姑娘、小媳妇更是追着看。"哎哟，咋是那么丑哟！"高娃却连连说："我找到感觉了！"

出国5年的高娃，已经是瑞士籍的"外国人"，但是她依然很"中国"。刚来银川，在从机场到宁夏宾馆的车上，她就说："听说宁夏的辣子特香，很想吃。"在银川的几天，每天都吃招待饭，她皱着眉头跟人说："也不能天天过年，我想吃牛肉拉面。"在一次下乡途中，高娃还兴致勃勃地给邻座看手相，惹得人们哈哈大笑。她津津有味地回忆，1966年她16岁那年，从巴盟"长征"到延安，7个人高举红旗，一天走七八十里路，晚上在村里点着汽灯演节目，唱《老两口学毛选》。"老头子，哎，老婆子，哎，咱们两个学毛选……"高娃禁不住唱起来。

关于家庭和孩子，高娃直来直去，毫不隐讳："我有两个女儿，大的

23 岁，在广州学法语，学得挺好，准备让她到法国学习；小女儿 20 岁，在呼市和她爸爸在一起，上内蒙古师大，学英语。""我现在生活得很幸福。我先生是位华裔音乐指挥家，对我很好。他很懂电影，只不过是出去的时间久了，对中国的情况不太了解，不会更细腻地跟我谈某个角色。但是，他支持我，绝对理解我。他喜欢欢乐的东西，看我演的角色有哭啊、恼啊、死啊，还有一些鞭打的镜头，他都不忍心看，看不下去。"

高娃没有变，跟她交谈或交往，感到她甚至像我们这里的人一样。高娃说："是啊，在银川就像在内蒙古一样。"祝福你，咱们的明星，咱们的高娃！

（原载 1993 年 3 月 13 日《宁夏日报》）

朱传贤风采依旧

外交生涯显辉煌

我们的采访对象是曾为新中国第一代最年轻外交官的朱传贤先生。虽年近花甲，当年的情景他却历历在目。

朱传贤16岁就光荣地加入中国人民解放军，因年龄偏小，失去抗美援朝参战机会，不过他却迎来另一难得的机遇，与一批同志被周恩来总理安排到外交部辖属的外语学校学习英语和外交史。刚刚20周岁的时候，他又荣幸地被组织派往印度尼西亚，参与完成了万隆会议筹备工作。会后，他凭聪慧能干留驻印尼大使馆，负责大使黄镇的翻译与联络工作。如此年轻就肩负外交重任，真是不同寻常！万隆会议之后，刘少奇、王光美、陈毅等国家领导人先后出访印尼，这位年轻的外交官做了大量的接待和联络工作，深得领导赏识。

驻外生活10年后的1964年，朱传贤回国就任外交部的处长，1968年又提升为礼宾司司长。70年代初，他参加了周恩来总理直接领导的对美关系工作，为安排尼克松访华和中美建交付出了大量心血。忆及此事，朱先生感慨："尼克松访华随行人员达500人，我们的接待工作却搞得尽善尽美。"最令他难以忘怀的是，中美关系破冰后，所有跟着美国走的那些国家哗一下子都涌来了中国，纷纷与中国建交。作为礼宾司司长，朱传贤曾创下一个月接待 5 位外国元首的纪录。"这样下来，我都累瘫了。"朱先生说。

倾注一颗痴心，青春无怨无悔。在社会主义中国的外交史上，朱传贤堪称一位传奇人物！

公关战线一面旗

十一届三中全会后，中国的经济逐渐走向繁荣。精通外交工作的朱传贤凭其敏锐的洞察力，认识到公关事业在改革开放新时期的巨大潜在作用，以及中国发展公关事业的美好前景，于是他转而投身于这个充满挑战的新领域，扛起了中国国际公关事业的大旗。

1987 年，53 岁的朱传贤有幸被香港公关协会引荐给国际公关协会。协会各主要领导看了他的简历后，立即吸收他为会员，这样朱传贤成为国际公关组织中第一个中国会员。1988 年在澳大利亚墨尔本举行的世界公关大会上，代表中国国际公关组织的朱传贤初次亮相，引起国际公关界关注。在被大会推选为唯一的中国理事后，朱传贤又肩负起国际公关协会中国总干事、中国国际公关协会常务副会长等职。

这些年，朱传贤先生奔波于祖国各地，为中国公关事业呕心沥血。连宁夏这样偏远的地区，朱先生都专程两次从深圳赶来指导工作。正是他这样热心公关事业的开拓者，推动着中国公关从弱到强，迅速发展，并与世界公关接轨。

一个外交家所必须具备的超人的思辨和语言能力，正是朱传贤天赋所长。在长期为公关事业摇旗呐喊的过程中，他以富有感染力的演讲，令无数热情的听众倾倒，使越来越多的人认识了公关，理解和参与公关事业。

近年来，在中国公关迈向纵深领域之后，朱传贤还积极参与对外公关和商务活动。他受招商局蛇口工业区聘请，担任外事顾问，凭他在国际上的声望和影响，为特区的经济建设招商引资。

从外交官到公关事业的开路先锋，朱传贤就这样在中国开拓着一项崭新的事业。人过中年，他跨向生命和事业的另一巅峰！

中国公关放眼望

朱传贤当然最有资格评价中国公关发展的现状和前景。

公关事业的发展，基于经济的繁荣。如果说改革开放前 13 年中，中国公关事业仅仅是一种量上的不断增加（各种公关组织的创办），那么在去年小平同志南方谈话和十四大确立社会主义市场经济理论之后，中国的公关事业开始了质的转变，也可以说在 1985 年前后首次高潮后，又迎来了它的第二个高潮。

眼下，我们高兴地看到中国公关事业已走过起步阶段，全国各公关机构已很大程度地走向成熟，而且在各级党政领导的重视下，正在有秩序地健康发展。公关活动的覆盖面越来越广。湖南农村的一位农民竟然出资数千元办起了公关办事处，被传为佳话。现在从城市到农村，从先进发达地区到落后穷困地区，几乎可以说公关之花在全国遍地开放。与此同时，实用公关也越来越受到社会各界的欢迎。许多中学生以及不少部队战士也热衷于公关学，以满足求职的需要。在社会主义市场经济的不断发展中，公关开始扮演中介角色，发挥着它的特殊功能。

中国公关在面临亚太经济空前活跃、中国正努力加入关贸总协定的情况下，更应设法与世界公关广泛对接。我们要做的事迫在眉睫，比如和国际公关组织的横向联系、促进海内外人才交流、与中国港澳台地区的密切联系等。

在中国，公关从来没有像今天这样活跃，它已走进我们生活的各个角落！

"塞北江南" 再寄情

这已是朱传贤先生第二次莅临宁夏。

去年也是这时，正值塞上稻熟果香的金秋时节，宁夏人迎来了尊贵的客人。当时凤凰城掀起不小的公关热，先是自治区公关协会成立，再是《公关时报》创刊。朱先生来银川后连作 4 场精彩的演讲，给凤城公关热增温不少。此后不久，宁夏大学设立公关学专业并成立公关研究所，朱先生在深圳闻讯后致电祝贺，并愉快地接受了名誉所长一职。

抑或是凤城以及凤城人已与这位著名学者结下了不解之缘，时隔一年的 10 月 5 日，他又飞抵银川，应邀参加由宁大公关研究所和宁夏洲际清债公司主办的首届公共关系与宁夏经济研讨会，并做专题报告。谁料会上他情不自禁地宣布："在贵阳刚刚闭幕的第 6 届全国公关联席会上，在有5 个城市为争办下届联席会的角逐中，银川获得成功！"这就是说，明年不仅朱先生还要来，而且更多的国内以及海内外公关界知名人士都将光临凤城——宁夏人非常荣幸！

两次宁夏之行，给朱先生留下深刻的印象。他对宁夏公关事业的发展赞不绝口。他尤其推崇自治区副主席程法光在去年公关协会成立大会上的讲话，这次他旧话重提。当时他曾这样对程主席讲："在我听到的全国省级领导干部讲话中，像你这样理解和支持公关的不多。"朱先生还提及人才问题，认为宁夏的人才并不少，在北京和深圳办不成的事情，在这里有可能办成。

"塞北江南旧有名。"朱先生十分留恋宁夏的迷人景观。他说："沙湖太美了！"他认为明年在银川召开的公关联席会，也是宁夏开展旅游公关的大好时机。

情系朔方，感人至深。宁夏人不会忘记这位热心的老朋友！

（原载 1993 年 10 月 9 日《宁夏日报》）

吴尚贤：了犹未了不自休

　　宁夏的人文历史和经济事业发展无不与水相关，以水利为主线可以认识宁夏、了解宁夏，这个论断并不为过。人们看到，得黄河之水而灌的宁夏北部川区物阜民康，素有"塞上江南"的美称，旧为兵家必争之地，如今更是西北难得的富庶之乡；而宁夏南部山区，土地贫瘠、水源奇缺，诸如"喊叫水""一碗泉"这样的地名，可以从中窥见干旱、贫困的影子。南北有别，皆因水也！

　　宁夏的水利建设事业，一批有识之士为其呕心沥血。现任宁夏回族自治区政协副主席的吴尚贤，堪称其中的杰出代表。

　　吴尚贤，1946 年毕业于重庆中央大学水利系，从事水利工作近半个世纪，在甘肃、宁夏的建设中颇有功劳。他担任过青铜峡河东、河西及干渠工程处副处长、工程师，宁夏水利局副局长、副总工程师等职。在修建甘肃、宁夏黄河灌区中，他力倡"裁弯取顺"之法，治理渠道，收效显著。20 世纪 70 年代在宁夏南部山区水库建设中，他负责技术工作，奔波在各工地，修改了大大小小 30 多个蓄水水库。在宁夏银北地区降低地下水、改良盐碱地的艰苦奋战中，到处都留下了他的身影。农村中 50 岁以上年纪，参加过修建水库、开挖渠道的人们，无人不晓吴尚贤。老百姓称他为"水利战线的活字典"。

　　吴尚贤的身后，一个个坚实的堤坝和水库拔地而起。继往开来，这位

72 岁的老人感慨万千。他办公室的墙壁上，一首他创作并书写的绝句反映了他眼下的心境："七十有二复何求，了犹未了不自休。欲问黄河水库事，泥沙淤积从头说。"一片未了情，皆在水库中！

"六盘山引水工程"（又名引泾济清工程）是吴尚贤的一块"心病"。1972 年，正值中年的吴尚贤徒步考察了宁夏南部山区，那里的农民因缺水而不得温饱的情景令他动容，他遂提出一个大胆的构想：将源于固原地区南端的泾河之水，用串联水库、隧洞和明渠截引到清水河，增加清水河流量后发展灌溉。这个设想经他多年考察、论证，终于为大多数人所理解、接受。目前，自治区有关部门正在进行方案论证。

吴尚贤说："从长远来看，六盘山引水工程非上不可！"是的，宁夏南部山区古为"丝绸之路"必经之地，现在连接"亚欧大陆桥"的宝中铁路又正在境内修筑。如果不彻底解决用水问题，沿线群众的生活难以得到大的改善，势必影响宁夏南部山区的发展。

面对近年来宁南山区旱灾频发和水库失修，吴尚贤忧心忡忡。最近，他组织一批水利战线的离退休干部，深入山区，实地勘查，提出相应对策，受到当地干部和群众的欢迎。

令吴尚贤魂牵梦萦的又岂止一个"六盘山引水工程"。他担任自治区政协副主席后，对水利事业痴心不改。大柳树、沙坡头、盐环定等水利工程，以及黄河的治理、开发新灌区，这些事关宁夏和西部发展的水利建设，都使他心神不宁。

吴尚贤认为，西部经济的崛起有赖于水资源的开发和利用，水利建设事业任何时候都不能放松；随着人口的增长和经济发展的需要，要考虑更加充分地利用好黄河。因此，他力倡尽快实施"大柳树水利工程"，以便拓展更为广阔的引黄灌区，造福子孙后代。多年来，为了使这项工程上马，他通过各种途径呼吁，做了许多工作。

这位一生致力于水利事业的专家未曾忘记总结经验、著书立说。他撰写的《宁夏引黄灌区水利述要》《论水窖》《宁夏南部山区水利水保建设》《对黄河塌岸的认识与防治》《山区水库的现状、问题及出路》等，真知灼见，为宁夏水利建设提供了难得的经验总结。除此之外，他还负责主编了《宁夏地名词典》《宁夏水利志》等专书。

吴尚贤把整个身心许给了水利建设事业，人民没有忘记他。他喜欢独自出访，查看渠道，留心灌溉，深入农家田舍嘘寒问暖。当他查看那些由他带领修建的水利工程时，乡亲们还认得他，大家"吴老总、吴老总"地叫，跟当年一样。

年逾古稀，仍未"自休"，热爱生活，终身以事业为乐的吴尚贤令人起敬。祝愿他的"未了之事"早日了却！

（原载《亚欧大陆桥与西北经济·宁夏分册》1994年增刊）

在增林教授书房泡了 45 分钟

人物简介：李增林，字溪原，笔名层林等，教授，1935 年生，北京市人。1958 年毕业于北京师范大学中文系。1959 年至 1961 年在山东大学古代文学研究生班进修。曾任宁夏大学中文系主任、硕士研究生导师，西北第二民族学院（现北方民族大学）首任校长，中国比较文学学会理事，宁夏作家协会顾问，宁夏社会科学界联合会顾问。现任宁夏政协文史委特邀顾问，中国少数民族比较文学研究会副会长，宁夏文学学会会长，宁夏诗词学会总顾问，宁夏楹联学会总名誉会长，中华诗词学会会员等。著有《易经文学性探微》《易经美学观刍议》《古代寓言与故事注评》《离骚通解》《先秦文学论集》《李增林朗诵诗选》《抒情诗选》等。1992 年获国务院颁发的国家级有突出贡献专家证书和政府特殊津贴。

4 月 23 日是世界读书日。4 月 22 日下午，我与同事段涛、王瑞非常幸运地来到位于银川市兴庆区海宝小区怡好园的李增林教授家里，在他的书房里泡了 45 分钟。

应该是今年 2 月 27 日，《宁夏法治报》在"未了笔会"刊登了增林教授的作品，留下了联系方式。近日接到增林教授的电话，他说中国文联出版社出版了他的 4 本文集，愿赠给我们。我提出可否上门拜访，并索得大作，增林教授欣然应允。

我们叩开了增林教授的家门，甫一见面，就闻爽朗笑声。增林教授领着我们上了二楼，进入他的书房。哎呀，全是书——书架上存的、书桌上摆的、地面上放的，有好几千本呢。在书桌最显眼的地方，我们看到增林教授的四本新书：《李增林朗诵诗选》《李增林抒情诗选》《李增林旧体诗选》《溪原楹联与联墨选》。

非常难得的是，增林教授已提早签好名，将4本书分别赠予我们。我们如获至宝。

置身于浩瀚的书卷中，沐浴在芬芳的书香里，我们好奇而开心，眼睛都不够用了。增林教授打开一个书柜，随手取出其中一本《先秦两汉作品选读》，原来是1977年由他主持的宁夏大学中文系古代文学教研组编印的教材。翻开一看，是用蜡版刻印而成，似乎用手指还能擦拭到墨迹。我们抚摸着它，仿佛触及42年前的时光和课堂。

1966年从宁大中文系毕业的李凝祥，在回忆课堂上的增林教授的文字中，有这样一段珍贵的描述：为了帮助学生深刻理解《离骚》，李老师十分认真地备课，还专门托人画了颇能表现屈原坚毅神采的肖像，挂在讲坛上。讲课当堂，李老师用粉笔在黑板上寥寥数笔，画出黄河长江战国形势地图，阐述屈原爱国爱民的美好情操。当讲到"长太息以掩涕兮，哀民生之多艰"时，李老师的声调抑扬顿挫，神情悲戚，双手无奈地击合，声情并茂地把屈原那种忧国忧民的思想准确形象地表达了出来。当讲到"路漫漫其修远兮，吾将上下而求索"时，李老师做了两个动作，一个是甩袖，另一个是仰头，这一"甩"一"仰"，把屈原执着追求崇高理想的精神生动传神地表现了出来。

增林教授的创作生涯始于1954年考上北师大之前，大学期间更加痴迷于写作和朗诵。1958年毕业来到宁夏工作后，面对火热的工作和生活，他豪放的诗情得以充分发挥。其中，1959年8月创作的《给大海》在1962年7月号《宁夏文艺》发表后，其礼赞大海、歌以咏志的豪迈与深情震撼了广大读者。60 年过去了，现在再读《给大海》，仍然给人启迪与激励。时间的试金石测出了真金——新时代我们依然需要奋斗和挚爱！

4 本文集融汇了增林教授 60 多年的诗情壮志。传扬时代主旋律，讴歌祖国山河，礼赞和吟诵宁夏发展，是 4 本文集鲜明的主题。

在与我们交谈时，说到动情之处，85 岁的增林教授多次放声吟诗，表情丰富，姿态豪迈，顷刻间我们也是热血沸腾。

增林教授是学者参政的高级官员，他更是学识渊博、学艺高超、治学有方、总是散发正能量的智者。一个每天都在思考和热爱中雕刻时光、不知疲倦的人，一个每天都在书香弥漫中孜孜以求、饱含深情的人，一个总是在健康与善待中热情达观、推动人成长的人——增林教授，您就是这样的人！

我们在增林教授的书房里泡了 45 分钟，这段时间相当于踢了半场足球赛。中国足球总是踢不好，而我们在这段珍贵的时光里，获得了更深刻、更美好的人生体验，那就是你必须对某样东西倾注深情！

（原载 2019 年 4 月 24 日《宁夏法治报》）

李涌泽：征程万里云鹏举

    1992 年 5 月，李涌泽先生担任宁夏日报社总编辑第三个年头，我有幸调入宁夏日报社，加入省级党报编采队伍，其时正值《宁夏日报》新闻改革如火如荼，挟 1990 年 8 月"银川会议"（在银川召开的第一届全国报纸总编辑新闻摄影研讨会）强风，改革创新步履强劲；图文并重，两翼齐飞；版面浓眉大眼，亮点频现，好稿连篇——要闻版的新貌、民族团结版的特色、经济新闻版的市场特刊、西部周末版等，成为西北乃至全国省级党报同仁公认的精品佳作。

    在固原报社工作的我和同事，总是以《宁夏日报》为"教科书"，每天都在对标、模仿、借鉴。我还暗中给自个儿设定了目标：一定要通过努力，调到宁夏日报社去！坚持写，笔耕不辍，持续给《宁夏日报》多投稿、投好稿。我和胡彦华、袁进明、冯涛、杨民武、何富成、谢国苍等，通过这样一条路径，从宁南山区的宣传部门、新闻单位跨进宁夏日报社的大门。这样的转机，不只改变了工作职场职责，更拥有了全新的人生舞台。发现千里马，需伯乐的慧眼。接纳我们的宁夏日报社，其掌门人正是爱惜人才、重视人才、求贤若渴的总编辑李涌泽先生。

敢立潮头唱大风

　　李涌泽先生 1989 年 6 月担任宁夏日报社总编辑，重任在肩，他一手抓新闻改革，一手抓报业经济，两轮驱动，使《宁夏日报》步入全面快速发展的轨道。

　　这是 20 世纪 90 年代前 5 年《宁夏日报》的"改革清单"。值得自豪骄傲的是，我们都是参与者，我们都是见证人。

　　"银川会议"影响广泛而深远　1990 年 8 月，在银川召开的第一届全国报纸总编辑新闻摄影研讨会，宁夏日报社为会议发起单位和承办单位，全国新闻摄影协会主席、著名摄影家蒋齐生和宁夏日报社总编辑、宁夏新闻摄影协会主席李涌泽担任组委会主任。宁夏日报社以副总编辑王振刚、摄影部主任、著名摄影家米寿世牵头组成筹备组，对会议的召开做了充分的准备。

　　人民日报社总编辑邵华泽，中宣部新闻局局长，以及全国 30 多家中央和省级党报老总和总编室主任、摄影部主任出席了会议。会议提出的报纸要坚持"图文并重""两翼齐飞"的理念，经过研讨达成共识。李涌泽在会上提交了主要内容为记者的镜头要对准人民群众中的先进人物，展示时代精神风采的文章。《宁夏日报》获全国要闻版运用新闻图片好版面三等奖。这次会议被新闻摄影界称为"银川会议"。

　　"银川会议"对于推动我国报纸使用新闻照片作出了巨大贡献。报纸上照片数量多了，篇幅大了，位置突出了。新闻摄影以独立的新闻品种登上报纸的版面，不再是文字稿的配角，更不是美化版面的装饰品。

　　对外宣传宁夏硕果盈枝　宁夏地处偏远，较为闭塞，不少外地人不知道宁夏在哪。《宁夏日报》在要闻版开辟"宁夏在哪里"专栏，邀请自治区领导和有关方面作者撰写文章，介绍宁夏。编辑介绍宁夏的专版，同 20

多家省级党报交换版面，多侧面、多角度宣传宁夏，提高宁夏的知名度。1994年6月11日至18日，宁夏日报社举办"走向西部"采访活动周。全国13个省、自治区22家报社，近30名记者应邀参加采访活动。记者采写并在各自的报纸上发表了上百篇稿件和上百幅图片，取得了显著的宣传宁夏的效果。新华社原社长、我国当代著名记者穆青也应邀参加活动，同采访记者座谈。

请大中专学生为《宁夏日报》挑错 1991年9月，李涌泽提议，编委会讨论决定，在《宁夏日报》一版开展大中专学生百日有奖挑错评报活动，对挑错多的学生给予奖励。这次活动，使《宁夏日报》走进校园，走近大中专学生，吸引他们关注党报；对于编校人员是一次激励和鞭策；对于减少报纸差错，提高报纸文化水平发挥了极大的促进作用，在全国历次报纸编校质量评比中，《宁夏日报》见报差错都在新闻出版署规定的范围内。《光明日报》等全国7家报刊对这项活动作了宣传报道，被媒体认为是有识之举。

报纸广告营业额首次超过千万元大关 1989年，宁夏日报社的广告收入才136万元。经过分析，狠抓薄弱环节，从改善经营入手，促进广告快速增长，从1993年开始，广告收入连年增幅近翻番。1996年，广告营业额首次超过1000万，净收入800万，受到自治区党委政府的表扬。

基本建设为报业发展增添动力 报社职工办公、生产、居住条件差，已成为发展的瓶颈。1993年开始，宁夏日报社进行了大规模的基本建设，到1996年年底，一座19层高、连裙楼共1.8万平方米的新闻大楼建成。编辑部搬进了宽敞明亮的办公室，印刷厂搬进了新的厂房，建成和购入3万多平方米的住宅，按住房标准，每个职工都分到了一套住宅，具有30年以上工龄的老工人享受处级干部住房待遇。职工办公、生产、居住条件得到改善，职工的福利待遇得到提高，留住了人才，稳定了队伍，激发了人气，为报业的发展增添了无穷的动力。

社会主义是干出来的！每一个单位、每一个行业，那些与时代同行、与改革同向、与员工同进的创业者、奋斗者、引领者，总会留下美好的精神。因此，作为改革大潮中宁夏日报社这艘新闻战舰上的一员，我们敬重舵手李涌泽总编辑！

浓墨重彩写华章

我的书柜里，既收藏有李涌泽先生主编的《黄河八百里行》（系1988年自治区成立30周年之际，李涌泽率记者采访宁夏境内黄河两岸发展变化的系列报道文集），又珍存着总编辑李涌泽的诸多讲话和书写文稿。一枝一叶总关情，再次品评这些融理论与实践、闪烁着思考与行动光芒的文字，仍然能捕捉到启迪工作的珠玑。

请看我节选的总编辑李涌泽的文稿：

报纸要与群众的心越贴越紧——一张党报只有不断研究新情况，提出新问题，群众想要说的话和最迫切关心的问题能够及时反映出来，才能使这张报纸同群众的心越贴越紧。相反，一张报纸不敢大胆地探索新问题，平平稳稳，虽然在宣传政策上不会出什么纰漏，但也不会搞出多少有棱角、有反响、有震动的报道，也就不能生动有力地宣传党的路线、方针、政策。

让闪耀着时代精神的典型人物在报上亮相——报纸的典型报道，就是要宣传一代社会主义新人，歌颂时代精神。一年多来，我们报纸上陆续发表了一些受群众欢迎的典型人物报道。如，大学生王世英担任公社书记三年改变了公社面貌，王贺喜不当厂长当工人做出新贡献，模范民兵宋宝光舍身救人，银川电表厂党委书记、乔光朴式的干部邹永济等。今年以来，《宁夏日报》已在一版开辟了"人是要有一点精神的"专栏，效果很好。

记者不仅要多听，而且要善于用眼看——记者在调查研究中，不仅要多听，而且要善于用眼看，抓住了活材料，稿件才能生动感人。记者魏华采写的《通义公社庆丰收，社员村头看大戏》一稿，好就好在记者目睹的现场材料在稿中占了较大的比重，是现场短新闻佳作，成为本报参加全国好新闻评奖首篇获奖作品。开展现场短新闻征文活动虽已告一段落，但记者采写现场短新闻并没有也不能就此结束。采写现场新闻是记者的基本任务和基本功。严格说来，记者采写的稿件都应是目击新闻，也就是现场新闻。现场新闻应逐步做到占领报纸的主要版面，报社编辑部应采取切实措施，组织记者真正沉下去，采写现场新闻。

理论宣传要立足于联系实际——"理论与实践"专版针对我区大批人才外流的情况，开辟了"社科人物"专栏，已刊发了10多位有影响的专家、学者的专访或访谈录，篇幅都不长，介绍他们的科研成果，宣传他们的业绩和奉献精神。这个专栏受到了自治区领导、理论界及读者的好评。我们在全国报纸理论宣传研讨会上介绍了创办这个栏目的思考和做法，受到与会者的赞同。

记者先要把消息写好——报纸是新闻纸，是消息的载体。消息数量少、质量差，这是自新闻奖评奖活动开展以来，历届评奖中存在的一个短板。《宁夏新闻奖获奖作品选集》收入的作品中，消息占总数的比例还达不到五分之一。消息的写作多种多样、千变万化，但目前需要强调的是：一、要快，要讲求时效。二、材料要新鲜。不少消息，其中包括一些获奖作品，材料陈旧，报道迟缓，时效性差。三、"五要素"要全，不少消息"五要素"不全。这些弊病严重地降低了稿件的新闻价值。

总编辑李涌泽的这些办报经验和从业观点，即使在今天，仍然给新一代新闻工作者以启迪。

源源不断推动力

1992 年 10 月下旬，总编辑李涌泽带着摄影记者田春林和我，由张新中驾着吉普 213（是当时宁夏日报社最好的车辆），驱车 400 多公里南赴泾源县采访。车进泾源县城，天空飞雪飘飘。接下来的几天采访，钻山林，踏泥路，与采访者倾心交谈，对风物景观用心拍照，我总是看见一个专注工作、精雕细刻的总编辑形象。

在李涌泽先生的悉心指导下，我执笔完成了《泾源，撩开你神秘的面纱》长篇通讯，在《宁夏日报》见报后，引起自治区旅游局、固原地委、泾源县的广泛关注。那一年我刚调入宁夏日报社不到半年，能够跟随总编辑征战一线、挥笔写稿，是我在新闻工作中一种最大的荣幸和获得。

担任总编辑期间，李涌泽挂在口头的热词是"抓活鱼""抓大鱼"。每年有两个月左右的时间，他都亲往宁南山区等地，到基层调研、采访新闻。因此，每当在《宁夏日报》上看到"活鱼""大鱼"时，他总是欣喜万分，都会当着记者面点赞鼓励。

1995 年 2 月 7 日，《宁夏日报》头版头条刊发了我采写的消息《多种题材做文章，八仙过海奔小康》、短评《可贵的"一齐上"精神》，当天李涌泽总编辑来到办公室，当着同事们的面对我予以表扬。他说："把头条写好才是记者的真本事。能看出来你是用脚采访出来的。""写好头条""用脚采访"这些理念和观点，深深烙在我的职业生涯中，抹也抹不掉。

总编辑李涌泽不苟言笑，但他自带气场，伟岸身躯，目光坚毅，仅看你一眼，你就能感受到分量不轻的无声的力量。这力量中饱含着激励、推动、爱惜。

您鼓舞了我！1995 年 5 月，我驻石嘴山记者站，本该接二连三地在《宁夏日报》上发稿，但是有那么十几天，因个人原因没写出一篇稿件见报。月底回到单位大院，遇见总编辑李涌泽，他老远走过来，说出 4 个字："怎么回事?"我就知道说的是什么了，很愧疚，禁不住低下头。接着，我发奋地采访、写稿、发稿，再也不让老总牵挂，总是以"拿得出手的头条和硬新闻"回应关注和爱护。这种来自总编辑给予的工作上的"压力"，饱含着关切和鼓励，让人终身受益。

20 世纪 90 年代，每一个奋斗过的宁报人，都曾感受过总编辑李涌泽"爱才惜将"的胸怀和燃情。

生命体验更美好

1996 年年底，李涌泽到了退休年龄，退出了总编辑岗位，延期退休，继续担任宁夏记协主席，直到 2000 年 4 月办理了退休手续。

难能可贵的是，在总编辑李涌泽退休以后，特别是近年来的手机时代，我们之间多了新闻业务之外的诸多交流。空间的距离并没有限制思考和表达，每每从朋友圈看到总编辑李涌泽的留影和转发文字，都会升起"拥有更好的生命体验"之赞叹。

美国心理学大师马斯洛（Maslow）在研究了许多历史伟人共同的人格特质之后，更详细地描绘出"自我实现者"（成长者）的画像。据马斯洛的估计，世上大概只有 1%的人，最后能成长到"不惑""知天命""耳顺""从心所欲不逾矩"、圆融逍遥、充满智慧的人生境界。

不敢期望每个人都能达到这个境界，当我讲述和分享总编辑李涌泽活出的精彩人生时，相信人人都能追求到和拥有更高质量的喜乐和健康。

60 岁之前，仅是完成了生命的半程，工作和生活的艰辛，甚至挫折和困难，未必能压垮一个人。可是 60 岁之后，不少人身心疲惫、疾病缠身、唉声叹气。因此，解决好退休后的精神空虚，扩展和延伸个人的极限与美好，是每个人的生命课题。

从这个意义上讲，我赞扬总编辑李涌泽在工作职场释放和呈现的光亮，我更推崇他"最美不过夕阳红"的生命质量和精神富足。那些美好的词语总会跳出我的脑海：健康、持续、热情、达观、独立、自强、运动；有力量、不抱怨；活得体面，活出精彩……

尽揽世界在心怀，万里之遥传美好。保持初心和热情，内心丰沛而安详。向总编辑李涌泽先生致敬！

（原载宁夏老新闻工作者协会《守望新闻的岁月》内刊，2019 年）

王庆同：云外青山是我家

编者按　王庆同先生 1936 年 10 月生于浙江嵊州，1958 年北京大学中文系新闻专业毕业后，自愿来宁夏工作，至今已经整整 60 年。60 年间，他见证了宁夏翻天覆地的变迁与发展，也在自己的身后留下了一行行坚定而稳重的足迹。他在《宁夏日报》当过记者、编辑，后来以"莫须有"的罪名下放盐池农村劳动、工作达 17 年之久，平反后调入宁夏大学中文系新闻专业任教，直至退休。其间，他撰写了数千篇新闻、时评、杂文、新闻理论与各种体裁的文学作品，后结集出版专业著作 4 部、文学作品集 5 部，可谓硕果累累。任教期间，他为宁夏培养和输送了数百名新闻人才，并在他们步入工作岗位后仍时时关注、指导鼓励，留下了为人称道的好口碑。值此宁夏回族自治区成立 60 周年大庆之际，本刊特邀其学生，现宁夏日报报业集团总编辑助理、宁夏法治报社总编辑张强为他作访谈。张强早年曾写作诗歌和散文，是宁夏有影响的青年作家，工作后虽忙于专业，但仍笔耕不辍，近年以"总编记录"的形式创作了大量精短美文。此次倾情为老师所作的访谈，质朴感人，情深意长，值得一读。

张强：今年是宁夏回族自治区成立 60 周年大庆，也是王老师来宁工作 60 周年纪念，既是巧合，又是缘分。作为学生，在这个时间采访您，我觉得既荣幸又意义重大。

王庆同：谢谢。

张强：如果我没记错，王老师今年应该 82 岁，算是高龄老人了。但您依然精神矍铄、思维清晰、乐观热情、笔耕不辍，每天用手机写作并且推送，众多朋友、粉丝为您点赞。记得"宁夏老干部网宣群"一位网友点评您的文章说："从赴宁时的义无反顾，在宁时的风雨兼程和无怨无悔，到壮志得酬时的欣慰，再到为宁夏的发展做贡献，为'我是宁夏人'而自豪。王庆同老师所代表的一批宁夏人值得尊敬和铭记。"

王庆同：过奖了。

张强：我 1983 年进入宁夏大学中文系新闻专业读书，有幸成为您的学生，在成长与求学时期，多蒙老师指点教诲，使我走上新闻从业之路，成为一个媒体人。工作之后，您依然对我们眷顾有加，使我们在社会这所大学里继续汲取您的精神养分。我想，我此时的心情，和您 10 多年培养的数百名新闻学子一样，内心充满感激，心中芳华常驻。

王庆同：不客气，从学校毕业，你们都在各自的岗位取得了突出成绩，我倍感欣慰，也为你们自豪。

张强：这次访谈虽然重点是关于文学，但我还是想从您早年的经历开始。因为我知道，一个人用心写就的文字，总是与他的特殊经历有着千丝万缕的联系。

王庆同：很乐于接受你的采访，我会有问必答。

张强：从您的众多文章中得知，您 1958 年从北京大学中文系新闻专业毕业后，自愿到宁夏工作，刚开始在《宁夏日报》做记者、编辑，后来又去了盐池。当时是怎么一种境况？

王庆同：说来话长，我去盐池是因为被打成了"反革命"，罪名当然是"莫须有"了，这是那个时代许多知识分子的命运。时间是 1966 年 9 月，当时我被从银川迁赶到盐池二道边外，在一个叫高沙窝公社苏步井大队双井子生产队（分队后叫油坊梁生产队）的地方劳动了 9 年。1975 年夏，我银川的原工作单位提出甄别意见，经自治区党委有关部门批准，恢复我的公职，并决定由盐池县委安排工作。鉴于我的行政降级处分以及政治结论没动，我到盐池中部的青山公社当了生产干事。那时我 39 岁。不久，在公社党委和同事的关心下，我有了家室。1980 年获彻底平反后，又在盐池县委和银南地委的关心下，完成了艰难的家属户口"农转非"，我得以"挈妇将雏"到县城，在中共盐池县委宣传部工作两年。1983 年带着全家回到阔别十几年的银川，从事与我所学专业一致的工作，到宁夏大学中文系新闻专业教书。

张强：听说您的政治生命也与盐池有关系？

王庆同：是的。我出事前，是中共预备党员、共青团员；出事后，取消预备党员资格、开除团籍。党的十一届三中全会后，恢复预备党员资格，恢复团籍。那时我 44 岁。上级党委批复上写着"是否转为中共正式党员，由所在党组织讨论决定"，这样，我在失去中共预备党员资格 16 年后，由青山公社机关党支部讨论我是否能转为中共正式党员，获得全票通过。公社党委很快批准我转为中共正式党员，并注明党龄连续计算。这可是天大的事啊！我得说，这是时代前行的必然，我原工作单位党组、上级党委为我恢复本来的政治面貌，又在盐池县的一个党组织里顺利完成了这个过程。恢复团籍后，盐池县团委又为我补办了超龄团员的光荣退团证。就是说，我的政治生命的妥善解决以及履行程序，与盐池有密切关系。上级批复我平反的决定说"工龄连续计算""恢复原行政级别"。这样，我的工龄从 1958 年算起，中间失去公职 9 年（1966—1975 年）也算工龄。

中山南街 47 号 ——————— 150

执行这个决定的第一个工作单位也是盐池县的青山公社。青山公社对我具有纪念意义。

张强：我知道，您一直和盐池老乡保持着联系。

王庆同：当然，我现在还和10多个当年油坊梁劳动的伙伴经常联系。在油坊梁时，我是被开除公职的人，没人给我关饷，我又不会干营生，还不会焖饭、烧炕。队上的老年人说我枉凉、孳障、不当豁的，都是同情可怜我的意思。我在大伙儿的帮助下渡过难关，熬了过来。我从内心敬佩和感激那些农牧民和基层干部，并与他们结下了深厚情谊。平反回银川后，我先后八九次到双井子（油坊梁）和宁夏川区吊庄（他们中有的人后来搬到吊庄）探望当时的劳动伙伴，听一听那西声不像西声、东声不像东声的盐池土话，看一看那亲切的身影，走一走那走惯的小路，甚至翻山越岭，穿过沙坝，到生产队的菜园子里摸一摸我熟悉的地窖子的土墙（在生产队种过菜园子，地窖子倒了，土墙还在）；十几次与迁到银川居住或打工的多位油坊梁人相聚。油坊梁人有的也到银川看我；有的到银川看病，我便到医院探望他们。

当年带我种生产队菜园子的俞汉、张普，曾热心地为我介绍对象，没有成。在我刚到生产队"劳动改造"的困难岁月里，伸手援我的郭登明一家，以及我搬到生产队居民点以后经常关照我的孙立义一家（他用毛驴把肚子疼得走不成路的我从荒滩驮回队上），还有半夜让我代他写入党申请书的俞秉金，都是我难忘的患难好友。每次见到他们，与他们相拥在一起的时候，我都有恍若隔世之感：这是真的吗？我是不是还在生产队？当然，事实是我已经回到充满温情的环境，时代列车已经跨进新时代。俞汉、张普已经辞世，而郭登明、孙立义、俞秉金还在，我们相见时无话不谈，就像亲兄弟。

我还与十几位当年在青山公社工作的同事保持着联系。在青山工作的头 5 年，我还是一个"有问题"的干部，但公社党委以及领导、同事、大小队干部、社员并不嫌弃，以平等的态度待我，给予我多方关照，使我常怀感激之心。我回盐池，常与他们相聚，回忆当年并肩战斗的岁月，深感相知相识也是一种缘分。

张强：记得 2006 年 7 月的一天，为编辑出版您的随笔集《话一段》，我与该书策划、编排设计等人，陪您走访盐池油坊梁，也就是您"边外九年"劳动的地方。当时我开车，您坐在副驾位置，车经盐池县城街道，您突然缩下身子，催促我开快点，说"小心我的亲戚看见"。原来您是怕熟人或亲戚埋怨您路过家门而不进去。记得当时您还讲过这样一段经历：盐池庆祝解放 60 周年，您应邀从银川去盐池，到达地点后随即参加各种活动，直到晚上活动结束才去一个亲戚家住宿。当时亲戚家一个小男孩说："我跟踪你一天了，就看你来不来我家。"惹得大人大笑。如此说来，盐池也是您另一个灵魂栖息的地方啊。

王庆同：是啊。我祖籍浙江，出生在南京，上大学在北京，工作在银川，中间很宝贵的一段时间在盐池，平反后又回到银川，我曾戏称自己是"野人"。用盐池老乡的俗话说，我是个"江浙侉子"。我没有被蔑视的感觉，反觉得亲切。为什么会有盐池情缘呢？因为我在盐池连续劳动、工作 17 年，我在那里有了家室，有了儿女，有了朋友，有了众多的亲戚。我与盐池有着千丝万缕的联系，我也算盐池人了，"江浙侉子"也就变成了"盐池老乡"。多年来我一直觉得，我的盐池情缘不光是我个人的一种际遇，更是时代变革的反映，淳朴善良的盐池文化特质对我是一种熏陶。盐池人民伟大的精神品质与不屈不挠的奋斗意志对我又是一种滋养。

张强：您 1983 年调入宁夏大学任教，我恰好也是在那一年上了大学，咱们能成为师生也是一种缘分。大学 4 年，您关于新闻采写的精彩授课，使我们受益终身。工作后您又无时无刻不在关照我们，您用心血写成的那4部新闻专著，至今也是我们学习和教导部下的教科书。不过今天我们不谈这些，着重谈谈文学。我上大学时，写过许多诗，也算一个文学青年，常常关注宁夏在写作上有成就的一些人。那时常能读到您发表在报刊上的一些文章，感到很骄傲，记得那些文章情深意长，非常有感染力。

王庆同：我的文学梦始于 1980 年，那年我刚刚平反，有许多话要说。这也是知识分子的一种本能。17 年时间磨去了我的许多棱角，唯有对生活与生命的激情没有消弭。平反后，精神得到了彻底解放，我和那时候的许多作家一样，希望把自己的情感诉诸笔端，就这样，我完成了自己的第一篇散文《难忘的高沙窝》，试投《朔方》，不料很快刊发，同时收到编辑虞期湘的一封信，她鼓励我继续写下去。此后一发不可收拾，我先后在《朔方》发表了 20 多篇散文和其他体裁的文学作品，如《山村雨景》《碾房的灯光》《我的第一批大字报》《羊肉街口》《半个西北人》《花甲之思》《两个肥皂箱》《"恢复预备党员资格"》等。虞期湘还专门写评论《真挚朴实——评王庆同的散文》鼓励鞭策我。如果没记错的话，我当时参加宁夏作协也是虞期湘介绍的。冯剑华也编过我许多稿子。我的第一部文学作品集《岁月风雨》中的许多篇章，都是那时在《朔方》上发表的，它后来还获得过宁夏第三届"五个一工程"奖。感谢《朔方》，它是我文学梦最初的摇篮。

张强：诗人艾青曾在名篇《我爱这土地》中说："为什么我的眼里常含泪水，因为我对这片土地爱得深沉。"我读过您大部分散文，其中很多篇目都是写您在盐池的经历，包括您后来的两部著作《边外九年》和《毕竟东流去》。换句话说，盐池以及盐池人在一定程度上成就了您的文学梦。

王庆同：可以这样说，没有盐池的经历，就不会有我的文学梦。1996年写了散文《毕竟东流去》，2000 年写了《边外九年》，2001 年写了《青山六年》，它们先后在《黄河文学》刊载。其中《边外九年》和《青山六年》两文和其他作家的十几篇散文，曾被誉为"20世纪90年代以来宁夏散文创作领域最值得珍视的收获"。

《毕竟东流去》一文，触发我撰写回忆录《毕竟东流去——几只狗和一个人的记忆》，我在两个网站的博客推出，收到数十条肯定的反馈，且言辞恳切。《边外九年》一文，触发我撰写回忆散文集《边外九年》（含《青山六年》一文）。出书后，《吴忠日报》《宁夏煤炭报》分别连载。央视4套《见证》栏目编导据此书线索找到我，拍了一个专题片，名为《记者》，在宁夏回族自治区成立50周年前夕的2008年9月17日中午播了近半个小时。该书出版16年后，甘肃《丝绸之路》2018年第2期"人在旅途"栏目刊载《边外九年》摘要7000字。这些算是我做得稍大一点的文学梦，梦醒后听到一点掌声，不算热烈，也足慰我心。

张强：从2003年12月至2014年，我先后在宁夏日报社主管主办的《现代生活报》《法治新报》供职时，约请您一起策划创办过两个言论专栏"话一段"和"今日声音"。这两个专栏的所有文字都是您一个人撰写的，大约有1300多篇，也就是说10多年间，您平均每三天写一篇。《话一段》已于2008年结集出版。选自"今日声音"专栏中的153篇，收录在您的《好了集》一书中。这些言论和小品，关注社会每一个铿锵有力的脚步，关注具体而微小的社会事件，关注幸运的相逢和不幸的苦楚，关注正义来迟的迷茫，关注公平彰显的进步；从致敬崇高到剑指丑恶，从创新品格到尊重规律，从心怀悲悯到凸显愉悦，饱含着真相的判断，甄别着善恶的尺度，放射出理想的光芒，鼓励着读者行进的脚步。有读者评价"话一段""今日声音"专栏的文字，就像一颗一颗珍珠。您在古稀之年专心串起这些珍珠，令我非常敬佩。由于有这10多年的办报互动经历，我感受和领悟着您的时尚、乐观、善意、豁达，从发现美好到分享思想、倾听声音、延伸脚步，您与自己完成沟通，尽揽世界在怀，内心丰沛、安详。

王庆同：你说的这些溢美啦。《话一段》一书是我报刊短时评、随笔的选集。该书以选录我在《现代生活报》"话一段"专栏写的微小言论为主，添加了个"又一段"辑，摘录《边外九年》一书的 54 个小段落。张贤亮先生题写书名，并亲笔题写一联"人生难得历练，苦难成就智慧"。《好了集》书中"今日声音"辑是我在《宁夏法治报》（原《法治新报》）言论专栏"今日声音"所发短时评、随感的选录，此书其余各辑是散文选录。

一次面对镜头，采访者问："您这一辈子最愉快的事情是什么？"我想也没想地回答说："10 年写了 1500 篇短文章。2003 年到 2014 年，我以笔名一丁、乙丁写了 1253 篇时评、随感，以笔名二丙、一介写了 210 篇随笔（含这段时间以前的若干短文）。两者相加，共 1463 篇，结集或收进书籍出版的有 489 篇。"有人问："后悔不？"我说："消耗了我不少精力，同时让我有事做，不心慌，助我长寿，一点不后悔。"我觉得，一个人，特别是老人有事做是很幸福的。人就是这样，无事生非，有事安生。

张强：写了大半辈子文章，您一定有许多写作上的经验或体会，能否与大家分享分享？

王庆同：那我就简单说说吧。我的感想大概有这么几点。

一是写作要为时代前行添动力。我写了一些在文学中可能属边缘体裁的东西，但也算是文学写作者吧，从一开始，就把"以史为鉴，更好地前进"作为写作目的，因而提笔、敲键时的心情，虽然有时有沉重感甚至恐惧感，但总体上不感到压抑，而是感到责任。我在《边外九年》一书结束语中说："如果我的'一粟''一滴水'，真的能为人民更美好的未来发挥一点作用，那么，过去受的'苦'，现在受的'累'，就算统统有了补偿。"正因为这样，我一边写一边活得自在。我今年82岁了，仍感到肩上有沉甸甸的责任。

二是写自己熟悉的东西。文学是要虚构的，是可以虚构的。但这不意味着文学作品容易写，恰巧意味着很难写啊，因为虚构不等于瞎编。文学虚构要有生活基础，写作者要有虚构的禀赋和本领。尽管写小说、散文随笔等虚构的尺度不一样，但写自己熟悉的东西，或以自己熟悉的东西为基础展开写作，这个说法是不会错的。我一开始就写自己熟悉的东西，或以自己熟悉的东西为主干，对情节稍作调动，就觉得有写不尽的素材和思路。只是我的教学任务繁重和禀赋不足，写不尽熟悉的素材和思路的根系，只结出几个枣子大的小果子。

三是写作不要刻意回避人性。文学写作不能回避人，文学是要写人的。而人都有人性，文学写作者不要怀疑这点，不要刻意回避人性。在我的几本书里，有事情发展的过程，有因果的交代，但写到某一种程度的时候，是禁不住写了不少患难之中结交的人物的。他们并不完美，但他们体现出的人性，是动人心弦的，我在笔下也是毫不掩饰的。存史之作，是存在人的心里的。如果刻意回避人性，进不了读者的心，也就进不了历史。

四是写出来的东西应该是心声。写文字不要来假的。虚假的文字，钻出地面之日就是寿终正寝之时。新闻、文学都是这样。对写作者来说，写出来的东西是否是心声，自己是明白的。掩盖心声的写作者写出来的东西很难感动读者。我在一次接受采访时说过，我的写作宣泄了我心中所思所想，助我长寿，活到今天。时不时做文学梦，精神是愉快的，因为流出来的是心声。心里没有龌龊的东西，读者的心理至少不会受到污染，还可能受到一些鼓舞。

五是文学可以借鉴新闻的某些表达技巧。新闻、文学的写作规律不一样，这是不能互通的，但新闻的某些表达技巧是否可以为文学所借鉴呢？我以为是可以的。新闻要求用事实说话，符号的运用强调严谨、精练；叙事、描景、议论要以少胜多，直奔要害。中国笔记文学中的优秀篇章，有的除了没有新闻的时效性，其余方面可以看作是新闻写作的范例，其方法可供文学写作者琢磨、借用。文学写作者读一读那些存世的近代优秀新闻作品，或许可以把作品写得更有精粹感，更传神。

我学新闻，做新闻，教新闻，算是有新闻背景的人。30多年来做着文学梦，新闻的真实性原则有时限制了我在文学领域放开和创造，这是我的局限性。当然，我也感觉到，无用的文字在我笔下较少有藏身之处，我是能删就删。

张强：话题再回到原点，我们再说说盐池。今年2月3日，我有幸随您去盐池县看望当年在青山公社（现为青山乡）一起工作的战友，回来后我写了一篇记录，存在我的手机里，我想读给您听听。

王庆同：好呀，你是有心人。

张强：我选几个片段读读吧。

"盐池县青山乡，距县城35公里，是盐池县自然条件较好的地方。因王庆同老师在这里生活、工作多年，留有岁月印痕，也使我们这些学生对青山乡总有向往。2015年8月，全国省级法治报总编辑宁夏行采访活动期间，采访团来到盐池县青山乡法治文化广场，我和新疆法制报社副社长张军戈与一位70多岁的老太太交谈。我向她问及我的老师王庆同，她说认得认得，遂邀请我俩去她家吃西瓜。我说队伍大时间紧不便去，她说那明年来吧，明年来了给我们宰羊吃。2016年8月，同样的采访活动、同样的地方，我寻找那位老太太，并不是要去吃人家的羊肉，而是一年间每每想起她那和善的表情，就想再见一面。没有见到。如同上次一样，我随便向一个中年人打问认不认得王庆同。他脱口而出：'认得认得，还给我开过结婚证呢！'

"今年 2 月 3 日，我有幸陪王庆同先生来到盐池县城，看望他 40 年前在青山公社工作的战友同事，还有当年萍水相逢的乡里乡亲。相见相聚中的许多细节都让我牢记下来，我深深感觉到，王庆同先生以盐池以青山为福，青山的老伙伴和乡亲们以王庆同先生为荣。我有幸见证了青山作为善美之乡、礼仪之乡、文化之乡的魅力所在，也见证了青山人善良、乐观、幽默和崇尚文化的美德。

"这次赴盐池聚会，圆了王庆同先生多年的心愿。事前几天，他托青山的同事王志银邀请和召集，并再三告诫不许任何人抢着买单，只容他表达心意。

"聚会地点定在盐池宾馆，坐齐正好 20 人，其中有侯堰、汪泽龙、张万、段连生、周永祥、翟锡荣、吴浦棠、侯凤章、刘国君、王志银、尚涛、侯永琴、侯永华等，他们中有当年的几任青山公社党委书记和干部，还有青山乡的老师、爱好文学的作者等。其中翟锡荣是分别 40 年后才有幸见面。王庆同先生一眼认出，大喊翟锡荣，接着紧紧拉住翟锡荣的手。周永祥本来由儿子陪伴在厦门旅游，接到聚会的电话，就提前赶回来了。王庆同先生一一介绍了大家（他的两个女儿、一个女婿、一个儿子也去了），一口气讲了 10 分钟。他说定在立春前一天聚，表达感激和祝愿。他深情回忆当年在青山的细节，怀念办妥一家人'农转非'的幸运，感叹终于可以到粮库打商品粮了，描述告别青山去宁夏大学教书那一天。那年那月那情景，此时此刻说不够。翟锡荣大声对王庆同先生说：'我们青山给了你一家子人！'83 岁的侯堰说：'一年又一年，不觉到晚年；回忆当年，感谢陪伴；不是为吃，只为见面！'赢得满座喝彩。周永祥说今天见面是行善积德的聚会，王教授把功德修成了。侯凤章说：'等待王教授返乡，心潮澎湃。听到聚会消息，等了三天，见到了王教授。'王庆同先生说：'三年以内再见没问题。'侯堰说：'三年以内不请了，五年以后再说。'又是满堂大笑！参加聚会的年轻的尚涛在'青山那年那事'朋友圈留言：

'王教授对自己人生的不公正遭遇并没有抱怨，对帮助和关心他的贵人只有感恩。看着他们亲切交谈的样子，我想做一个有情有义的人是多么不易，一辈子不管遭受什么，依然能有情有义，可能会更加不易。愿自己也能坚持做一个有情有义的人。'

"王庆同先生生于 1936 年，侯堰生于 1934 年。侯堰是当年青山公社党委书记。这一天聚会结束后，他邀请王庆同先生去他家。原来，他当天把在盐池和吴忠工作的儿女都叫回来了，全家人共同迎接王庆同先生返乡，并且又摆了几样菜，还拿出珍藏多年的剑南春酒。两位老人相拥时，互相鼓励说'我俩手拉着手，就是不走'！老伙伴们相逢，当年的故事讲也讲不完。王庆同先生与侯堰等当年三任青山公社党委书记合影。当年的青山公社干部们如今都已退休，安享晚年。这次聚会的操心人是王志银。王庆同先生与侯凤章老师交流写作。从青山乡走出的侯凤章、侯永琴，和盐池文化人周永祥、刘国君、尚涛等，都带着自己创作的作品来见王庆同先生。王庆同先生也把他收集齐的侯凤章等 2017 年在报刊上发表的作品带来了。见面面容易拉话话难，一辈子情义到永远。最遗憾的是戴科因为腿疾，不能亲临聚会现场。王庆同先生当年恢复工作到青山公社，分到古峰大队蹲点，戴科是古峰庄的文化人，他俩能说到一起，交情很深。在聚会前，王庆同先生登门看望了戴科。发现戴科不仅坚持练字，而且写了一本书《雕刻岁月》，印了 100 本，现在只剩下两本了。戴科将其中一本送给王庆同先生，还送了一块土猪肉。告别后，走出单元门，突然听见戴科打开厨房窗户喊：'王教授，能来再来，我等你!'

"大地寂静，青山无言，人心隽永。我听到了敬爱的老师心中的感怀：这片土地曾让我泪流不止。所有的人和事都不会随风而散。"

王庆同：你把我说得太好了，心中不安。

张强：我一直记着一个感人也激励人的细节，最近在手机上记了下来。在 1998 年 5 月 4 日北京大学百年校庆返校时，王庆同先生见到了 80 岁的罗列老师等。甫一见面，罗列老师双手抓住学生王庆同的手说："王庆同，都过去了，你还年轻，好好干几年！"这一年，王庆同先生 62 岁。

王庆同：许多年前的事了。

张强：今年北京大学建校 120 年，当年的中文系新闻专业没有专门设计将毕业学子邀请返校这个环节。我相信，如果有这个环节，您一定会赴母校，拜访故地，乐见故人，重拾初心。

王庆同：那是一定。

张强：从 20 岁上大学第一天看见您，到今年，整整 35 年过去了，我们这些学生总是融会在您独有的亲情疼爱中、人生调教中、工作奋斗中。十年树木，百年树人。我切身的感受，诠释着这句古语的丰沛与丰厚。60 年过去了，您成了岁月不老、依然傲立的宁夏人，不光拥有患难相处的盐池亲戚和盐池乡亲，还拥有我们这些遍布宁夏大地乃至五湖四海的学生。所有曾经的无助、羞辱、隐忍，连同生生不息的奋斗、专注、勤勉，化作您身上源源不断的力量和学养。您是我们的引路人、参照系、智慧泉，我们总能持续地从您身上汲取到营养和光亮，调试好人生的步履，有力地朝前行进。亲爱的王老师，感谢生命中有您！

（原载《朔方》2018 年第 9 期）

八旬教授举动让返校学子泪奔

"再过 20 年，我们来相会，伟大的祖国，该有多么美。"30 年前，他们是 20 世纪 80 年代的新一辈，是宁夏大学培养的首届新闻专业学生；30 年来，他们书写了宁夏华章，记录了人生精彩，为宁夏新闻事业发展留下浓墨重彩的一笔。7 月 8 日，在毕业 30 周年之际，这些在新闻战线磨炼、锤打了 30 年的学子重返校园，邀请老师在原教室再讲一堂课。

讲课的老师是 4 位年届八旬的老教授：刘世俊教授、王庆同教授、郭雪六教授、杨培明教授。其中杨培明教授专程从上海赶来，参加学生毕业 30 周年纪念活动。当年，他们都是这个班的授课老师，有的还是新闻专业的创办人。

4 位教授分别登台讲了 10 分钟，其中的关键词，学生们都一一牢记。刘世俊教授：泱泱大国，志至上。王庆同教授：保持理性，没有遗憾；心态很重要。郭雪六教授：一生有情怀，坚毅而持久。杨培明教授：文章里头有人品。每一位教授的精彩表达都赢得了掌声，学生们还一一献上鲜花。

这堂课通过新媒体直播，有近 3 万人观看，成为当天的刷屏新闻。4 位老教授成为网红，在宁夏大学以及历届学子中传为美谈，网友们点赞不断。有网友留言："这是最好的宁夏故事，这是最好的宁夏声音！"讲课结束后，又一幕感人的场面令 30 多名学生动容。81 岁的老教授王庆同将珍存的 1983 级学生走向社会第一年（1987 年 7 月至 1988 年 9 月）给他的来信，共计 16 人 26 封，分别装入一个个新信封并封口，当面交还给写信者本人。

为什么要"送还"这些收藏的信件？王庆同教授说："我已 81 岁，他们也 50 多岁了，还给他们，一是留个纪念，二是彰显真情沟通对双方都是值得珍惜的。"

这些珍存了 30 年的信写了什么？一是怀念母校想念老师，向老师作检讨，包括婚事已办，但没告诉老师。二是表露了走向社会后的兴奋、快乐。三是抒发对社会复杂情况的不解、苦闷。四是谈到今后各种各样的打算。五是检讨过去对自己估计过高，很后悔，表示要努力再学习。

同学们从王庆同教授手中接过信后，都迫不及待地拆开，看看自己 30 年前写了什么，有的边看边抹泪。现任黄河出版传媒集团副总经理的闫智红当场朗读了她写给老师的信，令师生无不动情。她说："再读当年寄给老师的信，心潮澎湃。难忘初心，加油加力，激起再次出发的动力。"

（原载 2017 年 7 月 11 日 《宁夏法治报》）

王健：岂能虚度的三百六十里路

20 世纪 80 年代，台湾歌手文章唱过一首歌：《三百六十五里路》，成为当时大学生励志的经典传唱。

> 睡意蒙眬的星辰
>
> 阻挡不了我行程
>
> 多年漂泊日夜风餐露宿
>
> 为了理想我宁愿忍受寂寞
>
> 饮尽那份孤独
>
> 抖落异地的尘土
>
> 踏上遥远的路途
>
> 满怀痴情追求我的梦想
>
> 三百六十五日年年地度过
>
> 过一日行一程
>
> 三百六十五里路哟
>
> 越过春夏秋冬
>
> 三百六十五里路哟
>
> 岂能让它虚度

1

我和同事王健都是 20 世纪 60 年代初出生，他大我一岁。在宁夏大学中文系上学时，他高我两级。由于学习成绩优秀，在他三年级时，学校选拔他到天津师范大学深造，毕业后回到宁夏大学任教，王健成了我们新闻专业最年轻的老师。

20 世纪 80 年代初期，宁夏大学的生源是非常优质的。五六十年代，为支援新成立的宁夏回族自治区建设，一大批响应党的号召的有识之士，从祖国四面八方举家迁入宁夏工作生活。他们的子女，在恢复高考制度以后，纷纷以比土生土长的宁夏孩子更优异的成绩顺利考入大学。王健就是其中一位。校园里，我们羡慕那些说着普通话的同学，也喜欢跟随他们参加各种社团活动。王健就是有这种号召力的一位学兄。

那时候整个宁夏大学都吟唱着动听的校园歌曲，闪烁着人文学风的光芒光亮。校园里有一排排白杨，白杨下站着一对对师生、同学，相互谈理想谈人生，站成了一道风景。王健就是其中一处。他一米八三的个头、强健的身板，比"三年饿着"出生的我们，显得更"高富帅"，特别是他在排球场上的跳起扣杀身影，吸引着许多女大学生成为其铁杆粉丝。

"无穷的远方，无数的人们，都和我有关。"我们是 80 年代的新一辈！走了这么久，你变了没有；你没有变，还是初心一片。走了这么久，梦想未曾丢，还是满心的承担与守护。写在我们脸上，嵌在我们心底的，永远是精神的光亮。这样的光亮，与我们匹配着，抵抗着平庸，抵抗着忧伤，抵抗着衰老，抵抗着苍凉。

山在远方，路在脚下。王健以他的热情与专注，书写着自己的新闻职业篇章。

弘扬主旋律，释放正能量，做引领时代的新闻工作者。王健的笔下，看得见他的责任和情怀，看得见他的职业本色和本源。

2003 年 6 月下旬，我在宁夏日报社总编室值守夜班时，看到王健采写的《固原羊只上"夜班"》一稿。我一口气读完很兴奋，当天因有新华社等必发稿件，没有好的版面位置，我就给王健打了电话说明情况，希望留存几天后以头版头条发出。当得知采访背后的细节，更坚定了我对这篇稿件的重视和判断。

2003 年，宁夏在全国率先实行了"封山禁牧"的环境保护政策。全区封山禁牧后，出现了新情况，少数地方饲草出现了缺口，有的农牧民晚上偷偷把羊只赶到山上放牧。封山禁牧会不会半途而废？能不能取得预期效果？带着这些思考，王健走访农户了解饲草短缺情况，深夜上山追踪"上夜班的羊"。通过一个月的观察、采访，写成了通讯《固原羊只上"夜班"》，指出农民赶着羊"上夜班"情非得已，呼吁"有关部门应尽快拿出对策"。报道为固原市从自治区争取到数目不小的项目资金起到了积极作用。《固原羊只上"夜班"》获当年中国新闻奖三等奖。

2003 年，王健刚 40 出头，正值金色年华、大显身手之际，他在贫瘠甲天下的宁夏西海固地区担任《宁夏日报》驻站记者，采写、报道了大量反映西海固地区经济社会发展变化的稿件，一年就有 219 篇稿件见报，9 篇稿件上《宁夏日报》头版头条。为报道隆德县梁家湾山体滑坡事故，王健 3 次冒着生命危险爬上已经警戒的山体采访，膝关节严重受伤，最后被固原市领导督促，由武警战士"押送下山"。这一年，王健把一名党报驻地记者的责任和能量发挥到极致。

3

三百六十五里路，一年又一年，一天又一天。王健以永不言倦的身影，融入新闻事业中每一个事件的记录中，参与每一项公共事业的进步倡导与监督，也因此获得记者职业带来的触动、敏锐、应变、迎接、坚持与创造。

近10年来，我与王健是几乎零距离的同事关系，同在宁夏日报报业集团新闻大厦17楼办公，身影踪迹，风吹草动，都互相见证。大体上我观察到并确定了王健每一天的行踪：每一个工作日清早，王健都是迎着朝阳出发，满怀精气神，健步赴岗，50分钟行程，风雨无阻。多年养成的这个好习惯，能从他的身姿上看到效果，不像更多的同龄人，腆着大肚腩而秒失风度。

每一个星期一上午，楼道里总会传来王健领读文件和学习的声音，铿锵有力，掷地有声。他所带领的团队，在一座楼上总是散发着鲜亮的新闻创新之光。

在去洗手间时，在开门、锁门上下班时，我路过王健的办公室门口，侧目而望，他总是伏案专注于电脑，日复一日，成为风景，成为我的榜样。有时候我们会同时锁门下班，同乘电梯时就有些"家长里短"。王健几乎少有酒肉应酬。他是年届九旬老母亲的独子，与夫人王春翔（大学比我高一届的学姐）共同尽孝于老人膝下数十载。老母亲在世时，王健坚持给老母亲做饭，陪着遛弯，陪着看戏，从无间断。

我与王健，见证了彼此在职场上对工作的理解和行动，也相互拥有挚爱生活和志趣相投的飞扬精神。

4

绿叶中留下多少故事，有苦也有甜；洒给大地多少绿荫，那是爱的音符。有多少佳篇华章，从王健的笔端和相机推送出。而我是那最有亲历和感怀的见证者。

王健的职业生涯中一直引以为傲的是那篇时政新闻创新报道《总书记一声"对不起"暖人心田》。党的十七大结束后，新一届中央政治局常委与中外媒体见面，因比预定时间晚了些，胡锦涛向在场的记者致歉。当时到场的中外媒体有200多家，只有王健抓住了这条新闻。在宁夏好新闻评选现场，有评委说，作者在重大历史事件中独辟蹊径，抓住了一条"大鱼"，是在重大时政新闻采访报道上的大胆突破和创新。

2006年到2008年，王健出色地完成了胡锦涛总书记、温家宝总理等7位中央领导视察宁夏重大时政摄影采访任务。新闻照片《总书记和治沙工人在一起》，以表现方式新颖、内容创新获得读者的一致好评，获宁夏新闻奖一等奖。

2008年8月，王健作为宁夏唯一的注册记者全程采访了北京奥运会，采写的《刘翔：快乐着你的快乐，忧伤着你的忧伤》被奥组委官方报纸转载；《天同覆、地同载》《我被"梦八"撞了一下腰》等获宁夏新闻奖。

从事新闻工作多年来，王健始终坚守"脚板底下出新闻"的新闻信念，坚持"不到现场不动笔"的职业约束。2009年，组织、策划并参与了"徒步黄河金岸"大型采访报道活动，用脚板丈量了黄河流经宁夏近400公里的流域。深度宣传和解析宁夏回族自治区党委、政府建设"沿黄城市带"重大战略决策。这些关于黄河的系列报道，在社会上引起强烈反响，有的篇目成为宁夏新闻专业的教学案例，并获得2009年度宁夏新闻奖一等奖。

5

当过老师的王健，总是以他善意的提携和学识的付出，推动着更多人成长与建设。

新世纪，在离开宁夏大学教学岗位十几年后，王健重返校园，一直是宁夏大学和北方民族大学的兼职教授。不管采访任务多重，他都坚持精心备课，所带的新闻摄影课多次被评为优质课。王健教出的学生可谓桃李满天下，很多已经成为媒体的业务骨干。王健还注重用在教学中获得的前沿理论和系统知识反哺新闻实践。几年来，写作发表了论文《互联网思维是媒体融合的关键》《改文风是"走转改"的落脚点》《〈宁夏日报〉：读者调查提出的课题》《大学生阅读党报调查》《图片编辑要有原创意识》《图片是报纸的"卖点"》《怎样为照片写说明》等，做到了教学相长，也很好地促进了王健的本职工作。

2010 年，王健被任命为宁夏日报报业发展研究部主任。从"冲锋陷阵"的编采一线转到了"宏观务虚"的新闻策划和研究岗位。在没有经验可资借鉴，没有范本可以引用，甚至连原始的资料都难以找全的情况下，深入研究宁夏日报报业集团报业发展战略，探索宁夏日报报业集团核心竞争力的关键要素，参与完成了《宁夏日报报业集团"十二五"战略规划》，大胆地提出了宁夏日报报业集团融合发展的要素和方向，尝试指出新形势下的媒体生态和主流媒体的生存现状，引起有关部门的高度重视，为制定决策提供了参考。

2011 年至 2020 年，连续 10 年，我曾供职的宁夏法治报社每年举办法治新闻研修班，我都邀请王健给学员们授课。他备课之认真、讲课之精彩，都让我敬慕，获得了学员们的传扬。

2019 年，王健接过了《看天下》杂志主编的担子。至此，他几乎干遍了宁夏日报报业集团所有的业务岗位。一个人的能力有大小，但只要懂得敬畏这一职场的基本逻辑，就会始终坚守着忠诚、热爱、积极、向上的职业品质，就是一个散发光亮的灵魂。

6

1983 年、1984 年，我在大一、大二的时候，陪伴我们的年轻老师有十几位，王健就是其中一个。新世纪以后他又与我同在报业职场。所以说，我与王健交往就更密切一些。岂止密切，甚至更亲近。这种亲近散发出的精神力量非常难得。我从王健身上获取的美好精神概括为自尊自信，文明礼貌；职场光亮，持续葆有；从无懈怠，活出精彩！

如今临近退休，王健又迷上了皮划艇运动，每周坚持划艇 20 多公里，而且敢与三四十岁的年轻人奋楫争先。他认为，退休了仍然要保持健康乐观的精神和生活状态。

40 年来，有多少人走散，又有多少人还在。感谢时光匆匆还有真情，感谢岁月流逝还有大哥。以至于如今我们的每一次聚会、每一家子女的娶嫁，王健作为年轻老师都会到场，与王庆同教授相得益彰，气场足够大，光亮足够灿；寂静中芬芳，平淡中快乐；既有老师的风度风范，又有兄长的承接承担。可以与我们同一首歌，可以与我们醉一场酒；可以有难时挺身，可以有忙时伸手；补齐了我们的精神短板，延展了我们的美好空间；与我们策马同行，和我们共享丰富，俨然是我们的"带头大哥"。

逝者如斯夫，不舍昼夜。我们同行，我们相携，亦师亦兄，亦真亦彩，一路走来，情感更浓。紧紧地握住你的手，这温暖依旧未改变。大哥陪我们好多年，我们陪大哥老下去！

7

所有的原动力都发自内心。王健之于健走，王健之于拍摄，王健之于写作，王健之于教学，王健之于皮划艇，他坚持不懈的追求和行动，都给予我们这些年近花甲的人以感悟。

王健是个有心人。距在固原驻站 20 个年头的今天，他翻出当年在西海固拍摄的照片和撰写的文字，重新构建一个历史的空间和历史评价的参照维度，出版了一本叫《肖像西海固》的摄影图鉴，回放宁夏山区波澜壮阔的脱贫攻坚场景，从而激励人们不忘初心、牢记使命。正是王健这种实属难得的职业追求、业务水准和社会责任，使他在不到 20 年的时间里，先后夺得宁夏新闻奖、首届中国新闻图片编辑金烛奖和中国新闻奖，享受宁夏回族自治区政府特殊津贴，荣获宁夏回族自治区第二届"塞上文化名家"称号，并最终登上中国新闻界的珠穆朗玛峰，斩获终身成就奖——长江韬奋奖。不是每个新闻人都能获得长江韬奋奖。王健这工作职场的高光时刻值得铭记。

时光匆匆，岁月流逝，看着迎面而来的年轻面孔，在手机时代，我们生活在更加纷繁而竞争的状态中。选择了记者的角色岗位，就意味着要失去安逸，也不会大富大贵。直视弱小或为生命叹息时，也会感到力不从心；身陷纷杂世界而难以纯净，甚至会为欲望千锤百炼的考验而挣扎。可是即便这样，如果你内心还有一个声音对你说，我要这样的丰富，我要这样的不同寻常，那么就请遵循内心的呼唤。心会牵引我们珍惜一切，并全力以赴做到最好。然后，不论未来以何种形式出现或结束，我们都会满意自己的一路走来，都会珍藏这丰盛的一路走来。

三百六十五里路，岂能让它虚度！

（原载 2022 年 7 月 6 日《宁夏法治报》）

评论\献词

君子以自强不息

▼ 王庆同

2017年、2018年、2019年，连着三年年初，作者在其任总编辑的《宁夏法治报》发表一篇激励各行各业，包括其单位员工的议论文章（评论），淋漓尽致展现作者火一样的热情、山一样的坚毅、钢一样的意志，引导、鼓励各行各业的人坚守岗位、恪尽职守、热爱生活、活出样子。看看三篇文章的标题就知道那是号角：《干起来，一年之计在开局》（《宁夏法治报》2017年1月3日）、《干工作要精雕细刻》（同上，2018年1月1日）、《每一个工作日都不能耽误》（同上，2019年1月2日）。可以看出，作者是有备而为，早有谋划，年初时日一到就抛将出来。是为有的放矢。

《现代生活报》发刊词说报纸将『融入

都市生活，倾听市民声音』『努力做到在新闻上的，『顶天』（表达主流的声音）『立地』（关注民生的问题）』。《情感周刊》发刊词说新时代的情感标准中最核心的评价指标是『社会和谐力量』，周刊将『引导、感染读者追求和共享美好人生』。两篇文章是献词，也是散文，抒情加议论，情以感染，议以启迪，展现报纸、周刊编辑部的雄心壮志，与读者的互动共情。写得情真意切、大气磅礴，对读者、编辑、记者都是鼓舞。

不由得想起《周易》里的一句话『天行健，君子以自强不息』，受此启发，借作本点评的标题，意在强调此类评论献词的君子气息、自强导向不可或缺。

打靶要打在靶子上　说话要说到点子上　▼　张　强

评论写作，虽为虚文，却要有实靶，正所谓：打靶要打在靶子上，说话要说到点子上。

先要有靶子。主要体现在写作的准备、立论、阐述过程中，这样才有针对性，才能有效指导人们的实践。

说到点子上。心中无靶，乱放虚箭；上言亦言，人云亦云——许多评论千篇一律、千人一面，让读者失去兴致。

既言之有物，又能说会道。写评论的人，一定要当『明白人』『讲究人』。

感受橙色温暖

橙色的阳光在冬季的银川大街上显得如此耀眼，语言在这儿有点多余，新鲜的文字迸发出破茧而出的清新快感。人们相互传说着一个话题：银川出了个新媒体！

也许普通的日子有时平淡得有点乏味，但多彩的生活已阻止不了现代都市的丰富；也许多变的命运沉重得有点喘息，但激情的人生已满足不了人们对轻松的需求。精彩人生、享受生活，谁会错过？

《现代生活报》是即将组建的宁夏日报报业集团面向大银川打造的一份新鲜的市民生活报，它以具有一定经济基础和文化层次的市民群体为目标读者，以"传播新闻真知、提供市场资讯、引导读者消费、服务市民生活"为己任，响亮地提出了"为现代的都市生活喝彩"的办报理念，帮助和引导热爱生活的读者点燃激情，享受人生，完成梦想。使命感使其一启程就卓尔不群。《现代生活报》将坚持"融入都市生活，倾听市民声音"的办报宗旨，用市民语言反映市民生活，用市民话语讲述市民故事。全报每期4开24版共3叠：一叠精彩新闻，全面反映和接触市民生活；二叠精彩都市，推介生活方式，追求都市时尚，做到时尚高雅、有情有调；三叠精彩生活，引导市民消费，提供资讯服务，做到便利到家、贴心服务。在编辑方向上，努力做到导向正确让党和政府满意，贴近生活令市民百姓喜欢。真诚度使其一亮相就怀揣百姓。

《现代生活报》将追求"务实求简、实用大气"的风格，用国际流行的环保新闻纸印刷，象征着青春的朝气、阳光的活力、现代的新潮；用易读性、简约性、图文并茂的版式，体现新闻性、可读性、服务性、实用性的特色；努力做到在新闻上的"顶天"（表达主流的声音）"立地"（关注民生的问题）；努力追求可读上的精彩易读，服务上的无微不至，实用上的超市功能。亲和力使其一落地就关注生活。

　　橙色的阳光在银川的大街小巷中播洒，这个城市便多一份美丽；橙色的阳光在家庭的日日夜夜中带来色彩，这个家庭便多一份暖意。天道酬勤。今天，我们开始伴您远行。迎着橙色阳光，陪伴您回忆昨天、走过今天、憧憬明天。

　　我们与您同行，您的支持与鞭策将是我们奋发的力量之声；我们与您同行，您的热情与心动将是我们成长的节奏之声。

　　　　　　　　　　　　（原载 2003 年 12 月 19 日《现代生活报》，发刊词）

天下有情人都来分享

　　《情感周刊》是《现代生活报》精心打造的情感类周刊，从今日起，每个星期都要如期与您见面。如果要作为周刊宗旨而罗列的话，它是健康、阳光、积极、温暖、美好情感的传递者、观察者、评论者和抒发者。

　　《情感周刊》发现，我们正处在一个多彩而且精神自由的时代，我们终于知道我们的内心需求是重要的，我们终于学会了尊重我们和他人的情感。我们清晰地知道，人类的情感不仅透视城市的现在，而且预示城市的未来，情感体现价值，情感体现尊重，情感体现尊严，情感更体现创造。我们不排斥现代文明带给我们的物质享受，但我们更崇尚和依恋现代情感的美好和感染。

　　《情感周刊》注意到，在这个物质丰富、价值多元的时代，人们的精神、情感复杂而多变。歌唱或者哭泣、快乐或者痛苦、充实或者孤独、欢畅或者郁闷……我们每一个人都在感受着自己内心的真实和透明，我们每一个人都在保持情感世界的丰富和完整。

　　在我们这个更加开放的时代，情感标准的变化是必然的。那么究竟应当以什么作为新的情感标准？在新时代的情感标准评价体系中，什么是最核心的评价指标？

　　我们——《情感周刊》的答案是：社会和谐力量。唯有情感和心灵的和谐，才有生活和工作的和谐，才有家的和谐，才有团体的和谐，才有社会的和谐。

《情感周刊》之所以大大方方亮相，是因为我们深感读者需要情感方面的文字启迪和抚慰。现代情感是现代生活相当重要的一部分，创办这样一份专门传递高尚和美好情感的周刊，是对读者有益的责任和行动。

《情感周刊》将秉承传媒的独有品质，为新的时代新的情感标准鼓与呼。我们传播美丽而动人的爱情，我们推介博大而感人的亲情，我们提倡善良而豁达的友情，我们展示所有的人间美好真情。我们不是标新立异，而是在对传统美德的弘扬和真善美这些永恒情感的光大中，给读者带来和谐生命和创造生活的热情与勇气，给读者对现代情感方面的理解和升华提供更多的思考与帮助，通过现代情感来折射和反映现代生活，引导、感染读者追求和共享美好人生。

《情感周刊》的全体编辑怀着最神圣的希望上路了。我们坚定地认为，最好的文字一定会散发温暖，最温暖的感受一定会变成力量。当我们和读者连通心灵，当阅读变成一种忠诚，我们会说：因为有爱，才有生活；因为创造，才有精彩；因为有你，才有我们。

（原载 2007 年 4 月 16 日《现代生活报》，发刊词）

干起来，一年之计在开局

新年翻过两天，阳光变得温暖。所有的祝福都留在昨天，此时此刻，到岗入座，2017 年第一个工作日，我们来啦！

在辞旧迎新之际，国家主席习近平发表新年贺词，对我们走过的非凡难忘的 2016 年进行总结，对新的一年进行展望。习近平表示：全国人民和衷共济，党永远同人民站在一起，大家撸起袖子加油干，就一定能够走好这一代人的长征路。

作为宁夏人，我们不禁回想起 2016 年 7 月 19 日，习近平在宁东视察煤制油建设现场时，目睹广大职工、技术人员热火朝天、挥汗奋战的场景，从心底里发出的振臂一呼"社会主义是干出来的"，发扬"不到长城非好汉"的宁夏精神。在新的一年里，我们更要将"撸起袖子加油干"的工作形象，变成每一个人的最美颜值！

加油干，是今年的主调子。撸袖子！干起来！一定将成为今年的流行语。

干起来，一年之计在开局！2017 年，国际形势错综复杂，国际环境跌宕起伏，召开党的十九大，全面小康在路上，全面改革在深化，依法治国、从严治党都将更加深入；困难群众在就业、子女教育、就医、住房等方面面临的困难，脱贫攻坚战进入关键时期，这些都需要稳定的发展环境。政法工作的任务和担子更重，宣传好政法工作的任务和担子同样更重。

一年之计在开局，干工作要谋划部署。干，就要有干的章法。重要时刻要有仪式感，工作要早谋划、早部署。《宁夏法治报》坚持"党报性质、法治特色"的办报方针和"彰显政法力量，弘扬法治精神"的办报理念，主动发挥好自治区党委政法委机关报的功能，精良队伍，精准作战，与宁夏政法工作同拍，与全区政法队伍同行，尽职尽责于政法工作宣传，全面展现我区政法综治工作的亮点，解读宣传宁夏法治建设的成果，为建设开放、富裕、和谐、美丽宁夏作出新的贡献。

一年之计在开局，干工作要推动落实。抓铁有痕，踏石留印。干，就要重效果、看结果。重要的是行动，说得再好不管用。2017 年是实施"十三五"规划的重要一年，需要激发新状态、展现新作为。即将召开的全区政法工作会议将对今年我区的政法工作重点作出规划。各地、各政法部门要狠抓落实，把任务逐项明确到责任单位、责任人、时间进度。坐言起行，善作善成。各地、各政法部门要不等不靠、迎难而上、奋发有为，一天也不要耽误，我们才能压倒一切困难，而不被困难所压倒。年初不干活，年底徒叹息。好多人就这样稀里糊涂，把最好的工作时机浪费了。

一年之计在开局，干工作要真抓实做。空谈误国，实干兴邦；干就干好，干就一流。唯有真抓实干，重实际，说实话，办实事，求实效，才能勇立潮头、有所作为。要把精力用到谋发展上，把劲头用到求实效上，在雷厉风行、立说立行中体现求真务实的意志和品格。实干要体现在改进工作作风、密切联系群众上，要体现在苦干加巧干、注重发展的质量和效益上。只要是有利于维护和谐稳定、有利于维护司法公正、有利于维护政法队伍整体形象的事，都要尽心尽力去办，困难再大也不绕着走。

一年之计在开局，干工作要克庸治懒。元月底就是春节，不少人在心里盘算等过完年再干工作不迟，这显然是错误的。针对那些工作上敷衍塞责，只求过得去，不求做得好，弄虚作假，欺上瞒下，应付了事的"庸懒散慢"现象，要从严教育、从严要求、从严管理、从严监督，要动真格的。要把好选任关，强化监督关，要治庸提能、治懒增效、治散聚力、治虚务实，做到治本上刮骨疗毒，措施上狠下猛药，机制上长久坚持，让每一名政法干警都能做到心中有党、心中有民、心中有责、心中有戒，一心干事。

一年之计在开局，干工作要交好答卷。定了就干，干得漂亮；要干成事，也不出事。要坚持高标准、严要求，要跳起摸高，而不能低门槛跨栏。短板制约效果，细节决定成败。要始终坚持问题导向，认真践行"三严三实"要求，以严的要求、实的作风，确保清正廉洁干事，要深入实际、深入基层、深入群众，察其苦、听其呼、急其盼，解决群众最关心、最直接、最现实的利益问题。全面推进各项政法综治重点工作，让改革发展成果惠及更多群众，保障社会公平正义，让人民生活更加幸福美满。

阳光铺洒在我们的桌面上，我们专注于神圣的工作。一个工作着的形象从年初开始，一个工作着的形象从早晨开始。唯有工作让我们自信自尊，唯有工作让我们荣光荣耀。

"撸起袖子加油干！"

（原载 2017 年 1 月 3 日 《宁夏法治报》）

干工作要精雕细刻

2017年12月29日，去年最后一个工作日的清晨，我们依然会在宁夏日报报业集团新闻大厦里看到经年不变的一道风景：那些《宁夏日报》创刊创业时代退下来的老报人，还有他们的遗孀家属，每天都会在固定时间，从收发室取了当日报纸拿回家里，报纸永远是他们离不了的、最丰盛的早餐。这些报人一生所从事的事业，是活泼的人担当严谨的职责，是炽热的人肩负冷静的使命，是浪漫的人从事艰辛的劳作，他们一生以"铁肩担责""文字工匠"为荣，永远活在精雕细刻的职业荣耀中。

而每天同样的时辰，那些更年轻的新闻人，有多少还会迎着寒风去触摸留有墨香的报纸呢？令人感慨的还有，最勤奋最严谨的一代报人老了，九五后已经加入了报业队伍。命运让我们相交于同一个职业场面之中，时代让我们相交于同一个职责阵地之中。尽管新闻事业飞速变幻，从纸端到指端，从大屏到小屏，从线上到线下，从纸上到云上，我们的技术比过去优得多，我们的能力比过去强得多，我们的办法比过去好得多，但是我们还是不能丢掉精雕细刻这个新闻人最大的本钱。

何止是新闻人，整个社会、所有行业、所有在职场的人们，我们搞好自己的事业，都需要传承和坚守精雕细刻精神，都需要踏石留印、抓铁有痕、钉钉子的态度。降低机会成本、提高公共服务质量、保护生态环境、加强社会管理、做好社会保障、减轻中小学生学业负担，这些都需要我们去推动和完善，不下决心、不下功夫、不精雕细刻，是绝对不行的。

干工作要精雕细刻，才能不负时代不负重托。新时代，新征程，党的十九大为我们描绘了决胜全面建成小康社会、夺取新时代中国特色社会主义伟大胜利的宏伟蓝图。各地各部门各行业要以精雕细刻的状态，切实增强抓落实的责任感、使命感、紧迫感。要提高站位抓落实、勇于担当抓落实、创新方法抓落实、改进作风抓落实、增强本领抓落实、加强领导抓落实。要以坚定的政治立场、鲜明的政治态度和有力的政治行动抓好每一项工作，拿出永不懈怠的精神状态和一往无前的奋斗姿态，知难而进、攻坚克难。要敢"破"善"立"，抓重点、抓难点，用新理念、新举措、新办法打开新局面。要坚决克服形式主义、官僚主义，善作善成、求真求实。各地各部门各行业的主要责任人，要立足本职岗位，从自己做起，从身边做起，从每一件小事、简单的事做起，严之又严、细之又细，精雕细刻，确保干好。

干工作要精雕细刻，才能提升效率提升品质。所有的工作都离不开苦干实干，都要有精雕细刻的态度和行动。精雕细刻之于服务业，就是要用真诚的情感，提供更多更优的人性化服务。精雕细刻之于企业，就是要用最高的标准，生产出最优质、最放心的产品。精雕细刻之于政法工作者，就是要以精细精准的"绣花"功夫，做好维护社会大局稳定、促进社会公平正义、保障人民安居乐业的"细致活"。精雕细刻之于新闻工作者，就是要牢记并践行习近平总书记提出的关于新闻舆论工作的"48字"职责与使命。精雕细刻之于青年，就是要坚定理想信念，志存高远，脚踏实地，勇做时代的弄潮儿。精雕细刻之于从政者，就是要以造福人民为政绩，以人民为中心，以人为本地工作，为人民谋幸福。精雕细刻之于政府，就是要围绕人民群众最关心的教育、就业、收入、社保、医疗、养老、居住、环境等，把为人民造福的事情真正办好办实，把老百姓的安危冷暖时刻放在心上，想群众之所想，急群众之所急，让人民生活更加幸福美满。

干工作要精雕细刻，重在主动打磨、主动完善。王沪宁在日记里曾写过这样一段话："生活在这个世界上的人，有的是弱者，有的是强者；有的要别人来设定目标，有的给别人设定目标；有的需要感情支持生活，有的需要意志支持生活。我大概在每一对概念中都会选择做后一种人。"这里说的"意志支持"就是精雕细刻。精雕细刻，既是传承，又是创新，是在传承和创新的不断打磨中得以完善。符合规律的精雕细刻，能有效推动工作、提升能力。越是创新，越需要精雕细刻；越是落后地区，越要精雕细刻；越是困难当前，越要精雕细刻。精雕细刻之于工作，就是要具备礼仪意识、岗位意识、竞争意识、担当意识，具备独立工作能力、学习创新能力、抢抓机遇能力、协调合作能力、统筹兼顾能力、沟通交流能力、注重效率能力以及自我评判能力。

干工作要精雕细刻，贵在坚持不懈、贵在苦中作乐。不管身处何方，身处哪个行业、哪个部门，除了爱上工作，拼命工作，不存在第二条通往成功的路。精雕细刻注定是一个耐得住寂寞的旅程。要有一如既往的持续，善始善终的恪守。要学会苦中作乐，增强自己的吃苦能力，增强自己的办事能力。人在职场，一辈子专注于一行一业，才能成为高手。精雕细刻，也是提升心性最基本、最重要的方法。凡是功成名就的人，毫无例外地，都是不懈努力，历尽艰辛，埋头于自己的事业，才取得了巨大成功。通过艰苦卓绝的努力，在成就伟大功绩的同时，他们也造就了自己完美的人格。一个朝着自己目标永不言倦、奋斗不息的人，一定会获得累累硕果，感受到成功的喜悦。

1961年10月23日，邓小平同志在接见共青团中央工作会议与会代表时说："细致的工作，精雕细刻的工作，很深入的工作，结果得益处大。"这是一个有着深刻历史经验的结论，他总结道："我们党的历史，我们党的传统，有热闹的形式，但是归根到底，我们是实事求是地做深入的工作。"他还说："我们的事业总是要求精雕细刻，没有一样事情不是一点一滴的成绩积累起来的。"

习近平总书记也指出，领导干部对待工作也要有工匠精神，善于在精细中出彩。各行各业要大力倡导精细化的工作态度，对待工作精研细琢、精雕细刻、精益求精，真正练就埋头苦干的真把式、雷厉风行的快把式、追求卓越的好把式，而不是坐而论道的假把式、拖拖拉拉的软把式、弄虚作假的歪把式。

新年的第一个工作日，朝日喷薄，阳气萌动，你已到岗伏案。当你手捧这份新年首期《宁夏法治报》，当你耐心读完这篇"今日声音"，你一定会体会到，2018 年已被定格为新时代的"开局之年"和喜事连连的"大事之年"。坐在高层写字楼里，仰望天高云淡，眺望贺兰山姿，感念时代之澎湃，感怀时光之珍贵，感叹征途之艰辛，感慨事业之不易。岁月奔腾，人最出彩；万丈高楼，一砖一瓦！

幸福是奋斗出来的，每一项工作都是精雕细刻出来的。2018 年，注定因我们而生动而精彩，拥抱理想但不驰于空想，为时代放声但不骛于虚声，成就更强的中国，描绘更美的宁夏，完善更好的自己。一步一个脚印，踏踏实实干好工作。

干工作要精雕细刻，每一个人都能做到！

（原载 2018 年 1 月 1 日 《宁夏法治报》）

每一个工作日都不能耽误

清晨，当你坐在擦拭干净的办公桌前，你已坐在 2019 年的工作开局之时。

新年的第一个工作日，不妨回望上年的工作之旅：也是这样的晨中到岗，沏一杯热茶喝上，叹一阵时光匆忙，心想元旦、春节"两节"相连，过完年再干不迟。过完年，还有一个个小假长假接踵而来。于是不少人总处在盼假拼假度假的期望里、过程里。每一个假日到来的前几天，假日氛围就开始弥漫，工作不再重要，享受成为主要。更有甚者，家务急事、接送孩子与工作责任相比，工作不是重要选项；工作之余开店网购，心思都用在赚小钱省小钱上；工作压力大了，就拔腿辞职逃离；一些年近 50 的人，开始讨论要不要好好工作；还有一些人，想法多办法少、思路多行动迟，干活挑三拣四、工作推推诿诿，更有人偷奸耍滑，靠谎言假话应付上级。自治区党委十二届六次全体会议上，自治区党委书记石泰峰剖析了我区领导干部中存在的几种精神状态：一种是面对贯彻落实新发展理念、推动高质量发展的新要求，面对深化供给侧结构性改革的新矛盾，面对生态环境治理和全面从严治党的新任务，出现了"本领恐慌""知识恐慌"，不知道干什么、怎么干了；一种是面对环保红线、全面从严治党、全面依法治国等"守规矩"的新常态出现了不适应，开始观望犹豫；还有一种干部面对正风肃纪等"铁规"威慑，为了不出事宁可不干事，出现了精神懈怠和境界"滑坡"。对此，自治区党委书记石泰峰一针见血地指出，实干，是一种政治要求和政治责任。不实实在在地干、花拳绣腿、虚头巴脑、做表面文章，嘴上说得好，实际落实差，说严重点，是阳奉阴违、表里不一、对党不忠诚。

习近平总书记多次强调"空谈误国，实干兴邦"。实干不仅是作风问题、工作态度问题，更是党性原则、政治责任问题。因此，当迎接新年的朝阳初升之时，当伏案开启新年工作的神圣之际，我们大声呼唤：每一个工作日都不能耽误！

每一个工作日都不能耽误。有人算过这样一道题：假如一个人可以活到 75 岁，一年 12 个月，算下来其实人生只有 900 个月，在一张纸上就是900 个格子。我们每度过一个月，就在格子里打一个钩，这就是我们的人生规划图。

每一个工作日都不能耽误。日出而作，日落而息，是古往今来我们中华民族勤劳的本分和品性。不积跬步无以至千里，不积小流无以成江海，脚踏实地，奋斗不息，勤于工作，终有所获。

每一个工作日都不能耽误。"新时代是奋斗者的时代""只有奋斗的人生才能称得上幸福的人生"，习近平总书记每一次关于奋斗的话语，都饱含激情、催人奋进。每一个工作日中每一个勤奋工作的人，都是新时代亿万人民积极进取的最美姿态。

每一个工作日都不能耽误。改革总会遇到曲折，发展就要攻坚克难。面对困难问题，唯有步履坚定、百折不挠，付出更为艰巨、更为艰苦的努力，才能识迷津冲险关，抵达坦途阔路，向着实现中华民族伟大复兴的中国梦继续前进。

每一个工作日都不能耽误。初入职场，工作是提供收入、提升能力、迈向成功最好的平台和机会。成功最青睐那些有持续有长力的人，尽职工作、成绩优异的人绝不会被埋没。要想成就事业，必须成为"自燃型"的人，把每一天的工作都当成仪式，自觉干好每一天的工作。

每一个工作日都不能耽误。在工作场面上奋斗多年的人，不应当松懈和放弃。珍惜工作中的每一处感动，约束自己的每一个行为，保持良好精神状态，凡事尽心尽力，享受奋斗过程，留一种精气给自己，写一段佳话给后人。

每一个工作日都不能耽误。你在田间耕耘，每一天都不能偷懒；你在流水线上奋战，每一刻都不敢走神；你在实验室里操作，每一个环节都要一丝不苟；你在手术台上尽职，容不得半点闪失；你在站岗值勤，每一阵都不能迟缓；你在财务审计，每一个数字都要精确；你在高考冲刺，每一天都很宝贵；你在咿呀学语，每一句都让亲人开怀；你在投送快递，每一分都不能停歇；你坚持晨练以抵抗衰老和疾病，风雨无阻不会落下一天……人人都在自己的岗位上奋发有为，将生命力焕发为行动和业绩。

每一个工作日都不能耽误。华为轮值董事长郭平新年贺词中的一段话给我们启示：成功的反面不是失败，而是平庸；个人绩效管理要激发员工，促进个体和团队整体绩效和能力持续提升；促进每一个职员与个人充满活力地主动追求更好的业绩。这些观点对增加工作绩效和提升队伍战斗力大有裨益、大有借鉴。

每一个工作日都不能耽误。石泰峰书记强调，各级干部必须发扬斗争精神，主动挑最重的担子、接烫手的山芋、啃最硬的骨头，多到基层一线、问题集中的地方去化解矛盾，敢抓敢管、动真碰硬，以一个个难题的解决推动整体工作的提升。

习近平主席在 2019 年新年贺词中强调我们都是追梦人，咬定目标使劲干！一年之计在开局，一年之计干起来，一天也不能耽误，一步一个脚印，一起拼搏一起奋斗，倾其所能砥砺前进，唯有进取永不言倦。

在 2019 年第一个工作日，让我们与热爱的工作来个大拥抱！

（原载 2019 年 1 月 2 日《宁夏法治报》）

序言\手记

花开半时意正浓 ▼ 王庆同

『序言手记』辑只有8个大标题，但每个大标题下却有几篇或十几篇小故事、短随笔。所以这一辑实际上是数十篇文章构成的短文集。其内容，一是作者与师友、同事在某种因缘下的交集，二是作者编辑各种文章的感言，三是其他，包括亲情、培训、读书等。总之，内容较广泛。

内容较广泛的东西，也有较集中的特点，可归纳为『花开半时意正浓』。何解？原来这65篇小故事、短随笔有个共同点——文中记叙的事情，无论是当下的还是过去的，均属片断，有的断断续续谈到，有的只是点到，形象地说，是谓『花开半时』。这有什么好处？好处是适应主旨文章表达的需要，使之丝丝能入扣，文约而意丰。『花开半时意正浓』，从65篇短文看，这个『意』有的是明说的，有的是暗藏的。几百字，清清爽爽、明明白白、有趣有味；奋斗拼搏、苦难旅程、亲情友情、好文共享、崇尚高雅等尽显；人间烟火、生活感悟、人生哲理扑面。借用本辑一个大标题的短语，文中有『乾坤一点』，正是『马放半缰稳便，乾坤一点随心』。

也许有人会说，这是中学生都知道的为文之道哟。不错，但知道归知道，做到归做到，尤其是精彩地做到谈何容易。文体混乱，表达粗糙，偏偏去学陈佩斯抻面条，也没有绝迹啊。《红楼梦》第五回有一联曰『世事洞明皆学问，人情练达即文章』，所以，『花开半时意正浓』里有学问，需要生活积累、性情磨炼。

聚沙能成塔　积木可成林 ▼ 张 强

编辑工作，既要为他人作嫁衣，又要精雕细琢显本领。

编辑不像其他一些行业，术有所专，专有所攻，而是要博要杂，靠自己丰厚的学养，披沙拣金，锦上添花，提升价值，延展精神。因此，心无旁骛、静心笔耕、勤奋工作是编辑的基本人生态度和起码的职业作风。

一个好编辑，一定是这样的人：他没有抓住大题材一举成名的机遇，但他会在没有新闻的角落里，也能聚沙成塔、积木成林。

好日子自己会走过来

每年这个时候，人们都会热情地期盼着非常临近的两个节日的到来，并亲切地称它们为"双节"，这就是国庆节和中秋节。而今年，国庆和中秋真的手牵着手走来了，并带来了"国庆八天假"这种喜出望外的好事情。居然比春节都多一天，每个人都有大赚了一把的喜乐。

2017 年 10 月 3 日，秋风爽意，我有了一个非常幸运而珍贵的出行：陪 82 岁的王庆同教授去吴忠市利通区和灵武市郝桥镇狼皮梁（团结村）西队，看望他曾经被迁赶到盐池边外"监督劳动"9 年间结识的农民挚友郭登明、孙立义。

一天里，我看到几位老人相见甚欢，节制感情，回首往事，感怀今世，互相鼓励，依依不舍。

1983 年 10 月 3 日，我到宁夏大学中文系新闻专业报到。当天晚饭后黄昏时分，王庆同老师来宿舍看望我们。这是我们第一次看到敬爱的王老师。这一年，他 47 岁，刚刚抖落身上的盐池大地泥土，要站在宁夏大学培养首届新闻专业学生的讲台上。从我们 20 岁起，王庆同老师的经历和精神，成为我们最好的教科书，我们已经读了 34 年，我们还要继续品读下去。

10 月 3 日，我会铭记这个美好而值得纪念的日子。

今天是你的生日我的祖国，清晨我放飞一群白鸽，为你衔来一枚橄榄叶，鸽子在风风雨雨中飞过。人民安心和幸福，是国家最好的呈献与表达。从每一个人的表情里，能找出国家的兴盛和强健。王庆同的苦难经历和隐忍乐观，郭登明、孙立义的真情大义与积善成德，三位老人的传奇交往，有读不完的百姓情结和中国精神。

长假八天，共享欢乐；寂静时光，品味芬芳。请跟我来！

1958 年夏季，王庆同与志向、情趣相投的北大同学"二三子"，毕业前相约一同到宁夏（宁夏当年刚成立自治区，要的人多，大家分在一起的可能性大）。22 岁的他，不征求父母、哥姐的意见，也不顾回到家乡江浙工作的可能，最终如愿以偿分配到举目无亲的宁夏，在刚刚创刊的《宁夏日报》当起了编辑，在新闻岗位上完整地工作了 5 年。

1963 年夏季，王庆同被通知到机关农场劳动，要求一遍一遍地"挤"身上的问题。1964 年夏，在单位礼堂召开的一个大会上，突然宣布说单位有个"反党集团"，定王庆同是其"成员"，接着就是在农场里无休止地交代、劳动、改造。直到 1966 年 9 月 23 日，被戴上"反革命分子"的帽子，完成了"滚"出银川的程序，王庆同被"迁赶"到离银川近 200 里外的盐池县高沙窝公社苏步井大队双井子（油坊梁）生产队，俗称"边外"，在那里"监督劳动改造"长达 9 年。

1975 年 5 月，王庆同从"边外"奉命赶到盐池县城，组织对他宣布"撤销反革命帽子，恢复公职"，并安置到盐池县青山公社工作。1980 年春，经上级批复同意的原单位党组宣布，撤销 16 年前定的"反党集团"案，给予彻底平反，恢复政治名誉，恢复团籍，恢复预备党员资格，并在青山公社转为正式党员，党龄连续计算。

1981 年 5 月，王庆同调任盐池县委宣传部副部长。1983 年 7 月，47 岁的王庆同被选调到宁夏大学，参与创办新闻专业，离开了劳动和工作 17 年的盐池。

从 1983 年进入宁夏大学到 1996 年 12 月退休，13 年间，他把全部的精力投入教书育人，参与培养了数百名新闻学子，学生们永远铭记这位不知疲倦、呕心沥血的好老师。如今，82 岁的王庆同教授依然思维敏捷、积极乐观、笔耕不辍。

"表达感恩，是我这辈子永恒的主题。"王庆同在盐池"边外"被"监督劳动"的 9 年，正值 30 至 39 岁人生最好的年华。他还是单身，孤身一人被"迁赶"而来，在这里结交了许多农民朋友，得到了很多人的关照，学会了许多新的技能，包括耕、种、收、打（打场）、背（背柴、背羊）、碾（碾米）、焖（焖干饭）、挤（挤牛奶）、宰（宰猪、宰羊）、剥（剥羊皮）等。

一个戴着"帽子"的知识分子，被抛弃在最底层的偏远山村，熬过了9 年，这是什么力量支撑着他？王庆同说："胼手胝足者给我以援助，相信人生终会有转机，也不想浙江老家的亲人们受拖累。"

留在心灵上的伤痕当然不会挥之而去。王庆同说："不能说那段生活没有收获，也确实有人有恩于我。滴水之恩，涌泉相报，向那些真情朋友表达感恩，是我这辈子永恒的主题。我留恋那里的真情朋友，却不留恋那里的'六味'（酸、甜、苦、辣、咸、耻）生活。我希望并且相信，那个'极左的理论'永远被埋葬，而朋友们的真情能永驻我心间。愿人世间高尚的人道精神和善良的人性品格薪火相传，延及子孙。"

"郭登明一家把我当自己人了"。让王庆同教授"永驻心间"的真情朋友，当属双井子（油坊梁）的农民朋友，其中的"患难之交"分别是小他几岁的郭登明和孙立义。

请看王庆同教授在他的著作《毕竟东流去》中对郭登明的记忆：

> 郭登明，圆圆的脸，两腮微红，比我小几岁，一看是个实在人。他家就在我那个烂家的北边，翻过沙丘就是，是我唯一的近邻。
>
> 刚到生产队时，我几乎什么都从他家拿。没有水，连桶带水

都从他家提，而他们的水是用驴从远处驮来的；没有粮，我提着口袋从他们家借；没有菜，吃饭时甜吃，他知道了让我用牙缸从他家装了一些酸菜、蔓菁，甚至没有柴，没有扫炕的笤帚，都是从他家拿的。头几天割糜子没有镰刀，我用他的备用刀；没有磨石磨刀，用他背的磨石。每天出工他到门口叫我一起走，收工他和我一路，先到我家门口，不忘进来看一看，教一教。总之，刚开始的时候，没有郭登明的帮助，我过不来。

我住进"郭家老房"第二天一早，从他家借了黄米，他过来教我怎么撇米汤，怎么焖饭。告诉我，一天把在八九两粮的标准吃，因为以后队上能够分给我的粮食就这个标准。八九两是多少呢？他用我带的碗舀了大半碗说就这些。又教我一天焖一次饭，一次把全天的都焖好，分成三牙子，早中晚收工回来各吃一牙子。他说，没有人给你做饭，只有这样才能赶上出工。队上留给社员吃饭的时间很紧呀。他为我想得十分周到。

我一到生产队就碰上全年劳动强度最大的秋收。割糜子，一人两沟，"狗撵狼"，一个跟一个割上去。我用力、使刀都不得法，费九牛二虎之力，还是跟不上前面的人，而我后面的人却不等我，唰、唰、唰地抢了上去。偌大一块地，就我一个人的两行糜子割不完，我恨不得有个地洞钻进去。这时候，会有几个好心人过来接趟，帮我收拾残局，郭登明是其中的一位。在大家的劳动强度都已经很大的情况下，还来帮我，是同情心使然。郭登明比较耐心，不但为我接趟，还教我弯腰、后肘抬高、茬子压低、揽把出刀快等要领。一个半月后我能够渐入套数，全仗他教授。

秋收一个多月，给我一个下马威。天天收工回家走路都一摇一晃，疲惫不堪。匆匆吃完锅里的剩饭，上炕就躺下。腰酸背疼，无以复加。我咬牙挺过来。郭登明是帮我挺过难关的第一人。那时候我喊天天不应，呼地地不灵，只有郭登明助我一臂之力。

头一年秋收，郭登明与我一起出工，一起回家，于是队上有人说郭登明与分子胛子靠胛子。言外之意是他没有同"分子"划清界限。郭登明知道后，仗着他是贫下中农的政治优势，拧着脖子抗争说："他不会干活，我教他，胛子靠胛子又能把我咋的！"

后来，郭登明当了生产队保管。凡我去库房打决分粮，只要周围没人，他就让称翘得站也站不住，少说一秤多出五六斤。他说，你拿上，"罢"说（别说）。我背上就走。这事儿，他是担风险帮我。

那地方天一凉，早晚温差特大。一天，我感冒了，挺厉害。郭登明把我接到他家的热炕上，他老妈给我熬一碗姜汤喝了，捂上被子出汗。她还一手拿一把菜刀，一手拿用头巾裹着的一碗黄米。在我头上摇来晃去，口里念念有词，然后，用菜刀背在炕沿上咣咣敲两下，说几句我听不懂的话，打开头巾从那碗米里捏几粒米朝一个方向撒出去，说是给我"送一送"。我竟有点昏昏然，在她"送"后睡着了，第二天轻松了许多。郭登明一家把我当自己人了。

"我怕把你走丢了。"10月3日，孙立义一大早就在家门口伫立，等待王庆同教授的到来。等候期间，他先后打了4次未接电话，王庆同因车行噪音没听见。一见面，孙立义抓住王庆同的手说："我怕把你走丢了。"

王庆同教授在他的《毕竟东流去》中，对孙立义的部分描写如下：

> 孙立义比我小几岁，大手大脚，是个勤快、老实人。
>
> 我与孙立义交往密切起来，在我搬到生产队废弃的"喂猪房"以后。这个"喂猪房"在居民点，孙立义家也在居民点，离我家不远。
>
> 晚上，他常来我家闲诳。朝热炕上盘腿一坐，掏出烟袋，撕

个两指宽的纸条，捏上一撮烟叶，熟练地拧成一捧烟递给我。他再给自己拧一捧叼嘴里。我们抽着自制的卷烟，乱谝起来。他常谝先人留下的"人要行善"的故事，也说他自己碰到过的事情。他说，"大跃进"时，他是民兵，背着一杆破枪，队上叫他押一个"投机倒把分子"（估计是私自到队上收购什么东西的人）到公社去。一路上，那个人不停地说家里还有老人、老婆、娃娃，到公社就要转到县公安局，那就惨了，等等。孙立义听着听着对他说：你还不拉屎去，快喀（去）！那人听了先是一愣，随即朝沙蒿背后走去。孙立义坐在原地抽烟，抽够了，人没了，故意大喊大叫一阵，朝反方向追了一段，然后，回生产队报告说不小心人跑了。两年以后，他到银川办事，在汽车站见到一个人，一把拉住他叫老弟，硬拽着他到饭馆吃了一顿饭——那是"低标准"的时候——分手的时候人家也没说啥。他想来想去，像是被他放跑的那个人。这个故事，孙立义对我讲过两次。他深信自己与别人没有仇，干吗不能做点善事。

开头一两年，我对沙丘、荒滩地形的识记能力不如一个土生土长十来岁的娃娃。我到滩里打柴（沙蒿柴）、掏猫头刺（一种火力很旺的柴），过几天再去拉，找不到原来的窝窝，白打了。孙立义知道后，让他十来岁的女儿女羔跟我去打柴，下次拉柴女羔能准确无误地把驴拉车引到原来的窝窝……女羔现在长大了，嫁到川区，有了娃娃。她带着丈夫、娃娃于20世纪90年代来过我银川的家。回忆起她领我打柴的情景，都不胜感慨。

秋收时，孙立义帮我接趟。特别是拔麦子（旱地麦子根浅，为多收麦草，收麦子用手拔不用刀割），我的手满是口子，一捏麦秆钻心疼，我是咬紧牙关才拔了一趟又一趟，但拔的速度总是越来越慢。这时候，孙立义往往从那头拔过来接趟。

有一年夏天，到一块离生产队很远的地锄草。早上吃了一点自己做的粳糕（用队上分的软黄米磨成面蒸的）。因为急着出工，没怎么熟就吃了，结果，锄地中间肚子疼。收工往回走时，疼得更厉害。走到最后一个长上坡，已经直不起腰，走两步用手撑着爬两步。天黑了下来，大伙都忙着回家煮饭，只剩下我一个人在后面慢慢挪。心想，今夜回不去，在滩里过夜，小命就难保。正在千难万难之际，突然从坡顶下来一个骑驴的人。渐行渐近，原来是孙立义。他看我走不动，急急在前头跑回去，骑驴接我来了。他把我扶上驴背，我连骑带赖靠在他身上。他一手扶我，一手赶驴，慢慢把我驮回队上，我才好了过来。

有一年，我得了夜盲。老人说羊肝能治这病。孙立义把他放在粮"栈子"很长时间的羊肝给了我，又吃了赤脚医生给的鱼肝油，夜盲才慢慢好。

我 1974 年盖新房的时候，孙立义出了大力。他泥水活好，裹出的墙平平展展、细密光亮。我那间新房之所以有点"样法"，与孙立义在墙上最后几道工序（砌、裹、搪）使出绝招，把墙收拾得"窝窝严严"（当地土语，很得体、很漂亮的意思）有关。他给我的新房裹墙的时候，嘴里叼一棒旱烟，一手托泥板，一手使"泥子"，熟练地在墙上来回抹泥。只见"泥子"过处，墙体有了"活气"。干得差不多了，他把旱烟棒子朝地上一吐，说开了：人活脸，树活皮，土墙活得一锹泥。

"他们是最后一秒钟才被忘记的人。"孙立义的女婿李跃全，当过 10 年村支书，如今经营两个公司。他拿出王庆同教授给他的赠书说："我读了几遍了！"

王庆同教授 10 月 4 日晚上发了一条微信，配图中有 4 张是我拍的他这次看望郭登明和孙立义两位农民挚友的照片，他的"话一段"是：

中秋节前一天，儿孙驱车载我前往吴忠利通区和灵武郝桥镇狼皮梁（团结村）西队看望"文化大革命"时被迁赶"监督劳动"9 年结交的农民挚友郭登明、孙立义。两位都比我小几岁，但也 70 多了。现在生活安定，身体健康，儿孙满堂，过着那时想都不敢想的好日子。我深深感到，这是改革开放开启的新的历史时期带来的好运气。我们互嘱多活些日子。我也告诉他们，我已经八十有二，现在还能走动，但意外随时可能出现，那我这次看望就是最后一次了。他们当然笑称我能活九十一百。他们的祝福很真诚，但在这个问题上，我们的确也有不少善意的"谎言"，但愿如此吧。我为什么要前去看他们呢？因为人世间最难得的是患难之交。在几乎所有人与我划清界限的时候，他们给了我许多帮助，救我于"倒悬"。我常想，有朝一日我逐渐失去记忆了，如果失去记忆的东西要排队的话，他们是最后一秒钟才被忘记的人。我离别人世了就忘记了。

要相信世间定有恩怨归宿。1995 年，我作为《宁夏日报》记者，在石嘴山市记者站驻站工作一年。那一年大街小巷流行一首歌曲《祝你平安》。我很喜欢，因此买到了创作此歌的作曲家刘青的专辑，发现其中还有一首《好日子自己会走过来》，也很好听。20 多年了，这首歌的旋律和歌词我一直记着。这次陪王庆同教授看望他当年劳动的伙伴后，这几天这首歌就在我的脑海里一直萦绕。我想大声唱出来，唱给王庆同教授听，唱给郭登明、孙立义等老人听：

乡里乡亲比不上你我亲

砸烂骨头还连着那个筋

大麦小麦一颗颗数

谁能知道咱心中的苦

绿茵茵的荨麻不要挨

红艳艳的野果不要采

昧心心的事情不要做

腻歪歪的东西不要买

大树小树一苗苗栽

大花小花一朵朵开

大哥小妹一心心爱

好日子自己会走过来

是的，人生难得历练，苦难成就智慧。纵然风雨兼程，真情善意不泯。我们看到，王庆同教授携子女看望郭登明、孙立义及家人时的喜乐，郭登明、孙立义从"边外"搬迁到"好地方"的生活景象，他们的儿女及孙子辈都很出息，其中郭登明的三个孙子、孙女分别考上了北京大学、湖南大学、嘉兴学院。考上北大的孙女不仅医学专业学得优秀，而且兼修光华学院经济学专业，明年就毕业了。我开玩笑说，这是一个人上了两个北大呀！大家就哈哈大笑。我在心里想，这一定与郭登明和他的妈有关，一家人当年救助过王庆同，一家人敬慕北大毕业的王庆同。乐善好施，好人好报；崇尚知识，改变生活，是郭登明家庭最好的家风家教。

要相信世间定有恩怨归宿，那些善良的好人一生终会蒙福——好日子自己会走过来！

祝你平安，祝你平安，你永远都幸福，是我最大的心愿！

（原载王庆同《青山无言》附录，2021 年）

与"盐池亲戚""劳动伙伴"的聚会

小小序

油坊梁数十户人家，在 20 世纪六七十年代，几乎没有人能走出来捧上城里的饭碗。王庆同的到来，让油坊梁人看到知识分子的形象，家家户户开始重视和尊崇知识，种下知识的种子，开出全新的花朵。比如，在王庆同初到油坊梁，危难之际最初伸出援手的郭登明一家，9 年间持续帮助北大毕业的王庆同，最终家中晚辈居然也有人考中北大。

亲亲油坊梁，还有青山乡，故事不多，宛如平常一段歌。大家每次的相聚，都仿佛回到当年。作为王庆同教授的学生，近年来我每每参加这样的"年聚"，都是一次心魂上的雕琢。

乡里乡亲比不上你我亲，砸烂骨头还连着筋。亲爱的王老师，珍惜今年，展望明年，明年再聚，我还拍照！

84 岁教授与"劳动伙伴"的年聚

2018 年 1 月 7 日中午，宁夏大学退休的 84 岁教授王庆同，与在银川的油坊梁人和从油坊梁赶来的几位油坊梁人，在银川市西夏区怀远东路食味楼聚餐，度过愉快的两个多小时。

王庆同教授于 20 世纪六七十年代，以"莫须有"罪名从银川迁赶到 200 里外的盐池县北端油坊梁生产队劳动 9 年，得到油坊梁人的善待和帮助，并学习掌握了农村劳动和荒漠半荒漠地区的生活技能。四五十年过去了，王教授与油坊梁人的友谊延续到今天。他们互相祝愿在新时代多活些日子，10 多年来，每年一次的"年聚"未断。王教授在事后的微信里说：腊月十三了，也算是我们这些油坊梁人提前过年啦！张学义带着老伴、女儿女婿来了；俞汉（已故）的女儿俞秉贤带着丈夫和孙女来了；田姓郎中（已故）的女儿车玉凤来了；当年给王庆同诸多帮助的张玉清（已故）的婆姨俞秉花来了，最重要的是当年生产队长、80 岁的俞秉金和婆姨张玉霞也来了。去年俞秉金就参加在银的油坊梁人"年聚"，当场讲述当年他请"分子"王庆同给他写入党申请书的故事。今年他又说起这事儿，言犹未尽。俞秉金说："现在我是油坊梁年龄最大的了。"王教授纠正说："我才是油坊梁年龄最大的呢！"引得大家哄堂大笑。张学义说："与侉子认识才是真正的缘分！""侉子"是盐池人对江南一带外来人的俗称（仅是主人的一点心理优势而已，并无恶意）。浙江长大的王教授说："1966 年 9 月，我到油坊梁那年 30 岁，张学义十六七岁，两人结伴下地劳动时，爱划拳猜令，靠这游戏打发时光，度过辛苦日子。"说着说着，两人"五魁首、六六六"地划开了。引得大家又一顿大笑。

这次"年聚"，自始至终，王庆同教授满脸都写着高兴，他总是忙着站起来给大家夹菜，招呼吃好吃好。俞秉金说："没有想到今天我们还能吃到这么好的饭。"王教授说："做梦都想不到。"

欲说当年好困惑，亦真亦幻难取舍，这样执着究竟为什么？王庆同教授"边外九年"的劳动经历，是半个世纪之前的事了，当年的"劳动伙伴"有的已经告别人世。可是王教授依然保持着与油坊梁人以及他们后代的交往和相聚。一个培养了数百名学子的大学教授，与当年"土里刨食"的农民之间的友谊，从开始到现在，从千山到万水，诠释着真情、大爱和美好，善意和祝愿弥漫在这样一个平凡的午间。我与同事王健有幸参加了这个珍贵的聚会，听他们重提旧事、相互鼓励，也拍了他们快乐的表情，感动又感怀！

（《宁夏法治报》公众号专题序言，2018 年）

青山无言　人心隽永

2018 年 2 月 3 日，我有幸陪王庆同先生来到盐池县城，看望他 40 年前在青山公社工作的战友同事，还有当年萍水相逢的乡里乡亲。相见相聚中的许多细节都让我牢记，我深深感到，王庆同先生以盐池以青山为福，青山的老伙伴和乡亲们以王庆同先生为荣。我有幸见证了青山作为善美之乡、礼仪之乡、文化之乡的魅力之所在，也见证了青山人善良、乐观、幽默和崇尚文化的美德。

这次赴盐池聚会，圆了王庆同先生多年的心愿。事前几天，他托青山的同事王志银邀请和召集，并再三告诫不许任何人抢着买单，只容他表达心意。

聚会地点定在盐池宾馆，坐齐正好 20 人，其中有侯堰、汪泽龙、张万、段连生、周永祥、翟锡荣、吴浦棠、侯凤章、刘国君、王志银、尚涛、侯永琴、侯永华等，他们中有当年的几任青山公社党委书记和干部，还有青山乡的老师、爱好文学的作者等。其中翟锡荣是分别 40 年后才有幸见面。王庆同先生一眼认出，大喊翟锡荣，接着紧紧拉住翟锡荣的手。周永祥本来由儿子陪伴在厦门旅游，接到聚会的电话，就提前赶回来了。王庆同先生一一介绍了大家（他的两个女儿、一个女婿、一个儿子也去了），一口气讲了 10 分钟。他说定在立春前一天聚，表达感激和祝愿。他深情回忆当年在青山的细节，怀念办妥一家人"农转非"的幸运，感叹终于可以到粮库打商品粮了，描述告别青山去宁夏大学教书那一天。那年那月那情景，此时此刻说不够。83岁的侯堰说："一年又一年，不觉到晚年；回忆当年，感谢陪伴；不是为吃，只为见面！"赢得满座喝彩。周永祥说今天见面是行善积德的聚会，王教授把功德修成了。侯凤章说："等待王教授返乡，心潮澎湃。听到聚会消息，等了三天，见到了王教授。"王庆同先生说："三年以内再见没问题。"侯堰说："三年以内不请了，五年以后再说。"又是满堂大笑！参加聚会的年轻的尚涛在"青山那年那事"朋友圈留言："王教授对自己人生的不公正遭遇并没有抱怨，对帮助和关心他的贵人只有感恩。看着他们亲切交谈的样子，我想做一个有情有义的人是多么不易，一辈子不管遭受什么，依然能有情有义，可能会更加不易。愿自己也能坚持做一个有情有义的人。"

王庆同先生生于1936年，侯堰生于1934年。侯堰是当年青山公社党委书记。这一天聚会结束后，他邀请王庆同先生去他家。原来，他当天把在盐池和吴忠工作的儿女都叫回来了，全家人共同迎接王庆同先生返乡，并且又摆了几样菜，还拿出珍藏多年的剑南春酒。两位老人相拥时，互相鼓励说"我俩手拉着手，就是不走"！

这次聚会，从青山乡走出的侯凤章、侯永琴和盐池文化人周永祥、刘国君、尚涛等，都带着自己创作的作品来见王庆同先生。王庆同先生也把他收集齐的侯凤章等2017年在报刊上发表的作品带来了。

见面面容易拉话话难，一辈子情义到永远。最遗憾的是戴科因为腿疾，不能亲临聚会现场。王庆同先生当年恢复工作到青山公社，分到古峰大队蹲点，戴科是古峰庄的文化人，他俩能说到一起，交情很深。在聚会前，王庆同先生登门看望了戴科。发现戴科不仅坚持练字，还写了一本书《雕刻岁月》，印了100本，现在只剩下两本了。戴科将其中一本送给王庆同先生，还送了一块土猪肉。告别后，走出单元门，突然听见戴科打开厨房窗户喊："王教授，能来再来，我等你！"

大地寂静，青山无言，人心隽永。我听到了敬爱的老师心中的感怀：这片土地曾让我泪流不止。所有的人和事都不会随风而散。

（《宁夏法治报》公众号专题序言，2018 年）

问世间情为何物

2019 年 1 月 30 日中午，83 岁的王庆同教授邀请 50 年前几位劳动伙伴以及他们的后代，相聚在西夏区盐池一品香餐馆，我和王健应邀参加。

1966 年至 1975 年，王庆同教授以"莫须有"罪名被打成"反革命"，迁到盐池县高沙窝公社苏步井大队油坊梁生产队（俗称边外），劳动改造长达 9 年。这 9 年王庆同从 30 岁至 39 岁，本该是北大新闻专业毕业的他在事业上大显身手的年华，却落得孑然一生。"浙江侉子"与盐池乡亲一同劳动，艰难地熬过 3000 多个苦日子，但也与劳动伙伴、家家户户结下情缘。此情绵延，50 多年过去了，有的劳动伙伴过世了，但他们以及他们的后代与王庆同情分不断，始终保持联系，成为美谈。

这次"年聚"，当年的生产队副队长俞秉金成了座上一号贵客。因他不识字，1973 年的入党申请书，是王庆同帮助写成的。由俞秉金主持批判王庆同的发言稿，也是他托王庆同写成的。被批判者给主持批判他的人写批判发言稿，听上去也是让人"醉"了。这个故事不仅在"年聚"桌上引得两位当事人朗声大笑，所有的大人小孩都跟着哈哈。王庆同说："9 年吃了你们家家户户的一粟一饭，如今也吐不出来了。"俞秉金说："恐怕是金贵得不想吐了！"

还有好故事呢：入了党的俞秉金，总觉得王庆同是个大好人，怎么会是个"反革命"呢？他想搭救王庆同，当年趁着从边外赶一二百里路来银川办事的机会，大着胆子找到王庆同原供职的单位，递上他准备好的介绍信，说生产队缺一名会计，能不能让王庆同把这个会计干起来，顺便打问王庆同的处境有没有转机。听说俞秉金的出身是贫下中农，军管代表就接待了他。听完俞秉金的表述，军管代表劝他划清界限，不要跟一名"分子"混同了，赶紧乖乖地赶回边外，种你的庄稼去吧！

问世间情为何物？"年聚"饭桌上看得着。我趁机拍了多张照片，保存下来，今天过年了，推送给微友。

（《宁夏法治报》公众号专题序言，2019 年）

亦真亦幻难取舍

2020 年 12 月 12 日中午，一场特殊的"年聚"在银川金凤区枫林湾小镇粮鼎记酒店进行，参加的人有宁夏大学退休教授王庆同和妻子王树梅，现定居在银川、灵武等地的盐池油坊梁人俞秉金、张玉霞、张玉亮、车玉凤、俞秉花、俞秉霞、杨金玉、俞秉贤、孙勇、俞秉信、范爱奇夫妇、俞新、张学军，以及若干小辈。满满两桌，度过愉快的两个多小时。无论是何种身份，此刻都是普通人，说着大实话，回顾往昔，谈点趣事，心满意足。

半个世纪苦与乐，几百里路情和谊。王庆同教授与油坊梁的故事早已被人传扬，他与油坊梁人的交情没完没了。借用侯凤章先生阅读王庆同教授《边外九年》的有感，可以窥见一位教授与油坊梁几代劳动者的相濡以沫和无价情义。

> 百里黄沙日色曛，
>
> 九年边外雁失群。
>
> 风刀割面冤无恨，

霜剑锥心暗与昏。

心痛沙原冰上草，

情浓塞上雨中云。

刚强生命缘学养，

一抹清辉扮旧村。

且看这次提前了 40 天的"年聚"。

85 岁的王教授一直与油坊梁人保持着过年前聚一次的习惯。今年为什么这么早就聚上了？而且摆了两桌，来了二十几个油坊梁人（不少现在都在银川、灵武等地定居）。

哦，原来是王庆同教授的新书——《我的宁夏时光》出版了！这本书里，有不少章节记录着王教授当年油坊梁的人与事。其中有 6 年与一位叫俞汉的农民住在菜园子，共同劳作建立了患难友谊。

俞汉已经辞世，他的女儿俞秉贤 2012 年从盐池一小退休，近期看到王教授出了新书，期盼尽快阅读到，就开始张罗联系提前办今年的聚会。她打电话给王教授说明想法，王教授认真地说，"好呀好呀，你喊人我买单。"俞秉贤说："您不用买单，把书带来就行。"

12 月 12 日午间聚会，王庆同教授和老伴背上书，从宁大打车赶到吃饭的地方。《我的宁夏时光》一下子吸引了前来聚会的俞汉家族儿女、女婿、孙辈等油坊梁人的目光。书里有他们庄上的故事、父辈的故事。

俞家共来了 7 户人，一家一本，王教授当场签名赠予。他们拿到书，忘了吃饭，低头在书里头找"油坊梁"。

年届八十的俞秉金最认真，他从书中找着"油坊梁"几个字，就大喊页码。王教授老伴与俞秉金对话："你念几年书呀？""没念过。""那你咋识一肚子字？""他给我教的（指王庆同教的）。"

王庆同教授事前不知道油坊梁的老相识之子范爱奇也来了，少带了一本书，就说："你先跟杨金玉（俞汉的女婿）看一本，回头给你带一本。"

俞秉贤的丈夫孙勇因为路上堵车迟来了几分钟，一进门就脱掉外衣，伸胳膊要敬酒，大家提示慢慢来，并说少喝点。

俞秉贤早上就在家里炖好羊肉，让儿子端来了。丈夫孙勇说，羊肉是从盐池带来的，要让王老师尝尝。他说，他们家在银川住了几十年，都是从盐池带羊肉，不在银川买羊肉。

孙勇对俞秉金说："四哥你少喝点，多吃点，你喝多了走马路上我都害怕呢。"俞秉金说："就是就是，少喝些，过去喝得多，喝醉了都不饶人。"

席间，有的晚辈想加王教授微信，当场就加上了，高兴地说："加上之后，可以看的东西就多了。"孙辈们不认得王教授，大人就指着给介绍说，油坊梁人见过最大的知识分子，北大毕业的，教了好多好多学生，写了好多好多书，等等。娃娃们的眼神里满是崇拜。

（《宁夏法治报》公众号专题序言，2020 年）

雕琢了一辈子的人生才能赢得尊敬

小小序

海明威说："持之以恒，不乱节奏，对于长期作业实在至为重要。一旦节奏得以设定，其余的问题便可以迎刃而解。然而要让惯性的轮子以一定的速度准确无误地旋转起来，对待持之以恒，何等小心翼翼亦不为过。"有的人持之以恒，雕琢了自己一辈子的人生，终于成为风景，被人敬仰。

德国哲学家阿尔伯特·史怀哲曾说："我们每个人都应该感谢那些燃起火焰的人。我们受其所赐，就应向赐予者表述我们的深谢之情。"因此，对燃灯者真正的致敬，除了必要的鲜花与掌声之外，更为重要的，是汲取他们的知识、传播他们的思想，甚至继承他们。

我的心目中，王庆同教授就是"雕琢了一辈子的人生""为众人燃灯者"的最好形象。

40年了，从大学时期给我批改作文、毕业后书信往来，再到一起办报开专栏、编写出版文集等，王老师不仅推动我事业进步，而且影响我人生，我也持续见证和感受着他的恪守、清晰、智慧和笔力，一起创造和分享着工作的价值与乐趣。在这些年的写作互动中，留有一些感言、后记之类，皆是我的心得与体会。值此世界读书日，我把我的这些文字推送出来，致敬师长，与君分享，传扬芬芳。

专心串起"珍珠"的智者

从《现代生活报》2003年12月19日创刊，4年间，"话一段"专栏共刊发了400多篇。有读者评价"话一段"就像一颗一颗"珍珠"。我的老师王庆同教授就是这么一位专心串起这些"珍珠"的智者。

在"话一段"编发过程中，我感受着王老师的历练、智慧、专注、豁达、清晰。他身上散发的这些高贵品质，是我心中最珍贵的精神财富。王老师年轻时蒙受苦难长达十几年。2007年7月中旬的一天，为《话一段》的结集出版，我随王老师去他劳动过的盐池县苏步井乡体验。40年前他居住过9年的"喂猪房"如今已夷为平地。王老师随手捡起一根小棍子，在地面上画了一个直径约3米多长的圈，他站在圈中间，对着我们和围过来的乡亲说："这就是我的房子，我回来了。"王老师，这一天您让我看到了最伤感的一幕。

可是，从1983年我有幸成为王老师的学生起，25年间我们从来没有见到过王老师的伤感。生活给予他的磨难、惊喜、成果、幸福等全成了营养和智慧。所有的无助、困窘和尴尬都被他承接。我们从王老师身上得到的永远是体贴和善意。我们所有的努力都不会错过王老师的眼，从他那儿得到的总是鼓励。王老师让我们感受到生命的无限宽度和广度，感受到生命的任何一天或每时每刻都可以是起点，都可以走向一个无限开放、灿烂的空间。所以，在70岁的时候，王老师依然可以串起最宝贵的"珍珠"，这就是《话一段》。

1983年秋季我考上宁夏大学第一次看见王老师时，他刚从劳动和生活了17年的盐池举家迁回银川，开始迎接新的生活和工作。这一年王老师已经47岁了。如今我们这一茬学生正好接近王老师执教我们时的这个年龄。想想王老师二十几年来的迎接、坚持和收获，我们哪还敢懈怠呢。47

岁才是开始，无限的希望还在后头！

　　唯有感激，唯有祝福。

无限的希望总在"开头"的后头

　　2010 年 5 月的一天，我出差到深圳，与在这个城市工作的大学同学尚浩相见。我们一起喝酒聊天，回望大学 20 多年前的青春岁月，谈起王庆同老师，他说："我们的学校环境、实力、声誉不是最好，但我们遇到了一位好老师。"我说："大学 4 年好些课连教材都没有，有王老师我们就不缺什么。"

　　敬爱的王老师，1983 年 10 月初的一个黄昏，您和陈森老师来到宿舍看望刚刚入校的我们。我们这些刚跨进大学而满心惊喜、好奇、向往的学子，第一次看到了您父亲一般慈祥、善良、疼爱的目光。这一年您刚从劳动和改造了十几年的盐池举家迁回银川，开始参与创办宁大新闻专业，迎接新的生活和工作，这一年您已经 47 岁了。您的身上甚至还没有完全抖落掉盐池的泥土。

　　从 1983 年 47 岁起，历经磨难、困窘、无助之后的王老师拥有了最喜欢的工作。因为工作，王老师没有一天早睡过。王老师前前后后一共开了 8 门新闻专业课，其中他自己编写的 4 门课的讲义最后变成了 4 本教学参考书。大概在这段时光，三五年内，王老师的头发掉光了。

　　王老师工作的形象永远定格在每一个学生心中。他手中的笔在 47 岁之后一刻都没有停过。虽然 60 岁就退休了，但他还是应邀在学校上课。直到 2006 年，已经 70 岁的王老师才正式告别讲台。

　　47 岁以后宝贵的时光，王老师把所有的精力都用在新闻专业教学上，使他的精神、专业知识能在几百名学生身上延续下去。学生在宁夏和祖国各地各自的岗位上发挥着作用。王老师说："这是我一辈子的光荣，一辈子的幸福。"

2004年王老师结束校外兼职的时候，我向他表达希望他在《现代生活报》开设个人评论专栏的想法，他愉快地答应下来。从这一年起，他开始把看到的、感受到的、思考过的东西与读者分享。6年过去了，年过七旬的王老师几乎每天都要敲打电脑键盘，内心的思考与和谐在键盘上流淌成数十万文字。《现代生活报》"话一段"、《宁夏法治报》"今日声音"、《宁夏法治报》"每周阅评"等，这些个人评论和报评，基本上都是通过我的邮箱接收，再变成报纸上的文字与读者见面。每个周末，我的手机都会接收到王老师"阅评已发"4个字，我看到后总是回复3个字："谢谢您。"

我是王老师数百名学生中最幸运的一个，因为近10年，我能与王老师一起工作，一起办报，一起分享工作的价值和乐趣。在这个过程中，我比别的同学更大面积地阅读、学习、领悟、感受王老师的历练、智慧、专注和清晰。我总是在一种被激励、被关爱的精神推动中前行。

47岁才开始。王老师的经历和精神品质让我们感受到生命的无限宽度和广度，感受到生命的任何一天或每时每刻都可以是起点，都可以走向一个无限开放、灿烂的空间。

47岁才开始。我向认识的朋友、同事讲起王老师的经历，每个人都会被感动。我讲王老师47岁开始的人生，每个人都被激励。

47岁才开始。以此为书名并做成这本书的愿望是礼赞我们敬爱的王老师；传扬热爱工作、永不厌倦的生命价值观！

看到这本书的同学、校友和读者朋友，让我们共勉，47岁才开始，无限的希望总在"开始"的后头呢！

（原载张强《四十七岁才开始》序言，2012年）

唯有进取　才有年轻

2003 年 12 月至今，我先后在宁夏日报报业集团主管主办的《现代生活报》《宁夏法治报》供职，我约请王庆同教授一起策划创办过两个专栏："话一段"和"今日声音"。非常宝贵的是，这两个专栏的几乎所有文字都是王庆同教授一个人撰写的。《话一段》已于 2008 年结集，由宁夏人民出版社出版。选自"今日声音"专栏中的 153 篇，收录在《好了集》，将由黄河出版传媒集团阳光出版社出版。

10 多年间，我和读者每天所迎接的是心里怀着春天般暖意的一个人。这些文字，正是出自内心荡漾着春意的有心人。他用着简单的笔名：一丁、乙丁。

《话一段》结集出版，我写了感言。现在《好了集》即将出版，我内心再起波澜，写下一些感想。《宁夏法治报》"今日声音"专栏所刊发的王庆同教授的言论，关注社会每次铿锵有力的脚步，关注具体而小的社会事件，关注幸运的相逢和不幸的苦楚，关注正义来迟的迷茫，关注公平彰显的进步。一篇篇饱含真情的言说，从致敬崇高到剑指丑恶，从创新品格到尊重规律，从心怀悲悯到凸显愉悦，饱含着真相的判断，甄别着善恶的尺度，放射出理想的光芒，鼓励着读者行进的脚步。

这些饱含感恩之情的文字是岁月的财富、时代的使命、时间的沉淀，是作者辛勤努力的见证。就像从一棵树木的年轮里，窥见它历经的磨难和坎坷，读出它今天的挺拔和伟岸。

回望来路，燃情岁月，时间不朽。王庆同教授 47 岁开始拥有热爱的工作，呕心沥血，桃李满园。60 岁退休后至今 19 年，依然勤于思考，笔耕不辍。从他见诸报端的文字看，19 年岁月使生命的浓度更加饱和、生命的质量更加优秀。

由于有这 10 多年的办报互动经历，我感受和领悟着王庆同教授的精神风采：他与时代同行并且时尚。他与亲友相处，乐观、善意、豁达。他与学生们相聚，发现美好，分享思想，倾听声音，延伸脚步。他与自己进行沟通，尽揽世界在心怀，内心丰沛而安详，保持初心和热情，依然克制与隐忍。

60 岁，仅是完成了生命的半程，工作和生活的艰辛，甚至挫折和困窘，都不曾压垮一个人。60 岁之后，有的人不经意地退缩，令人唏嘘。因此，解决好退休后的精神空虚是重要的生命课题。从这个意义上说，王庆同教授在他 80 寿辰之际，自费出版《好了集》，超越了文字结集的纪念意义——在他充盈创造、不知疲倦的精神世界里，保持着饱含深情、永远年轻的状态。

与我的同学同事朋友共勉：内心强健，人成风景；唯有进取，才有年轻！

（原载王庆同《好了集》后记，2015 年）

人生最贵是能量

1994 年 6 月 11 日，我以宁夏日报社主力队员的身份，参与策划、举办全国省级党报记者"走向西部"采访周活动，邀请王庆同教授为此撰写了《中外记者与中国西北》，刊发于《宁夏日报》"周末版"当日头版。当数十名外地记者捧读时，都为这篇锦上添花的文章叫好。

犹记得那一天世界杯在美国开打，揭幕战是德国对阵玻利维亚，结果好像是 1 : 0。整整 24 年，时光流逝，精神不老。看我恩师笔耕不辍，看俄罗斯绿茵烽火再起。盛夏到来，既有阅读，又有球看，岂不快哉！

2012 年以来，宁夏日报报业集团连续主办全国省级法治报记者宁夏采访周活动，2018 年的主题是"七五普法塞上行"。为了给来访记者提供材料，我想起 24 年前邀请王庆同教授撰文的情景。当把同样的欲求表达给王庆同教授，没想到他一下从手机发来一串串"珍珠"，相同类型的佳作居然有 7 篇。欣喜之下，我提出将这些"珍珠"串起，汇编成册，提供给来访记者，王教授欣然同意，并两次发来微信说他可以参与编辑、校对工作："今晚就将应注明引文出处的注清楚，也是我对原著的尊重。""会有细致之人挑毛病，故容忍别人挑剔，对自己的进步是一种压力。在这种压力下，昨晚 12 点，今天 12 点。打压挑毛病，是自己掘坑。想到有人挑毛病（是善意的），我就来了劲。"

范长江、萧乾、斯特朗、斯诺和林鹏侠等中外优秀记者、文化名人都曾到过宁夏，留下传世精品。纵然岁月流逝、世事变迁，但他们的精神、他们的文字，今天追忆和阅读，仍然熠熠生辉、启迪人生。

王庆同教授 1958 年从北大中文系新闻专业毕业，自愿来到当年刚成立的宁夏回族自治区从事新闻工作，到今年正好一个甲子。60 年间，风雨兼程，酸甜苦辣，各种滋味，他都尝遍了。作为王教授的学生，我心中的王老师，是一个永远伏案工作着的形象。教书育人，著书立说，治学严谨，精雕细刻。他年届八十，仍然拥抱时代，持续赋能，勤于思考，乐于执笔，给我辈学子以引领以推动，我是被他深深感染着的一个。

感念我们拥有工作职场，拥有爱工作的习惯，工作带给我们保障，带给我们自尊，还带给我们五湖四海有心的朋友，确保我们的脑袋不至于过早糊涂。

当我汇编王庆同教授的这些文字时，脑海里总是浮现出一句话：时光易老人不老! 是的，凡是美好，总会弥散，并且持久，留下芬芳。

美国心理学大师马斯洛（Maslow）在研究了许多历史伟人共同的人格特质之后，更详细地描绘出"自我实现者"（成长者）的画像。据马斯洛的估计，世上大概只有1%的人，最后能成长到"不惑""知天命""耳顺""从心所欲不逾矩"、圆融逍遥、充满智慧的人生境界。

不敢期望每个人都能达到这个境界，然而我相信，当我们越趋近这种境界，我们的人生会越有喜乐、越有意义。

成长是必须付代价的，因为成长永远包含冒险、面对未知、尝试新经验、扩展个人的极限与改变。成长需要赋能，人生最贵是能量——不断地成长、不断地赋能，像我的老师王庆同教授一样，将思考和工作进行到底！

（原载张强《中外记者宁夏行踪》后记，2018 年）

魂牵梦萦的盐池故土

2006 年 7 月的一天，为编辑出版王庆同教授的著作《话一段》，我与该书策划人、装帧设计人员等，陪王教授走访盐池油坊梁——他"边外九年"劳动的地方。车经盐池县城街道，副驾上的王教授突然缩下身体，催促我开快点，说："小心我的亲戚看见了。"原来，他怕熟人看见，路过而不登门会埋怨他。车出盐池县城，王教授终于松了一口气，讲起他的一次经历：盐池庆祝解放 60 年，他一大早应邀从银川而来，到达盐池县城后就忙着参与各种活动。直到晚上活动结束，他要去一个亲戚家住下来。走进亲戚家门，就听见这家 10 岁的男孩子大声检举说："我盯你一天了，你到哪儿我都能追上，就看你来不来我家。"惹得大人们抱着肚子笑。

一个北大毕业，1958 年只身来宁夏工作，后因莫须有罪名而被下放到盐池，共在盐池待了 17 年的知识分子，在盐池有了家室，有了儿女，有了朋友，还有了众多的亲戚。

"盐池亲戚"，这是生命的遇见，这是永远的陪伴！不知道世上还有多少人能拥有魂牵梦萦的"盐池亲戚"！

2017 年 10 月 3 日，陪王庆同教授看望与他拥有跨越半个世纪友谊的几位盐池"劳动伙伴"，他们相见时的情景，深深融入我心，许多细节挥之不去。我的手机里还存有一些当时的照片，想推送出来；我的心中还有没有讲完的感触，想讲出来。

1966 年 9 月 23 日，这是 30 岁的王庆同从银川被"迁赶"到盐池县高沙窝公社苏步井大队双井子（油坊梁）生产队的日子，两天后他被安排住进了生产队废弃多年的"喂猪房"。在城市住惯了单身宿舍，一下子"撵"进墙根鼠踪遍布的土房子，王庆同"身临此境，夜寝中枕边湿了一片"（王庆同《边外九年》）。

许多次我想起王庆同老师住过的"喂猪房"，冷风飕飕，如侵我身，如穿我心。而那些"劳动伙伴""盐池亲戚"，他们善良而饱经风霜的面孔，他们质朴而温情脉脉的话语，如同最温暖的光亮，倾洒我心，以至于我不知该如何表达对这种深情厚谊的崇敬。

边外漫漫 9 年，日子何其艰难。幸有真情大义的"劳动伙伴"挺身援助，多亏胼手胝足者相濡以沫。9 年间苍凉苦难渗透进身心，9 年间良知善愿延续到永远。直到 39 岁，王庆同终于熬到了头，获得部分平反，安排了公职，单身赴青山公社当上了文书。此后青山 6 年，更多的"盐池亲戚"进入王庆同的生活，成为他今生今世的魂牵梦萦。

悠悠岁月，欲说当年好困惑，亦真亦幻难取舍。我们读王庆同教授的悠悠往事，讲他这悲欢讲他这情。让我们一同走进盐池，看看这"故土民风""盐池亲戚"！

（原载《丝绸之路》2018 年第 2 期）

共同信念、共同气息让我们相聚在一起

一本书，一辈子，一生情。大家因王庆同教授《我的宁夏时光》出版和首发而相聚到这里。

> 这是时光的召唤，
>
> 这是时代的召唤，
>
> 这是精神的召唤，
>
> 这是奋进的召唤，
>
> 这是美好的召唤，
>
> 这是情义的召唤。

这是一个与众不同的首发式，不仅仅体现在 85 岁老教授出版新书，更因为彰显了今天所有到场者的共同信念、共同气息，以及大家提高生命质量与丰盈的愿望，追逐幸福与雕琢精神的珍惜。

阅读王庆同老师的《我的宁夏时光》，其中的遵守、希望、历练、智慧、专注、乐观、清晰、豁达、隐忍、克制等，酿出了人生的璀璨和盛宴。这是一本读不完的生命经典！

85 岁王老师的人生曲折经历和教书育人、著书立说成就告诉我们：

所有的磨难、期待、惊喜、成果等都可以转化为人生的营养和智慧。

生命的任何一天都可以是起点，都可以走向无限开放、灿烂的空间。

生命的广度和宽度都要通过每一天奋斗而延展。

只有与时代同行，与美好相拥，与自己沟通好，才能尽揽世界在胸怀，内心丰沛而安详。

在不知疲倦的精神世界里葆有生命能量和年轻状态。

一个饱满生命的诞生带来无数如花生命的绽放。

友谊长存，精神永驻；珍重美好，凸显情怀。

向敬爱的王庆同教授致敬！向每一位到场的嘉宾朋友致敬！

（王庆同《我的宁夏时光》首发式感言，

原载 2020 年 11 月 23 日《宁夏法治报》）

把自己的思想倾向和情感同人民融为一体

记得 2006 年 7 月的一天，为编辑出版王庆同老师的随笔集《话一段》，我与该书策划、编排设计等人，陪王老师走访盐池油坊梁，也就是他"边外九年"劳动的地方。当时我开车，王老师坐在副驾位置，车经盐池县城街道，他突然缩下身子，催促我开快点，说"小心我的亲戚看见"。原来他是怕熟人或亲戚埋怨他路过家门而不进去。

记得当时他还讲过这样一次经历：盐池庆祝解放 60 周年，应邀从银川去盐池，到达地点后随即参加各种活动，直到晚上活动结束才去一个亲戚家住宿。当时亲戚家一个小男孩子说："我跟踪你一天了，就看你来不来我家。"惹得大人大笑。那次在油坊梁访亲串户的半天中，在当年王老师居住过几年的"喂猪房"旧址，他随手捡起一根小棍子，在地面画了一个直径约 3 米多的圈，他站在圈中间，对着我和围过来的乡亲说："我回来了！"

深感油坊梁以及青山是王老师精神栖息的地方。王老师祖籍浙江，出生在南京，上大学在北京，工作在银川，中间很宝贵的一段时间在盐池，平反后又回到银川，他曾戏称自己是"野人"，用盐池老乡的俗话说，是个"江浙侉子"。对此他没有被蔑视的感觉，反觉得亲切。为什么会如此眷恋和珍视盐池情缘呢？王老师说："因为我在盐池连续劳动、工作 17 年，我在那里有了家室，有了儿女，有了朋友，有了众多的亲戚。我与盐池有着千丝万缕的联系，我也算盐池人了。'江浙侉子'也就变成了'盐池老乡'。多年来我一直觉得，我的盐池情缘不光是我个人的一种际遇，更是时代变革的反映，淳朴善良的盐池文化特质对我是一种熏陶。盐池人民伟大的精神品质与不屈不挠的奋斗意志，对我又是一种滋养。"

十年树木，百年树人。我切身的感受诠释着这句古语的丰盛与丰厚。在宁夏工作和生活 63 年，王老师成了岁月不老、依然傲立的一位宁夏人，不光拥有患难相处的盐池亲戚，还拥有我们这些遍布宁夏大地乃至五湖四海的学生。所有曾经的无助、羞辱、隐忍，连同生生不息的奋斗、专注、勤勉，化作他身上源源不断的力量和学养。王老师的经历和坚持启示我们：生命的任何一天都可以是起点，都可以走向无限开放、灿烂的空间；生命的广度和宽度都要通过每一天奋斗而延展；只有与时代同行，与美好相拥，与自己沟通好，才能尽揽世界在胸怀，内心丰沛而安详；在不知疲倦的精神世界里葆有生命能量和年轻状态；一个饱满生命的诞生带来无数如花生命的绽放；雕琢了一辈子的人生才能赢得尊敬。

习近平总书记在中国文学艺术界联合会第十一次全国代表大会、中国作家协会第十次全国代表大会讲话中强调："不仅要让人民成为作品的主角，而且要把自己的思想倾向和情感同人民融为一体，为时代和人民放歌。"王庆同教授根植于人民群众、根植于大地泥土的精神坚守，持续不断传扬美好的姿态和行动，是我们值得敬重和汲取的宝贵财富。

青山无言，绿水长流；江河有声，回归大海！《青山无言》所记录的珍贵史料和生动故事深厚绵长，饱含热爱，呈献光亮，传递温暖，启迪人生。

（王庆同《青山无言》首发式感言，

原载 2021 年 12 月 30 日《宁夏法治报》）

更看重人的鲜亮与生动

小小序

报人一支笔，如今靠手机——随时随地，瞄准拍照；手掌手指，划写不停。

三年前 64 G 内存的手机不够用，动不动要删除要清理，于是干脆换了 256 G 的。这就"没麻达"——内存足够大，任我来驰骋。

今天，从手机里捞出近年来关乎人成长的话题和感悟，发现自己内心里更看重的是人的鲜亮和生动！

是的，时光有限，人更精彩。活出人的品质和丰盛来，这应当是一个人一生的课程和热爱。

和你在一起，谁也不掉队

近一两年，时兴同学聚会。

除了手足之情，同学之情应该是世间最纯粹而干净的关系，是可以维系一辈子的关系。

所以，我们看到毕业 30 年的、40 年的聚会多了起来。两个月前，王健的高中同学要搞毕业 40 年聚会，让我帮着想个主题，我的建议是：在一起，要健康！王健采纳了，做了一个大大的背景板，上面写有"我们一起来健康"7个大字。据说这个"要健康"的海报以及王健的引领和推动，把聚在一起的"老家伙"搞得很燃情。

前不久，在浙江大学参加培训学习，回银川参加聚会的两位在杭州生活的女同学，在一家杭帮菜馆里请王健和我吃饭。见面握手，还挺好看的，我们这个年龄的精气神，她们全有。要不是此前回宁夏参加40年聚会，说不定王健这次来杭州，还不一定相见呢。我也算是有福了。

我还从手机上看到比我高两年的中学同学，把天南地北的老师邀请到固原，一起举办毕业40周年聚会。看到几位80岁的老师在现场挥泪讲述，我也控制不住情绪。这些老师也是教过我的老师。

当我们策划举办1983级新闻专业30周年聚会时，喊响了"走了这么久，喊你来加油"这个口号。是的，光靠上学时获得的知识，人生走不了多远。而生命最容易倦怠甚至凋零的时段，正好在50岁出头时。身体、感情、亲情诸多方面的不良症状都会显现出来，弄不好还会出大事情。

多么希望大修一次，加足"97号油"，一脚油门，稳健而有力地继续上路！

我们做到了。宁夏大学1983级新闻专业同学毕业30周年，办了一个与众不同的聚会：邀请4位80岁老教授上一堂课，并通过手机线上向社会直播；策划举办每一个同学"30年的10张照片"展览，引导大家"再回首心依旧"；当面向老师倾诉30年一路如何走来；给4位80岁的老师分别颁发精彩人生奖，给予他们活出幸福、活到百岁的力量！

所有的纪念都一定要有仪式感；所有的聚会都要给参与者加油加力。和你在一起，谁也不掉队！

愿40年、50年还相聚。但更为重要的是，30年，是一个最值得品评和调整的日子。静下来，想自己，做一个"不惑"的深呼吸：以清晰的状态过滤是非与美丑，以坚实的心态聚集能量和耐力。

巴菲特的黄金搭档查理·芒格说："我不断地看到有些人在生活中越过越好，他们不是最聪明的，甚至不是最勤奋的，但他们是学习机器，他们每天夜里睡觉时都比那天早晨聪明一点点。"

是的，不要轻言你老了，即使老了，也要知道好与歹，也要知道怎样才能更好！

所有知道我名字的人啊，你们好不好？在人生每一个纪念日，愿我们都来一次建设自己的思考。

愿做滴水融入海洋

手机时代，释放能量，聚集能量——互联网能让人们加到所有的丰富多彩。

这不，我加到了母校宁夏大学的毕业日，我加到了身残志坚的好学生，我加到了五湖四海有心人，我加到了温暖、加到了力量，我加到了现在、加到了未来！

当一位叫史琛的福建籍老总，也是因为在手机上的看见，雪中送炭，伸出援手，愿意帮助杨伟立同学解决就业问题，并表示他远在厦门的公司和近在宁东的公司，都可以作为就业选择，我对新时代，对新时代的创业者，对我手中的华为手机有了更为真切的认知和致敬。

请看因手机里的一张图片，引发出人生美谈。

6月13日晚，在朋友圈看见一张照片：在宁夏大学2018届本科生毕业证颁发仪式上，校党委书记金能明和化学化工学院书记、院长，为化学工程与工艺专业毕业生杨伟立颁发毕业证时，因杨伟立身有残疾坐着轮椅，三位领导蹲下来与学子合影，赢得4173名毕业生的掌声，并迅速在校园、在社会上传为美谈。

我把这张照片转发了，并配写了一段文字："感动中国的宁大人！今天，全国许多大学都在举办毕业典礼，校长送上临别赠语，学生相拥道别。而我的母校宁夏大学毕业典礼上的一个情景，令人致敬甚至泪奔。细节决定高度，真心打动人类——宁大，我为你骄傲！"

从深夜到清晨，我转发的这张照片点赞留言不断。今天，再把它刊发在《宁夏法治报》头版。

据了解，杨伟立同学自小身患疾病，依靠轮椅起居，2014年从西吉中学毕业，其成绩优异、身残志坚的精神打动了宁夏大学招生工作人员，最终被录取。大学4年，杨伟立刻苦学习，年年都能获取奖学金，同学们不舍不弃，坚持帮助推送他上课堂、去食堂，多鼓励、勤沟通，最终战胜困难，使他顺利完成学业。

立德树人这一幕，这样一幅感人的图片，是6月13日深夜由远在美国访学的宁夏大学新闻学院教授谢明辉发现并推送的。她配发的文字是：感动，宁大2018届毕业典礼的一个画面。在细节中能够看到人的教养、单位的格局乃至国家的气度。这是我访学10个月最深的感悟之一。

我接着把这幅图片转发出去。呼啦啦点赞不断，五湖四海的朋友都在留言。山东的一位朋友留言："蹲得越低，形象越高！"

6月14日清晨，我发微信向宁夏大学新闻学院李世举教授询问，能不能见到轮椅上的同学。李老师远在厦门出差，他给我发来杨伟立同学的基本情况，并告知了罗进贵教授的电话让我联系。没想到罗进贵教授很快给我打来了电话。两位教授都对杨伟立同学很熟悉。

三位宁夏大学教授的举动深深打动着我。我感受到，他们共同以宁大为荣，以学子为爱。我在这个平常的清早，内心涌动起无限的温暖！

6月14日上午，我参加自治区党校一个研修班。强烈的心愿驱使我去见见杨伟立同学。趁课间休息，我打车奔向不远处的宁大化学化工学院。原来我担心毕业的学生人去楼空，到达后罗进贵、桂晓兵、马丽蓉等老师已等着我。很快，杨伟立在从西吉县赶来接他回家的父亲的帮助下，出现在我们面前。

我握着杨伟立的手，握到了他些许的紧张、内心的敏感、成长的脆弱和坚毅。我手上传递的是祝福、是信心、是力量，我希望杨伟立能感受到。我双手紧握住轮椅的把手，推着杨伟立走。我还为杨伟立照了相，他愉快地予以配合。杨伟立的父亲满脸沧桑，不善言谈，几乎没有听到他一句完整的表达。临别时，我主动与杨伟立加了微信，加到了他的网名：烟雨谣。时间仓促，语境不畅，没有更多的交流。

我在心里想，我要慢慢倾听这一曲"烟雨谣"，慢慢获知和跟踪他的成长故事。

蓦然回首，想起1987年夏天毕业，我坐在返回家乡的大巴上，车外一只手伸向车窗边的我，并送上一张明信片。我的老师王庆同赶过来为我们送行。车子启动时，我泪如雨倾。车子开出宁大好远，再看这张明信片，上书老师的赠言：一生做一滴水，永远融入海洋！

亲爱的杨伟立同学，我祝福你，愿把我老师的这句赠言再转赠给你。愿你看见风景，拥抱美好，无忧无惧度今生！

纵然江山如画，更爱人的表情

一年到头，新年将至，我们在匆匆赶路和盘点旧物时，又要去迎接新的时间，拥抱新的生活。

这几天晨中健步，脑海里总是飘过今年的人与事。那些明朗、强健、乐观、自律而努力的人，一个个跑出来，伴我而行，我不是一个人在上路！

这些人，就是那些对世界保持敏锐与好奇，渴望融入时代，愿意跳出舒适、持续进行新的尝试的人。

这些人，自尊而自信，从容而淡定，有着清晰的方向，有着高效的办法，一步一步地向前行进，总会获得生活和工作的奖赏。

这些人，气质佳、气场足，心有光芒、身有光亮，少油腻、多清新，并且总是散发着人文的力量。

这些人，我今天从手机里把你们请出来，把你们的表情晒出来，把你们的言说写出来，把你们的精气亮出来，把你们的能量带出来，鼓舞我，塑造我，完善我。

那些随风而去的褊狭、固执、琐碎、杂乱、鸡毛，真的没有时间和兴趣再去顾及，当你接触到一些真正优秀和精彩的人之后，你才知道人生该如何努力，去哪个方向，该如何自我完善。

每一个独立而丰富的灵魂都有处可栖。站在2017年的隆冬风口，紧握住日月旋转，并且向2018年招手。

纵然江山如画，更爱人的表情。你看你看2017年的脸，你听你听海子的诗：

> 我无限地热爱着新的一日
> 今天的太阳
> 今天的马
> 今天的花椒树
>
> ——海子

人生最贵可持续，愿君常在塑造中

生活仍在延续，精神不能匹配；长期雕琢不够，一不留神油腻。

人在职场40年，持续而为有多少？年少时意气风发，中年时蹉跎时光，老年时蓦然回首。许多人都在惯性的程序中行进，缺了职场的激情和奋斗，少了人生的光亮和作为。

臧克家的诗句人尽皆知："有的人活着，他已经死了；有的人死了，他还活着。"虽说是对中国革命中仁人志士的赞美和缅怀，但其中对人生精气的总结和刻画，适宜于任何时代、任何人。

漫漫人生路，要多少的能量，才能持续走通；茫茫人海中，有多少的榜样，总在引领召唤！

当我们阔步在新时代时，我们的能量是否充沛够用？当我们面对文明冲撞时，我们的技能能否从容应对？

空间的全球性、时间的超速性、过程的复杂性和结果的不可预见性，是当下社会的重要特征。这种由智能设计引领生命进化的现象，在地球几十亿年以来是首次。有文章指出，它对人类社会的冲击和改造程度，一定超过工业革命。我们所处的新时代，用"互联网+"连接一切新事物，挑战一切旧事物。

而我们大多数人都处在少知而迷、不知而盲、无知而乱的"本领恐慌"中，都在硬撑着、应付着、干熬着。习近平总书记把"本领恐慌"现状概括为："老办法不管用，新办法不会用，硬办法不敢用，软办法不顶用。"

当我们确信坚持读书和读人，至少可以消除"本领恐慌"时，就有了更多捕捉光芒和获取营养的愿望。

当然，重要的是行动！连续两年，在我们策划举办的宁夏315消费者维权宣传活动中，不仅邀请到优秀的央视主持人、学者，更看到渴望学习和拥抱新时代的一批批从业者。我们为这些遇见和看见而激动。

刘戈，央视财经评论员，一个精准思考和专注行动的媒体人与经济学者，一个看上去永远不会油腻的先生，2017年、2018连续两年，有幸在银川听到他的演讲和话语。仅仅我们听到，不是价值的最大化，那就推送给各位有心人，都来看看刘戈先生的"话一段"。

人生最贵可持续，愿君常在塑造中！

职场光亮，打磨就亮

一个不争的事实是：小学和中学都在所在城市最优质的学校接受教

育，高考基本上都能考上"211""985"（现在叫"双一流"）大学。优质学校的教育质量万变不离其宗：培养学生的专注和热爱，从入学第一天起，就接受训练和打磨，成为一块爱学习的材料。这样"一块材料"质地好、品相佳、精气足、可持续，最终成为美玉，直到人生永远。

又一个不争的事实是：同事或朋友中那些历经军营训练和打磨的"咱当兵的人"，一定与众不同。有啥不一样呢？他们腰板直、意志坚、不怕苦、不服输、重执行，一辈子有情怀与恪守，一辈子有坚持和力量。

再一个不争的事实是：除了幼婴和少年（人之初的抚育和基础教育的必须），除了退休和卧床（大妈舞以及按时吃药），能够接受训练和打磨外，人生职场 30 多年，许多人都在"野生状态"中且行且懈怠，疏于维护和约束，缺少整理和调动，过早地在职场上偃旗息鼓、一声叹息。

是的，我今天就想说说这个主题：不经历训练和打磨的职场，是有缺失的，是不完整的。有一首歌就是这么唱的：不经历风雨，怎么见彩虹！

近日读到一篇好文《王沪宁不是笔杆子，笔杆子不是打字机》。历经 22 年的读书思考、日夜坚守、笔耕不辍，拥有 22 年的智囊经验、决策研究、创新突破，王沪宁在学术界、政界所引起的震动，显然不是一个"笔杆子"所能做到的。1994 年，王沪宁在他的日记里曾写过这样一段话："生活在这个世界上的人，有的是弱者，有的是强者；有的要别人来设定目标，有的给别人设定目标；有的需要感情支持生活，有的需要意志支持生活。我大概在每一对概念中都会选择做后一种人。"没有一颗独立、自强、自律、坚韧且坚持的心，又何以能够成为超越"笔杆子"的理论家和决策者，成为人之楷模、国之栋梁？

训练和打磨的最基础工序，应当是读万卷书。而我们在职场生涯中，有多少人能做到孜孜不倦？高考结束大撕书，大学难得读本书，许多人一生就是靠年少时获得的那点知识包打天下。其实这哪里是打呀，只不过是硬撑着、干熬着。

发达国家都非常重视职业培训，以此来提升人的能力，激活人的能量。例如，被尊称为"大师中的大师""现代管理之父"的彼得·德鲁克，终身以教书、著书和咨询为业，其著作、管理理念影响了数代追求创新和最佳管理实践的人们，曾接受美国总统布什颁赠的最高荣誉勋章"总统自由奖章"。

我所知道的还有，欧美国家在职场训练和打磨方面的优质课程分别有高效培训、团队精神培训、时间管理培训、沟通培训、领导艺术培训、焦点培训、健康培训、闭关培训等。这些培训都是旨在推动人们将更优化的工作和生活方式，根植于有价值的职场创造和社会行动中。

小猫小狗，经人训练，变得可亲可爱，而人自己为什么不重视训练呢？奔驰、宝马需要适时维修保养，而人为什么不需要护理呢？经过训练和打磨的生命，必然会在意志、品格、协作、专注、匠心、美感诸多方面，显现出人的光亮，成为风景。

今天推送这些照片，都是我与同事 10 多年间职场上的留影，其中多涉及策划活动、文艺排练、户外拓展。我的体会是，即使是这些片段的训练，仍然能达到凝心聚力、提升素质的效果。每一次训练，每一次打磨，每一次呈现，每一次获奖，大家相互传扬着仪式感、荣誉感、风采感。回首这些场景，总有波澜涌动；推送这些照片，表达匠心美意！

职场上的训练和打磨，我们做得还远远不够。

惟楚有才，于斯为盛

小时候唱过的两首歌，在年过半百后仍能亮嗓，一首是《我爱北京天安门》，一首是《火车向着韶山跑》。

我们是 10 月 23 日乘坐东航航班飞到长沙的，参加由自治区党委组织部、宣传部主办的为期一周的宁夏广电影视与大众传媒发展专题研讨班。有幸加油充电补能，并且亲临融媒体前沿，聆听了广电出版传媒大咖龚曙光、吕焕斌等的讲座，前往湖南卫视、华声在线、红网等火热阵地学习。记住了龚曙光响亮的一句话："一年干成三件事！"也对吕焕斌的一句话深有感触："我们就是靠一种情怀在坚持！"

习近平总书记在党的十九大报告中强调，坚持正确舆论导向，高度重视传播手段建设和创新，提高新闻舆论传播力、引导力、影响力、公信力。长沙之行，正逢党的十九大召开，认真领会总书记的指示精神，跨入新时代新传媒的步履更加坚定，信心满满，能量充足，大干起来。长沙来值了！

而且还有大赚了一把的感觉。正好返程那天的航班在晚上，大半天就有了一些长沙的体验。

到长沙当然要读湖南人。惟楚有才，于斯为盛。在中国历史上，湖南涌现出一大批名人将士和伟人。湖南人霸得蛮、精气足、不服输、干成事的气概声名远扬。

到长沙当然要尝其滋味。和张国长、陶润臣共享了一盒长沙臭豆腐，三人各两块，闻着没有银川的那么臭，吃着那可就全是香。在银川从来就没敢吃。

到长沙当然要登岳麓山。离学习驻地湖南省委党校不远，游客们都是坐缆车上去的，我们是挥汗如雨地爬到顶。

到长沙当然要看毛主席。走了两万步，走到橘子洲头，伟人头像浮出湘江，冷眼向洋指点江山，风华正茂舍我其谁！

到长沙当然要有校园行。看一眼湖南大学、中南大学，这是我长久以来的心愿。

江河之于城市，大学之于城市，其生动和丰富，总是令人流连而神往。杭州有西湖有浙大，厦门有大海有厦大，武汉有东湖有武大，重庆有江水有重大，青岛有海洋有海大，南京有长江有南大，长沙有湘江有湖南大学、中南大学，并且还有岳麓山。这么一比，北大、清华的确少了一些山与水的滋养。培养着一批精致的利己主义者一说，原因也许就在山与水的缺失。

去长沙上大学吧，去长沙看大学吧。那些望子成龙的年轻父亲，你们应当有这样的目标。不是每一所大学都能托起孩子的梦想；不是每一个大学的学子都能改变家境；不是每一个大学的卓越者都能改变社会。而湖南大学、中南大学凭其实力可以做到！

人生渐老，新媒如潮；职业生涯，浪花朵朵。请听我吟诵毛主席的一首诗吧：

沁园春·长沙

独立寒秋，湘江北去，橘子洲头。看万山红遍，层林尽染；漫江碧透，百舸争流。鹰击长空，鱼翔浅底，万类霜天竞自由。怅寥廓，问苍茫大地，谁主沉浮？

携来百侣曾游，忆往昔峥嵘岁月。恰同学少年，风华正茂；书生意气，挥斥方遒。指点江山，激扬文字，粪土当年万户侯。曾记否，到中流击水，浪遏飞舟？

在浙之滨聚归鸿

一所百年大学，能让一个城市生动而有品质，比如厦大之于厦门，比如武大之于武汉，比如河大之于开封。今天，我要说说浙大之于杭州。

没错，西湖是杭州的名片，这是人尽皆知的风景。而拜访浙大，总是一群人的美好愿景。

我来了！作为宁夏宣传系统媒体融合发展专题研修班的一员，我在浙江大学西溪校区学习生活了一周。

在中国互联网最优质的生态原地，在杭州最智慧而书香的宝地，总有一种诗意的动力在心中荡漾。

"1979 年那是一个春天，有一位老人在中国南海边画了一个圈，神话般的崛起座座城，奇迹般的聚起座座金山"。董文华唱的是珠三角是深圳。而在浙之滨以及杭州，不一定要等着谁来画圈，就自发地追逐于改革开放的浪尖，甚至踏寻着世界经济的潮头。

我们的生活中有多少杭州的元素？西湖龙井、天堂雨伞、老板油烟机、奥普浴霸、吉利汽车、农夫山泉、娃哈哈、张小泉、苏泊尔、诺贝尔等。

以上杭州品牌可以不用，但阿里巴巴之淘宝、天猫、菜鸟、阿里云之类，无不渗透到你的生活中。

在杭州在浙大的一周，我就呼吸在马云里，补给在互联网里。

凑巧的是，当我聆听专家教授的授课时，我的手机里，一个叫"大观园"的朋友圈邀我加入。哦，是我的家庭亲人，群主竟然是我识不了几个大字的母亲。在她孙女的指导下，开始体验微信带来的兴奋与乐趣。我给新开张的"大观园"发了 200 元红包表示祝贺，我母亲领衔着抢红包一族，给了我十几个赞。我每天都把拍到的浙大往"大观园"发。

这是一个最好的时代，是互联网带给我们的新时代。这是一个迎接的时代，不张开双手迎接终将被淘汰。

感谢宁夏日报报业集团的选派，有幸融入杭州的"大媒体"里感受和学习。我注意到，与我们同住同吃于浙大圆正西溪宾馆的浙大 EMBA 学员也在专注地攻读中。

心里忽然涌动起神圣感！

相逢是首歌，歌手是你和我

5 月 27 日晚，我陪荣获第一届"全国文明家庭"的福建潘明继、施增英夫妇之女潘云苓、女婿陈强及爱女陈韵正，来到位于平吉堡的宁夏同获此殊荣的鲁忠义家庭之子鲁晋家。鲁晋的单位领导、宁夏大学党委书记金能明及几个同事，早已在门口等候远方来客。

3月以来，全国妇联从全国300户首届文明家庭中选取4户（分别来自福建、宁夏、辽宁、山西），参加中国好家庭好家风巡讲活动，陈强和鲁晋作为全国文明家庭的代表，共同参加了在北京、山东等地举办的3场巡讲活动。

这次来银川，陈强是应宁夏法治报社邀请，为宁夏法治新闻高级研修班授课。多年来，陈强以中国青年报高级记者、驻福建记者站站长的身份在福建省乃至全国各地讲学，深受听众欢迎。陈强此行约来了妻女，就是为了顺道拜访鲁晋一家，并希望在宁夏一起做些力所能及的公益活动。鲁晋现为宁夏大学师生服务大厅主任，其父鲁忠义在青铜峡市居住。陈强一家就选择在银川的鲁晋家见面。

宁夏大学党委书记金能明闻知此事，不仅表示要到鲁晋家做客，还打电话指示学校有关部门邀请陈强为宁大师生讲一堂课。原来金能明与陈强早在20年前就相识，留有工作上的美好互动记忆。

当天，陈强上午、下午两次分别三个小时的授课都很成功，微信里寻课件的、点赞的、留言的非常多。

我与陈强相识于1993年4月湖北日报社主办的三峡行采访活动。24年来，陈强热爱新闻事业，热情、高效、积极的职业品质，一直令我敬仰。

陈强的这次宁夏行，就聚积了这么多的精神元素。

我看见，金能明书记与陈强见面握手拥抱，谈起当年陈强在《中国青年报》上刊发的对厦门大学的工作报道。金书记说："1999年11月11日，头版头条。"连发表日期和版面都牢牢记着呀，陈强大为感动，大家也深受感染。这是工作职场上多么美好的细节啊！

我看见，鲁晋满脸高兴，和妻子井惠敏（现任宁夏大学党委统战部部长）跑来跑去张罗家常菜、洗水果等。天大地大，五湖四海，闽宁两个家庭，获殊荣，被表彰，又分别被选派到祖国各地巡讲，这种缘分真是稀有。一桌家常菜，怎么能盛完鲁晋一家的喜悦和盛情！

我看见，陈强的妻子潘云苓，这位福建的知名医师，气质优雅，面带微笑，少言寡语。大家为她父母及她本人多年的义诊之举点赞时，她总是以微笑回应。陈强的爱女陈韵正，更是以干净的笑脸、爽朗的笑声招大家喜欢。

两个文明家庭难得邂逅相逢，我们都被浓浓的情义和精神覆盖了，我们也被文明的家风亲情感染着。

当得知鲁晋的妻子井惠敏为能够迎候陈强一家在家里住一晚，前一天就清扫了房屋，换洗了被单，陈强大手一挥："好啦，那就住一晚！"

夜深了，我们要离开，两个家庭仿佛都成了这个家的主人，向我们挥手道别。家国情怀，此情绵绵！

夏风轻拂，思绪万千。陈强、鲁晋代表的两个文明家庭，待人以诚，处事以德，遵从法理，持续学习，乐观向上，热心公益。这些中华民族共同尊崇和恪守的美德，在他们身上以及家庭中得以完美呈现，我们有幸成为分享者和见证者。

工作职场给我们提供了相识相聚的可能。无论是金能明书记与陈强因一次采访的珍藏，还是我与陈强因一次活动的怀念，我也是第一次与鲁晋、井惠敏夫妇相识，在这样的夜晚，这些美好的细节，令我深感人生之幸福。

只有在路途中持续寻美的人，才会有美好的邂逅；只有在职场上持续努力的人，才会有必然的相逢。

相逢是首歌，歌手是你和我！

一切好东西都永远存在

小小序

手机是身体的一部分：有主人的温度，有主人的表达，有主人的收藏。

我把近年来在手机里写的、存的一些小文，做一次集纳，推送出来，请君分享。

新春快乐，留住留存。愿美好相伴，祝未来更好！

我们的日常可以更生动

绝大多数人都在平静地过着平淡而乏味的生活，忙碌的，闲散的，富足的，困窘的，都会在心里抱怨：活得这么枯燥……

我们都曾以为理想生活应该在别处，但总有一天你会明白：生活是否美好，取决于你拥有怎样的日常。

有人带着银行卡，去三亚订了一套房子，希望过上躺在海边沐着阳光的生活，结果发现西北风沙敲打过的肌肤，适应不了浓浓海盐的浸泡。有人热衷于拼假当飞行达人，五湖四海、灯红酒绿了一把，结果还得坐在隔断里，挣回信用卡的透支。

不是非要到遥远的地方才能找到美。美，其实离我们只有一步之遥。

有一天，我打开家里阴面书房的窗户，突然发现了新近搭好的鸟窝，几乎伸手可触。随手从书柜里拿出一本尘封已久的影集，一翻开就看见年轻的自己，还有几分让人自信的颜值……

我们所要的美，就在身边，就在日常。只需保持敏感细腻的神经，保持游离造梦的痴情，美就会应接不暇。

"所谓现在活着，是鸟儿展翅，是海涛汹涌，是蜗牛爬行，是人在相爱，是你的手温，是生命。"（古川俊太郎）

既埋头于日常，又仰望星空；既操心于眼前，又寻找诗与远方。

在这个万物都蠢蠢欲动的3月，愿给你一些温暖的力量。

请跟我来，看别样风景！

一切好东西都永远存在

如果生命的春天重到，

古旧的凝冰都哗哗地解冻，

那时我会再看见灿烂的微笑，

再听见明朗的呼唤——这些遥迢的梦。

这些好东西都决不会消失，

因为一切好东西都永远存在，

它们只是像冰一样凝结，

而有一天会像花一样重开。

——戴望舒

一年一度的高考落幕了，今天朗读这首诗，想起了我的大学。

高考之于我，改变了人生命运，拥有了诗与远方。

1983年10月3日，怀揣录取通知书，我第一次乘大巴从固原来到银川，南门广场叫卖迎宾楼雪糕的大妈、二路车上的女售票员，她们的面孔、表情、声音，仿佛昨日，一直留存在我的记忆里，无法从脑海里删除。

大学4年，对我们来说，最亲近和熟悉的空间，是宁夏大学以西，是银巴路商场，是红蕾电影院，是自治区图书馆，是工人文化宫，是纬四路那家刀削面，是麦田里的守望，是稻田里的林带……再远一些，当然就是望得见的贺兰山。

春天里，我们以组为单位，骑自行车去小口子。我们爬上山之巅，我们采寻贺兰石。我们啊啊啊地听回响。我们打开双卡录音机，学跳迪斯科。我们吃陈红带的凉面，我们尝卢玮带的酸菜。

中文系1982级一班更浪漫。陈新平胸前挎个海鸥120，与丁学明约几个女生爬上贺兰山，点篝火，数星星，看日出。

有一次，再去小口子，赵云山捎着我们班美女常春，十几公里路，还总是上坡，云山同学蹬车的劲儿可大了。现在想，要是换成我来捎，一样劲儿足。我们在路上行进，丁学明从一个大巴上伸出脑袋，向我哎哎哎地挥手而过。他毕业分到贺兰回中，不久就组织学生们来登山。

走过千山万水，难忘一路向西。致青春，以及贺兰山。

那些花儿，那些仰望星空的情景，永远也不会消逝。

流水带走光阴的故事，改变了一个人。可是，改变不了的，是我们的初心与出发。

前不久，24年前相识于"三峡行"采访活动的中青报高级记者陈强，应宁夏法治报社邀请来银川讲学。最好的表达就是带他去贺兰山。我俩挤出时间，打车向西奔去。

好像是睡在我上铺的兄弟来了，我们熟悉得没有戒备，我们亲近得没有言语，只是各自对着贺兰山的山形、天空、石头、草木，啪啪啪，拍了一下午。那些每一次亲近贺兰山的美好，稀里哗啦地从脑海里冲出来。

好了，看图，不说话。

活出人的鲜亮和生动

二十四节气，真够神奇。每一个都有说法，都有印证，让人叹服古人之绝世智慧。周三逢小雪，手机里一如既往的一通"小雪"般的祝语以及"飘雪""你那里下雪了吗"之类的歌唱——一大批人总会恰如其时地转发"四季祝福"，因此人们基本上可以告别挂历、日历时代，融汇在手机中的空间里和时间里。

实话实说，我对此有些排斥，甚至不大乐意混入一波未平一波又起的"祝福祝语"队伍里。

这就要告白一下自己，朋友圈每天的海量阅读，你到底喜欢什么？喜欢那些真实的力量！

今天推送两位远方朋友的一些图文，愿更多朋友从中分享精神，启迪生命。

董晓敏 34 年职业生涯驻守浙江法制报社，长期担任副总编辑。今年 8 月工作到站办了退休。几乎是无缝衔接，董先生交掉办公室钥匙后，酷爱自驾游的他与 6 位志同道合的朋友，策划了"精彩三江行（鸭绿江、乌苏里江、黑龙江），活出我人生"，2 辆车，7 匹"狼"，从杭州驾车一路向北，到达中朝、中俄边境。这一定是憋了很久的出发与到达，他们一路艰辛一路欢声，一路风雨一路情怀，把平日里压抑着的"驾欲"发挥到极致，留下花甲之年的精彩篇章。

张军戈曾任新疆法制报社副社长，2016 年退休离职后，沉浸在一生痴迷的自驾游和摄影中，带着一帮爱好相同、志趣相投的朋友，驰骋在大美新疆，吃羊肉喝大酒，穿高山跨草原，乐此不疲、荡气回肠，把平常日子过出了意气风发。

60 岁，仅仅是完成了生命的半程，工作和生活的艰辛，甚至挫折和困窘，都不曾压垮一个人。60 岁之后，甚至一些接近 60 岁者，有的人不经意就退缩、就打蔫，令人唏嘘。因此，保持好退休后的精气通畅和身心健康，是一个人要面临的重要生命课题。活出风采的大师黄永玉说："要相信、要承认有一种使战斗者'孤独'的幽灵朝夕窥视的可怕力量。它渗透在任何历史时期任何人、任何性质的感情中。战胜孤独，比战胜离别艰难。伟大如薄伽丘也怕。"

所以，董晓敏和张军戈二位先生，他们充盈创造、不知疲倦的精神世界，他们饱含激情、永远年轻的生命状态，令我敬慕而渴望追随学习。

"难忘初心，方得始终。"这不是一个简单的口号和概念，其中饱含着真实的力量、真切的感染。从初心出发，到征程万里，活出人的鲜亮和生动，我们都能够做到！

我与董晓敏、张军戈都是因工作有一两面之交，他们职场上的打拼和光亮都印在各自的新闻作品里，都嵌入所办的报纸版面中。而他们的精神气质、强健体魄，更是两道风景，看一眼则长驻心间。

一定要找到那些自有力量和情怀的人，与他们在一起，融汇精神聚集力量。一定要和充满希望感的人待在一起，因为希望感是一种会蔓延的正向情绪。

我愿与你策马同行，奔驰在草原的深处；我愿与你展翅飞翔，遨游在蓝天的穿谷。

为什么要说工作呢

在 2017 年最后一天的晨走中，看到 2018 年挥着大手在召唤。

站在 2018 年的门槛前，一如全年的任何一天，我行走在唐徕渠畔。虽然冬日里看不见渠水流动，但仿佛仍有依稀的顺流而下。在新与旧的衔接中，在过往的交替里，每个人都会澎湃。

任何感动都不会只是一种情绪，它会发生在用心生活、有心感恩的人身上。走过 365 天，蓦然回首，这是丰富丰盛的一年。

难得世间走一遭，要的更是高级的人生体验。纵然这世界那么现实，也要饱含热情规划好一年又一年，督促每一步都要行走在自己的坚定力量中。

当然也会有不愉快，那就去调整并转移注意力。如果想做什么，就赶紧行动，时间已是分分秒秒，生活需要步步为营，心里有了数，脚下自有路。

而我更想表达的是，2017 年已没有工作日，想要工作，得到 2018 年 1 月 2 日。

在手机海量的新年祝福里，为什么要说工作呢？因为在工作的年华里，只有工作，才能带给你荣光。离开工作，离开岗位，几乎所有的欲求都不能实现和确保。工作是一个人的舞台，岗位是一个人的阵地，单位是一个人的加油站和竞技场，工作给了你在家庭、在社会的发言权和优越感。

在 2018 年的门槛前，回望也好，展望也好，万望不离其宗，那就是工作、工作、工作。

稻盛和夫说："凡是功成名就的人，毫无例外地，都是不懈努力，历尽艰辛，埋头于自己的事业，才取得了巨大成功。通过艰苦卓绝的努力，在成就伟大功绩的同时，他们也造就了自己完美的人格。"

春节是用来享受的，元旦是用来思考的。元旦的承前启后，是一种仪式；元旦的谋划规划，是一种出发。

每一个时间点，都是生动而丰富的。那些 2017 年的片段，纷至涌来，感悟感怀。

2018 年的拥抱就在明天，调整身心，整装待发，设计姿态，让我们张臂迎接吧！

致敬隆冬出发人

这一周，一个字：冷，两个字：很冷。

冬有冬的样子，人有人的样子，这就对了。如今很多时候，冬没有冬的样子，有些人没有人的样子。让一切都回归本真吧，所以我们赞美这个冬天！

这一周，外面寒风刮，我在手机上搞了一件"大事情"：建了一个叫"五湖四海有心人"的朋友圈。第一次当上群主，充分体验到该"一把手"的神圣感。各种滋味，借黄燕强先生发在群里的"感言"可以表达：

> 承蒙群主张兄"厚爱"，喜洋洋地被"提携"进了"五湖四海有心人"。"潜伏"两日，静观往来，果然是"高朋满座、胜友如云"，实乃"芝兰之室"也！

终于和一直敬仰、敬爱的王庆同先生在微群里见面了，要知道，王先生一直在鼓励、点拨，使我不敢有丝毫懈怠；继明兄是我宁夏电大时的同事，展翅南飞后，鲜有重逢，没想到微群又让我们"团圆"了……

> 进群当天，见群主确定的"本群价值观"：好文共享，好歌共听，好事共贺，三观共守——不见不散2018！止不住连连点赞。这是个具有光荣与梦想的"共享"之地，唯有"着力"，方不负群主美意，加油！

世界之大，手掌之间。感谢时代的科技革命，让我们息息相关。在伟大的智能与信息融汇融合中，我们既能紧跟时代，同时又能表达自己，点击成金，积健为雄。距离不是问题，人心才是问题；心与心沟通，光与光辉映。

在朋友圈泛而滥的手机时代，为什么还要为一个新建群而欢欣鼓舞呢？因为群主本人认为，以我的第六感和第七感觉，"五湖四海有心人"邀约成员，皆为有情有义有才华之士，他们每个人散发的光芒光亮，分别都是世间独一无二的精神力量。

因此，我有一种掌控着"天价资源"的优越感和拥有感。当过总编辑的人，再兼任群主，这感觉非常好！

比如，我迅速在本群成员中发现了几个隆冬出发的人，让我好生敬慕。当几乎所有的东西都在寻求隐蔽保护时，凡是能卓然独立于寒风之中者，它是天地灵气之所在，是自然界傲骨的表现，像天神一般的勇敢坚毅。他们，在最冷和最孤寂的地方，用最温暖人心的善行，独自坚守着精神阵地。

懂你，懂你们，隆冬中勇敢出行，只不过想借来一点纯洁坚定的力量。这种力量，对你们一年四季都是有用的，你们只不过是要按自己的方式继续走下去。

推开门，大步走出去，寒风击打着脸，没关系。绝不戴口罩，如同三月小雨不打伞，七月紫外不遮阳。那么矫情干吗，要的就是干脆利落的出发。与其说是在雪地上撒个野，不如说人就得活出洒脱样。致敬！

诗与远方总有光亮

应《重庆法治报》编辑蓝花花约稿，投了"萍水相逢"，今日看见版面。还应约为该报《了然副刊》创刊两周年写了几句话。五湖四海皆有情，文学从来是纽带！

2003年9月第一次去重庆，曾在解放碑不远处一个叫"小酒库"的酒吧，听歌手唱摇滚版的《两只蝴蝶》。去年在重庆开会，抽空在细雨中打伞寻找这个小酒库，找不见了，非常高的楼挺在面前。你到哪里去了，百度上搜你，还是原址原电话号码。打不通的电话告诉我，有些东西终会流逝。但是，雕刻在心中的歌声与细节，不会随风而散。

重庆，一个有气质的城市，满街的黄色羚羊，永远眺望的双眼！

全国近30家省级法制报，《重庆法制报》《了然副刊》几乎是唯一持续不断向政法队伍、向广大读者传递文学光亮和人文精神的窗口。

在这个行色匆匆的时代，幸有文学的丰润，如一盏明灯，映照着忙乱的心灵。致敬有情有义有才华的《重庆法制报》人！

10多年间5次去过重庆，这个有力量、有情怀、有气质、有滋味的城市总会令我眺望。《重庆法制报》以及相识相见的几位同仁，成为我解读重庆精神和提升职场的良师益友。还有《了然副刊》，我本是个"文艺青年"，每一次阅读，都如此亲近、如此眷恋。

一个人一年总得飞上一两回。只有飞起来的感觉，只有飞抵的城市，才会让我们的内心生动而轻盈。居住着的城市让我们有依有靠，做客过的城市让我们有牵有挂。那些我们到达的城市，那些我们走过的街巷，那些我们品尝过的美味，那些我们见过的人们，聚集在我们精神领地中，丰富着我们的精神气质——所谓既要读万卷书，又要行万里路。

诗与远方，总有光亮！

此情可待跨百年

许多老师和学生之间，在完成了阶段性的"教育"环节后，基本脱离了"育人"的互动。而我的老师王庆同，以他的饱经风雨，以他的言传身教，总是与学生在持续的交流和融合中，自觉承担着对学子终身的呵护和栽培。

仅从"还信记"中就能看到王庆同老师对学生的引领和推动。"还信记"的故事是，宁夏大学首届新闻专业学生1987年夏天毕业后，进入工作单位一年多时间，被分配在银川市之外的十几名学生，分别给王庆同老师写信，表达走向社会的目标志向和心情感受。30 年后，这些学生毕业聚会时，王庆同老师把珍藏的 26 封信封贴好，一一交还给写信寄信的主人——年过半百的学生。

"还信"的场景过去快一年了，但这个美好的故事一直在传扬和发酵。宁夏人民广播电台退休的几位播音员制作了音频作品，在手机微信广为传播。有人将"还信记"的线索报料给中央电视台，引起编辑们关注。天津人民广播电台播音部主任胡月录制了音频节目，传给王庆同老师的学生那世刚。宁夏教育电视台邀约王庆同教授和他的学生录制了《一封家书》专题节目……

王庆同老师 1958 年从北大中文系新闻专业毕业，自愿放弃回到江浙省会城市工作的机会，毅然报名分配到当年刚成立的宁夏回族自治区，在宁夏日报社当上了一名记者。工作没几年，以莫须有罪名被打成"反革命"，发配到盐池县最偏远的边外村庄改造，长达 10 多年。彻底平反后不久，1983 年他终于站到了宁夏大学讲台上，成为一名新闻专业的老师。已经 47 岁的王老师抢夺时间备课和写作，悉心培养着一茬又一茬新闻学子。王老师在岗执教期间，几乎是争分夺秒地工作，60 岁退休后，又被宁夏大学返聘从教 10 年。70 岁之后，依然持续学习、思考、写作，以至于现在他每天在手机上推送的文章，成为朋友圈"含金量"最高的精品佳作。一个终生都在思考学习、专注工作、好心善意、持续成长的好老师，2018 年 82 周岁，精神矍铄，谈笑风生，活出风采。

就在 1998 年 5 月 4 日北大百年校庆返校时，王庆同见到了 80 岁的罗列老师等。甫一见面，罗列老师双手抓住学生王庆同的手说："王庆同，都过去了，你还年轻，好好干几年！"这一年，王庆同老师 62 岁。

2018 年北大建校 120 年，没有设计邀请北大学子返校这个环节。我相信，如果有这个环节，王庆同老师定会赴母校，拜访故地，重拾初心。

从 20 岁上大学第一天看见王庆同老师起，到今年整整 35 年了，我们这些学生总是融汇在王庆同老师独有的亲情疼爱中、人生调校中、工作奋斗中。十年树木，百年树人。我们切身的感受，诠释着这句古语的丰厚。王庆同老师在宁夏工作和生活今年整整 60 年了，他成了岁月不老、依然傲立的"半个宁夏人"，不光拥有患难相处的盐池亲戚和盐池乡亲，还拥有我们这些遍布宁夏大地乃至五湖四海的学生。所有曾经的无助、羞辱、隐忍、温暖、感动，连同生生不息的奋斗、专注、勤勉、耕耘，化作王庆同老师身上源源不断的力量和学养。他是我们的引路人，他是我们的参照系，他是我们的智慧泉，我们总能持续地汲取到营养和光亮，调试好人生的步履，有力地朝前行进。

此情可待跨百年。亲爱的王老师，感谢生命中有您！

是你的手温，是生命

季正策划办一个市民摄影展，向我约一组照片。我觉得他的这个策划好，并鼓励他持续干，与新媒体融为一体，既当摄影手，又当策展人，做一个有未来的人！

不过，我俩都是摄影的门外汉呀。当年正十八九，从红寺堡辞职加入宁报集团队伍，专职当司机，驾一辆起亚，车上老放一首《布列瑟农——狼的忧伤》。

几年后我帮着他策划人生，并落实配置了一台照相机，嘱咐他："跟着张涛、祁赢涛学照相去吧，有条件还可以去中国人大新闻系进修，你是老季的娃，相信人文的基因和力量。"如今"老司机"季正，成了圈里圈外的摄影能人，照相机、无人机玩得转，还时不时地拿大奖，这几天准备去宁波参展领奖。

今年年初，季正在朋友圈推荐华为 P9 手机，说华为配上了徕卡镜头，拍照片超级好。我与他微信互动了解后，立马买了 Mate 9，块儿比 P9 大一些，适合我的大手掌，拍照一样好，从此手不离机，拍拍拍，停不下来。

今天我从我的 Mate 9 里挑出十几张，这是今年过往的春与夏。是小有名气的季正鼓励了我，10 年前他教我开车，如今他带动我拍照片。

我心中的季正，是一个对生命充满激情和渴望的人。他的内心闪闪发光，他的这些闪闪之光，从他的眼睛里、镜头里、作品里跑出来，给我以欣喜和感染。还有张涛，还有祁赢涛等，生于 70 年代的他们，正是干事业的黄金时代。何况他们背着行囊，行囊里背着家当，脑袋里长着创意，创意里释放力量，一路征程，留下芬芳。

我遇见了这样的"少年派"，我和你们共度时光，共享丰富，并且玩拍，拍这个大好时代，拍这些生动细节。

张涛正在张易乡边拍边写"涛声依旧"。

小祁正在须弥山释放"七道阳光"。

小季昨天出发飞宁波了。组委会只给他报销往返火车票，他说自己拿钱买张机票飞过去。

愿你飞得更高！

唯有文字留真

美国哲学家理查德·桑内特在《匠人》一书中，把匠人定义为"为了把事情做好而把事情做好"的人。对好编辑来说，也是如此。如果你是一个编辑，你就注定只能更多地面对自己的内心。为了捍卫自己的职责，他们沉迷于细枝末节不能自拔。

20 世纪 80 年代，甘肃《飞天》文学月刊创办"大学生诗苑"专栏，吸引成千上万的大学生投稿，一大批诗人作家的处女作就刊发于此。策划和主持该专栏的编辑名叫张书绅。

2017 年 8 月，82 岁的张书绅先生因病去世，许多当年的大学生诗人纷纷书写悼文，表达对这位好编辑的深深怀念。

1985 年 5 月，我在这个"大学生诗苑"发表的《唢呐手莫瞎子》就是经张书绅先生编发。他曾给我寄来留有铅笔字迹修改意见的原稿（无数的作者都曾收到这样"标配"的修改稿，用铅笔修改是尊重作者的选择，如要改投，方便将字迹擦掉）。那一年，张书绅先生甚至当着出差兰州张贤亮、刘国尧的面，表扬我写的这首诗。当我从刘国尧老师口中得知这个事情，被感动得一塌糊涂。

近日从网上看到，张书绅先生去世前亲手编辑出版《张书绅诗文纪念集》，就跟兰州的几个文友联系，希望能够找一本，结果都落空。几天前，向同事张怀民求助，托他能否从一位甘肃的名家那儿搞一本（他是张怀民的大学老师，写有对张书绅的悼文），还是未果。张怀民挺聪明，居然帮我从网上买到了一本八成新的《张书绅诗文纪念集》。他给我送来，我如获至宝。翻页浏览，才知道张书绅出生于隆德县神林堡，青年时考入平凉师范学校，毕业后在甘肃合水县当老师，数年后以出色的创作能力调入省城兰州，干了他痴爱的文学编辑工作。

在张书绅先生这本文集里，居然看见了我的名字。他将编发过的数百名诗歌作者姓名一一罗列，汇入文集。真让人感动！

文集中还收录了张书绅先生小时候与狼的交集、在隆德家里过年的故事，文字都很生动逼真。

那就编发其中一篇，在"六盘笔会"推送，既表达对滴水之恩的回报，对好编辑的敬仰敬重，又展示七八十年前隆德的故土风俗。

张怀民给我发来微信："37 年前的写作通联，注定 37 年后的文卷再会。"

谁说时光不老，唯有文字留真。愿一生都痴爱写作的张书绅先生感应得到！

云山万里 乾坤一滴

小小序

办报纸编稿子时，每每遇见好作品，都会激起兴致，爱不释手。编完定稿，提质增效，延展美好，引发言说，一吐为快，养成了书写"编辑手记"的习惯。

甚至瞄上了作者，甚至与他们有了持续不断的文学交情，所谓文如其人、文朋诗友、文江学海、文以载道。

人里寻亮人，亮人看亮点——每个人身上，都有与众不同的光芒！我在编稿子的过程中，就感受着这些珍贵。

今日立春，万物复苏。一组"编辑手记"，聚集人的光亮！

寂静并芬芳着

苏轼有一句诗："粗缯大布裹生涯，腹有诗书气自华。"康德也说过："书读得越多，我越崇敬头顶上的星空和心中的道德律，越觉得必须与人和睦相处。"

读书给人营养，读书给人力量，读书使人清醒。唯有广猎书籍，才能带来人生最大的丰盛。我认识并相处的文朋诗友中，石舒清算是一个书痴。他少年时就以拥有书籍为乐，养成如饥似渴的阅读习惯。中年时最惬意的事，就是流连忘返于旧书摊点。他把淘来的旧书，一本本细嚼慢咽，内心中又生长出新的灵感和题材，延展着好书的价值，创作出篇篇精品。看他对自己爱书、淘书、品书的文字描述，仿佛是贵气回归他身心的明晰与通透；书带给他通达天地的博大和深厚——格局宽广、心静如水，这可能是石舒清以及他的文字最有魅力的地方。

不过度消费自己的名誉，不舞舞喳喳，也不叽叽歪歪，总是在安静地阅读、思索、执着、书写着——我喜欢石舒清这样的状态。这种状态的葆有，是自律，是雕琢，是品相，更是成长。这就是"寂静并芬芳着"的状态吧。

少将是咱宁夏人

少将兰书臣，1943 年生于宁夏固原，小学中学在固原三营中学、固原一中就读，1964 年考入北京大学历史系，1968 年毕业时分配入伍，成为军中文职人员，后调入中国军事科学院，数十年潜心军事军史、国防教育等研究，著书立说，成果丰硕，1999 年晋升少将军衔。

同为三营中学校友，又因慕名敬仰、兴致相投等，新世纪初，我有幸见到了兰书臣先生，并深得指点教诲，获益匪浅。更为宝贵的是，兰书臣先生虽千山万水走过，仍对家乡固原眷恋牵挂，令我等后辈感动感念。2003 年，我获赠兰书臣先生的诗选《春风集》，爱不释手，多次吟读，珍存至今。今天再次翻阅，其中颂扬家乡的诗篇句句真情、朗朗上口，唤起乡情，更有切身感受。

2015 年 9 月，固原一中迎来建校 120 周年庆典，兰书臣与数位热心的同学为母校编著了《我们的老师——那些逝去的岁月》。为了完成心愿，他们跨越 10 多个省市自治区，走访了 31 位老师和老师的家人，收集了不少老照片和追忆文章，历时两年，精雕细刻，终于成书出版。140 篇文章，20 余万字，集中反映了那个特殊年代固原一中老师们坚守山区、敬业爱岗，甘为人梯、诲人不倦的不朽精神。此风是君子，留待后人品。当亲手从兰书臣先生手中接过这本书时，我的内心如泉涌动，如获至宝。

这些年来，退休后生活在京城的兰书臣先生依然长于思考、笔耕不辍。近日从手机传来他的新作《弹筝峡记》，文如其人，念兹在兹，涛声依旧，对故土的赞美和眺望，读来更亲更近。

"家乡名胜说萧关，一别多年今始还。灯下捧书虽或见，钟情最是鬓毛斑。"这是兰书臣诗作《咏固原》的其中一首。

我有旧情仍未了，报人报恩只有笔！

金秋时节拥抱丰盛

马云宣布退休，当着 6 万阿里人激情高歌《怒放的生命》：就像飞翔在辽阔天空，就像穿越在无边的旷野。

出生于 1964 年的马云，1988 年毕业于杭州师范学院外语系，拥有恢复高考后最初几年学子的精神特质。怒放的生命，未了的情怀，尽在他无拘无束、回荡夜空呐喊般的歌声中！

如今，一代高考学子都在告别职场的当口，但是他们的丰富，他们的饱满，他们的执着，连同他们的有趣，依然融汇在时代的洪流与人际的美好中。我读过刘滢先生的《我有个外号叫"范二"》后，更加坚信人的情怀、人的风景之存在和引领。

刘滢，恢复高考后的第一届大学生，从兰州大学历史系毕业，分配到宁夏日报社当记者，不久调到宁夏大学新闻专业任教，之后又考入中国人民大学研究生班，毕业后先后在《人民公安报》《工人日报》从事新闻工作，直至退休。

我在宁大新闻专业求学时，未能聆听刘滢的授课，但他的形象、精气、表达综合而成的老师风度，深深存在我的脑海里。记得一次路过刘滢老师的公寓宿舍，开着的窗户传出小提琴曲《梁祝》。我被打动，驻足倾听，不愿离开。

1992年7月，在《宁夏日报》周末版供职的我，受命去北京采访约稿。入驻人民日报社招待所后，我就奔着天安门东的人民公安报社去了，拜访刘滢老师，通过他约稿。刘滢热情地接待了我，并当场约来唐楠、杨文锁两位同事，答应一起给《宁夏日报》供稿。此后几年，他们真的一篇篇寄来稿件，佳作美文常常见诸《宁夏日报》。

我不知道怎样表达对恢复高考最初那些年那些学子的敬重和羡慕，他们人努力、品德好，丰厚、恪守、坚韧、奉献，是一代中国最好的"优良品种"。我坚信刘滢就是这样的人，所以每每看见他的文字、朋友圈的推送，都会有分享的欲望和分享后的满足。

今天将刘滢的文章编发，想表达"我和我的祖国"之关系，表达"我"是谁，"我"能做些什么，"我"从哪里来又向哪里去。个体的命运沉浮总是与国家民族兴衰相连，没有高考制度的恢复和持续，就没有刘滢等人的发展和创造，读过他的文字，会有更切身的感受。

"有些人会慢慢消失，有些情感会渐渐破碎，可你却总在我心中，就像无与伦比的太阳。我爱你中国，心爱的母亲，为你流泪，也为你自豪。"怎样表达对祖国母亲的爱呢？想想我们因高考改变的人生就够了，把刘滢先生的文字用心编发对我来说就够了。

云山万里，乾坤一滴，金秋时节拥抱丰盛！

80年代的新一辈

捧读《自在于心》，心中感慨感动。

一个班，一群人，年过半百，弄了一本书，且这本书的品质好，内容实，显真情。窃以为这样的人编成这样的书，这样的书呈现这样的光亮，在我们有限的阅读范围，还不多见。

20 世纪 80 年代初期，恢复高考制度最初的几茬学子是一代非常"优良的品种"——时代召唤，环境向好，生源优质，师生同频，面向未来，这些学子饱含深情，不懈奋斗，身心矫健，步履不停，"要靠我们 80 年代的新一辈"，一首《年轻的朋友来相会》表达的就是这种成长氛围。

《自在于心》的作者们，就是这一代学子的优秀代表；《自在于心》的书魂，就是这一代学子的特有品质。抚摸此书，堪称精品，图文并茂，篇篇佳作，有故事，有细节，有生机，有力量。难能可贵的是，书中前后收录了阎承尧、吴宗渊两位老师的作品，更升华了一代人的生命价值和精神追求。

一个人的幸运，莫过于拥有一位能够倾心交流的知己；一个人的奢侈，莫过于拥有一群精神与灵魂同频的朋友。以方陆、王健、黄燕强、田舒斌、刘德敬、李仁安等为代表的宁夏大学中文系 1981 级一班，就是这样令人敬重和羡慕的群体。他们走向社会的 30 多年，从最初的释放激情，到互动亲密无间，再到默契与承诺。从观察到思考，从整理到整合，从寻找安全到寻找力量，从彼此礼貌到理解接纳，从对彼此关系的经营到对集体价值观的维护，从持续作为到公益行动，从心怀悲悯到凸显情怀，理解—融合—奋斗—赞美—力量，朝着对的方向、心的方向。这就是宁大中文系 1981 级一班同学的成长与征程。阅读《自在于心》，看得见他们一路走来，品得到他们一路芬芳。

大街小巷，国旗飘扬，处处听到《我和我的祖国》。歌声传情，每一个"我"幸福了、快乐了，祖国才可亲可爱。我和我的祖国，"我"的气息最浓，"我"的深情最醇，"我"的光亮最亮。每一个"我"都要倾力前行，每一个"我"都要更美、更亮、更善，这就是编发并推介《自在于心》的初衷与心愿。

国庆到，祖国好。总想对你表达，我的心情如此豪迈！

传扬当年精气神

2022 年 5 月 31 日中午，王庆同教授 1975 年至 1980 年"青山六年"的三位战友：李振荣、侯凤章、王志银，相约从盐池来到银川看望王庆同教授。甫一见面，时光倒流，当年情节，稀里哗啦。"见面面容易拉话话难"，一枝一叶关青山。青山把善美的呵护给予王庆同，王庆同把学识的种子撒向青山。当年青山的四位"笔杆子"，留存美好在心间，传扬力量给人们。我与王健参加了"青山四位文书"的小聚，并向李振荣、侯凤章约定了"往事悠悠青山记"。李振荣说，他当年拍了 200 多张青山的人和事，底片还保存得好好的，盐池县城都找不到洗照片的地方了。王健说拿到银川来洗吧，"小牛"可以洗。我跟侯凤章说，这些照片洗出来您挑十几张，写一写"青山当年"，可以发在报纸上。侯老师说好好好。大家都说太好了太好了！

致敬侯凤章、李振荣先生，终于拿出了《青山足迹》短文及 12 张黑白照片，特别之处在于还有一张王庆同老师 1980 年任青山公社管委会副主任、在田间地头与"一把手"侯堰查看庄稼长势的照片。

王健看了这个版，发信说："言必行，行必果！"（指饭桌上的策划得以实施兑现）我回复："李振荣手里头有货呢！侯校长是个硬承人！"王庆同老师留言："明天我把《青山无言》关于乏牛坡植树一节重发。用今天的话说，那是真抓实干玩命干，李振荣、侯凤章都干过。"

一组盐池老照片，传扬当年精气神。青山在，人未老！还有三个字：美得很！

美好的事物从来不会消逝

自治区团委一行 2019 年 6 月来到宁夏日报报业集团考察调研，在参观宁报集团报史馆时，我跟在最后面，随手翻拍了摆放在一进门桌面上 1958 年 8 月至 12 月《宁夏日报》的几张版面，发到朋友圈，很快引来许多人点赞留言。有的说太珍贵了，已经收藏；有的说标题好，学习了；有的希望我帮他查一下当年他发表文章的具体日期。是什么唤起人们的激情？想来这也是不忘初心吧！

这件事也唤起我的追忆，回望二三十岁时在《宁夏日报》刊发稿件的美好情景。可以说，和宁报集团好几个同事一样，我们都是靠一支笔从基层地市报写进省级党报的。甚至还有不少我们熟悉的领导干部，最初都是靠一支笔持续不断地给《宁夏日报》写稿，最终写到重要的领导岗位上了。纸短情长，《宁夏日报》融会着多少人的追梦与奋斗！

吴宏林也是靠一支笔从石嘴山煤矿写进《宁夏日报》的。世纪之交那几年，我在宁夏日报社总编室上夜班时，就经常编发吴宏林的稿件。忠诚于党的新闻事业的尖兵精神，不忘初心、安于初心的砖头精神，善于钻研的斗士精神，甘于奉献的雷锋精神，吴宏林的这些职业品格，我们都是见证人。

不忘初心、牢记使命；守正创新、担当作为。白纸黑字有信仰，铁肩担重写文章。报人报端，是活泼的人从事严谨的事业，是炙热的人肩负冷静的使命，是浪漫的人从事艰辛的劳作。新闻事业是一种境界、一种追求，甚至是一种信仰、一种托付，它需要全身心的投入和始终如一的敬业精神。铁心向党，铁肩担重，以习近平总书记 48 字为定海神针，担负起新闻舆论的职责，是我们每一个新闻工作者光荣和神圣的使命。

感悟和总结宁报人的初心精神，学习和发扬吴宏林的使命担当，感悟啥呢？学习啥呢？固然有许多我们要去总结，但是"全神贯注、精雕细刻"8个字都是我们最为缺失的，也是老一代宁报人、新一代吴宏林身上最为闪光之处。

值此《宁夏日报》创刊70周年之际，《宁夏法治报》记者钟玉珍、段涛等，从过往的浩瀚的《宁夏日报》版面中，用心寻找到15篇（幅）精品佳作，邀请王庆同教授、王健高级记者等予以点评。他们像爱惜珍贵的项链一样，串起了《宁夏日报》的这一串"珍珠"。这串"珍珠"，既是不可磨灭的发展印记，又是历久弥新的精神宝藏；既闪烁着时代画卷的光芒，又浓缩着岁月风雨的力量。品读之后，感受到一代代宁报人在交替翻篇中，以思想为笔、激情作墨的奋斗情怀。这串"珍珠"，导向是党性，底色是人民，核心在记录，激励我们发扬新闻永远在路上、在一线的优良传统，推动我们对习近平总书记"脚力、眼力、脑力、笔力"的谆谆教诲有更深感悟、更大鞭策。

一切使生命充实而丰满，使自己的活动富有意义的方法，都是在补偿生命的短暂。要使自我价值的追求走向光辉的顶点，就必须有对人生理想坚定而执着的追求，就必须有对工作事业全面而精致的雕琢。

所有的东西都在不断升级，当下重要的是深度整合、深度互动、深度学习。成为我们应该成为的，使个体和组织在有限的存在时间中，获得更深刻而美好的生命体验和目标结果。那么怎样获得呢？坚守、持续、目标、行动、标准、激情、善待、健康等，概括为一句话：你必须对某样东西倾注你的深情，你必须全神贯注、精雕细刻地工作！

作为新时代的新闻工作者，坚持党性，把握导向，不断创新，记者要对事实"较真"，编辑要对版面"苛求"，既肯下"笨功夫"，又善用"巧方法"，才能写出更多冒热气、带汗水、含深情的好作品。像打磨精美的珍珠一样，用心做好我们的本职，精雕细刻，办好报网，分享美好。

70周年报庆日，正是重温初心、呈现美好的日子，也是凝聚力量、再度出发的仪式。品读《宁夏日报》的这串"珍珠"，呵护我们共同的阵地和家园，我们自豪荣耀，我们感慨万千；我们倾己所能，我们永不言倦！

每一个朋友圈都应当聚集光亮

建一个朋友圈，好像很随意，群主振臂一挥，七八条枪，就搁一起了。手机时代，就这么任性！

那么朋友圈都在弄啥呢？大体都在推送和传播这些。

养生养心型：对自身的保健呵护永远是人们的第一需求；鸡血鸡汤型：以励志故事、格言美文改变平庸，企盼迎来不一样的人生；反贪斥腐型：对大小"老虎"的仇恨是人人的心理释放；幕后幕僚型：乐于转发历史中的"幕后真相"，总想参与组织人事建设；搞笑视频型：各种民间拍手奇才拍的那些真是了得；疯抢红包型：呼啦啦一阵抢，谢谢谢一阵赞；美味佳肴型：一盘菜就哇哇哇地惊叫，啪啪啪地拍照。

朋友圈大体就是这些内容，只是少了思想的光芒，少了精神的光亮。换句话说，就是人云亦云，云完没影，结果兴冲冲建起的朋友圈，没多久都半死不活，有的干脆"断气"了。

不一样的人生，不一样的烟火。那些与众不同的生命细节，那些人在旅途中的精神感受，那些永驻心间的亲情爱情，那些日复一日的生活点滴，那些有感而发的岁月随想，那些尘封已久的家庭相册，等等，其实有推送不完的"原创"，只不过你从来未这么做。

没有光亮的朋友圈，还不如不建呢！

一次饭局上的朗读

王庆同教授 1957 年 7 月在《读书月报》发表处女作，当时他在北京大学上学。60 年过去了，他没有保存这本杂志，但第一次发表作品的兴奋永远难忘。在宁夏图书馆工作的学生张雅妮（我的侄女），得知这一信息后，下功夫搜寻，终于发现并做好了复印件。

我的大学同学那时刚从台州回来过年，2 月 4 日我们相聚，邀请王老师出席，我还受托把王老师的作品复印件带来了。在黄河出版传媒集团任副总经理的闫智红同学，当场朗读了王老师的处女作《小人国与大人国所见》。81 岁的王老师听力欠一点，但丝毫不影响他听得兴奋。他乐呵呵地说："哎呀，都 60 年了，这是我第一次向社会投稿！"

朗读结束，我们都站起来，举杯祝王老师健康长寿！

只有持续　只有成长

今天读到马克·吐温的一段话："我们的存在遵循的最严格的法则是什么？成长！不管是我们的道德、智力还是躯体，哪怕是最细微的部分都不可能一年保持原样。它成长，它必须成长，没有任何事情能阻止它。"

还看到 70 岁的日本导演北野武最近拍了一个广告片。他告诫年轻人，人总会变老，只在一旁羡慕行吗？他说："我们总是去煽动年轻人，说他们有未来，有梦想，其实并不是这样的。因为现在社会，就是竞争社会，如果自己都没有一点竞争意识的话，总觉得会有人拉自己一把，那你就错了。我现在还没有那么老，所以还是要朝前走，朝上走。"

感觉自己在变老，有时看镜子里的脸还有些沮丧，但还有很多事情未完成，需要去做，所以不能这么快老去。感觉时间这么快，一天像飞一样，一周像一天一样，所以，要抓紧做事。相信这样的感觉，你我他，都有。

做一个向前不停步的人，做成一两件有品有力的事情，向身心健康的方向迈步，能够感受到生活的幸福和美好，能够给予别人很多的帮助并贡献社会，他的生命就是健康而丰盛的。我记下了这些很有力量的话。

翻看手机里留存的照片，看见 10 多年来与同事在每个 6 月排练节目吟诵 7 月的情景。正好与我今天的思绪和时间吻合。那就一起看他们的表情吧！

人是需要训练的，不能野蛮生长。人是可以训练好的，因为人人都能被开发。对美好的拥有和体验，是生命的荣幸和能量。

我的祝福祝愿是，人生没有成功，只有持续，只有成长！

"我就是读报读出甜头的人"

一条山村公路沿着清水河东边的山坡向上盘旋，爬上一道坡后，一座山间盆地出现在眼前。路边是一座传统的农家小院，这是海原县甘城乡甘城村五组 165 号宋维旭的家。从 110 省道到甘城村 21 公里山路上，邮递员风雨无阻，驱车向 77 岁的宋维旭投送了 20 年《宁夏日报》。

2019 年 12 月 16 日，宋维旭在孙女宋亚楠的陪伴下，乘车来到海原县城的宁夏日报报业集团发行站，赶在新年前再次订阅《宁夏日报》。记者听到这个美谈，决定去宋维旭家，体验一下这段"订报之旅""投报之旅"。

12 月 18 日，我们辗转来到宋维旭家。干净整洁的农家小院里，宋维旭正和孙女宋亚楠抬着书报箱，给多年收藏的书报晒太阳。说起连续 21 年订报的缘由，宋维旭告诉记者，就是因为读报读上了瘾。从 1960 年起，初中毕业的宋维旭先后在原固原县七营、开城、张易供销社工作，直至 1997 年退休，回到老家村庄干些农活。1974 年 8 月，宋维旭加入中国共产党。"那个年代，单位每天早晚都读报学习，我养成了读报的习惯，还爱记笔记。" 55 岁之后，没有报纸看了，心里空落落的，宋维旭就从 2000 年起自费订阅《宁夏日报》。在他的书箱里，从 1983 年第一本笔记本开始，36 年记的 100 多本笔记本整齐地摆成了一摞；500 多本（册）书籍、报纸，盛在 10 个大书箱里。

宋亚楠对记者说："我爷爷每天最开心的时刻，就是投递员送来报纸时。拿到报纸，他总会翻来覆去地看，常常忘了吃饭。"

2019 年 8 月 28 日，宋维旭读报时看到《中华英烈事迹读本》的信息，很感兴趣，第二天一大早，就乘班车前往固原买书。在市区，老人遍寻书店，找不到这本书，便求助在广东工作的孙女，给他网购了一本。老人对这个读本爱不释手，仔细阅读每一个章节。"共产党从哪里来？从群众中来。没有革命先烈的流血牺牲，就没有现在好的生活。"说起这本书，老人滔滔不绝。

"每次村党支部开组织生活会，宋维旭一趟不落地参加，还向大家宣讲党的政策，分享学习体会。"甘城村党支部书记何有玉告诉记者。

宋维旭一家养成了崇尚知识、诚实守信、勤劳淳朴的家风，村里人当着记者的面赞不绝口。20 年来，宋维旭最大的成绩单是培养了子孙两代两个大学生、两个中专生；2014 年，海原县委宣传部授予他家"书香之家"称号，宋维旭把奖杯放在主房最显眼的地方。他手指着奖杯，对记者说："我就是读报读出甜头的人！"

愿大地飞歌　人人吟诵

写字的以字为贵，写诗的以诗为重。20 世纪 80 年代，伴随着诗歌的兴盛，我与有着相同写诗爱好的学友诗友，在大哥屈文焜的引领下，且行且诗且珍惜，留存真心真性情。在别人看来也许算不得什么的诗歌，浓缩了文字的精华，抒发着心中的情感，在伴随家园故土巨变、个人进步成长的路上，更有致敬和唱响。因此，在喜迎宁夏成立 60 周年之际，让我们来倾听宁夏诗歌好声音，我愿和编辑一起主持策划推送"以诗致敬六十年"专辑。联系诗友相聚于宁夏 60 大庆的喜庆氛围中，召唤诗友拿出中意的诗作献给宁夏 60 年。我们相聚、见面的地方，就是为迎接宁夏 60 大庆干了大半年的《宁夏法治报》纪录版上。这一块空间更有穿越感、更有融会感；这一片光亮，也更能唤起激情和激励。

相信真实的力量——我们以诗致敬的理由是曾经在幽幽暗暗、反反复复中追问，我们以诗相聚的价值是再回首心依旧，热爱美丽家园，眷恋美好人生。

因此，我对本次"以诗致敬六十年"价值观的理解和倡导是，在我们依偎着的故土，在我们尽职尽责的岗位，葆有对精神和能量的持续拥有。

最好的纪念一定要有最好的表达，最好的表达一定要呈现仪式感。以诗致敬 60 年，愿大地飞歌，愿山川壮美，愿人民安顺喜乐，且来吟诵！

光亮人生　步履不停

小小序

世间最精彩的是人，所以说"人世间"。人里头总有一些稀有人，他们在引领和感染着人。精神光亮的人不会停步，拥有源源不断的内生力量。

珍惜当下的时光，守卫永不枯竭的源泉，对身边的事物倍加珍惜，抓住灵光闪现的瞬间，持续而有力地成长。这应该是一个人的姿态和行动！

报人一支笔，盯准人去写。赞亮的人，追亮的点，捕捉和展现人的闪光之处，是媒体和媒体人当有的职责本领。

年就要将我们紧紧拥抱

年关跟前，编发张兴昌的《人之将老说母亲》、宋武平的《葡萄干甜忆奶奶》，愿唤起每一个人的亲情，愿勾起每一个人的记忆。愿您带上这份报纸，回到家里，回到年里。

眼前，年的样子更加清晰，年的气息更加浓重。能够感受到年的脚步铿锵有力，牵着每一个人向年里走去。是的，很快，年就要将我们紧紧拥抱！

一年的承转起始必须由年来完成，365 天的最美表达一定是过年。年拉动着我们的步履，年触及到我们的心扉；年盘点着我们的辛劳，年打量着我们的欢颜；年抚摸着我们的口袋，年欣赏着我们的大方。

怎么说年也不过，怎样过年也都好。而魂牵梦绕的，当然是我们的亲人，当然是我们的亲情。只有过年，才让我们看见长者、稚子幸福的脸；只有过年，才让我们自己完全放松下来。

过年了，将一年的辛苦抖落；过年了，让奋斗的甘甜融化；过年了，这是中国的血液和文化；过年了，这是百姓的仪式和表达。过年了，我们都会在家风家教、亲情亲缘的融会中；我们都要在欢声笑语、推杯换盏的喜庆里。

年是对我们的犒劳，年是对我们的奖赏，年是对我们的检阅，年是对我们的激励。我们期待，我们迎接，我们大声说：恭喜你发财，恭喜你精彩，最好的请过来，不好的请走开，礼多人不怪！

过年最亮是家风

对不少人来说，常回家看看算是奢望。但过年回家是挡不住的到达！

过年7天亲，妈妈也会唠叨，爸爸也会做菜，所有的烦恼和忙碌，都搁一边去，唯有亲情弥漫，连睡梦也是香甜的。

而过年家中最光最亮的，是一家人共同聚集的家风。家庭氛围中，每一个亲人都在自觉自律中塑造和建设着自己的家风。

每一个人家中，都有一道属于他们的最亮家风。每一道最亮的家风，都各有各的不同。

我们看见数十人的一个大家庭，办起了自家的"春晚"；四世同堂，倾听着老人说那过去的故事；他乡归来的学子，捧出了奖状；常年打工的后生，向家人大大方方发着红包等；当然也有对一年中的失败、差距、失礼而自责和悔过者。

甚至从每个人的言行和表情，能看见和寻找到家风家教之脉络。仁义礼智信，温良恭俭让——多少美德在身上！

过平凡日子，聚家国情怀——中国人对家庭的看重世所罕见！著名社会学家费孝通先生说："中国的家是一个事业组织，不仅是生育设置，同时担负着经济、教育，甚至政治的功能。"

过年，是家风的呈现，是亲情的高潮。汲取了最亮的家风，融化着最浓的亲情，短短7天的融会融通，可以环绕和促进一个人的一年乃至长久的征程。

习近平同志强调，家风是社会风气的重要组成部分。家风好，就能家道兴盛、和顺美满；家风差，难免殃及子孙、贻害社会。

一年到头是过年，过年最亮是家风；亲人之间有榜样，比学赶帮正方向！

一本文学刊物的一往情深

20世纪80年代，西海固亮出两张文化名片：1982年创办《六盘山》文学杂志、1984创办《固原报》。在办刊办报中，始终把思想倾向和情感同改革开放、脱贫致富、群众生活融为一体，记录山区发展，为人民放歌，推出大量反映时代进步、沾满泥土、饱含深情，读者喜闻乐见的精品佳作。

这两个阵地舞台上聚集和散发的光亮，也吸引和推动无数的"西海固之子"成长进步。

跟许多文学爱好者一样，我与《六盘山》也有着难以割舍的情缘。在那个向往"诗与远方"的美好年华，《六盘山》上袁伯诚、华世鑫、米震中、李正声、王祥庆等"五湖四海支宁人"的文学作品，令我们喜爱并追捧。我们曾痴心不改，一篇又一篇向《六盘山》投稿探路。1984年寒冬，时任编辑的任光武来到宁夏大学找到我们，当面予以指点和鼓励。1985 年夏天，副主编屈文焜来宁夏大学讲学，我们都是聆听者。1985 年第 3 期《六盘山》在头条位置刊发了我的一首诗作，惊喜和激励伴我一生。屈文焜、王漫曦、兰茂林、陈彭生、戴凌云等，亦师亦友，永不言倦，互动交流，不离不弃，《六盘山》就是我们最为珍贵的精神纽带。杨凤军、单永珍、李方等，硬是靠丰厚的写作成就，跨入《六盘山》的大门，成为"掌门人""操盘手"。石舒清、郭文斌、马金莲，宁夏仅有的三位鲁迅文学奖获得者，他们与《六盘山》的交往，皆可以挥笔成篇。杨梓、火会亮、闻玉霞，三位文学刊物主编的成长史，留存《六盘山》难忘的情节。李成福、李敏父女，两代《六盘山》的编辑，传奇中传扬的是家国情怀、职责担当。

我们依然喜欢的文学，让我们总是眷恋且热爱着；我们依然珍存的精气，让我们没有懈怠还坚持着。

故土亲人"西海固"，千丝万缕《六盘山》！

喜捧系列丛书《石嘴山故事》

读书之人捧读好书，堪比品到美味佳肴。一周多来，我把得到的一套系列丛书——黄河出版传媒集团阳光出版社出版的《石嘴山故事》的装帧、目录、序言、后记一一看过，还重点读了其中一本《好山好水好地方》。其他 5 本接着再读。

有句老话说："谁不说俺家乡好。"故乡故土，家园家事，是一个人一生的魂牵梦萦。家乡好，则心里美，无论走到哪里，家乡是永远的根与基。在这个伟大的新时代，对家乡好又赋予更有价值的魂魄和力量。

石嘴山建市 60 年间，这块神奇的土地展示出一幅幅优美的画卷，呈现着壮美壮丽的荣光。建市之初，工业兴带动百业兴，山川以雄浑厚重示人；改革开放之后，沙湖开发，世人惊叹，八方来客，名扬四海；新世纪初，星海湖为城市增添秀丽，市民安居乐业，有了休闲胜地；近一两年，工业文旅小镇和绿皮小火车唤起激情，化古老为神奇，拍电影讲故事，几代人为之喝彩点赞！

《好山好水好地方》一书收录了几乎所有石嘴山美丽家园的作者美文。大体上来说，沙湖、星海湖、森林公园、华夏奇石山、石炭井工业文旅小镇、绿皮小火车等，更能体现时代的变迁，以及石嘴山人的家国情怀，改天换地、坚忍不拔的奋斗精神与创造精神。

阅读一本书，总能给人以启迪。读了《好山好水好地方》，留给我的启迪有三点：一是创新精神是事业发展的驱动力；二是要有一年精准干成一两件事的理念和行动；三是干事业一定要精雕细刻。以上我列举的沙湖、星海湖、绿皮小火车等石嘴山市著名景点，它们的开发和兴建，无不体现着创新精神。靠"金点子"化腐朽为神奇，用好的策划推动文化旅游事业发展，就全区来说，石嘴山市更显得有亮点、有作为。干起来，把该干要干的事情干到位，每一个工作日都不耽误，这是每一个人在职场必须具备的姿态和品格。在干事情的过程中，要有匠人匠心，要精雕细刻，要不惜实干苦干，不遗余力，良苦用心，才能获得成功。

当我捧读这套系列丛书《石嘴山故事》时，内心感叹的依然是这三点：创新精神、干成一件事、精雕细刻干事业。大家一定心有同感，这套系列丛书的选题、内容、分类、装帧、设计、印刷等都很讲究，给人精品佳作的印象，让人爱不释手、乐意阅读，也愿意珍存。致敬为《石嘴山故事》成书并出版的每一位奋斗者！

这套系列丛书的编辑出版，浓缩了石嘴山市60年的时光岁月，凝聚了石嘴山市干部群众的奋斗身影，展现了石嘴山市的创新创造，提升了石嘴山市文化宣传的品格，呈现出石嘴山市委宣传部能干事干成事的工作形象。

总之，值得学习，值得分享，值得珍藏。

到有百年树木的校园读书

家有考生，正在研判。上什么城市上什么学，种什么种子结什么果——高考志愿，开始填报！

1983 年我在固原二中文科班补习的 3 个月，是我最刻骨铭心的一段时光。短短 100 天相识的同学，堪比相处 10 年的同窗。因为，100 天更让我们真切地体验到幸福是奋斗出来的！

且看几位艰辛补习中的复读生的悲壮：郭庭明在补习期间患急性大叶型肺炎，住院治疗一个月期间，打着吊针的手臂还捧着课本。张天星连续十几天失眠，就多吃了几片安定片，结果昏睡不醒，我们围着酣睡的他，怎么喊也喊不醒。黄贵虎和陈学伟分别多次带我去他们家吃肉片，是担心我吃不好缺营养。马真和周勇课间拽上我去操场，我们一起吟唱《踏着夕阳归去》，晚风将你的长发飘起，半掩去酡红的脸庞，成为我们对大学愿景的最美向往！

以上几位同学，我们 1983 年都考到宁夏大学的各专业，马真戴着军帽上了上海师范大学。37 载年华，我们爱相随，我们多鼓励，我们永远在一起。没有经历过奋斗，人生就有缺失。而我们的生命，朝向丰富丰沛！

当然，高考不是人生通向成功的唯一路径，但对宁南山区的孩子来说，高考几乎是改变命运的唯一通道，栽什么树苗才能长得直，即使是高考被录取，上什么大学就搭什么车，搭什么车就走什么路。有的同学考到外省名校，从此一去不返，成为"国家机器"的重要零件；有的考取好的专业，拥有一技之长，一生受人敬重。一场高考，无问西东，天涯海角，人生迥异！

今夜此刻，千家万户。愿考中的你展翅高飞——今年 9 月乘上飞机去报到，在长有百年大树的名校里，听不一样的老师讲学，看不一样的同学表情，吃不一样的饭菜食品，而不总是吃臊子面、手抓肉、羊杂碎，看跟自己长相不一样的同学，让自己更有气质、更有范儿。

一场高考大戏，落幕也是启幕！

刘向忠捧着新书到宁夏大学

刘向忠，隆德县人，1971 年出生，一个痴迷文学并常有佳作见诸报刊的打工者。2021 年 12 月底，黄河出版传媒集团阳光出版社出版了他的散文作品集《天籁回音》。我 2021 年入冬去隆德县，约刘向忠一起采写《隆德暖锅子》，还在一个小店暖暖地吃了一锅。五花肉、萝卜片、干豆角、蚕豆子，热腾腾一锅烩，好吃得很！临别时，刘向忠送我一壶隆德名牌"四兴醋"。我跟他开玩笑说："君子之交淡如醋。"当时他念叨了几遍，说自己的新书出来了，就去银川一趟，给王庆同教授送上一本。他说他幸运地加到了王老师的微信，几乎每天都能看到八十几岁王老师的文章，有智慧有文采，很受益很敬佩。刘向忠今年春夏忙得不行，总是出不了家门，昨天终于抽出时间，背上书，搭上车，往银川跑。

今天早上我在湖滨街接上刘向忠，一起去宁夏大学王庆同老师家。敲开大门，甫一见面，握手请坐，笑声爽朗，连宠物狗"酸奶"也亲得不行，直往刘向忠的身上爬。王老师回忆他二十几岁以《宁夏日报》记者的身份，去隆德县采访的情景，说到几个地名并问是否有变化。刘向忠说变化大得很。刘向忠邀请王老师去隆德，旧地重游看一回。王老师说顶多去一趟原州区，把周边几个县的二十几个学生约到一起，见一面。我说春暖花开面朝原州，咱们一定去！

王老师对刘向忠说："你给我带来了你的书，我给你送两本我的书。"就坐下来在《我的宁夏时光》《青山无言》上一笔一画签名赠言。临别时，王老师嘱咐我："来一趟不容易，我陪不了，你好好陪一陪。"我说："好的好的，我带上刘向忠去看看我的新办公室，再去逛新华书店。"王老师说："银川有几个好书店呢，值得去！"

多少痴迷者，还在墨香里

办公室来了一位农民通讯员，叫张静耿，隆德人，现迁居闽宁村，说是仇长青的中学同学（仇长青与我大学同寝室），并从很旧的包里掏出几样东西让我看。全是20世纪80年代末90年代初我在固原报社工作期间的纸片贴报。好熟悉，有心有意的留存珍藏啊！来者只有一个心愿，就是想认定个通讯员，好在农村天地里、村民伙伴中"刷"个存在感。也是痴心一片，也值得点赞。

蓦然回首30年，纸短情长读报人！

多少痴迷者，还在墨香里！

有多少丰润化作一片夕阳红

智能手机除了电话、拍照、阅读，还有一个超级功能，就是能把几十年杳无音信的同学或朋友找回来。

这几年时兴的同学聚会，就是依靠了手机强大的联络功能。

手机帮我们找回来的都是谁啊？老师和同学。一个人一生愿意互动和相互维系的不会超过100人，超过百人的那些，不一定全是无效关系，但也达不到精神依赖。可以算一算，幼儿园就免了，小学的半免，中学的和大学的同窗不足百人。老师呢，能让人一生铭记的老师也就四五个。

我要找到你，我的100个；我要写写你，我的记忆里。今天抒写的，是我分别了36年之后，几天前有幸见到的中学老师金树礼。

青山依旧在，几度夕阳红。相见和怀念，都是美好，美好的酿成和珍存，历经岁月风雨，更为隽永，更加醇香。

聆听过佟铁鑫、刘秉义、杨洪基等人倾情演唱的《最美不过夕阳红》，在 2017 年 9 月 16 日我见到中学老师金树礼后，让我对歌中的表达有了更真切的领悟和感动。

金树礼老师，回族，银川市人，1967 年宁夏大学农学系毕业，在接受部队军营锻炼后，1970 年至 1981 年在原固原县三营中学担任化学教师。1981 年调回银川，先后在银川十四中学、银川十八中学、银川回中、银川唐徕回中任教和担任学校领导工作，还担任宁夏回民中学教育研究会理事长、全国民族中学教育协会常务理事。1993 年分别被评为自治区和银川市民族团结进步先进个人。2004 年退休。金老师把一生献给了宁夏教育事业。

我 1975 年 7 月至 1979 年 7 月上完初中和高中，1980 年 11 月至 1983 年 3 月，经考试录用为民办教师。无论是中学的求学时代，还是最初的代课教师经历，都在金树礼老师供职的三营中学。

那些年月，三营中学有一批来自五湖四海的好老师。金树礼老师和他的夫人吴凤宝老师分别教我们化学和数学。两位老师留给我美好而难忘的印象。金树礼老师讲一口银川话，铿锵有力，简洁果断，对学生要求非常严格。他刮过胡须、泛青的腮部，常常会让我偷偷地摸摸自己的脸——少年的长不大的脸。而吴凤宝老师往讲台上一站，光听她开口讲好听的普通话，就让我们沉醉了。吴老师的认真和耐心，让我们永远铭记。

金树礼老师虽说是学理科的，但他却拥有并散发着美好的人文光亮。1981 年初的一天，我听见他跟老师们讲，张贤亮《灵与肉》要拍成电影了。有一次他还向大家推荐电影《卡桑德拉大桥》。镇上电影院放映这部片子时，我们都去看了。他用银川话说出的"卡桑德拉大桥"几个字，富有力量的语调，深深烙在我心里，我可以模仿得很像。

这么好的一位老师，也给我的堂兄代过课，我经常能从他口中听到金老师的故事，我的父亲也能讲出金老师的传说。这些故事和传说，都关乎金老师的治学严谨和育人严格。

这么好的老师，在分别 36 年之后，我们终于在教师节之后的周末相见了。9 月 16 日晚上，毕业 40 年同学聚会在银川塞上明珠饭店举行，金树礼等老师应邀到场是最大的感动和亮点，50 多个"小伙儿们"都激动了，40 年前求学的情景重现。

总想对您表达，我的心情如此眷恋。我们看到 73 岁的金树礼老师身板挺直、身心康健，仿佛看到他在三营中学教我们踢足球时的身姿。

千山万水四十年，归去来兮少年心。这是美好而快乐的时刻，这是梦幻而真实的时刻。分别 40 年之后相聚，这是人生的胜利，这是生命的激励。感念这个好时代，感谢手中的手机，往事历历在目，是夜传扬美好。

聚散两依，此情难眠。当天午夜，金树礼老师把他退休后的画作发到同学圈里，让我们看到了一个不一样的金老师。原来，从 2006 年起，金老师参加中国书画院宁夏分院函授大专班，学习国画 3 年，毕业后主要临摹古今名师名家的作品，特别以工笔花鸟、工笔人物为主，也少有兼工代写的山水和写意花鸟。2008 年，《工笔扇面牡丹》被第三届全国回族书画展组委会收藏。2008 年，在全区离退休干部庆祝自治区成立 50 周年、纪念改革开放 30 周年书法、绘画、摄影展中，《工笔花鸟》作品获三等奖。

从与金树礼老师的交谈中还得知，他退休后，热心于教育公益事业，帮助争取到贫困山区回民中学信息化图书管理项目。他不忘叮嘱我们，把这次聚会活动做成纪念册，给三营中学送上两本，珍藏下来，让后人从中分享校史和精神。

哦，金老师，我愿走进您的最美"夕阳红"里；我愿采撷您的丹青芬芳；我愿追随您的足迹成长为您：乐观积极，健康坚实，传扬美好，活出风采！

大哥陪我们多少年

1983 级新闻毕业 30 周年纪念，刘世俊、郭雪六、王庆同、杨培民 4 位 80 岁老教授讲一堂课，赢得社会及校友关注点赞。

今天我要说的是 4 位年纪不怎么轻了的"助教"：薛金强、邬志斌、王健、王凤琴。

1983 年、1984 年，在大一、大二的时候，陪伴我们的年轻老师有周春宇、薛金强、程旭兰、邬志斌、赵明、李苗、王健、刘滢、王凤琴等。周春宇、程旭兰、李苗、刘滢等后来调到外地发展，赵明从事宁夏大学的行政管理工作。薛金强、邬志斌、王凤琴一直在宁夏大学新闻专业任教。王健与我同在报业职场。

所以，薛金强、邬志斌、王健、王凤琴也就与我们交往得更密切一些。

岂止是密切，甚至更亲近。这种亲近散发出的精神力量，非常难得。

其实，4 位并没有给我们直接代过课。当年在我们的眼里，他们只是以老师的形象、老师的形态出现在我们面前。

30 年，有多少人走散，又有多少人还在。

感谢时光匆匆还有真情，感谢岁月流逝还有大哥（大姐）。以至于如今我们的每一次聚会、每一家子女的娶嫁，4 位年轻老师都会到场，与王庆同教授相得益彰，气场足够大，光亮足够灿；寂静中芬芳，平淡中快乐；既有老师的风度风范，又有兄长的承接承担。

可以与我们同一首歌，可以与我们醉一场酒；可以有难时挺身，可以有忙时伸手；补齐了我们的精神短板，延展了我们的梦想空间；与我们策马同行，和我们共享丰盛。4 位大哥（大姐），俨然是我们 1983 级新闻班的"带头大哥（大姐）"！

我对 4 位大哥（大姐）的美好精神概括为：

品质优良，胜人一筹。他们都是因为宁夏大学 1983 年创办新闻专业，从中文系高年级学子中、从社会能人中选拔的好苗子，其综合素质、专业能力均是宁大目之所及的佼佼者。

自尊自信，有情有义。他们的大局观、仪式感、责任心，担当与付出，呵护与顾及，均留给我们难忘的印象。一句话：绝不会"掉链子"！

职场光亮，持续保有。他们在工作上的建树和作为，对工作的热爱和眷恋，是我们敬慕的"最大风采"。

从无懈怠，活出精彩。你看他们的表情，你看他们的身姿，你听他们的表达，你听他们的言说，唯有致敬！

回望 20 世纪 80 年代之初，我们有缘与这 4 位年轻老师相识相处。逝者如斯夫，不舍昼夜，我们同行，我们相携，亦师亦兄，亦真亦幻，一路走来，情感更浓。

紧紧地握住你的手，这温暖依旧未改变。大哥陪我们好多年，我们陪大哥老下去！

邬志斌老师带的学生获奖了

2017 年 5 月 16 日下午下班后，我去宁夏大学贺兰山校区文科楼 132 教室，这里展出宁夏大学新闻传播学院 2013 级贺烨（回族）、胡尔曼古丽·金恩斯别克（哈萨克族）、王珊、张雪 4 位学生的毕业设计作品。其中，贺烨、胡尔曼古丽·金恩斯别克入围映艺中心/映画廊主办的第二届"故乡的路"中国少数民族摄影师大奖比赛。胡尔曼古丽·金恩斯别克荣获"故乡的路"中国少数民族摄影师·青年摄影师资助奖。

4 名学生的指导老师是邬志斌。邬老师带着她们 4 年了，一起用心灵和镜头一直在"仰望星空"。

夜空中最亮的星——精神光亮的人不会停步！

1983年我考入宁夏大学中文系新闻专业，邬志斌是我们的摄影老师。许多个夜晚，我和同学在他负责的暗房里冲洗一张张黑白照片。34年过去了，邬老师怀揣一颗热情的心灵，凭借他的摄影技能，一路走来，桃李不言满心芬芳，此情可待痴迷不改。一茬又一茬的学生毕业了，致敬和互动的交流未曾中止。我和他们一样，总想表达对专注与热爱的礼赞。邬老师，谢谢您！

　　在这样的一个夜晚，我看见邬老师，他非常内敛而缄默地操持着场面。贺烨同学的"回族女人系列"、胡尔曼古丽·金恩斯别克同学的"亲人系列"，诠释着无尽的爱。沉静、温暖、干净甚至有些忧伤的画面，令我心动。灯光亮起，掌声不断，郭长江、陈会琴、武晓瑜等校友点评这些作品的话语非常精彩。我做了一个承诺：可爱的胡尔曼古丽·金恩斯别克同学，我们向你约稿，其他3位也接着刊发。

　　清晨醒来，看到午夜邬志斌老师给我发的微信："感谢你的助场。"我回了："感谢一个精神文明的夜晚。您很了不起！"

老父亲伏案写开了

　　我父亲1944年出生，中共党员，一生热爱读书看报。78岁的他，今年两度回固原老家，每次回来他都感叹，连个说话的都找不着了（去世的、瘫痪的、失忆的），在银川能见到说话的也就李佐虎、吴富山（均为宁夏日报社退休记者）等三四人，今年他们见得也少了。我提示父亲："你也可以跟你自己说话呀，我给你拿几个笔记本还有笔，把你从幼年记事起的故事写出来，每一天写几页，坚持写，把70年有意义的事情写完，给你出一本册子，让家里人读。"我的心愿是，父亲有个喜欢干的，特别是写写字，能激活脑力，对老年人有益。父亲表示同意。上周五我买了两个笔记本、一盒书写笔给他。但心里还是担心父亲干不起来，就没敢再追问。今天中午饭间，父亲悄悄告诉我，都写到 1967 年了。太好了，写起来就好！我翻看了其中几页，并提出给"写起来"的父亲照张相，他就坐下来配合。照出来的父亲，还真有"笔杆子"的样子。接着我们聊开了，他讲起家庭亲人中最先"吃上皇粮"、改变命运、拥有工作的我的大伯，很是兴奋。我就建议他，就这样跟讲出来一样，多写这样的故事，写得再细一些，不用着急，慢慢写，两三年写完都行。我还说："你好好写，有空了我陪你回固原，找那些健在的人说话去，找那些熟悉的场景拍照片去。"我父亲说："好！"

几天后的一个中午，随便翻了几页我父亲写的"记事"，看到了闪光之处。原来父辈和家族中，都有我不曾知晓的故事。

我父亲回忆 1967 年修建青石峡水库时，他负责给现场的施工者发放证明完成劳动量的票据并记工。一批从银川市、石嘴山市、固原本地发落来的"有问题"的知识分子，他们没有干过体力活，也下不了大苦。有的一看精神状态和瘦弱身板都令人同情，根本完不成规定的挖土运土任务。我父亲就趁人不留意时，悄悄塞给一些"分子"票据，这样就算帮他们"完成了"劳动任务。若干年后，遇见过几个当年的"分子"，他们提起那些艰难的情景和善意的帮助都很感激，都念我父亲的好。

我父亲说起我大伯张德川，连连夸他的好，说他是靠苦干实干和与人为善幸运地当上了国家干部。我大伯是 1957 年甘肃省第二次党代会代表，1958 年宁夏回族自治区成立后，当选自治区第一次党代会代表和第一届人民代表大会代表，工作数十年，有许多美好的经历和结交的好领导、好同事，也给家族带来改变。我父亲说他要把这些一一写出来。

父亲的付诸行动，令我感动。我在朋友圈发了我父亲写"记事"的文与图，引来点赞不断。有人留言："这是一个了不起的父亲！"我打电话给父亲，把这句留言说给他，还说："好好地写吧，我给您加油！"

芳草萋萋　可待可见

小小序

编稿子，办报纸，最愉快的经历，莫过于伏案编发师长和挚友的好作品。一枝一叶总关情，字里行间有传承！

有幸收到刘世俊、郭雪六、汤翠芳、王庆同等大学老师，以及志趣相投、同频同向挚友的来稿，阅读后别有一番滋味在心头，字斟句酌，倾力编发，仍有欲罢不能之感，于是一吐为快，挥笔而就。一组"编辑手记"，且看我心飞扬！

芳草萋萋　可待可见

报纸不能没有副刊，副刊不能没有文学。《人民日报》有个"大地"，《解放日报》有个"朝花"。20世纪以来，一些报纸的老总更是写一手好文章：邵飘萍、范长江、赵超构、邓拓、范敬宜、梁衡……他们的佳篇皆成传世精品。

文学的光亮映照着各行各业的人，当然包含政法君。有人说，中文底子不好的国人，思想不会深刻到哪里去。想想，还真是。

一万个理由，催促我们在办报中注重人文精神、文学范本的呈献和推送。因此，"未了笔会"今日登场亮相。

本期"未了笔会"刊发王庆同、兰书臣、杨森翔三位先生的近作。他们早年毕业于北大、北师大，学识渊博，人品楷模，值得敬重。可贵的是他们长于思考、笔耕不辍，始终以对社会、对人民高度负责的精神，传承和弘扬真善美。

我有旧情总未了。在纷繁急促的节奏里，太多的人依然痴迷于文学的创作和阅读。"未了笔会"开张，《宁夏法治报》愿筑这片芳草萋萋之地，引来更多的护花者栽培呵护，引来更多的有心人欣赏分享。

（原载 2019 年 1 月 10 日《宁夏法治报》）

教授为我们打了样

有幸收到了刘世俊、郭雪六教授从新加坡发来的游记和留影。他们去女儿刘方的工作生活之地探亲，游历山河，饱览美景，健康有力，活出风采，80 多岁依然是世界的一道风景！

2018 年春天一个给力的午餐，非常珍贵的一幕：5 月 19 日，在宁大附中东侧，一个叫广聚德的餐馆，我们的大学老师刘世俊、郭雪六、王庆同（三位教授都出生于 1936 年），与多名学生一起回忆当年中文系的学习情景。听到更多的是三位老师对我们职场职业的鞭策，对我们身心健康的忠言。

老师的话一句顶一句。刘世俊老师说："趁你们还在岗位上，好好干几年吧！"郭雪六老师说："哎呀时间太快了，都没觉得，我一下子就 82 岁了。我 42 岁时挨了一刀，40 年总共挨了 11 刀，把几个癌都打败了。收获到的是，一要求医，二要求自己。一定要学会跟自己沟通好。"王庆同老师说："今天来吃饭，我是骑车子来的。"我说："是共享单车吗？"大家都哈哈大笑。

1983 年 10 月 3 日，我揣着录取书，第一次来到银川，满心幸福地跨入宁大。记得报到第二天黄昏，晚饭后，王庆同、陈森两位老师来看望我们。他们四十七八岁，磨难和善意写在脸上，更像父亲的样子。

有一次新年晚会，刘世俊老师登台亮相，他朗读毛泽东的《十六字令三首》，字正腔圆，惟妙惟肖，我们听得热血沸腾。

1982 级中文系丁学明被分配到马家滩油田中学，郭雪六老师当众鼓励他："小丁同学，你就是马家滩上空的一只鹰，去飞翔吧！"丁学明的同班同学陈新平，现任乌鲁木齐市文化局局长，他每次来银川，我们小聚，陈新平都会站起来，模仿郭雪六老师的这句励志之言。我们每一个人，都仿佛飞了起来。

是的，刘世俊、郭雪六两位老师总是给我们言传的激励和推动。而王庆同老师总是给我们身教的感染和浸润。

感谢三位年过八旬的老教授，当年给我们教学识，如今给我们教生命。

飞鸿千万里，满心是力量。向 80 岁致敬！

（原载 2019 年 1 月 17 日《宁夏法治报》）

看见就是力量

朋友圈多是"德尔塔毒株"的信息，但我看到了"两股清流"：85 岁的王庆同老师推送 88 岁的汤翠芳老师《八一感言》；王健同志发送他们大学同班对"相识 40 年"的纪念场景，他们还给母校宁大捐款 200 万元。禁不住深夜就向王庆同老师约稿，希望他能将汤翠芳老师的美文予以刊发。王老师回复："天亮复。"天亮了，就收到王老师 8 个字："同意发表，照片随后。"他又操心我与汤翠芳老师互加微信。很快，经再次修改的文章和多张珍贵图片由汤老师发给了我。王老师也把他匆匆写就的短文发给我。

与两位老教授的短暂互动中，我见证和感受着他们对美好的挚爱、对时光的深情、对奋斗的眷恋、对做事的认真。

永怀深情、永葆激情；宁大气场、五湖四海；老师教诲、学子发奋……我们是20世纪80年代校园的一排排白杨，历经了一代名师的栽培养护。伴随我们终生的精气和营养，其中有源自吴家麟、汤翠芳、刘世俊、王庆同等老师的教材著述。因此，当看到汤翠芳老师的"感言"和王庆同老师的"印象"，很有着精雕细琢、字字珠玑、推动激励的感受。

大体上老年人都各有其乐：你跳你的广场舞，你打你的小麻将；我写我的文，我练我的字。大体上人以类聚，我更喜欢坚持思考、笔耕不辍而安度着的人们。所以，我赞美汤翠芳老师和王庆同老师！

暑热天气里，榕城的茉莉茶香飘来，宁大湖畔的清风拂来。定居在福州的汤翠芳老师和安住在宁大的王庆同老师，你们好，世界就好；阅读和致敬你们，我们的心情就好。

看见就是力量，请君都来阅读！

（原载2021年8月9日《宁夏法治报》）

那一束心底的光亮

每一个人都有属于自己的一束束光亮，但愿我们能有幸感受到并分享。

汤翠芳教授把她的《新年畅游兰卡威》辗转投给"法报文苑"，并谦逊地询问能否刊发。看到转来的她的微信文字，我的心被深深牵动：亲爱的教授，谢谢您的文字以及精神。能够被您的描述带领到美好境地，实在是一种幸运的获得。

昨日午休时，从朋友圈看到李仁安教授推送的《有个地方叫化建》，好就一个字，迅速用微信联系上他，提供小照加简介，分分秒秒都在光亮的传送中，好东西就是这样的"零距离"。

重要的是，编发汤翠芳教授的美文时，唤起对老教授吴家麟的怀念。斯人已去，精神长存。在游历河山中颐养天年，致敬所有健康的到达，满心祝福汤老师愉快。

而我与仁安师兄都是 20 世纪 80 年代初宁大的学子。老校长、老教授的形象、治学、精气、教养乃至浓重有力的福州口音，深深根植于我们心灵。正因为如此，将仁安师兄的文字与汤老师的美文同版编发，令我畅爽不已。

那一束心底的光亮，被我们捕获，被我们分享，被我们传扬。这是多么美好的表达！

（原载 2019 年 2 月 21 日《宁夏法治报》）

生命底色的力量

少年时姐姐的嫁日，中年时闺女的嫁日，都是牵动心扉的时辰。少年随祖父的远行和看见，迈向中年的回望和怀念，在这些亲情的弥漫中，唤起的都是生命底色的力量。

北风不大，雪花未飘，年快要来到。站在这年关的门槛前，我们有幸捧读王海文、田燕的倾心之作，很自然地唤起我们每一个人生命底色的力量、每一个刻骨铭心的亲情记忆。

是的，生命底色的力量，这是多么有感有品的一句表达。无论你长多大，无论你走多远，无论你有多贵，无论你有多贫，生命底色的力量，一直陪伴和催促着你，行进在人生的漫漫征程中。而打磨好生命底色的力量，离不了亲情的融会和呵护。亲人的真挚和善念，总是深深地渗透于我们的身心和教养中。

所以，世间最贵是亲情。在万家灯火齐亮、烟花爆竹齐放的大年，中国人的亲情表达达到极致。当我们读过今天"法报文苑"的两篇佳作，我们的内心已深深地感动。亲爱的家人，爱是我们唯一的表达！

（原载 2019 年 1 月 24 日《宁夏法治报》）

生生不息　呵护家园

伟大的作家雨果说过："回忆是力量之源，永远不要忘记纪念。开展纪念活动，如同点燃一支火炬。"2020 年 12 月 16 日，是海原大地震 100 周年。区内外的各类新闻媒体和文学期刊，以专刊、专题等形式，刊发了庄电一、王漫曦、石舒清等名人专家的纪念文章和图片，不少群众也以自媒体形式表达纪念。海原县委、县政府邀请国内、区内主流媒体及有关专家学者，隆重召开以"记忆·奋进"为主题的纪念活动，将"百年之祭"推向高潮。

作为当年震中地区灾民的后代，我们此刻同怀，内心感慨很多。这如熊熊烈火般的纪念活动，离不开几十年来那些默默点燃和接力传递火炬的人们。这些人中，有的已长眠地下，未能看到今天这样的纪念盛况，但他们的名字和奋斗史留在人们的心中。马天堂先生的这篇文章，就生长于海原大地震裂谷带上的那棵震柳之发现与宣传推介过程作了深情的回顾。

中国西北有种树叫胡杨，千年不死、千年不倒、千年不朽！宁夏西海固有棵树叫震柳，伟哉大柳、大难不死、百代千秋！

一方水土，生生不息；故土家园，我们呵护！

（原载 2020 年 12 月 24 日《宁夏法治报》）

文学的底色与光亮

1987 年 7 月，我从宁夏大学中文系新闻专业毕业，分配到固原报社，被安排到一位刚调出不久的编辑腾空的办公桌前，当起了报纸副刊编辑。

犹记得怀揣梦想手捧习作的文青们，一个个来到编辑部，我们共同谈文学说作品、盼发表共喝彩。戴凌云、朱世忠、陈彭生、古原、白军胜、石舒清、李方、杨风军、马永珍……《固原报》仅每周一个四开小版的"口弦"副刊，成为大家共同塑造文学底色的平台。正是这个小小平台，点燃和推动更多的爱好者持续追逐文学之梦想，最终向广大读者呈送文学之光亮。

当读过杨风军的《我的天涯》《松涛洗尘》两篇散文，既为他守望崇高精神、讴歌美丽家园的创作姿态为傲，又唤起我对当年那些美好细节的回望。

20 世纪八九十年代之交，我与在离城四五十公里乡下任教的风军、李方交往甚密，几乎每个月他俩都带着习作到来。对文学的痴迷，都写在他们的目光里、表情里。去年 11 月的一天，我出差到固原，邀约风军见面叙旧，他带来了牛红旗、高丽君、一画等年轻作者，大家一起再回首心依旧地表达着。他们的创作之丰盛、作品之精美，都优于当年我们年轻时。我钦佩风军的文学追求与信仰，也感动他对作者的栽培与呵护。从一名中学教师成长为固原市文联主席、《六盘山》文学杂志主编，风军是脚踩大地仰望星空般写出来、干出来的。走了这么久，你还没有变；人以同类聚，连接是文学！相信热爱和激情会佑护一个人的生命，通过每一天持续的营造和描绘，最终会与众不同。

习近平总书记说："坚持用明德引领风尚。"融入新时代的波澜壮阔，奉献激励人的精品佳作——这样的价值观我在风军的作品中读到了。

"我需要一个天涯，用来放逐自己，用来收藏无法言传的流光。"（林馥娜）因为拥有文学的底色与光亮，定会分享征程中的风景与芳华。

我来点赞：风军主编笔健，未了笔会呈现！

（原载 2019 年 3 月 21 日 《宁夏法治报》）

中山南街
47号

散文\随笔

土墙活得一锹泥　▼　王庆同

『我在《固原报》当编辑最初两年，石舒清在固原师专英语系上学。三天两头，总会收到石舒清的来稿。我对他独特的文字有种偏爱，所以编发见报的也就多一些……约他来编辑部一聊，石舒清回信说他的个子小得很，不大好意思出场……石舒清在他毕业的前一天……终于来到编辑部了，他手捧一个花束造型的工艺品，往我办公桌上一放，自我介绍是石舒清后，就笑着拔腿跑了……如今成长为著名作家了。』

（《笑傲此生无厌倦》）

『丑谊是我初中、高中的同班同学……只要是一场新电影放过，第二天，丑谊就能唱出主题歌。看过朝鲜电影《金姬和银姬的命运》后，丑谊课间把我拉出教室，啊啊啊啊啊地给我唱。我喜欢听丑谊唱……而我……只会仰着头向天唱几句而已。』

（《问询南来北往的客》）

『20年前我上小学，愁不过的课是算数，父亲「走后门」求到郭老师……我独自去吃「偏饭」，先挨30板，一把戒尺直把我的小手打了个肿……我的算数成绩却从此赶了上去。这位郭老师，系1956年上海支边青年……娶村姑，生三子……今年春节我回家见他，简直一个豁牙老头子。我提及当年的挨打，他朗声大笑不止。』

（《问询南来北往的客》）

『在我13岁上初中那年，父亲在镇上

参加一个干部会议，开这个会议有个收获，是与会者能够吃到一碗烩菜。父亲舍不得自己吃，来到隔壁学校，把我带到镇上一间大办公室。我看见有人端来一大盆冒着热气的烩菜，接着用一个大勺为七八个人分，每人一大碗……父亲看着我把这碗菜端到手，又递给我一个馒头，看我开吃了，才离开回家。尽管碗里菜多肉少，由于是羊汤烩的，还是很香。一名姓郭的干部很快吃完了，抬起头盯着我，问是谁家的孩子。当得知原委，他仰头叹息，脱口而出，又白吃了一顿。"（《一粥一饭思不易》）

以上4节，是作者在『随笔\散文』辑描述同事、同学、老师、亲人形象和性格的文字，文约而不简陋，灵动而不夸张。

『随笔散文』辑Ⅱ篇文章（1987—2023年），其内容，涉及人间烟火、人世凡俗、友谊亲情、风土景物、饮食旅途等；其意义，关乎人生感悟、生活哲理，具有较高的认识意义、教育作用、史料价值。

遵循散文随笔文体的普遍规律（文散意不散），当然是规范文章，但不一定是精品。精品应该在某一方面具有独到之处。本辑文章的独到之处在于，议论、抒情、记叙、说明不同，侧重文章里的人物描述都较精彩，提升了文章的质量，增强了文章的感染力。限于篇幅，这里未能详列风貌散文《唐徕渠的浪花》简笔勾勒桥头人世间人物形象的文字。有了这样的『活着的电视连续剧』，这篇风貌散文才精彩而少有。

当年我在油坊梁为自己盖了一间土房子，好友孙立义为土墙裏泥，边裏边说『人活脸，树活皮，土墙活得一锹泥』，意思当然不是鼓励『活』表面的东西，而是对做精具有关键意义之处的表述，人、树、土墙才活泛、活络、有生气。借用后半句做标题，意在强调好文章要有自己独到的『一锹泥』。

深情地讲述　真切地记录 ▼ 张　强

我1987年7月一头扎进党报阵地，融入新闻队伍，36年一路走来，办报纸写稿子，干了自己喜欢干的职业。那些曾经的成长细节，成为我的喜乐；那些远去的红花绿叶，依然在我心间生动。

从来不需要想起，永远也不会忘记。是党报阵地给予我生命的芬芳，是工作舞台给予我精神的富足，是新闻和文学给予我写作的热忱。报人报恩只有笔，日复一日坚持写——就这样深情地讲述，就这样真切地记录！

今年夏天

一生做一滴水，永不脱离海洋。

大学毕业后，我被分配在新闻单位工作，坐在雪白墙壁的办公室里第一次编改读者来稿，我心里涌动着愉快和神圣之感。

这是夏天，是阳光覆盖一切的日子，我不能从许多情绪中脱离出来。

想起这个夏天告别大学时与一位老师的分别。

在酷热的夏天，在我焦渴的心上，临别这位老师送我的留言是："一生做一滴水，永不脱离海洋。"

从心里感到他像父亲一样。他是许多年前从首都一所大学的新闻专业毕业后，带着火热的心来大西北扎根的。后来发生了他不曾料到的变故，一棵需要阳光和空气的绿树被摧残了，他被归类到右派遣送到农村改造。再后来，他便从艰难生活了近 20 年的山村回到城市，走进大学，像父亲一样，站在我们面前。

忘不了他那一滴水的力量。我们是受宠于他的鱼儿，在他温厚的河里游弋了 4 年。临别之前，我们几个同学去老师家坐坐，其间，发现了搁在书柜里的他的影集。我们怀着极大的兴趣看他在辉煌和灿烂年月里留下的一瞬。老师更是睹物思情，指着一张张照片，给我们说他的故事和他与别人的故事。

老师，这是我们不曾想过的你！

原来你跟我们一样有过属于自己的金色年华。

这是小小的你，想你那个时候该是怎样地被幸福笼罩着，看我们的世界，想你的未来，在幻想中度过童年、少年，走向青年……

我特别注意到你在你的大学里的留影：你登临缕缕阳光铺就的台阶时笑声如风一样流动的样子；晚会篝火正燃时，你用手风琴奏起《莫斯科郊外的晚上》或《喀秋莎》时的样子；你穿着短袖衫伏案于图书馆，蒲扇扇起知识的清风时的样子。

看你们一群同学在颐和园的合影。想那时的你们啊，该是怎样激动着飞出校园搞这样一次聚会。你挥动船桨时有力的双臂，你柳梢轻掠水面时站立着的姿势。老师，那时你心里荡漾着的是些什么？

我尽力想你与你的同学之间的故事。看你青春血液流动的那个年纪好不风度翩翩，想照片中那些穿裙子的姑娘中有没有你钟情过的。

在葱绿飘动、暖风飞扬的时候，在那恣意生长着的夏季，或许你默念着的她也正对你含情脉脉呢，你只是将有过的这些永远深藏在心底最柔弱的角落。老师，这是你带着革命的激情奔赴大西北的镜头。许多的友情、温暖和祝福洒向你，列车窗口你流泪的面孔。挥挥手吧，从此就是天涯海角了！在汽笛骤然拉响的那一刻，在列车沿着轨道直前的时候，老师你想过吗，有一天要你带着哀怨和受着折磨生活。向往白云、沙滩和色彩的年龄啊！

忘不了那洞穿岩石的一滴水，你陡然落下的声响，你溅起的水花，你水花折射的无限光芒……

我们是像老师年轻时一样幻想和闯荡的一群。就在这个夏天，我们要离开他的耿直、离开他的精神、热情、力量，我们怀着和他当年大学毕业时一样的心情，要走进更深广的海洋了。离别那天，他站在我们面前，他矮小而单薄的身躯，他一颗永不衰竭的心灵，他凝望着我们，像父亲审视儿子一样，送我们启程。我们是受宠于他的鱼儿呀！

就在这个夏天，我开始了另一种生活，我不再遇到我的老师遇到过的风风雨雨。就在这工作的第一天，天空很蓝很蓝，阳光很潇洒地照耀着，我很顺利地生长着。我想，需要的只是我的努力了，甘愿去做那一滴水，到了秋天，我就有收获了。到了明年、后年——想想未来，我就激动！

（原载 1987 年 8 月 21 日 《固原报》）

笑傲此生无厌倦

人海茫茫，总会告别，有一些人终将离我们而去。请看那些走完生命旅程的大家名人，他们留给世人的珍贵。著名经济学家、教育家陈岱孙先生曾说："我这辈子只做了一件事——教书。"他活到 97 岁，有 70 年的生命在执教。数学家陈省身生前经常对人说，自己一辈子只会做一件事，那就是数学。从 15 岁考入南开大学理学院到 93 岁去世，他的脑子像一架机器一样，为数学运算了 70 多年。人民文学出版社原总编辑屠岸先生，18 岁正式发表第一首诗作，一生都是诗人。2019 年，93 岁高龄的他又一次重译、修改、增补《莎士比亚十四行诗集》，原因只有一个："这是我一辈子的工作。"

生命中需要做一些减法，一辈子看上去很长，其实很短，短到来不及沉淀一下人生的价值，短到来不及思考一下职场的作为。

最美的时光永远都是过去的时光，最难忘的细节永远都是曾经的芳华。在我工作职场走到 35 周年之际，禁不住回望最初 5 年的经历。

1987 年 7 月至 1992 年 5 月，大学毕业后最初的 5 年，我是在《固原报》（现《固原日报》）度过的。初心出发之际，我与《固原报》这样一个稳健的阵地、美好的团队相融，找到了适合自己的基底，在自省自律中体悟，坚定本心前行，坚持做好自己的报人职业。

35 年前工作职场上的战斗，仿佛如昨；35 年前领导同事的风范，永驻心间。因为工作角色而延展的人际与精神，终身受益。

爱我们青春欢畅的时辰，看重人与人凑巧的藤葛，笑傲此生无厌倦，感谢我们还在路上、还在思考。

我把这些温暖身心的人和事讲出来，既是纪念和致敬，更愿铭刻和传扬。

20世纪80年代，我们的工作和生活状态与现在不同。那是与自然规律息息相关的工作状态，日出而作，日落而息，按点上班，班上坐镇，伏案笔耕，心无旁骛，太阳下山，骑上单车，安心回家。

我的老领导、《固原报》总编辑马玉平，每天骑着自行车上下班。上班期间坐在一把木制的椅子上，伏案工作，除了要上卫生间，其他时间就是一个坐在"冷板凳"上工作的形象，从没听闻他有一句抱怨。年少气盛，我未幸免。一次为一篇由我编发在副刊《口弦》上的小诗，马总编谈了他的不同意见，我听不进去，就"顶撞"了一句。事后很后悔，但也没敢找马总编道歉。两周后，逢开斋节，单位十几个员工吆喝着一起去马总编家祝贺节日，我听见了，也骑着自行车跟着去了。我们在马总编家吃了油香、馓子、雀舌面，我啥也没敢说。第二天上班，我听见马总编儿子马灵军（也在《固原报》从事编辑工作）悄悄对我说："昨天你们都走了，我爸自言自语说，张强今天能来，我最高兴了。"听他这样说，我的眼泪都快掉下来了。

美国哲学家理查德·桑内特在《匠人》一书中，把匠人定义为"为了把事情做好而把事情做好"的人。对好编辑来说，正是如此。他在工作的时候，不会想到第二天的奖赏，自己的修改可能会激怒记者，他也毫不在意。报纸时代，他根本不需要考虑读者，他所考虑的只是同行的评价和自己的内心。相比之下，记者的工作因为涉及的环节过多（采访、核实、写稿），往往不会达到这么专注的状态。记者的价值体现在采访上，作家的价值体现在写作上。对记者和作家来说，创造会给他们安慰。但是，如果你是一个编辑，你就注定只能更多地面对自己的内心。为了捍卫自己的职责，编辑常常会怒怼上级，不是他们不懂礼貌，而是沉迷于细枝末节不能自拔。这些细枝末节，就是编辑的全部技能。这些编辑匠，曾经绽放出充足的工作光亮。多么怀念有好编辑那种状态的时候！

丁金尚和张隽义，两位先生就是我心中的好编辑。1987年7月我参加工作第一天，就被安排与老编辑张隽义同一个办公室，办公桌相挨相靠，我们面对面而坐。方格稿纸上，老张把每一个字写得跟书法一样，我就跟着他学，养成一笔一画编写稿件的习惯。他早晨上班第一件事，是沏一大杯非常浓的花茶，每喝一口，他都会"啊"地舒服一下。这个习惯也影响了我，这些年我办公室的杯子从来都是超大的，最爱喝的茶一定是茉莉花茶。老张是当年的北京知青，北京人就好一口花茶，这是多年以后我才知晓的。

丁金尚是副总编辑，当年从宁夏大学中文系毕业时没有回家乡平罗工作，而是义无反顾奔向固原。先后做广播与报纸工作时，他都担当编辑。任何文字、标点差错，都别想逃过老丁的火眼金睛。他还有一大嗜好，就是收集资料，不是剪辑和写在卡片上那样，而是自制大本子，一页一页地誊写上去。这样的大本子，老丁写了不下100本。

老丁和老张都已离世，他俩好编辑的形象，凡在《固原报》工作过的人，都不会忘记。老丁是黄渠桥人，他当年给我描述过好吃的黄渠桥羊羔肉，我听了也只能馋一下嘴，根本吃不到。如今每次吃黄渠桥羊羔肉，我都会想起老丁，也会想老丁那些亲手集成的一本本资料都哪去了。

我的老领导闻希贤，固原地委秘书出身，担任总编辑时沉静而有定力。由他主持办的报纸，报风稳健、绵厚、隽永，由他带的队伍，坚守、坚定、坚持。副总编辑杨立衡乐观善良、轻松有趣，一生痴迷摄影，不仅职场上颇有建树，而且将拍摄技能传给后人。办公室主任王文玉调度有序、管理有方、高效实效、值得学习。他们健康活着，是我最大的心愿！

有几位领导和同事过早离世，令我不得不叹息生命之脆弱。经历那年那月那时代，人们多在精神沟通和饮食习惯方面存在缺失，这些也限制了生命质量的提升。我们应当从中受到启发。

哈佛最新研究表明中年发福乃百病之源。健康的饮食习惯和生活方式，对于预防体重增加至关重要。而一个人做到和做好与他人沟通、与自己沟通，避免成为一个孤独无援的人，是一门生命的课程，每个人都要用心研读并做好。

一个合格的中年人，一个成功的标准就是，要对自己有办法，包括外貌体重、精神状态等。

人在职场，唯有专注。越是生命力饱满，专注于事情本身的人，越不会拘泥于身份。他们懂得内驱力对一个生命成长的重要性，只有保持内驱力，拥有高度的自律和耐心，付出的汗水才能开花结果。

我职场的头5年，有幸与一批能人干将一起，奋战在党的新闻事业战线，他们勤奋、乐观、坚韧，其品质之亮光，雕琢我、塑造我、完善我。

1991年夏天，我与刘长青搭上班车，到宝中铁路建设工地牛营子采访。一天下来，都没有吃一顿饭、喝一口水，但我们写成的《古道新曲》，第二天以头版头条见报了，并获当年的宁夏新闻奖。刘长青是军人出身，他的吃苦耐劳和勤奋多产是我学习的榜样。没有人能随随便便成功，刘长青如今成长为自治区政府副秘书长，是他苦干出来的。前不久见面时，他说："工作太忙了，压力也大，晚上睡觉手机得开着，半夜领导召唤，爬起来就到岗。"

1990年11月，接到宁夏记协举办文艺汇演的通知，总编辑闻希贤安排我挑头准备。我请杨民武、陈显、马永军等参加排练。他们二话没说上阵了。特别是杨民武，他比我们大几岁，要蹦蹦跳跳地练十几天，硬是坚持了下来。他的热情和积极、勤奋和刻苦，是我们这些兄弟们从心里敬佩的。我们共同排练的蒙古族舞蹈《草原骄子》去银川参演，大幕拉开，满场喝彩，获得一等奖。

张隽义调离后，我和何富成了对桌。他痴迷于漫画创作，每天都画到深夜 12 点，半夜走出办公楼，他总会仰天而唱，一声"我家住在黄土高坡"，会把办公楼后家属区睡着的我唱醒。这是何富成对渴望改变命运的吟唱和呐喊。后来他终于成功了，荣获大奖调到宁夏日报社，评上高级职称。1992 年 7 月，领导派我去北京采访写稿，没有采访对象，我就去敲《讽刺与幽默》编辑部的门，打着何富成的名义，全成了。采访结束后，副主编夏清泉托我把何富成的奖杯带回来。说是奖杯，其实是一块大石头制作的。七月流火，背着何富成的"奖杯"爬上北京站返程火车车厢时，汗水把我的脸都洗了，双眼都睁不开。前不久我们相聚，我打问起这个"奖杯"，何富成说："在呢，我老婆拿它压酸菜呢。"

我刚到《固原报》工作时，《固原报》还是周报，后来改为周二报。每周只能看到一期，把人能急疯。我和谢国苍会跑到印刷厂等报纸印出来。当我们拿到还散着墨香的报纸时，或站或蹲在印刷厂门口，一遍遍看个不停。

亲不亲，战友情。当年我送儿子上幼儿园，好不容易变花样安顿下，要拔腿小跑逃离，没想到另一个小家伙追出来抱住我的一条腿，山呼海啸一顿哭，原来是同事孟永辉的娃，一眼认出我是他熟悉的人，先来抱大腿，接着再哭叫，哭声里全是"赶紧把俺带回家呀"的呐喊。平时没注意过小家伙认不认得我，也没打招呼说过话，不小心关键时刻被盯准啦。该小孩现在 30 岁啦，也不知他工作在哪。有一次在朋友圈发过这个细节，一朋友留言："这娃现在北京一家媒体干呢。"哦，遗传他爹了，孟永辉现任央广甘肃站站长，事业干得正欢呢。

我在《固原报》工作 5 年间，主要角色是副刊编辑。我本是学新闻专业的，由于爱好文学，大学时发表过几首小诗，加之初来时副刊编辑罗致平刚调走，我就有些理所当然地坐在了罗致平坐过的办公椅上。在这个岗位上，自然要跟作者们打交道。以副刊《口弦》为阵地，我认识并结交的"西海固"作者有屈文焜、任光武、李云峰、王漫曦、李成福、陈彭生、兰茂林、戴凌云、朱世忠、火仲舫、虎西山、张铎、李方、杨风军、罗存仁、钟正平、古原、朱进国、于秀兰、张嵩、赵炳鑫、刘宏章、赵宗民、马永珍、刘鹏凯、冯雄、左侧统、白军胜、石舒清、梦也、郭文斌等，还有靳守恭、田庆林、魏坤、张九芳、柴培科、沈克斌、伏兆娥等老同志。我还记着与他们每一个人的交往情景，想起来，很温暖。20世纪八九十年代，他们心中有爱，笔端传情，不仅为《固原报》增光添彩、锦上添花，更为"西海固"文学发展、地方精神文明建设添砖加瓦、不遗余力。他们中有的如今成长为栋梁之材、文学旗手，引领着更年轻一代持续有为、书写佳篇。

石舒清现在是大作家了。我在《固原报》当编辑最初两年，石舒清在固原师专英语系上学。三天两头，总会收到石舒清的来稿。我对他独特的文字有种偏爱，所以编发见报的也就多一些。记得我俩还多次书信交流。当时固原城比巴掌大不了多少，为啥就不能见个面？我在给石舒清的回信中约他来编辑部一聊，石舒清回信说他的个子小得很，不大好意思出场。这个把我逗乐了，我就来劲了，再约他，并说好几个伟人就是小个子嘛。结果，石舒清在他毕业的前一天，即要离开固原城回海原工作的当紧关头，终于来到编辑部了。他手捧一个花束造型的工艺品，往我办公桌上一放，自我介绍是石舒清后，就笑着拔腿跑了。人走了，我在想，个子是有点小，但不至于影响亮相。可见，人们看重的"自身问题"，基本上都被自己夸大了20%。

此后两年多，我有过两三次去海原县采访的经历，每次去都住在海原招待所，那儿的炒土豆丝、羊肉小炒美得很。海原招待所基本上都是砖瓦平房，仅在东北拐角处有个二层小白楼。入住平房是宾客们的常态，小白楼似乎只接待各级领导。有一次不知咋回事，我居然住进了小白楼二楼。房间挺大，沙发也多，石舒清、冯雄、左侧统、梦也等六七个海原作家都来了，坐得下，聊得美，让我体验到当编辑的神圣感，还有那么一点点架势。大约是1993年的某月某天，我调到《宁夏日报》工作一年了，石舒清也从海原调到宁夏文联，他有些"水土不服"，就来找我，在报社四楼的大平台上，我俩有了较长时间的交流。石舒清表示要返回海原，说还是老家让他心踏实、让他笔更健，我力劝石舒清坚持下去，不要轻易返乡。多年以后，已成名成家的石舒清在创作谈中还说起我俩当年的一些互动。我看见这些文字很感动，感动的是石舒清还记着"初心"与"出发"。当年他只是写些片段式随笔的大学生，如今成长为著名作家。没有人会随随便便成功，石舒清禀赋中的细腻、心性中的恪守、文字里的温暖、不遗余力的刻苦、行文做事的低调，我都能从他的作品中读到。我就是他最忠实的粉丝，没有放过他每一篇作品！

前不久，《宁夏法治报》刊发戴凌云的油画作品后，引起转载和点评。我等油画门外汉所看见的至少是精雕细刻。何富成在朋友圈给我留言："戴凌云是我考美院时的考友，他考上了，我回乡了，算来40年未见了，都近花甲之年了。"我回复何富成："往事如烟，一路赶来！"

戴凌云先生的职场生涯，干美术编辑、当美术教师，从来都没有丢下画笔放弃创作。他从小小少年画到59岁大叔，一路勤奋而持续。他在新世纪初年调往《兰州晨报》之前，我们交往交流还不少，有时候他还来我办公室聊天，所聊内容基本上都是文学方面的。他是那种颜值气质、学识素养俱佳之人，从我记着的戴凌云的"两样菜"，可以体现我们的精神互动，当然细节中体现的还是精雕细刻。

1987年7月我大学毕业分配到《固原报》上班，在城里很快寻找、拜见了自己的"同类"：陈新平、陈彭生、兰茂林、戴凌云等。戴凌云也是1987年大学毕业，从上海师范大学回来在固原地区文联《六盘山》编辑部当编辑，很快成婚有家。戴的媳妇儿是个美人，还做得一手好菜。有个星期天下午，我去戴在文联大院的陋室小宅，翻美术杂志、聊诗歌话题。一直扯到饭口，戴再三挽留我吃饭，我就留下了。看见戴妻西红柿炒鸡蛋的烹制流程与众不同：先翻炒三个蛋，盛出来，再倒些许油炒西红柿块儿，接着再把炒好的蛋倒进锅里，放一撮盐，混搭翻铲，红黄相间，盛到盘子，好看又好吃。这手艺颠覆了我的炒菜观，因为我们都不会把炒好的蛋盛出再炒西红柿，都缺少这一道"复杂"的工序。这个小小工序，包含着多少耐心和匠意！我学习了，记在心间。

大约是 1993 年冬天吧，戴在新供职的罗家庄宁夏教育学院住宅约我和陈继明、刘中等喝酒吃肉、划拳猜拳。我是提前到的，敲开门，穿着围裙，正在做红烧肉呢。看见戴朝烧旺的油锅里倒蜂蜜，很快激起沫浪，五花肉块儿下锅，刺啦啦一阵响，翻炒，加水，盖锅，一个多小时后，我们就吃上了世界上最好吃的红烧肉。"最好"的原因，我认为既与蜂蜜有关，又与戴凌云用心有关。

30 多年了，时光岁月中我不一定是家中的烹饪高手，但是我来做西红柿炒鸡蛋、红烧肉时，都是用戴凌云家的工序和方法来做，这两样菜成为俺的主打和拿手，在家人和亲人中留名留味。

当然，比起戴凌云的这"两样菜"，我自知不可能超越。所以，期待去一趟兰州，去老戴家，就吃他家的这"两样菜"。当然，如果约上陈继明和刘中同去，那就更美了——豁豁吃包子，美上鼻梁杆子了！

作家陈继明 1984 年 7 月从宁夏大学毕业，分配到泾源县教了几年中学生。那段时光中，离他最近最大的城市，是跟铁岭差不多大的固原城。有一天，忘了是谁把陈继明带到了固原报社，来找我啦。我们相见的理由当然与文学有关，一是他是我的师兄，他大四时我大一，他大学时代就在一些文学刊物上发东西，令我敬慕；二是我已是《固原报》的副刊编辑，像陈继明这样的高手，能约到他的稿子刊于《固原报》，是双赢的好事。总而言之，我俩虽不曾深交深聊，却也是不见时心里都有相见时足够亲近的关系。

那次相见于我的单位，我满心欢喜，还留他吃了午饭。吃饭的地方是办公楼后的一间平房，我把它当厨房。做这顿饭的是我的母亲。我们围着饭桌大聊时，我母亲擀面切肉的样子就在眼前。这一顿手工长面，配上油泼辣子、萝卜菜丝之类，都是我母亲的拿手菜。好像还有陈新平、白军胜在场，我们每人至少吃了两大碗。估计有人还想多吃，只不过不好意思再伸碗要。几天前，在微信里互动，陈继明留言："臊子面可以，你家的案板我还记得！"

那温暖的细节，不仅让我回味陈继明的那次"寻找"，而且还想起了我的另一次"寻找"。

2013年5月19日，我在深圳参加文博会，最后一天空闲，我想见在北师大珠海分校教书的陈继明。早餐后我就出发了，从蛇口乘船去珠海，提前也没联系他。大海茫茫无信号，待船靠岸时手机才有信号。打通陈继明的电话，他问我在哪，我说在船上，我问他在哪，他说在岸上。应验了那句：凡寻找必找见！上岸相见，陈继明说还有他的一位青铜峡发小，自费来珠海，是带着他的邮品来参加世界集邮展览的。陈继明遂带我去了展览现场，我们三人在邮品展板前合影留念。这位来自宁夏青铜峡的集邮爱好者的邮品主题是哥伦布发现新大陆！接着陈继明在一个湘菜馆子大宴我们一顿，饭后他驾车送我去机场回银川。还有足够的时间，我们就在机场茶座上又神聊了一个小时。此次见面仅是几个小时，却丰盛如游览世界。

后来有一年，《宁夏日报》记者谢国苍带话给我，说有一位青铜峡退休的先生想专程来银川请我吃一回饭，没有啥目的，就是想见个面聊聊天。哦，是那位在珠海见过的"哥伦布"啊！因为我忙碌，一直未曾见个面。继明，你下次回来，我把那张照片做个大背景板，我们以它为背景，再约上季栋梁、权锦虎、刘中、火会亮、张涛等，坐沙发聊臊子面和案板，当然，"哥伦布"非得约来。

35载笔政，干的都是爬格子的事，直到现在，我还是个"老文青"，愿意并混在一搭里的，仍是文朋诗友。物以类聚，人以群分。无怨无悔，幸甚至哉！

（原载《六盘山》2020年第6期）

留住留存多少人

2012 年 7 月，我儿子考上硕士研究生，在出发去攻读时，我送给他一个小小的徕卡相机，并说了这样一段话："从今以后，你要经历很多事遇见很多人。一个人一生留住的人不会超过 100 人。就用这个相机拍下这100 人，亲人、同学、朋友，拍下他们的面孔、他们的温度，再写下与每一个人互动关系中最难忘的细节。这样坚持做好，就会是一本最好的'生命记录'，可以出一本很好读的图书。"

我儿子因为学业紧张以及参加工作之后的忙碌等原因，这个"生命记录"基本上落空了。不过我终于明白，能沉静下来记录人生细节及生命状态，不是二三十岁人分内的事。对生命的珍重和感怀，正是我们这些年过半百之人的长项。

我决定做这件事。幸有智能手机这么一个好东西，它随时都能发挥记录的作用。比起当年我们只能靠大脑记忆来留住那些难忘的人、难忘的场景，如今手机可以帮助我们留存一切美好。

我翻看过往的手机记录，愿把这几年留存在微信里的人以及我当时记录下来的文字，打理一番，发表出来，表达"留住留存"的珍惜。

当我整理这些人与事时，我发现留存在我心中的人，都是对生命充满激情和渴望的人。他们都是内心闪闪发光的人，那些光从他们的眼睛、他们的口齿中跑出来，成为形成我们共同气场的力量。

生命旅途，一个人将会越来越信任艰难的事物，以及在众人中间感到寂寞。不过，在拥挤的人潮里，总会有那么一些人，被你留住，值得你留存。

与你同行的人，比你要抵达的地方更重要。

经年不见的人一直都在

贯穿生命的灵感和诗意，一定与成长的时代和环境关联。20世纪80年代有一个"诗歌中国"的氛围，特别是大学校园的学子，既是80年代的好青年，又是长发飘飘的小诗人。

文学的阅读和雕琢，让那个时代的青年都拥有一种特别的人文气质和情怀。永远有多远，这种气质和情怀就相伴多远。人海茫茫，总有留存。当读过海军、继明、西山诸位先生的诗歌，这种永远的感觉却上心头。

20世纪80年代末，我作为《固原报》的副刊编辑，多次编发过海军、继明、西山的作品，也甚为喜爱他们的文字，对他们丰富的精神和丰盛的创作多有敬佩。30年一路走来，没想到还有这样的以诗致敬机缘，仍然是编辑作者的互动与成全。千山万水，涛声依旧！

共同的恪守无需强调，礼尚的遵从向来有序。即使有些人经年不见，而他们坚守着的精神、沉静中的思考、未曾停歇的行动、长长久久的阅读、持续有力的成长，都在时间和空间中弥散蔓延。有幸读到的这些文字，正是他们"寂静与芬芳"的表达。

家国情怀，故土亲人；职场责任，奋斗甘苦；故交新朋，千山万水。

我们依然喜欢的事物，让我们总是眷恋且热爱着；我们依然珍存的精气，让我们没有懈怠还坚持着。

心有光亮不彷徨

1999年隆冬的一天，我去银川南门附近宁夏医学院附属医院（现宁夏医科大学总医院）开设的二门诊看病，在交费窗口等待找零钱拿处方，发现收费窗里桌上玻璃板下压着剪下来的一篇文章，标题是《四十岁的困惑》，作者袁进明。我在报纸上读过这篇文章，但让一位长发美女收费员剪下来并压在玻璃板下"陪读"，很让我惊喜。我几乎是跑回单位，找到了袁进明，把看到的情景描述了一遍，并鼓励袁进明赶紧去找这位美女读者。他去没去，没有求证，但我相信，拥有这样的读者粉丝，谁不高兴呢！

2013年3月，袁进明的作品集《悠悠我心》出版，看到书中有一篇写原州区六窑村村民阎秀芳和小女儿自费创办乡村幼儿园的报道，因阎秀芳的长女王晓莉是我的高中同学，正好有一天我要回固原参加另一位高中同学儿子的婚礼，应该能见到王晓莉，就向袁进明提出带两本《悠悠我心》给我女同学。厚厚的两本，带去了，喜事婚宴上，女同学接过《悠悠我心》，几乎要落泪，原来她的母亲已去世。她托我代为感谢袁进明，为能有记录母亲的文字而感动。

我见证了袁进明文笔的真实纯朴，也见证了他阅读和写作的痴迷与情怀。能够拥有书香陪伴的人，定是世间丰富开心的人；能够勤于思考笔耕不辍的人，定是心有光亮不会彷徨的人。

写过《四十岁的不惑》的袁进明，如今已跨过花甲之年，20年我们曾在一个单位共事，后来又在不同岗位奋斗，但我们的方向清晰，步履不停，互相激励，保持思考与写作的责任和习惯从未中断。

编发完袁进明两篇情真意切的散文，我的心中涌动快感和敬意。60岁，只不过是人生爽朗的哈哈大笑——路还长，书做伴，笔锋健，老袁继续！

从北京买回的两本书

两本新闻界大咖的著述：一本是艾丰的《经济述评自析集》，一本是张建星的《观念不是正方形》。前本 1995 年初购于北京金台西路人民日报出版社书店，后本 1992 年夏天购于北京王府井书店。1995 年 7 月，坐火车去北京出差，北京站下火车乘 9 路公交到水锥子，住在住过了的人民日报社招待所，办理入住时还要提供单位开具的介绍信呢。1992 年 7 月，被派往北京组稿采访，逛王府井书店是必修课。

1995 年我作为宁夏日报社驻石嘴山市的记者，驻站工作一年，随身带的就是艾丰的这本书。每次提笔写稿前，都翻看一遍，包括标题、结构、行文等，艾丰的激扬文笔、缜密思辨、观点表达等，都别出心裁，堪称一本最好的新闻采写教科书。

张建星一开始是天津日报社的记者，《观念不是正方形》就是以"今早相会"个人专栏每天发表的，结集出版成为他第一部作品。2006 年 3 月，我与单位几位年轻同事去天津日报社考察学习，社长张建星专门腾出时间接待我们。他接待来访者的标配是邀客人一起坐在天津日报社造型像一艘大船的顶部，那儿是他亲手设计的咖啡厅；他手中必握一瓶法国依云水；他激情四射的讲述，一定会把客人带向澎湃。张建星的同事私下告诉我们，去解放日报社考察，晚饭后，他们一起去外滩，张社长要求大家跟着他，向对岸的东方明珠金茂大厦大声呼喊：上海我爱你！

2017 年 4 月，中国报协在海口召开理事会，茶歇时，我主动走到会长张建星跟前问候，自我介绍后，提及珍藏的《观念不是正方形》，他哈哈一笑，说："好早了！"

五指打开喊放手

2008 年 9 月 8 日中午，我与爱人将考到哈尔滨上大学的儿子安顿好后，一起在学校西门一个叫"千口顺饺子府"的饭馆吃了分别饭。走出饺子馆，我们打上一辆出租车，向学校北门驶去，那儿离儿子的宿舍近些，把他放到北门，我和爱人不用下车，就直接去机场乘机返家。

养了这么大的儿子，第一次要留在千里之外，一家三口，个中滋味尽在沉默寡言中。说好的不下车，但是当坐在前排的儿子下车后，我紧跟着也跳下车，追过去。千言万语，无从谈起，父子对望中，都忘了是在别离。猛然间听到一声大喊，是年过半百的出租车司机伸出头，一只手五指不断地合拢又打开，不停地随着这个动作在喊"放手放手"。我就赶紧跑回来上了车，发现爱人在低头用纸巾拭泪。出租车司机宽慰我们："孩子大了，要放手。"

哦，放手放手！是雄鹰，总要飞向天空；是小鸟，也要出去觅食。每每想起这声浑厚响亮的"放手放手"，都给我增添着激情和力量。

那次到机场下车时，我与这位姓马的老司机互留了电话，表示若再次来到哈尔滨，就打电话约定用车。就在两个月后的冬季，我又去哈尔滨，在首都机场转机时，我拨通了老马的电话，请他到哈尔滨太平机场接我。老马高兴地答应了。在那次车上几十分钟的交流中，知道他是国企下岗工人，家中育有一个身体残疾的儿子，二十几岁了。我听到这里，不忍再多说话。出租车行至宾馆门口，结账时我说不用找零，老马再三执意要找，言语、表情全是自尊和倔强。我只好听他的，拿回了 30 元钱。

从 2009 年起，12 年间，每年除夕，我都会收到来自哈尔滨的祝福短信，发短信的主人就是这位老马。而我的儿子，在哈尔滨上完 4 年大学，又去别的学校读硕士，毕业参加工作都满 7 年了。

鲁能球迷祭先生

2013 年 10 月 29 日，我携父亲、妻子、儿子，乘坐银川至青岛的火车，到济南下车。此行按礼节拜访了儿子的女朋友父母一家。因目的地是淄博，离济南百十公里，通过朋友介绍，我们租用到一家公司的一辆轿车，说好费用、时间等，就上路了。

我坐在副驾，一路上与司机找话题聊天。司机姓祭，比我小几岁，有着山东男人特有的敦实和口音。聊着聊着，就聊到共同的爱好上了——足球。他是山东鲁能队的超级球迷，从桑特拉齐、伊万、图拔到布拉泽维奇，从宿茂臻、李霄鹏、李金羽到韩鹏，他无所不晓，能说到某一个精彩进球。他还表示，如再有机会到济南，请我去主场看球赛。

除了在车上聊足球很兴奋外，对我携三代家人来山东认亲求婚，祭先生更是大为点赞。也许正是因为这么一个礼仪，祭先生这些年每年过年都会给我发来祝福短信，今年过年依然如此。我把祭先生发短信的事告诉我儿子儿媳，他们咧嘴一笑。我把这事告诉我父亲，我父亲说："山东人，重礼节，要学习！"

"彼此彼此" 4 个字

2004 年 10 月中旬的一天，在重庆参加一个业务会议间隙，我独自去解放碑抓拍街头市井，看到一个户外 T 型台上，一支由各种肤色的国外模特组成的队伍在走秀，吸引着很多人驻足观看。我咔咔咔拍了不少，并生出念头，能不能把这些模特引到银川，也搞这么一场。

当天晚上返程，我在重庆江北机场候机时，猛然间看见长得和 NBA 明星一样的大个儿黑人走过来，这不是白天走秀模特中最高的那位吗。我把相机打开，让他看照片，他看见了自己，一脸惊讶，用结结巴巴的汉语说："是我是我，怎么回事？"我就一通比画描述，并邀请他和伙伴能不能有机会去银川表演。他当即把我带到同在候机的一个中国女性面前。原来，这十七八位国外模特是北京服装学院的留学生，由中国女老师带队，趁周末到各地"走穴"挣钱呢。

来银川的表演最终未能成行，但我与这位中文名叫小康的美国黑人小伙有了持续交往。

那年冬季，我去北京出差，打通了小康的电话，约定在一家咖啡店见面。他很快到了，见面礼是给我一个拥抱，很正式地带着一套合作文案，坐下来用不标准的中文与我"谈判"。

后来几年，只要去北京出差有空闲，我都会约小康，一起吃饭聊天，他还介绍与他同寝室的美国白人同学秦伟与我认识，并一起交流中国文化艺术，他俩曾心切地对我喊："我们要去银川！"

由于条件限制，小康和秦伟来访银川成为空谈。但有次我去北京把两瓶西夏王干红葡萄酒带给他们，当三人举杯开饮后，小康和秦伟几乎异口同声地赞叹："好喝好喝！"

慢慢地就不怎么见面了，甚至给小康打电话也打不通了。2014 年夏天，我在北京参加学习培训，想起小康就试着再打电话，结果打通了，他居然在北京。我们很快见面，请他吃夜宵。原来小康同学留学生活结束后，就回到美国阿肯色州工作了，这次是带父母亲来中国旅游。我问小康这几年过得好不好。他突然埋头抽泣，好久才抬起头，满脸泪水。原来他的奶奶去世了，我这一问把他的悲伤弄出来了。

今年大年初一，我的手机冒出一条短信："老张你好！"哎呀，是小康发自美国家乡。我很高兴，马上回复了："在中国的春节假日，祝福您全家幸福，生活美好！"很快我的手机又冒出 4 个字："彼此彼此！"

琴师回来，都它尔还会再响

都它尔，琴声浑厚、悠扬，是新疆维吾尔族的传统弹弦乐器。它的名字来源于波斯语，"都"意为二，"它尔"是琴弦之意，即两根弦的乐器。

刀郎有一首歌《怀念战友》，其中唱道："当我和她分别后，好像那都它尔闲挂在墙上，瓜秧断了哈密瓜依然香甜，琴师回来都它尔还会再响。"

我的好朋友丁学明喜欢刀郎的这首歌，他总是爱哼唱其中的一句：好像那都它尔闲挂在墙上。时间长了，我也会了，两个人见面时，总会大声吟唱这一句，表达不见不散、不见不闲的心情和状态。

2011年11月，我和丁学明去乌鲁木齐，看望我们共同的好友陈新平。有一天大半天不见陈新平，他忙在工作岗位上，我俩闲待在宾馆等他。晚上陈新平风尘仆仆赶过来，丁学明开口唱起好像那都它尔闲挂在墙上。三人捧腹大笑。

几天后要返程，去机场前，陈新平带我们到国际大巴扎逛街。物品真是太丰富了，我们散开分别选购东西，我发现了一个小乐器，问卖主是啥，回答是都它尔。我当即买了两个，装到手包里。在机场登机坐稳后，我从手包里掏出两个小东西，把一个给了丁学明。丁很惊奇，问啥东西。我悄悄告诉他：都它尔。丁低头摸着它，一直不吭声，心里肯定起浪呢。

生命的每个角落都有芬芳

恰逢宁夏回族自治区成立60周年大庆之际，《宁夏法治报》策划推出"五湖四海支宁人"栏目，一石击浪，朵朵激荡，记者们采写都忙不过来了。强永利说，一位"支宁人"听到采访她，高兴得不得了，说做好清炖羊肉在家里等记者。我写了启蒙老师郭纪达，我的发小樊学林看到后发微信说："贤弟笔下犹如我心，谢谢圆了咱的梦，感谢从小学到高中为我成人付出辛勤劳动的前辈！"

草木也有情，人类更绵厚。每一个宁夏大地成长起来的学子，都有一方青青的草地、青青的校园，都有终生难忘的亲亲的老师、亲亲的同学。

我的成长地三营镇，给了我丰富的营养和高远的天空。伴随着 1958 年自治区成立，小小古镇迎来了一大批"五湖四海支宁人"。他们中有的是小学教师，有的是医生护士，还有卫校、电厂、地质水文队、林场等单位操着各地口音的职员和家属、子女。五湖四海之融会，构成了 20 世纪六七十年代三营镇独有的人文特色。一位叫田凤岐的工作人员，他所管理的文化站是我和陈新平等同学的"大英图书馆"，我们几乎每天都要在那儿泡一两个小时。文化站门口有一个阅报栏，我还不识字时，父亲就带着我驻足浏览，成为习惯。三营医院有一批来自祖国各地的专家大夫，那位高大帅气的高大夫，在我 5 岁那年，骑着自行车来我家，抢救我生命垂危的奶奶，他戴着白帽子穿着白大褂，他专注的动作和表情我永远铭记。

我的求学之地三营中学，给了我广博的知识和记者的梦想。曾新民和周启朋老师都是北京人，夫妻二人从北大历史系毕业，如绿叶一般随风飘落而来。他们都戴着眼镜，长着拥有渊博知识的脸，总是安静地坐着读书，其中周启朋老师把阅览室一套《莎士比亚全集》一本一本地读完，接着再一本一本地重读。1979 年 6 月，当我们准备迎接高考的时候，两位老师也在刻苦复习，准备考研究生，渴望以这种方式打回北京去，并且都如愿以偿。他们的学识水平以及后来从事的新闻职业，激发着我一定要当一名记者的梦想。

我的语文老师王祥庆，甘肃泾川人，从西北师范学院毕业就来到固原任教，在三营中学教了 25 年书。他的板书工整，横竖撇捺中有正气和刚毅。我和我的父亲都是他的学生，如今两代人对一位恩师的回忆和怀念常常成为我们家庭的一个话题。

而与我朝夕相处的同学，班级中有三分之一是随父母从祖国各地迁到三营镇的。刘晓东、兰茂恩等学霸是我们的好榜样。路晋军总会借给我《上甘岭》《鸡毛信》这样的小人儿书。袁大兴总会分给我红薯和伊拉克蜜枣吃。

万水千山三营镇，五湖四海支宁人。这样一个"多维空间"，这样一段"激情岁月"，雕刻与塑造了我和我的同学。我的五湖四海老师，我的五湖四海同学，他们说着带有各地口音的普通话，他们的相貌、气质与我们都不一样。念兹在兹，我们的心中就有了对外面世界的向往，我们的精神就有了更为丰富的获得和表达。难忘初心与出发，永远怀念与珍存！

活着并且生动有力

白岩松有一本书，书名是《痛并快乐着》。他是国家记者、央视主持人，高大上并且长一副忧国忧民的脸。我们没有机会体会他的那种痛，小痛小痒还是有，而且都活得很平凡。不过我要说，我们要好好地活着，并且还要生动有力！

活着并且生动有力，保持精神和能量的持续拥有，是我们和老师见面时，我最想表达的心里话。

1983 年至 1987 年是一个短缺的年代，短缺到我们好多同学不能确保每天吃到 5 毛钱的红烧牛肉块。但是，1983 年至 1987 年也是一个奢侈的年代，奢侈到我们可以毫不犹豫地买下尼采、培根、弗洛伊德、普希金、马尔克斯的书，我们捧读王蒙、张贤亮、冯骥才，我们吟诵北岛、舒婷、顾城，我们听邓丽君，我们唱《再过二十年我们来相会》，伟大的祖国该有多么美！

大学 4 年，老师们五十左右，我们二十出头，我们不能完全阅读和了解老师们的坚忍性、丰富性、复杂性。我们是高考大军的幸运者，但是我们几乎什么也没有，没有教材，甚至王庆同老师都要自己负责刻制油印；没有教具，仅有闫承尧老师教我们用海鸥相机拍照片。是的，我们最奢侈的，莫过于我们拥有伴随 1958 年自治区成立而支宁的王庆同、刘世俊、郭雪六、陈学兰、闫承尧等好老师。同样的奢侈感就是挂在我们胸前的海鸥相机，这个东西是我们有别于中文系其他同学的唯一标志，感觉很美也很酷。

因此，在母校宁大建校 60 周年之际，我们的相聚见面，就选择在邬志斌老师的工作室，这一块空间更有穿越感，更有融会感；这一片光亮，也更能唤起激情，给予激励。

我们能够相聚就是仪式，我们能够看见，并且倾听闫老师、王老师讲话，就是人生的胜利。相信真实的力量——我们相聚的理由是曾经在幽幽暗暗反反复复中追问，我们相聚的价值是再回首我心依旧。

还有一首好听的歌叫《夜空中最亮的星》。那我们所仰望的最亮的星是什么？是大学四年的学业和精神塑造，是海鸥相机聚焦的光亮，是闫承尧老师、王庆同老师的表情表述和丰富丰盛，是刘滢、薛金强、王健、王风琴、邬志斌等年轻老师的风度风范和陪伴引领。

因此，我对 1983 级新闻专业乃至宁大新闻学子价值观的理解和倡导是：保持对精神和能量的持续拥有。

相聚时的闫承尧老师、王庆同老师，还有刘滢等老师，就是精神和能量最好的散发者、传递人。我们所有到来的同学和学友，都是向往精神和能量持续拥有的痴心人。

一个正向而积极的人，精神和能量能够持续拥有，活得生动并且有力，连表达和表情，甚至气质和体味，都散发着芬芳和香气。年届五十，我们终于知道了气场是什么，知道了油腻指的啥，也理解了行尸走肉这句成语。

谁说 50 岁以后就不奋斗了，谁说 60 岁以后就不好活了，谁说 80 岁以后就躺下了，请看我们的闫承尧老师，请看我们的王庆同老师，请看刚刚办了退休手续的刘滢老师，他们依然葆有热爱和眷恋。

　　最好的纪念一定要有最好的表达，最好的表达一定要呈现出仪式感。在邬老师的工作室，我们可以迎接朝日初阳，我们可以回望初心起始，我们可以雄心励志，我们可以加力加油。我们从来有传承，有一句铿锵的话是"天行健，君子以自强不息"！

　　让我们相互传扬这样的生命价值和情怀：精神和能量的持续保有，活着并且生动有力！

（原载《朔方》2021 年第 10 期）

那些陪伴我们的一束束光亮

寒冬黄昏，下班步行。路过西街的书屋，总会钻进去，淘上两本。回家的路，生动而期待。静夜，书是我们的光亮。

"手机控"到了深夜，临睡时还要点开。总有好听的音乐响起，回报了辛勤的一天。晚安，音乐是我们的光亮。

而更多的时候，我们与精神相向、志趣相投的朋友相伴。隔上一段，相约见面，不见不散。见面，是更为珍贵的光亮。

内心丰盈，就有光亮。而我所拥有的一束束光亮，总是散发着人文的光芒。

1983年秋天，我考入宁夏大学中文系新闻专业。最是那校园的一束束光亮，占领着我们年轻鲜活的心房。图书馆的灯光、学生宿舍的窗亮、路灯下的聚光，映照着夜空下追梦的我们，留存下难忘的人生印记。

宁大中文系1980级，恢复高考制度第四年，与此前三届青壮年社会生源相比，更多的是优质的高中应届生。导夫、马克利、陈继明、王跃英等，一个个在文学创作上亮出大名的学长，成为宁大校园最亮的星，令我们敬慕而追随。导夫，这个最富80年代人文元素和情怀的笔名，引无数粉丝追捧。几乎每一周的《宁夏大学校报》，都能看到导夫的诗作。

那时候整个宁大都弥漫着人文的光亮。校园里有一排排白杨，白杨下站着的一对对师生、同学，相互比画谈理想谈文学，站成了一道风景。张贤亮来宁大讲学，礼堂里挤满了听众，还有不少从窗外伸进的脑袋。屈文焜来宁大讲诗，写诗的学子们跟过节一样欢欣。连西北民院的杨云才从兰州到来，诗友们都会拥着他，去西玲照相馆合影留念，接着大喝一场洗脸盆盛满的西夏鲜啤。

记得与刘中去拜见秦克温、肖川、刘国尧几位诗人，每次要叩开门的那一刻，我们会相互整顺发型，系好扣子，提气鼓劲。记得我和刘中，有那么大把的时间，在宁大广播室里，海阔天空，壮志凌云，马尔克斯、马丁伊登、普拉蒂尼、马拉多纳，无所不谈。我们朗诵《大堰河，我的保姆》，我们吟唱《再见吧妈妈》。我们向未曾到达的远方致敬，因为远方有韩霞、张子选、于坚、程宝林、潘洗尘们。诗歌，是我们大学时代最绚烂的光亮！

当我拿到导夫和刘中的最新诗集，并与他俩及杨梓、张铎、权锦虎、白军胜见面叙情对酌时，我们都惊叹于导夫、刘中在繁忙的工作之余，精神光亮犹在，还坚持诗歌创作。我们当场的主题依然是诗歌。诗歌让我们意气风发、神清气爽。

走了这么久，你变了没有；你没有变，还是初心一片。走了这么久，梦想未曾丢，还是满心的诗与远方。写在我们脸上的，嵌在我们心底的，永远是精神的光亮。这样的光亮，与我们匹配，抵抗着平庸，抵抗着忧伤，抵抗着衰老，抵抗着苍凉。

感谢永驻于心中的一束束光亮，在我们孤独的时候，在我们失意的时候，在我们幸福的时候，在我们快意的时候，光亮们总会倾洒，给我们注入活力，让我们散发光芒。

精神灿烂，活成花园。

点心灵的灯，行正道的路。

再回首，致青春。师兄导夫，我要去宁大，找到你，在拐角楼旁的白杨树下，听你朗诵北岛和舒婷。师弟刘中，我俩相约出发，爬上小口子，挥舞贺兰山的草帽，眺望比远方还远的天边。

只要在路上，永远有光亮！

从北京背回一个奖杯

1987 年 7 月，我从宁夏大学毕业分配到固原报社工作，与杨民武、谢国苍、何富成、冯涛等奋战在同一战壕，比着赛着写稿子，在每周只有一期、四开四版的报纸上"见高低"。其中何富成与我同室对桌，他每天低头伏案画画的样子，深深存在我的脑海里。有时候他画激动了，会将漫画双手捧起来让我看，一同为他的新作起标题。天长日久，我也被他的勤奋、他的画风感染，虽不懂得线条勾勒，却也融入其中。

1992 年 5 月，我从固原报社调入宁夏日报社，与诸位战友告别时，表达苟富贵勿相忘之情。我说："我在《宁夏日报》等你们。"几年后，冯涛、杨民武、何富成、谢国苍等以优异的工作实绩和才华，被宁夏日报社相中，先后调入。我们在省级党报的舞台上相聚相逢，共同征战在更大的媒体阵地上，成为家乡固原人相传的佳话。

1992 年 7 月 3 日，《宁夏日报》"周末版"创刊号出版，主编丁思俭（时任宁夏日报社总编辑助理）对我说："你去北京抓稿子去。"第二天我坐上 169 次列车，呼隆隆二十几个小时到达首都，从北京站出站后搭乘 9 路公交到了水锥子，入住人民日报社招待所。接下来去哪里"抓稿子"，心里茫然。想到了总是刊发何富成漫画的《讽刺与幽默》，它的主办单位是人民日报社，何不去敲它的门呢？我向人民日报社西大门的执勤门卫说明事由，他就放我进去了。很快找到了一个四层高的旧楼，站在挂有"《讽刺与幽默》编辑部"字样门牌的办公室门口。接待我的是主编夏清泉。我们就从何富成漫画说开，说到了华君武，说到了方成，说到了夏主编的一路成长等（这些采访材料最后以《"讽刺与幽默"营地探访》为题，在《宁夏日报》《南方周末》分别刊发）。临别时，夏清泉主编说，何富成获了年奖，奖金寄去了，奖杯还在这儿呢，能不能带给他。我说行啊。接过何富成的奖杯，那个沉呀，因为是用一块大黑石头雕刻成的。接下来可把我苦着了，返程那天，炎炎 7 月，抱着个大石头奖杯，挤在人堆里，乘公交，检完票，上火车，在车厢座位坐下来，汗水把我洗透了，邻座的人都不敢看我。多年以后，一次老友小聚中，我问何富成："你那个奖杯还在吗？"何富成脱口而出："在呢，我老婆用它压酸菜呢。"

1987 年已是 33 年前了，回望来路，杨民武、何富成、谢国苍、冯涛等战友，我们都在《宁夏日报》的舞台上尽情驰骋，书写佳篇，以报为荣，没有遗憾，只有感恩。我们之间工作各有侧重，虽见面不多，但心有灵犀，彼此总是能感觉到对方的存在，那就是对办报的挚爱、对工作的热爱。

当我看到何富成《回望过去》漫画作品时，引发我对 33 年的回望。所有的原动力都在内心，所有的奋斗都有初心，所有的成长离不开彼此激励。再回首，心依旧；谢谢你，何富成！

高考战场的痛彻记忆

1979 年 7 月，我第一次参加高考，离录取线差 9 分。当年秋季开学，我的堂兄张宽领着我去固原一中，托他的老同学，也是该校老师褚广喜，帮我办理好文科班补习手续。我这位好兄长每见熟悉的老师就这样夸我："这个娃娃学习好，离录取线才 9 分。"凡是听的人，都不太配合他的表达。可不是吗，我是个落榜生，学习好，谁还会来当补习生呢。

1980 年 3 月，正在固原一中补习的我，得知固原县要从高考落榜生中录用一批民办教师，以补充师资力量。得到这一信息，我立即停止上课，去参加招考，结果考上了，并且被分配到最好的三营中学，给初二年级教地理。靠着为高考而复习掌握的知识，给几乎年龄与我差不了几岁的学生上课，总算应付下来了。这样的教书经历持续了三年，我的心里越来越有负担了。看到每年分配来的宁夏大学、固原师专毕业的新教师，我这个落榜生的自卑感越加深重，每天课余时间关起门，一遍遍听邓丽君的歌曲以歌解忧。校长在窗外听见了，对其他老师讲："不好好学习，光听靡靡之音。"我从关系好的宋金平老师口中听见这个评说，感觉天地更加昏暗。

1983年3月初的一天，同事杜李平老师告诉我："班老师代话，让你赶紧到固原二中补习去。"班老师大名班荣学，当年是我们那个镇上两名考取大学的名人之一，他从西安外语学院毕业，分配在固原师专外语系任教。另一位叫孙果兴，宁夏大学政史系毕业，分配到阿拉善左旗工作。班荣学戴一副眼镜，说普通话，很有学者范儿。孙果兴上大学暑假归来，穿运动短裤，腿上伤痕累累，是踢足球伤的。班荣学的眼镜、孙果兴的腿伤，常常唤起我对大学的向往。

可惜我是落榜生啊！离1983年高考只有100多天时间了，为什么班老师代话通知我去补习呢？我迅速断定，一定是我父亲找班老师帮的忙，他没有忘记我这个儿子的大学梦。我还能说什么呢？心里沉甸甸的。向校长请假，校长说："去吧去吧，一定考上，考不上再回来教书。"我心里想，考不上就没有当中学老师的资格了，顶多再混个小教当当。

老天不负我父亲，老天也不负我本人。在固原二中补习的三个月里，我把课本都翻烂了。记得我每天都偏头痛，太阳落山时，总会在校外田埂上走来走去，默背课文。高考公布成绩，比录取线高出20分，我居然被宁夏大学录取了。那一年这个60人的文科班，上线32人，8人考到外省，8人考到宁大，16人考到固原师专。平时模拟我总排在最后10名，正式高考冲进了前10名，让我真正体验到成功的滋味。

1983年高考成功，对我的意义真是太大了。

我1979年高中毕业，4年后还能考取大学，我那些高中同学里面，几乎再没有这样的例子。上大学改变了个人的命运，对我们这些并未接受过良好基础教育的六零后来说，怎一个幸运了得。

我父亲因我而骄傲，有了人生的最大底气。我的妹妹弟弟以我而引领，也相继依靠考学而成就人生。我们这个大家庭，成了被人羡慕和传扬的书香之家。以至于下一代几个孩子考得更好，分别考到南开大学、上海外国语大学、东华大学、英国利物浦大学上学。因此，一个家庭的舵手和航向是多么重要。所以，我赞美我父亲！

　　克里希那穆提认为："教育的定义在于唤醒智慧，培养自由而完整的人。"许多人随着年龄的增长，心灵便冷漠迟滞了，有的人身心还出现更大的问题。我发现，我的父亲母亲，因为遵从知识和教育，因为子孙的学有所成和上进，活得健康而明白。而我，总在鼓励自己，千万别活成愚蠢的家伙。这一切都是因为当年我摘掉了"落榜生"的帽子，因为读书和读人，不仅改变着一个人的命运，而且改变着一个人的精神和教养。梁实秋说："读书和不读书，过的是不一样的人生。"

　　我多么钟情一所所美丽的大学啊！每隔一段时间，我都会跑回母校，绕着宁大湖走几圈，在我的宿舍楼下，仰着脖子张望窗口。我好多次去了北大与清华，2014年10月那次去北大，看见在要拆的几栋学生宿舍前，一位比我老的先生搁下自行车，把手机递过来，请我给他拍照留念，拍完他还问我："哪级的？"我撒谎说："1983级的。"他说："那你还小呢。"我几乎没有因为当了一次"假北大生"而愧疚。我看过武大的樱花，我抛过厦大的浪花，我见过复旦和浙大的毛主席雕像，我爬过湖南大学、中南大学的岳麓山……家里的孩子们都夸我成专家了，因为他们的高考志愿都是我给精准填报的。有一年，朋友的双胞胎孩子高考双双上线，大夏天一家人正苦于怎样填报志愿，我来了，提出方案，结果全成了。我讲这么多，就是想表达我这个"高考大佬"的一往情深。

（原载《朔方》2020年第9期）

一粥一饭思不易

致敬过年做饭人

从大年三十到正月初六，我们兄弟仨都是带着妻子孩子，齐聚到父母家，围着餐桌，大吃每天的午饭和晚餐。我敢保证，我母亲做的饭是世上最好吃的饭，以至我都五十几的人了，每年过年几乎自己家都不怎么准备，一如既往地去吃母亲做的饭。

今年过年依然如此。只是有一天，无意间听到母亲的一声叹息，说她累得快没劲了。我就心头一惊一痛，母亲七十几岁的人了，还一如既往地给我们做菜做饭。我和弟妹们都不曾想过，过年吃老母亲做的饭，还能延续多少年！

而母亲一如既往。她把做饭当作最投入、最乐意的事来干，看着我们大口吃的样子，总是一副满足的表情。她甚至都不上桌坐下来和我们一起吃，总是在厨房里忙来忙去。她所有的努力，好像就是为了儿女们吃好，甚至洗锅刷碗这些事都不让别人做。做饭的所有环节，她永远用心良苦、乐在其中。

我母亲认不了多少字，她最大的杰作就是做出好吃的饭菜，既保有传统口味，又能推陈出新；做菜做饭中，看得到母亲的精雕细刻和创新创造。我的外甥今年在老家固原过年，看见手机里家庭群晒出的各种菜，他留言："能把人馋死啊！"母亲知道了，心疼外孙，就催我们打电话给他："快回来吧，给你做好吃的！"

这几天，母亲做饭的情景一直在我脑子里浮现。我想，多少人家还有这样的老母亲，为儿女们做着年饭。或者，每个人不妨回望一下，今年过年吃的饭，都是谁用心为你做好的？

我在家人群发了一张母亲的照片，是她在大家吃饱喝足之后，静下来坐到餐桌边，一副满足幸福的样子。照片是在南开大学上学的孙女张嘉宜抓拍的，我给这张照片起了标题：《致敬过年做饭人》。甫一推送，就引来大家庭所有人的点赞。

母亲老了，我们仍然能吃到她做的饭，这就是最大的幸福。我又发誓，明年过年，再不能让老母亲做饭了，我也可以上阵做呀。但是，估计到时候母亲还是会坚持一如既往地为我们做饭。母亲做饭这件事，既让我欢喜，又让我心痛。

全家饭里盛满全家福

中国人表达感情尤其亲情的最好仪式，就是围坐在一桌饭前。

过年，人们不舍昼夜地回家团聚。团聚表达的高潮，就是一大桌饭。这一桌饭，从备料到挑拣，从烹饪到摆齐，从举杯到分享，不仅仅是亲情聚集的烟火和醇香，更是亲人间的融洽融合，给大家提供着更顺畅便捷的沟通和交流、更大的保护和维护，潜移默化地塑造着所有家人的价值观，乃至责任担当和家国情怀。

当我们行将老去，为自己的生活和事业而感怀时，才能理解"团圆"两个字的真正含义。只有家的屋顶、家的空间、家的滋味，才能给我们带来终极安全。在我看来，全家福就是全家饭，全家饭就是全家的幸福、全家的力量。

妈的滋味妈的饭

2016 年 3 月起，因为离家较远，每个工作日中午，我下班步行两公里到丽水家园。我的父母亲住在那儿。每天当我敲开门时，香喷喷的饭已等着我了。

全是我小时候吃过的饭，一天一个花样，一天一种滋味。边吃饭还能边与父母聊天，说小时候的细节，讲兄妹们的故事，也讲小区里的老人，也讲我工作上的事儿，真是"悠悠岁月，欲说当年好困惑，亦真亦幻难取舍"。我仿佛回到了童年时代。

没想到，我每天的到来，成了七十几岁父母亲的精神动力。母亲有天悄悄告诉我："你要是哪天不来，我都懒得做饭吃饭。"

可是我这是白吃啊，没有上手给父母亲做一顿饭，吃完还撂下碗，就到小屋躺下午休了。母亲连洗锅也不让我干。

这可是饭来张口、有吃有喝的享受。妈妈的味道，童年的待遇，却在中年重现，还有谁跟我一样拥有这样的幸福呢？

吃母亲做的饭快两年了，我也发现并总结了几条：一是我回到了童年时光，我的父母回到了年轻时代。一顿午饭，就有这么大的力量。二是与父母的交谈，让我从中了解到未知的"老年族"，他们都是孤独的，甚至是无奈的。三是我们家的各种亲戚关系，都是我父母在维系。老家谁家娶媳妇、过满月，都是他们出场恭喜。有时候我会撞见亲戚登门看望父母亲，有些更年轻的面孔我都不认得，父母却乐得嘴都合不拢。还有一点，这是最好的陪伴。我和父母都相聚在时间的重要路口，收集和讲述着岁月的情节。

妈的滋味妈的饭，就这样留恋地陪伴。

关于饭的两个怀念

在我 10 岁那年，一次放学回到家，扔下书包，钻进厨房找吃的。正在做饭的母亲递给我一个熟鸡蛋，说是我的生日到了，让我拿上这个熟鸡蛋，躲到家中院子外面去吃，还告诫我不要让妹妹弟弟看见了。我手握着这个熟鸡蛋，跑到院墙外蹲下来，一点一点剥掉蛋壳，剥出了白白胖胖的蛋，一小块一小块地掐着吃，生怕一下子吃光了。我觉得，如今世上所有的生日蛋糕都没有当年那个熟鸡蛋好吃。

在我 13 岁上初中那年，父亲在镇上参加一个干部会议，开这个会议有个收获，是与会者能够吃到一碗烩菜。父亲舍不得自己吃，来到隔壁学校，把我带到镇上一间大办公室。我看见有人端来一大盆冒着热气的烩菜，接着用一个大勺为七八个人分，每人一大碗，还有一个大馒头。大家都静静地盯着等着端菜接馒头，父亲看着我把这碗菜端到手，又递给我一个馒头，看我开吃了，才离开回家。所有人都低头吸溜吸溜地吃着，尽管碗里菜多肉少，由于是羊汤烩的，还是很香。一名姓郭的干部很快吃完了，抬起头盯着我，问是谁家的孩子。当得知原委，他仰头叹息，脱口而出，又白吃了一顿。

坚持做一顿你爱吃的饭吧

去年大年初二，我在小区里溜达，脚下小道上全是爆竹烟花的纸屑碎片。猛然间一个"饿了么"冲过身旁，大过年的居然还有人叫外卖。我很好奇，跟到一个单元门口，想看看是谁如此这般。趁送外卖的小伙上了楼，我用手机拍了"饿了么"发到朋友圈，感叹是什么人过年还这么任性不做饭。一个微友留言："一定是个哲学家在研读，顾不上做饭！"

现如今走在大街小巷，倒是不怕机动车，最怕的是那些给吃货们送外卖的，摩托车嘀嘀嘀理直气壮地叫，擦着你肩膀横冲直撞而过，而且还越来越多，有时还看见他们"扎堆儿"，也算是送饭一族了。

《朱子家训》中有一句："一粥一饭，当思来处不易；半丝半缕，恒念物力维艰。"我总认为，能够亲手做饭是一个人最彻底的幸福，能够吃到自家锅里冒着热气的饭，就是寻常日子里的奢侈。对每天每顿饭是否用心，是对一个人生活质量的基本考评。

我有两个坚持做饭的朋友，一个是山东的"随玉而安"，另一位是湖南的"瀑布王子"。工作再忙再辛苦，他们总是能从做饭中找到乐趣。而且，作为男性，做饭也塑造了他们与众不同的品格。每每看见他俩在朋友圈晒菜肴、亮手艺，我都心生感慨：不会做饭的男人，总少了生活的一道美味、一个真功。

那些再忙也要坚持给孩子做饭的妈妈，那些小小年纪就会下厨的女孩，那些下班总是回家吃着家常便饭的大人，那些偶尔也会到菜市场讨价还价的男人。平常日子，平常气息，坚持做一顿自己爱吃的饭，才是生活的真正滋味。

（原载《黄河文学》2020 年第 12 期）

问询南来北往的客

一年有四时，春夏秋冬，一个轮回；人生也有四时，少年、青年、中年、老年，一个大轮回。一个人的一生，就是拥抱和迎接他的初心与出发，历经千山万水，睁开眼阅众人，最终历经回归和应验。俱往矣，人到中年，却要将最初的人与事找回来，圆一个"小小少年很少烦恼，眼望四周阳光照"的梦想。

准确地说，我要讲述的，是20世纪70年代的人与事，或者时光流逝中，与那年那月关联和有延伸的细节。那10年，正好是我小学、初中、高中的10年——人生中记忆最清晰且最难忘的年月。

准确地说，我所讲述的，是20世纪70年代时光中，一条不到两公里街上的人与事。还达不到人海茫茫的景象和场面，小街上的事情也不是全部知晓，但街上的那些外来人的长相和口音，能记个八九不离十。那就把他们"找回来"吧。

小镇上的"五湖四海"

伴随着1958年宁夏回族自治区成立，小小古镇三营迎来了一大批"五湖四海支宁人"。他们中有的是教师，有的是医生护士，还有卫校、电厂、地质水文队、林业站等单位操着各地口音的职员和家属子女。"五湖四海"之融汇，构成了20世纪六七十年代三营镇独有的人居特色。

南头子，三营发电厂高耸的烟囱是镇上最高的标志性建筑，也是我们少年时代认知和仰望的最高高度，能够攀爬上去是我们的奢望。后来电厂停产，烟囱等成为废弃的遗址。

三营电厂有一群从天津、山东调来的技工师傅，参与完成建厂、点火、发电、送电的所有环节，让三营成了一个带电的地方，令街上人们也都有来电的自豪感。技工团队中，有一位姓丑的师傅，是我们班同学丑谊他爸，镇子上的人们都叫他"丑师"。丑师的手风琴拉出了名，大人娃娃都爱看他拉到兴致处的甩头发。感觉丑师和他拉出的琴声，就是小镇的形象代言人和背景音乐。除丑谊外，我们班唐宁生、闫世宏、赵卫军、毛海发、葛宝菊等也来自三营电厂。

与三营电厂毗邻的是固原地区卫生学校，没有考证过这所学校为啥建到了三营。我们班路晋军、王勇、张亚莉、张亚萍就是卫校的子弟，多年以后我才知道，他们的父亲都是卫校的班子成员、教学骨干，从山西、河北等地来到宁夏固原，工作生活在三营。

中街，聚集着三营贸易公司、派出所、法庭、理发馆、供销社、木器厂等。三营贸易公司被俗称为"贸司"，临街有个较大的商场，一头卖布匹、日用品、作业本、圆规等，另一头卖醋、调料、笤帚等。我用存下的零钱，从这个商场买过一回伊拉克蜜枣，那甜的滋味一辈子都在我的口齿间。中街上这些店铺、柜台的掌柜子，几乎都是我同学的家长，且籍贯都是外地的。袁大兴他妈在柜台上倒醋，总是慈眉善目、不紧不慢的样子。高慧珍他爸在食堂里掌大勺，厨艺远近闻名。樊学林他爸经营理发馆，理发馆成了人们扯磨、散心的宝地。在这里理一回发，是高级体验。我家与樊学林家是邻居，因此我的小脑袋被他爸理过好几回呢。逯芳明他爸打的家具质量杠杠的。高师、樊师、逯师，镇子上的大人娃娃，口中都是这样的尊称表达。以至于我小时候奢想长大了也能拥有同样的称谓待遇，被人叫张师。我同学刘晓东、王晓萍的家就在中街上。他们两家共同出入的院门，门楼高大、门扇漆黑，常常是紧闭或半闭着的。每次路过，我总有跨入探个究竟的想法，可是最终也没有机会跨进去。

中街上的三营医院，承担街上和周边10多万人的诊治救护任务。医院的骨干医师、护士，都是从北京、天津、银川等地来的。医院的门诊区、住院部、生活区，分布在街道东西两边，常见年轻的"白衣天使"穿街而过，翩翩起舞，如梦如幻。路过那段街区，总能闻见"来苏水"的味道。

中街通向三营中学的路口，是露天电影院，隔三岔五会放一场电影。越南的《阿福》、阿尔巴尼亚的《第八个是铜像》、朝鲜的《摘苹果的时候》《袭击》《卖花姑娘》等，都会重复放映。看《卖花姑娘》时，夜幕下站立着的观众，人人都随着剧情发展，从抹泪、抽泣到失声痛哭。

从中街爬行一个高坡，走上西梁，是"河南村"，顾名思义，这里居住的人家都是从河南三门峡、偃师一带迁来的，他们眼界开阔、头脑灵活、尊师重教，我同学中有好几个"河南村"的后代，应届高考就考中了，而我是个"落榜生"，考了几次才考上。1986年春天，我在宁夏日报社实习，专门赶到"河南村"采访，发表了通讯《三营镇上"河南村"》。

从西梁再往深里走，是三营林业站。站上的员工几乎都操着外地口音。打问他们的籍贯，多数是新疆、四川、山东、河南的，也就是来自有名的"林建三司"队伍。我们班陈新奋、吴玉兰、任雪红就是林业站的子弟。

中街偏北，有个地质水文队，员工及家属子女说的几乎都是东北普通话。去往须弥山石窟，要经过三营地质队大门口，常能看见不一样口音、不一样穿戴的东北人。我们班吴雪梅、黄爱萍、来小泉都讲一口东北话。

中街上的文化站所聚集和散发的光亮，映照着方圆十几里的人们。一位叫田凤岐的站长，他所管理的这个文化站是我和陈新平等同学的"大英图书馆"，我们几乎每天都要在那儿泡一两个小时。陈新平在《宁夏日报》《六盘山》副刊上发表了处女作，题目是《一只小蜜蜂》，见报后迅速成了三营中学的热门新闻。每天下午一个小时，我总是看见文化站里报刊架前伫立着一个痴迷阅读的人，他就是陈新平。有一次，陈新平读完离开，我从座位上站起，走过去，查看了他长久站过的报刊架下，看地面上有没有卡尔·马克思在大英图书馆站出的那样的脚窝。

文化站门口有一个阅报栏，我五六岁还不识字时，父亲就带着我驻足浏览，成为习惯。我父亲反剪着双手、俯身阅读的样子，我一直牢记。我站在他身旁，只认得"宁夏日报"四个毛体字。1983年10月，我考上宁夏大学上第一堂写作课，杨培明老师布置作文《你为什么报考新闻专业》，我就把这个"阅报栏下"的情景描述了一番，杨老师夸我写得好。我在宁夏日报社当记者编辑满30年了，追寻难忘的初心，这初心应该就在三营文化站的阅报栏下。

我14岁跟父亲赶集逛街，要了一块钱，舍不得买好吃头，花8毛7分钱在三营新华书店买了一本《天安门诗抄》，爱不释手，一首一首看了几十遍。这本书现在还在我的书柜里保存着。

人生若只如初见

从上小学，到中学，再到大学，我对那些来自五湖四海的外地籍老师和外地籍同学格外亲近。这并不代表我的内心对本地的同学和老师有挑剔，但五湖四海的人与事确实给我们这些土生土长者以融合、以引领、以推动。

回想起来，我所怀念的老师和同学，大多是操着外地口音，甚至精神气质和表情长相都跟我们不一样。

上小学三年级时，学校来了一位上海籍的算术老师，尊名郭纪达，当地百姓叫他"上海阿拉"。郭老师对我们的学习习惯和行为养成要求非常严格，他一把戒尺打在我手掌的疼痛，至今还印在我心间。1994年教师节，我将这个细节写成《怀念一种疼痛》，发表在《宁夏日报》上。文章不长，转录如下：

> 我把胳膊伸直，摊开手掌，寻找一种痕迹。
>
> 我的老师郭纪达，打人狠得要命，20年前我上小学，愁不过的课是算数，父亲"走后门"求到郭老师，没想到给儿子讨来了"灾难"——我独自去吃"偏饭"，先挨30板，一把戒尺直把我的小手打了个肿。我回家去，母亲陪着我掉眼泪，父亲看着我叹息，我的算数成绩却从此赶了上去。
>
> 这位郭老师，系1956年上海支边青年，固原山区从教，风雨兼程一生，娶村姑，生三子，执教鞭，不气馁。如今他已没有一点沪上人的风采。今年春节我回家见他，简直一个豁牙老头子。我提及当年的挨打，他朗声大笑不止。
>
> 今天，我寻着挨打的痕迹，当然寻不到了，它痛在我的心底，热在我的心头。

2018年春节，我发微信，委托少年同学杨彩兰拜见郭纪达老师，给老师拍几张照片，并索要几张老师的老照片。郭老师全满足了。我收到的这些老照片中，有他年轻时在上海照相馆里拍的留影，有他和一起从上海来宁夏同学的合影，有他的获奖荣誉证书，还有退休证。今年过年，我问从老家探亲回来的父亲，郭老师身体咋样。父亲说好着呢，一天总爱跟人下象棋。我说郭老师都80岁了吧。父亲说快90了。我得去三营看一回郭老师！

我上中学的4年间，在三营中学校园，能见到更多外地来的老师，他们的颜值气质、谈吐表达，都与当地老师大有不同。他们的学识风范和诲人不倦，他们讲述的天南地北与人来人往，使我在小小少年时代就有"飞得更高"的梦想。

请看我的这些老师：语文老师王元、李云夫妇，四川人。王元老师是一位记者兼电影编剧，因"反右"下放至三营中学，20世纪80年代初调回北京，任工人日报社采编负责人。政治老师曾新民、历史老师周启朋夫妇，北京人，双双从北京大学毕业，响应祖国号召来到宁夏固原，在三营中学教书育人，1979年考上北大和中国社科院的硕士研究生。毕业后，曾新民老师在《经济日报》当了记者，采写了不少佳作名篇，后来又担任经济日报社研究所所长，周启朋老师一直在中国社科院工作。陈少先老师，中宁人，教我们数学，成为三营中学一校之长，又历任固原县教育局局长、自治区教育厅处长等。化学老师金树礼、数学老师吴凤宝夫妇，分别是银川人、广东人。金树礼老师爱好广泛。他经常向学生推荐好书，介绍好电影。他还是一个足球爱好者，课余与师生一起踢球，并热心组建了学校足球队。吴凤宝老师讲课的声音像唱歌一样好听。"手风琴老师"韩琢，是我们初二时的班主任，教语文，逢课外活动或空堂，他会坐在讲台上拉手风琴，琴曲有《火车向着韶山跑》之类的，伴我们做作业和阅读。我的语文老师王祥庆，甘肃泾川人，从西北师范学院毕业就来到固原任教，在三营中学教了25年书。他的板书工整，横竖撇捺中有正气和刚毅。我和我的父亲都是他的学生，如今两代人对一位恩师的回忆和怀念，常常成为我们家庭的一个话题。

而与我朝夕相处的同学，班级中有三分之一是随父母从祖国各地迁到三营镇的。刘晓东、兰茂恩等学霸，初中和高中一直都是我们的好榜样。路晋军总会借给我《上甘岭》《鸡毛信》这样的小人儿书。袁大兴几乎每天都能带来好吃的零食，有红薯、山楂片，他好像只愿给我一人分一些他的这些好吃的。"班花"要数姐妹花张雅莉、张雅萍，亲亲的姐妹俩同在我们班，是一道亮丽的风景。书香芳华王晓萍——王晓萍的妈妈是老师，她是班里学习优秀的同学之一，长大后也成了一名教师。亭亭玉立陈新奋——那年那月那营养，高个儿同学少有，而一米七的陈新奋是大家羡慕的美女同学。

我们阳光灿烂的初中，在 1976 年两度听闻哀乐声声，特别是伴随 9 月的呼呼秋风、绵绵秋雨，我们悲痛不已，有的同学还号啕大哭。那一个月，整个三营一条街都是悲伤的，雨水就是人们的泪水。

万水千山三营镇，五湖四海支宁人。这样一个多维空间、五湖四海之相聚，这样一段激情岁月、花季少年之融会，雕琢、塑造了我和我的同学。我的五湖四海老师，我的五湖四海同学，他们说着带有各地口音的普通话，他们的相貌、气质与我们都不一样。念兹在兹，我们的心中就有了对外面世界的向往，我们的精神就有了更为丰富的获得和表达。

寻找，必找到

木心在他的《文学回忆录》讲道，常见人驱使自己的"少年""青年"归化于自己的"老年"。我的"老年""青年"却听命于我的"少年"。顺理可以成章，那么逆理更可以成章 ——少年时自己说过的一句话，足够我受用终生。

在手机拍拍拍、发发发的时代，你不一定能牢记多少，因为信息量太大了，手机内存也太大了，而心灵的内存不一定够大。而我们的童年、少年、青年时代，许多的人与事，都记得很牢，往往不能轻易被驱赶。甚至随着中年、老年的到来，细节更加清晰，仿佛飘着芳香。

1980年起，伴随着地质队、卫校、林业站等整体搬迁，员工携家属都迁入首府银川、固原城区等地方。那些在三营镇工作生活多年的"五湖四海支宁人"，随政策变化也相继离去。三营中学的外地籍老师纷纷告别了三营。很快，我们班上的外地籍同学稀里哗啦不见了，好像我们彼此都没有来得及说声再见。正如朴树唱的一首歌："在我生命每个角落静静为我开着，我曾以为我会永远守在她身旁，今天我们已经离去在人海茫茫。她们都老了吧？她们在哪里呀？"我们一定要找到他们！寻找与重逢，且行且珍惜。

2017年9月16日，教师节之后的周末，我1975年到1977年初中时的同学，发起毕业40周年聚会，地点选在银川塞上明珠饭店。为什么不在固原聚，不在三营聚，而选择银川呢？一是因为我们怀念并期待见到的老师有不少在银川定居。二是我们当年的同学有许多在银川工作和生活。几个"带头人"就在"三营中学群"喊起来了，张罗起到银川聚会的事，结果有30多个同学响应，租了一辆大巴朝银川开来了。在银川的同学女的多，都在群里表示：期待期待，好期待啊！我为这个聚会设计了主题：归去来兮少年心！还找专业人员设计了海报和背景板。聚会的头一天晚上，我就和几位热心的同学把现场搭建、布置好了。哦，40年了，小小少年在水一方，我愿逆流而上，引领同学们一起回望！

40年的"找到"终于呈现了！三位女同学为到场的陈少先、金树礼、韩琢三位老师分别佩戴好红色围巾，老师们笑得嘴都合不拢了。我们设计了一场"走红毯"，数米长的红色地毯上，先是女同学牵着老师们的手走起，就像电影节上的大牌明星出场一样。接着，男同学们开炸了，争着抢着约请女同学上台，在音乐节奏中，成双成对，既拉风又带电。个别老实了一辈子的男同学，憋着红脸、睁着大眼，坐那儿不动。有几个女同学专门冲向他们，把他们粗大的手拉起，铿锵铿锵地走起来，尖叫声骤然响起。走完红毯，大家又以各种组合，在写有"归去来兮少年心"大字的背景板前凝神提气、留影留念，留下40年一路走来，留下40年后再度出发。我听见两个男同学在交流这次聚会感受时笑着说，参加聚会的主要目的就是想见在银川的女同学。这回见面了不说，还把女同学的手拉了，算没白来！我还听见一个男同学对另一个男同学鼓励说，快去拉吧，连人家手都没拉一回，回的路上你就后悔死。聚会第二天，40年后"找到了"的同学们，还兴致勃勃前往沙湖一日游，追逐嬉闹，其乐融融，仿佛40年前教室里、操场上的情景再现。

2017年五一，我接到一个陌生电话，居然是我的中学同学丑谊。我们一起上学的时间是1975年9月至1979年7月。丑谊6岁半时，父母亲拖家带口从天津市来到宁夏固原，父亲到三营电厂，母亲进三营医院。在这个小镇上，他们生活和工作了14年。1983年，落实政策后，一家人迁回天津定居。丑谊的爸爸是一位技师，多才多艺；丑谊的妈妈是一位儿科医生，急救儿童时她会嘴对嘴做人工呼吸，所以丑谊的爸妈赢得了当地人的尊敬。丑谊身上，父亲的基因多，不仅长得帅，而且唱得好。只要是一场新电影放过，第二天，丑谊就能唱出主题歌。应该是丑谊跟某个同学打听到我的电话，他说要来银川，希望能见到我。丑谊1980年入伍到甘肃天水，1983年复员后被安排在三营电厂工作，工作没多久就随父母迁回天津了。此次是参加老战友聚会，从天水、宝鸡、固原，辗转来银川。见面后，我们一起喝酒神聊，一起唱了《红星照我去战斗》，一起见了他想见的女同学。我问起丑谊的爸妈。丑谊说，都八十几了，一个在家躺着，一个在医院躺着。丑谊说，这次回来最大的收获是帮他爸找到了田风岐和叶文雄。田风岐是当年三营文化站站长，叶文雄是三营小学校长。我还记得田风岐总是微笑的脸、叶文雄蓄满大胡子的脸。二人是丑谊爸在三营时的神交，他们仨也是当年镇子上的名人。丑谊说："三个人都80多岁了，我到三营找他们，很顺利，给他们说了我爸多年来寻找他们的心愿，两个老叔说他们也想找到我爸呢。"丑谊的这次三营寻找，终于让三位老人通过视频见面了。丑谊激动地说，朋友怎能忘记过去的好时光！丑谊在银川待了两天，要走。我劝他，来一回不容易，多玩几天。丑谊说，不行，二老还等着他伺候呢。2018 年 7 月的一天，丑谊给我发微信，说他老爸去世了，接着不出一个月，丑谊发微信又说老妈也去世了。我心里非常难过。回复了丑谊一段话："人生何处不相逢，一叶浮萍归大海。愿你节哀顺变，珍惜生活。愿我们心存善意，长喜乐，不抱怨，开胸襟，多干活，予人玫瑰，手留余香，过好每一天！"丑谊给我回了一个流着长泪的微信表情。

2021 年国庆节前几天，我父亲给我打来电话，说："高大夫找到了，他说他很想见三营人！"我就知道我父亲有多高兴了。

1967 年至 1983 年，在三营医院，一批十几位"五湖四海"的医务工作者从天津、河北等地扎根这里。他们医术高超，救死扶伤，与人为善，口碑传扬。河北籍的高大夫、浙江籍的袁护士，夫妇俩就是其中的佼佼者。我父亲与他们因看病相识，多有敬重和交往的情谊。我的童年少年，每每生病，都是父亲带上我找高大夫听诊、开药，有时门诊找不到，还去医院后头高大夫的平房家里看病。听诊器凉凉地挨到胸部可以，打针我坚决不干，发现要打针就抗拒，开好的小小玻璃药水瓶，我都会哭闹着夺过来扔掉，甚至撕扯高大夫的白大褂。5 岁时，我奶奶脑出血，高大夫骑上自行车赶来，穿上白衣戴上白帽，打开药箱（红十字很醒目），神情严肃，投入急救。我母亲还有我的大妈、二妈，好几次号啕地哭叫，哭叫过后又一阵静止，几十分钟过去了，最终没有抢救过来，我奶奶病逝于雪花扑面的这一天。半个世纪过去了，奶奶的面孔我记不起了，高大夫的面孔我至今牢记。

这几年，我父亲时常叨叨，要是能找到高大夫就好了。有一年的一段时间，他听熟人说高大夫在南门附近的小区住，就乘上公交，从居住的丽水家园赶到南门一带，坚持溜达，就是想碰见高大夫。2021 年 9 月的一天，我父亲回到三营老家，见着了老朋友王富生，王富生说他在银川的小女儿王翠兰住在京能天下川，楼上住的就是高大夫、袁护士夫妇。好些年都寻找不到的人，竟然这么容易打听到了。我父亲回到银川，就给王翠兰打电话，要到了高大夫的电话号码，紧接着就打，终于听到了高大夫好听的普通话，还约定尽快见面。

"今天是你的生日，我的中国，清晨我放飞一群白鸽。"国庆节午间，我订好一桌饭，买了两瓶五粮液，邀请 82 岁的高大夫和他的夫人袁护士，还有在三营中学教过我的金树礼老师、贺钦义老师等小聚。我把在附属医院眼科上班的我的发小牛伟也喊来了。高大夫、袁护士夫妇就是由楼下的邻居王翠兰陪着打车来的。甫一见面，时光倒回，三营细节，扑面而来！几位七八十岁的老人欣喜万分，争着讲述四五十年前在三营的往事，都忘了喝酒吃肉。高大夫说这些年他也在寻找三营人，自从发现王富生的女儿王翠兰住在楼下，就把她当干女儿对待，王翠兰忙不过来时，还帮着看护她家小孩。金老师、贺老师说，这几年，三营中学毕业的学生搞了几回聚会，参加时场面都很感人，学生们都亲得很，通过学生还找到了想见的三营人。兴头上，贺老师还站起来，清唱了一大段《打虎上山》。其他人不会唱，我也得助兴，就唱了我爱唱的一小段《歪脖子树》："贫穷把咱熬白了头，你还说能忍受。"高大夫说起我小时候的模样，还说有一年从报纸上读过我写我母亲的散文，并描述其中细节，问我对不对，我说对对对。

有过多少岁月，仿佛就在昨天！我父亲真是高兴啊，小聚结束送走高大夫、袁护士、金老师、贺老师等，我俩走了一段路，他对我说："今天很满足！"

我在想，我父亲的满足，不仅仅是因为与高大夫夫妇的重逢，更重要的是他在年轻时与"文明人"的难得相识和幸运相处。那么，这样的相识相处对我有影响吗？答案是肯定的。那年那月，相貌俊朗、口音不同的"支宁人"以及他们的子女，就是我的"诗与远方"。这一场重逢与相聚，我读懂了我父亲的心，就是对美好和良善珍惜、眷恋的心；我看到了高大夫的脸，还是少年时我看见的国字脸，表情里有感动和愉快，目光中有欣赏和激励。谢谢您，高大夫！

如今，我父亲与高大夫加有微信，他们在摁动手机中叙说三营往事，分享保健心得。我还为他们的这些互动交流写过几回"小记"，发到了朋友圈。我父亲对我说："你好好地写，我给高大夫发，让他看。"

感受到我父亲因寻找到高大夫带来的变化。我想，我要寻找到的三营故人是谁呢？

当年在三营中学上学，学历最高的老师是政治老师曾新民、历史老师周启朋，夫妇二人都是北大毕业的。这样的"大知识分子"，深得学校、机关的尊敬和信任。当时，三营区委一度把曾新民老师抽去当"笔杆子"写材料，三营公社把周启朋老师借调去当秘书。1979 年 6 月，在我们准备迎接高考的时候，两位老师也在刻苦复习，准备考研究生，渴望以这种方式打回北京。有一次为解决复习遇到的难题，我轻轻敲开两位老师的宿舍，在他们耐心地讲解和鼓励中，我发现他们刻苦复习，都没有时间做饭，吃的是馒头就咸菜，满脸都是下大苦、求成功的表情。结果他们都如愿以偿，1979 年秋天，告别三营，考回北京深造。他们的学识水平以及后来从事的新闻职业，激发着我一定要当一名记者的梦想。

亲爱的老师，你们好吗？论年龄你们都年届八旬，邀请你们来银川估计有些难度，那么我去北京出差时，如果能够见到你们，是我最大的心愿。当我找寻到你们，我将选好一家餐馆，打车把你们接过来，在用餐中听你们忆说三营，听你们的职场感言，听你们的奋进故事。我听说毕业于三营中学的学长韩宏曾在北京和两位老师相聚，他定有老师的联系方式，我要从他那儿问到，完成我的这个"寻找"。

补记

至少间隔30年，才够得上"再回首"的年份，那么对六零后来说，20世纪70年代和80年代，就是岁月的陈酿，最值得追忆和回味。

1990年，流行一部50集的电视连续剧叫《渴望》，为何能造成万人空巷般的追剧现象，该片主题歌的歌词就是最好的诠释：

> 悠悠岁月
>
> 欲说当年好困惑
>
> 亦真亦幻难取舍
>
> 悲欢离合都曾经有过
>
> 这样执着究竟为什么
>
> 漫漫人生路上下求索
>
> 心中渴望真诚的生活
>
> 谁能告诉我是对还是错
>
> 问询南来北往的客
>
> 恩怨忘却留下真情重头说
>
> 相伴人间万家灯火
>
> 故事不多
>
> 宛如平常一段歌
>
> 过去未来共斟酌

在讲述这些"寻找"和"问询"时，我内心的期待是，亲历过的人，可以在怀念中重温旧情；未亲历过的人，也能在陌生的情境中，感受到深深的温暖。

就这样留恋地回望。就这样有力地前行！

（原载《原州》2022 年第 2 期）

唐徕渠的浪花

走在渠畔

2015年7月一天中午，我和几个朋友小聚，有一个名叫"贵七"的女士，辽宁人，讲一口东北普通话。大家说说笑笑两个小时，意犹未尽。贵七提出要先离开，说她要去健步走。临走时，她建议大家都走起来，并热情地为每个人下载了"微信运动"，说手机上的计步功能可以激励大家坚持走下去。她还从包里掏出一双运动鞋，晃动了几下，证明健走对她多么重要。贵七拜拜一声走了，留下我们几个，又喝了不少酒。我好像对这个"微信运动"很敏感，其中的计步功能，更激发着我的竞争意识。小聚散场后，我边走边看手机，不断增加的步数，让我很是心动。

第二天一大早，我和刘启生、张立军去机场，因工作去上海出差。到达上海的当晚，我就握着手机，带着他俩走在上海的街道上，三个人还在一家商场各买了一双运动鞋，就地换上继续走路。临睡时看手机，显示走了两万步。此行我们抽空还去了松江的东华大学。我想去看望在此上学的我的外甥旺旺。我建议张立军也去看看，那里不光有东华大学，还有上海外国语大学，因为他的女儿次年要高考，可以提前考察考察。我们仨换了两次地铁，路上花费一个多小时。找到外甥的宿舍，外甥不在，下铺的同学说大概去操场了，我们就去了操场。远远地我就看见正在跑步的外甥，身形矫健，青春阳光。我们也跟着他跑起来。旺旺一脸惊喜，当看到穿着新运动鞋的我们仨，就伸出大拇指点赞，鼓励我们要么这样跑下去，要么大步走起来。他还专门叮嘱我："大舅，你坚持，就不会再胖了。"后来，旺旺从东华大学毕业，去澳大利亚昆士兰大学环境工程专业读研，今年又考上了该校该专业的博士。张立军的女儿最终没去上海上学，考到了南开大学。他跟我说，上海之行改变了他，他从此爱上了跑步，像我的外甥一样每天跑步，一天也停不下来。刘启生现在每天大步走着上下班，我们每天都会在"微信运动群"给对方点赞。再也没有见过贵七，但她的健走接力，不仅被我接到，还由我传递了出去。

那次上海出差归来，我就决定不再开车，坚持每天清晨步行上班，从所居小区紫云华庭东门走出，沿唐徕渠向南，大步走 50 分钟，到西门桥，再乘公交赴岗。7 年间，从未中断。每一个清晨的每一束阳光下，我都大步走在唐徕渠畔。

唐徕渠，从此与我每日相伴，它也从此改变了我的生活状态与习惯。

比起跑步，我更喜欢走路。步行，是以自然的方式重建自己与外界的关系，并时刻省察自己的作为与内心。走路时，可以随时看人与风景，可以体会速度变化带来的新鲜感觉。比如，春天和夏天，我会坐在唐徕渠畔的长条椅上，看天或发呆；冬天，我可以给这个长椅拍照片，我会感谢它对我的接纳，让我多次坐在它上面放松和加力，还有那么多的念想和思虑。

我几乎每天都经历着凡俗人生中的偶遇。

我沿着唐徕渠畔，走着到唐徕市场，买了一只土鸡，又顺着渠畔往回走。路遇一只小狗，我只是瞪大眼招惹了一下，它就跟定我了，一直跟着走。起初我还挺愉快，走了一段，发现它原来是一只流浪狗。这下我就有负担了。它的眼神期期艾艾，脚步紧随不舍，让我有些惧怕。幸好一位穿裙装的美女出现，这家伙一个念头闪现，又去跟着美女了，忘了我的存在。我便赶快大步离去。

傍晚，饭后去渠畔走路。走着走着，肩膀突然被人从后面痛击一拳，我惊恐，回头一望，原来是一个醉鬼，龇牙咧嘴地冲我晃着拳头。他的几个同伴抱住他，对我连说对不起对不起，醉了醉了。我自认倒霉，但丝毫没影响我继续走在唐徕渠畔的心情。

正在走路，脚后跟突然被一辆"蹦蹦车"顶上。回头看，"蹦蹦车"的品牌是"牛牛"，驾车的是一名中年妇女，她一脸惊恐地望着我。我跟她说："你咋开的吗？车是牛牛，你也是牛牛！"她突然扑哧咧嘴笑了，腼腆的表情满含歉意。我继续走我的路。边走边想，幸亏轿车不能开到渠畔上来，不然擦着的就不光是皮了。

有一次，渠畔上停了三辆急救车，十几个人盯着渠水紧张地张望，满脸期待与戚哀。我想打听咋回事，但没敢问。再往前走不远，见树干上贴一张寻人启事，寻的是一对跳渠的男女，男的 28 岁，女的 30 岁。我心里咯噔一下，再没敢往下想。

又一次，各自抱着一篮子鸡蛋的两个中年女人，站在渠畔聊天，一个在劝另一个，说儿媳妇总归是外人，还得睁一只眼闭一只眼。其认真、神秘之态如谈一件大事。

又有一次，一个大约 70 岁的老头，坐在渠畔的长椅上，低着头抽闷烟。站在他身旁的中年女人，一遍一遍对老头讲"跟你儿子说呀，咱俩不能再耗了"——看情景似乎是主人与保姆的关系。

唐徕渠畔，几乎每天都上演着银川人这样平凡活着的电视连续剧。

我每天行走在陌生的人流中，手中的手机记下了无数打动人的瞬间。

总体来说，我手机里有 1000 多张这样充满获得感和正能量的唐徕渠照片，一张张群众的脸，见证着这条千年古渠的前世今生。

一个周末的午休时间，我沿唐徕渠畔溜达，碰见一位不午休的长者。长者在酒店过完自己的生日，家人们都回去午休了，他自个儿想在唐徕渠畔走一走。长者手扶拐杖，凉帽墨镜，悠然自得坐在长条椅上。我把微笑给他，并弯腰坐到长椅的另一头，以身后缓缓流动的唐徕渠和树上喜鹊的喳喳声为背景，我们交谈起来。1958年，他随支边建设队伍从辽宁来宁，与一位银川姑娘相识成婚，育有二子一女，至今已64年了。午间四世同宴，是为他过84岁寿宴。白衣长者一口东北话，句句幽默。我举起手机，以唐徕渠为背景，为他拍了一段视频，配写了一段说明文字，发到朋友圈，点赞者稀里哗啦。

一个周六的清晨，唐徕渠畔健步走的人们被一位拉小提琴的老帅哥吸引。古稀老人，高挑清瘦，演奏的是陈钢的《金色的炉台》，动作娴熟，琴声悠扬，使唐徕渠畔顿时生动起来。这位老帅哥来自京城，退休后选准银川养老，每个周末都带上行头，在唐徕渠畔或气定神闲地静坐，或伫立如松地拉琴，真是一个人的千山万水，一个人的千丝万缕……

每天清晨的固定时段、固定路段，一个轮椅总会迎面而来，推轮椅的是一位70多岁的老头，坐轮椅的是他的老伴。无数次遇见，我从没看到过他们的笑脸和交谈。似乎在唐徕渠畔日复一日的推动，是他们对生命的坚持和对生活的坚韧。有一次，我看见坐在渠畔长椅上的老头，给面前轮椅上的老伴一勺一勺地喂水，此情此景，让人暖心又让人有些扎心。

康平路桥头那儿，二三十个大妈正在随《最炫民族风》的舞曲跳着，路过的我随手为她们拍照，她们"炫"得更来劲了。忽然从队伍里跑出一位大妈，说："原来你也在这里！"哦，我的四十几年前的初中女同学把我认出来了。我说给你单独拍一张吧。她摆手说别别别，又钻到广场舞队伍里去了。

贺兰山路桥头那儿，每天清晨都矗立一块牌子，写着"理发十元"。理发师是一位40岁左右的女士，几位老人排队等候理发。唐徕渠水低吟浅唱，阵阵轻风就是伴奏。第一次见此情景，我竟有些感动，拍了照片，发了朋友圈，标题是《唐徕渠就是我的理发馆》。

我觉得，唐徕渠接纳了我，我也亲近着唐徕渠。

阳春三月，唐徕渠如期开闸淌水，黄河之水奔流而来。风定春枝，流水淙淙，银川多了生动景致。所以，唐徕渠开闸放水之日，正是银川叩开夏日大门之时。绿草苍苍，白雾茫茫，银川姑娘，在水一方！

寻找源头

每天行走在唐徕渠畔，有一天我突发奇想，想看看它的源头。

2021年5月，我来到青铜峡的唐徕渠头，才知道它历经2000多年，源头多有改变，真是三十年河东三十年河西。望见雕有"唐徕渠"三个隶书大字的古渠引水口地理标志点石碑，心里突然涌动出一种不可名状的亲切感。

青铜峡扼黄河之喉，是黄河上游最后一道峡谷，历来就流传着大禹用青铜斧劈开牛首山的美丽传说。勤劳淳朴的中国人总会以美好的传说激发艰难生存的勇气。

通过对黄河古道的科学勘测，专家们判断，唐徕渠很可能是远古时期黄河未曾在牛首山改道前的一条流经岔道。黄河主河道后来改道，但是这条岔道却一直延绵至今，演变成了今天的唐徕渠。

1949年以前，唐徕渠一直是"无坝引水"。顾名思义，就是在今天的青铜峡一百零八塔正前方的黄河河道位置，在靠岸边三分之一的河水里顺流砌一道石梁，石梁将黄河水一分为二，截取其三分之一的水量，自流进入唐徕渠。考虑到水量调节，又在石梁中部及尾部设置了一道道退水木闸，通过人工调节的方式，将渠道中多余的水量引回到主河道中，这就是水利上的"自流灌溉"。其水利技术之高超精妙，可以媲美成都平原的都江堰。

1958年，随着青铜峡黄河水利枢纽工程的兴建，唐徕渠"无坝引水"

的历史宣告结束，其水源直接取自黄河大坝一侧的机组泄水闸，水量调剂更加便利。随着数十年来对唐徕渠渠道持续不断的裁弯取直、清淤疏浚、加固维护，唐徕渠流量和流域面积不断变大。

唐徕渠又名唐渠，建于唐武则天时期，后经历各朝代多次整修。渠口开在青铜峡旁，经青铜峡、永宁，穿银川城而过至贺兰县，然后向北流去，到平罗县终止，最宽处30多米，最窄处5米。唐徕渠缓缓流入贺兰山下的田野、湖泊、湿地，滋养着一方水土一方人。

银川是一个缺雨的城市。改善和弥补因缺雨带来的干旱，几乎全靠黄河水，即唐徕渠的浇灌与滋润。

宁夏依黄河而生，因黄河而兴。宁夏引黄古灌区的灌溉历史有2000多年，现在仍在流淌的灌溉古渠达14条，长度1200多公里。唐徕渠全长310多公里，是宁夏平原最大的引黄灌溉水利工程。

"闻说连湖七十二，沧波深处聚鱼多。""百湖润银川，碧水环城流。"古传诗词，平添新意。在时光流逝中，银川的水渠和湖泊散发着烟波浩渺的气息，总让初来乍到的远方客人惊讶且感叹。

自然的偏爱与馈赠，让银川成为风水宝地。即使天不下雨，黄河依然滋润着宁夏；任凭天旱如火烤，银川城依然绿荫覆地。

2022年5月27日，《宁夏日报》刊登了一篇题为《宁夏来了6.02亿立方米生态水》的文章，认为唐徕渠是宁夏引黄灌区历史悠久的最大自流干渠，得益于黄河母亲的哺育，为宁夏平原的沧桑巨变做出了历史贡献，被誉为"塞上乳管"。如今，唐徕渠承担着自治区五分之一自流灌溉面积的灌溉任务，是滋养吴忠、银川、石嘴山三市九县区精华地带的"命脉渠"。1998年，唐徕渠开始为宁夏75%的湖泊湿地补水，持续推动了生态环境质量稳中向好、好中向优，灌域内湖泊的水位和水质保障了宁夏湖城生态美景。在唐徕渠持续25年的生态补水中，银川平原35个湖泊近20万亩生态湿地个个出落得如杭州西湖般清爽明媚。

我曾在燕子矶掬过长江之水，在重庆朝天门乘船顺流而下，在长江三峡眺望神女，在湘江岸边静坐沉思，在松花江畔遥望天边，在兰州铁桥凝神留影，在珠江游艇观赏灯火，在黄浦江畔闻听汽笛……这些不过是我在旅途中的印记。

我赞美过宁夏川好地方，也赞美过大银川阅海湾，我似乎忘记了一条渠水的缓缓流淌，2000多年的无声无息，亘古不变的表情全是上善。不管流向哪里，都在静静地浸润这一方水土上五彩缤纷的生活。在这块最大的肺面上，唐徕渠就是一条最大最长的动脉血管。沿着渠畔锻炼的人们，都在大口大口呼吸。

奔腾不息的唐徕渠水，不舍昼夜地陪着我走过2000多个日子，已经成为我生命中的一部分。

雪落渠上

就说今天吧，我走在唐徕渠畔，半天不见人影。或许是因为寒冷，但从阳光里已经能够感到春的萌动了。是的，明天就要立春了。今年过年，居然拖到立春之后的10多天，在明媚早春里过春节，真够名副其实了。但是，我们仍然赞美这个冬天，赞美寒冷，赞美雪花，赞美冰封。

有多少年了，我们都在不像冬的冬里过着熬着。尽管都熬过来了，但总有不如愿甚至小受伤，比如流感得稀里哗啦，比如雾霾得遮天盖地。

而今年的冬季差一点也如往昔。大大小小的医院里，一度人满为患，有些人家的大人小孩全都躺着打吊针呢。幸好大雪纷飞，山河一片纯白。

雪落在唐徕渠上，覆盖住一些坑洼之上的冰。冬灌已过，春灌还没有开始。没有渠水流淌的唐徕渠就像一个躯壳，缺少的是跳动的脉搏，缺少的是生命的气息甚至是灵魂。或者说，唐徕渠也需要休养生息，需要像劳累的土地那样，暂停一下日夜奔波的脚步。

如同冬天就应该有冬的严寒，夏就应该有夏的酷热。冬就要把人们裹起来，就露个眼珠，睫毛上还要挂霜花。夏就要人们露出来，穿得越来越少，还要钻进山里或跳进水里。

是的，季节塑造人类，人类顺应季节。当一场盛大的风雪漫天劲舞而至时，所有的嘈杂烦琐都沉淀在心，且将时光缝制裁剪，且将岁月珍惜珍重。冬，恰是为我们保留一块宁静的田野，只为自己盛放简单、纯粹、干净、平实甚至孤独。冬，是生命的精神风骨，不作秀，不绕弯，不攀附，而是沉稳、安静、内敛、丰富的。貌似冷酷，却饱含着汹涌的热情；貌似吝啬，却释放着无尽的慷慨；貌似苍凉，却散发着强健的力量。冬，是生命的私语、自然的纯净、思想的清明、心灵的洗礼。

在冬的长夜里，有幸读到一句话：只有自律的人，才能抵制诱惑，克服惰性，说到做到，日复一日地坚持。这一句话契合了冬的品格，这一句话引起我心灵的波动：我的灯上落满了灰尘，而遥远的路程干干净净。

每一个清静的凌晨，每一个热闹的黄昏，每一次阳光的扑面，每一次月光的陪伴，唐徕渠千百年如一日，缓缓走过属于自己的道路，渗入每一株麦苗、每一根稻秧，毫无保留地奉献了一切。

一步一步，义无反顾；一路向前，甩脱羁绊。草色遥看，一树春风；春光在前，还有烂漫！

（原载《朔方》2022 年第 7 期）

如父如子谢时光

新买了两组"双叶牌"书柜，价格不菲。一本一本用心选购的书，加起来也不便宜。在将堆积在地板上的书、证书、相册等整理放好时，三本家庭相册掀起了我内心的波澜。

是的，在手机时代，人人都是拍摄者。随时随地随姿，茄子辣子柿子，随喊随拍随转，谁还记得尘封于 20 世纪相册里的一张张老照片呢？

蓦然回翻，发现能夹存于相册的每一张照片，都有故事，都是美好，特别是黑白照片，更呈现岁月之沧桑、时光之流逝。

一张照片只要存够 20 年，就有故事可讲，就有人生可叹。比如，我从这三本家庭相册里，挑出了仅有的我与父亲的三张合影，往日情景就非常清晰地从照片中跳出来了。

1970 年初秋，在我 7 岁要上小学一年级的时候，我有了第一次进城的经历。从三营到固原城南行 40 公里的砂石路，父亲为什么要带着我去，乘坐什么样的交通工具，县城里都吃到了啥好吃的，晚上睡觉住在哪儿，都不记得了。此行唯一有画面感且永生难忘的就是我第一次照相。现原州二小校门口，当年有一座保存完好的城门洞子和一段城墙，门洞高大威严，两侧城墙高耸着向东、向西延伸，它们都是"砖包城"（固原城的旧时俗称，指城墙皆为青砖砌成）的一部分。穿过城门时，内心肃然起敬，都不敢出大气。走出去，豁然开朗，顺缓坡朝南，道路两边店铺林立，靠左有一个照相馆，我随父亲的脚步跨进去了。照相时，为了解决我个头小的问题，摄影匠搬过来一个小板凳，提示我站到上面。这样，我与坐在身旁木椅上的父亲就差不多一样高了。忽然灯光熄灭，并听到"吧嗒"声响，接着灯又亮了，摄影匠说好了好了。我的第一次照相，就在我的第一次进城中，在这样一个神秘的熄灯燃灯过程中完成了。

这是一张一寸见方的黑白照片。父亲的脸是严肃而消瘦的，我的眼是好奇而惊异的眼。父子同框于仅有的一寸空间，正常的解释一定是便宜省钱。现如今皆为个人身份证明的一寸照，好像都改成两寸照了，但我与父亲这张小小的黑白照片，看上去绝无拥挤和委屈感。相反，从我和父亲的眼光里，看到的都是对外面世界的期盼、向往、到达、迎接。

为什么舍得花钱照这样一张相片？是因为纪念我即将背上书包上学堂吗？我父亲没有完整的上学经历，但从小我几乎每天都能看到读书读报的父亲。这样想这次拍照，应该是父亲有些望子成龙的愿望吧。还有，是不是与父亲和爷爷从未合过一次影的经历有关？父亲在他不到两岁时，爷爷就因为急症去世，父爱对我父亲来说完全缺失。虽然无法确定这张小小黑白照的来历缘由，但我深信，方寸之间浓缩了无尽的爱和无言的情。说它是我和父亲生命中的一个仪式，一点都不为过。

1983年10月下旬，在我考入宁夏大学上学不满一个月，父亲搭便车，从300多公里外的固原，第一次来银川到学校看我。当天下午，我陪父亲在校园里转了一大圈儿，就赶到老城东环路的民乐旅馆住下来。此行搭乘送货的便车来去匆匆，第二天就要返程。

第二天天亮，趁着司机仰躺在车底维修车的空隙，我带父亲就近走到南门广场。当年见证银川之行的地标，就数南门城楼了。有好几个照相的摊主胸前都挂个大相机，纷纷跑过来要我们以城楼为背景照相留念，并提示我们看他们摆立着的照片样架。我主动要求父亲照一张，父亲欣然同意。这一年父亲40岁，我20岁，我的个头都超过父亲了。儿时拍照时那样的板凳，这次用不上了。这次搬过来一把大椅子，让父亲坐上，这样我站在他身旁，完成了我和父亲的第二张合影。

这张黑白照的尺寸当然变大了，应该是五寸照。我以为，这张变大了的黑白照，就是我的成人礼。联想到父亲引导我从少年起便养成阅读的习惯、数次高考落榜后父亲坚持鼓励我不曾放弃、尽管基础教育差但通过持续努力考上大学……我深深感到，我与父亲的这张合影，饱含着如父如子的原始力量、心灵契合、诗与远方。

目送父亲乘坐着的便车轰轰开走后，我步行来到鼓楼西北侧的书店。跨门进入前还得踩台阶上去。从浩瀚的书架上发现一本《傅雷家书》，翻阅中我着了迷。封面上"傅雷家书"4个字是蓝色行楷，配有一幅线条简洁的傅雷漫像。出版页上标注着生活·读书·新知三联书店出版，1981年8月第1版，1983年6月北京第3次印刷，定价0.95元。

我伫立在书架前将这本《傅雷家书》读了很久，最终用父亲这次给我的零花钱，花0.95元把它买了下来。我捧着这本书兴冲冲跑到南门广场，搭乘2路车返回宁大。这本《傅雷家书》从此就成了睡在上铺的我最为珍贵的藏书，在枕边伴我度过4年。毕业后工作期间数次搬迁，这本书怎么弄丢了，记不起了。不过，我现在的办公室书柜和家里书柜，至少还存有4个版本、装帧不同的《傅雷家书》。

记得2007年冬天的一个周末，我和上高二的儿子逛鼓楼书店，一起选好了十几本书，结账时，儿子指着我选中的《傅雷家书》说："咋还买呀，家里有两本呢。"我没有解释，还是买了下来。作为父亲，傅雷也好、我父亲也好，他们的身份、阅历、表达等当然不同，差距很大，但他们和天下父亲一样，对儿子的疼爱、期待、雕琢等都是一样的。我也相信，随着我儿子长大成人，他一定也会有同样的认知和感受。

2008年起，我的父亲母亲搬到银川生活了。他们居住的丽水家园，离我工作单位宁夏日报报业集团不到两公里，工作日我每天中午下班都会走回去，一起吃饭、聊家常、午休，常常会说到过去的人和事。当我讲起小时候的难忘细节时，他们不仅愿意听，而且还会补说一些情节。这两年，他们每次回固原老家串亲戚、搭情，回来都会感叹连个说话的人都找不着了（去世的、瘫痪的、失忆的）。听到这些，心里难受。

我时常还能碰到父亲在中山南街 47 号我工作单位门口的阅报栏前看报纸。他背着双手、前倾着身子、阅读玻璃柜里《宁夏日报》的专注样子，在我还未上小学不识字的时候就熟悉了。那时候三营镇文化站门前，父亲就是阅读栏前的常客。没上学前他还教我认"宁夏日报"4 个毛体大字，因此，我与同龄人最先认得的字有所不同。

这些年，父亲平时爱跟住在附近的退休老记者们聚在一起，看戏喝茶聊天。2020 年 7 月的一天，我提示父亲，你也可以跟你自己"说话"呀，给你拿几个笔记本还有笔，把你从记事起的故事写出来，每一天写几页，坚持写日记，把 70 年有意义的事情写完，就能出一本册子，让家里人读，让熟悉的人看。

我父亲的"日记本"一天天在变厚，字里行间，往事悠悠，我从中读到许多不为我了解的父亲故事。

我讲这么多，就是想说明，我父亲与他同时代的许多父亲一样，耽误了学业、耽误了职业，但没有耽误他们的生命成长，没有耽误他们的美好愿望。我觉得我就是父亲的一个"人生项目"，他总是用心尽力、默默无语地呵护着我、推动着我，以期通过我实现和完成他的梦想，补足他一生的短板和遗憾。

2013 年夏天，我去上海出差，在一家商场选购了两件 polo 恤，一件我穿，另一件准备送给父亲。出差回来，我穿上新 T 恤，带着另一件去丽水家园父母家。父亲穿上和我同款同色的 T 恤，合体又好看。我把手机对着穿新衣、坐沙发的父亲调好，交到母亲手里教她怎样摁动。我跨过去挨着父亲坐下，咔咔，母亲帮助完成了我与父亲的第三次合影。

2017 年 7 月 3 日，我们大学同学在"贺兰山 1958"聚会，纪念毕业 30 周年。其中有一个场景是每人提供几张老照片放大尺寸并展出，这个创意唤起大家"再回首""三百六十五里路""请跟我来"的情愫和温暖，增添了难忘初心、再踏征程的力量。我提供的照片中，就有 70 岁父亲和 50 岁我的这张合影。我给这张照片配写的说明是："1983 年父亲推了我一把，我终于考上大学。人到中年，唯有感恩！"

与前两张黑白照片不同的是，我和父亲的第三次合影，不光是带彩的了，照片上的表情也有变化，唯有这一张是欢笑的脸、满足的脸。当然，我和父亲的体形也变了，都发福了。同款同号之撞衫，你看你看父子的脸，真是应验了一句歌词：长大后我就成了你！

可以断定，我与父亲合影，是天下所有父子合影最少的了。细看我与父亲三次合影的三张照片，既为珍贵留存而高兴，又为拍照之少而遗憾。生命中有些仪式一定要重视，比如与亲人合影。这样的合影，其中的亲情、融会、给予、化解、支持、珍惜等，怎一个"丰盛"了得？还有，重要时刻，拍照也要有仪式感，不要用手机随便完成。那么，我与父亲的第四次合影呢？

2023 年 11 月，我将在完成自己的工作职业旅程后办理退休，我父亲则迎来他的 80 岁寿辰。80 岁的父亲，60 岁的儿子，一定得盛装出场，要选好照相馆，选好场景背景，选好摄影师，好好地来拍这张合影！想想这个令人鼓舞和期待的场面，我就激动。我与父亲拍这张照片时，他会想起与我曾经的三次合影吗？即便他没有想到，我也会当场讲出来。我在想，我讲这些过往的情景，我父亲听了，一定会爽朗地哈哈大笑。

（原载《六盘山》2022 年第 2 期）

饭是唯一的行李

关于吃的琐记

生于 20 世纪 70 年代之前者，都会有一些关于缺吃的刻骨铭心记忆。生于 80 年代之后者，缺吃不是问题了。生于 90 年代之后者，在"饿了吗"下单的，都不会是因为真正的饿着了。

我和苏保伟都出生在 60 年代"那三年"，多年来有多次在小聚时，讲述过各自吃的故事。说实在的，欢声笑语中，心里有那么一点点辛酸。

我的故事是对一个鸡蛋的怀念！应该是我十一二岁，下午放学回到家，母亲在做饭，额头上冒着汗。她递给我一个熟鸡蛋，安顿我去后院，把这个鸡蛋吃掉，叮嘱不要让弟妹看见。我手抓着鸡蛋快跑，在后院蹲下来，双手捧着这个鸡蛋，看了又看，剥了又剥，一点一点地吃，生怕一下吃完。哦，母亲记着我的生日，农历九月十二，为此煮了一个鸡蛋。弟妹们没有这个待遇，家里还要用鸡蛋换回油盐。这个鸡蛋的温度，这个鸡蛋的样子，这个鸡蛋的滋味，永远定格在我的心里、胃里，以至于数十年间我不怎么爱吃鸡肉，却对鸡蛋情有独钟，而每次吃鸡蛋，都喜欢吃煮熟的鸡蛋，喜欢一点一点剥蛋的过程。祝我生日快乐，一个煮鸡蛋就足够了！

苏保伟讲的是一只烧鸡的故事。苏保伟最喜欢吃鸡，因为他丢掉过一只烧鸡。1985 年冬季，在宁夏大学上学的苏保伟，寒假坐火车回老家山东潍坊，硬座对面有人大啖烧鸡，吃得满嘴油不拉叽，让人垂涎三尺。这样生动而虐心的画面，苏保伟回去对母亲描述了一遍。年过完了，要返校了，母亲把买到的一只烧鸡塞进儿子的挎包，弄得苏保伟快要流出眼泪。在北京换乘火车的人群里，苏同学背着一只烧鸡，就像一个传奇，登上了开往银川的169次列车。就是舍不得吃啊，挂钩上挎包里的这只烧鸡，突突突地飞驰在包兰铁路上。就在苏保伟凌晨起身如厕到返回车厢的这一阵子，挎包和烧鸡以及邻座的两位陌生乘客，都已无影无踪。苏保伟，你也太不老练了，都怪你不赶早下手吃鸡，好让那两个乘客眼馋；都怪你妈买的这只烧鸡，味道飘得太勾人心。

两位母亲对儿子的疼爱尽在一个鸡蛋和一只烧鸡中。当然，我们的父亲，在我们的心中也留存着同样有关吃的记忆。比如在我少年时，父亲会把会议上属于他的那一份公家饭（烩菜羊汤和大馒头），把我从学校喊去盯着让我吃上，他再骑上自行车，饥肠辘辘地回家。这样的情景留存在我心中，让我在数十年间，总是以吃来向父亲表达。平时去父母家，总会顺路买上熟肉烧酒。饭桌上看见父亲大口吃肉大口喝酒，就觉得非常爽快。以至于父亲因患糖尿病，医生告诫少肉少酒，我心里还有些不以为意，一如既往地给父亲拿肉拿酒。有一天父亲紧张地说，看来不能再吃肉喝酒了，指标上来了，病变出现了。不能吃肉喝酒的父亲，这让我既心痛又无奈。

苏保伟一定有着与我相同的"父亲与吃饭"的经历。2013年10月29日，我携父亲、妻子、儿子，乘坐银川至青岛的火车到济南，此行是按礼节拜访儿子女朋友的父母家人。在银川火车站广场，我们一行4人向出发大厅行走，忽然听见有人喊我的名字。回头一看，老远处苏保伟在向我招手。他身背大包小包的样子，有些像挣上钱返乡回家的游子。原来，他也是利用几天小假，乘坐这趟去青岛的火车回老家潍坊看望父母。他身上背的是盐池滩羊腿、中宁枸杞子、贺兰山干红酒等。我知道，这个背着挎着的"仪式"，往老家这样带羊肉，苏保伟干过可不止一次两次。有一次，他八十几岁的老父亲来银川，估计苏保伟认为我和张泉慧是拿得出手的朋友，就把我俩喊到家宴上。我们给老人敬酒时，老人满眼欢喜，还呵呵咧嘴笑，席间总是用我们不能全听懂的潍坊话，夸宁夏的羊肉、枸杞和红酒。

亲不亲，战友情，同一辆火车上见缘分。在卧铺车厢甫一坐定，我就带着父亲、妻子、儿子，找到隔了几个车厢的苏保伟。走，上餐厅！在餐厅点了几个菜，要了一瓶白酒，我、苏保伟、我父亲，一瓶白酒分在三个玻璃杯中，说着吃着喝着，很快就把酒喝光了，我和苏保伟说再来一瓶，被我父亲劝住了。三两白酒，一夜酣睡。第二天天亮，刚睁开眼睛，苏保伟走过来趴在上铺扶手上对我说："走，上餐厅！"我们洗漱后，跟着苏保伟又来到同一个餐桌边坐下来。苏保伟居然要点一瓶白酒，我说哪有大清早就喝酒的呀。苏保伟说："中午到济南你们就下车了，再没机会喝了。"又是我父亲一顿劝，才把苏保伟劝住了，没再要酒。火车到济南站停下来，我们4人提上行李箱，苏保伟跟着送我们。济南站只停10分钟，我们和苏保伟说了再见，他还要跳上火车，和宁夏的羊肉、枸杞、红酒，继续朝老家潍坊跑。出站后我们打上了出租车，我坐在副驾，系好安全带，掏出手机看，发现了接收了一张照片，居然是我和妻子、儿子还有我父亲，我们4个人挎着、提着行李的背影照。还有图片说明呢，以"本报讯　记者苏保伟"开头，何时、何地、何事、何因、何人，新闻5要素即新闻的5个W全都有。猛想起苏保伟跳上火车前，不仅拿相机拍了我们出站行走的背影，上火车后还坐下来，逐字逐句认真配写说明，以"本报讯"发给我，我的心像浪一样翻动。

小时候吃过尝过的美味，那滋味浸入舌尖上和脑子里，永生不会消失，将老还会更浓。

每一个六零后、七零后对吃的刻骨铭心记忆，基本上都发生在20世纪70年代。我们不妨把这些食物及与食物有关联的人与事，都从舌尖上和脑子里拽出来，记一个吃的"流水账"。

应该是1973年夏天，我们家与二伯家分了家，搬到新盖的上房和厨房。住下了，开灶了，但院墙没有打起来。打院墙，即夯土筑墙，系就地取土，将几根木椽排成两排，里面放两溜木板，中间填土夯实后，再把下一层的木板移到上边，接着填土夯实，循环往复，直到院墙筑成。木椽上下挪移，原来在上边的忽而到了下边，原来在下边的转眼到了上边。不知哪位高人编出了一句生动的俗语："打墙的木椽上下翻。"

打院墙，是大苦。打成一个完整的四合院墙，依靠本家、邻居的五六个壮劳力，起早贪黑地干，得干三天。下大苦，靠伙食，其实也吃不到肉，午饭、晚饭吃的都是长面。长面是流行于陇东、"西海固"黄土山区的一种面食。其做法是用擀面杖将和好的面块用力擀匀铺开，切成细细的面条。用韭菜、鸡蛋炒出拌面的菜（用肉臊子炒更好，但过年存的肉臊子早吃光了），再做一锅酸汤。面条下锅煮熟捞到碗里，再往上头拨一点拌菜，浇上酸汤。端到桌子上吃的时候，还配有咸韭菜、辣子、醋、咸盐等几个小碟，根据口味各取所需。这就是当年平日里最奢侈的饭了！一碗好的长面里，包含着传承、勤劳、细心、耐力、韧劲、刀功、手气等。不是每一个主妇都能把长面做好——"西海固"人家娶亲迎新后，新媳妇儿上锅做饭，擀长面是一道考题，得靠长面做得咋样赢得评价和口碑，如果长面做得超好，就会迅速成为"明星"，不仅在家里有了底气，而且会被乡邻广为传扬。

我母亲做的长面，那可是杠杠的！打院墙三天，下苦的几个劳力分文不取，犒劳也就是能吃上我母亲做的长面。每顿饭饭点，都是一场"战斗"。五六张大嘴，不是吃面，而是吸面，有的十几秒就吸完一碗，一个人得五六碗才能稍缓下来，继续观察，琢磨着要不要再来一碗两碗。这可把我母亲忙坏了，烧火、下面、捞面、拨菜、浇汤。在这样紧张的劳作环节中，她忙得一刻也停不下来。我看见汗水总是让母亲的脸湿透了，她常常拿起抹布擦一把脸，再接着忙，实在是热得不行了，她甚至干脆脱掉汗衫，继续她的下面捞面动作。我和妹妹负责往饭桌上端面，劳力们吃得快，我俩跑得急，总是在院子里穿梭。一位叫田勤的吃得最凶，吃了六七碗了还不够，他将空碗递给我，喊我的小名说把鞋脱了跑啊，我就把鞋脱掉，腾腾腾地小跑着端饭。前年冬天，老家的一个侄子给儿子娶媳妇，办婚礼那天我赶回去了，席间见到了田勤，他已经是 70 岁的老汉了，笑着喊我的小名，并说："把鞋脱了跑啊！"他还弯着腰，腾腾腾，踮着双脚，学我小时候跑着端饭的样子，惹得一大群知晓我"光脚跑"的人哈哈大笑。田勤是当年给我家打院墙的人中唯一健在的，张敏、张勤等都去世几年了。

因为与我父亲有交往，来过我家吃过我母亲做的长面的人还有一些公社干部、老师等，褚有勤、马成俊、贾万银、韩仲良等，我不仅记着他们的尊姓大名，而且记着他们的相貌和口音。也许是因为我家的长面确实好吃，就更增进了他们与我父亲一辈子的交往。去年国庆，我跟我父亲计划，把当年吃过我家长面的、如今在银川定居的几位约到一起聚一回。马成俊因妻子回固原，他要给两个孙子做饭，出不了门；贾万银去四川儿子家几个月了，没回来……结果只来了韩仲良。小聚中，80 岁的韩仲良老是盯着我看，话也不多，估计他是沉浸在对悠悠岁月的追忆里了。

1979 年，在固原县农业局工作、50 岁出头的我大伯因患癌症，熬到了生命最后一年。父亲在不到两岁时，爷爷就因为急症去世了，长兄如父，父亲对大伯的感情和依赖，从大伯生病治疗期间，父亲迅速消瘦 20 斤就可以看出。当时我还发现，父亲一个人偷偷地哭过。这一年夏天，大伯在固原县医院住院期间，是父亲坚持陪护。有几天他因忙家务，安顿我顶替他。在我陪护的几天中，大伯每天都会示意我吃两块他吃的蛋糕。躺在病床上的他，看着我一点一点吃完。那蛋糕的香，43 年来一直留存在我的唇齿间。我住的小区紫云华庭有个小超市，一直都能买到跟我当年吃到的长相一样的蛋糕，尽管味道还差那么一点，但我常常会买回来吃。有一次还把这个蛋糕的故事讲给妻子听，她说这下明白了。

1976年春季的一天，我和堂兄张平，还有同班的田明，各自骑自行车去三营中学上学，途中要经过一个小坡叫化坪梁。我们力气不够，骑不上去，就推着自行车上坡。一辆解放牌货车驰过，能看出来爬坡时它也有些吃力。忽然，从右边车窗飞出一张纸币，像鸟儿一样飞着。车并没有减速，说明车上的人没有发现丢钱。这张纸币随风而飘，风小了就落在地上了，在地面上打起滚儿。我原地站着不动，看见了这个飞和落地的过程。张平和田明都急坏了，两臂伸长，手指打开，哟哟哟地喊叫着，生怕这张纸币飞到不远的渠水中。纸币终于停下来，张平、田明都奔跑过去，抢起了纸币，嘴里还说着"我先看到、我先看到"，互不相让。他们甚至要撕扯这一张绿色的贰元纸币，考虑到撕扯解决不了归属问题，就都冷静下来，进入协商环节，最终决定到街上换开，每人一元。在一家小卖部换钱时，张平要了一包一角钱的羊群牌香烟，这样张平拿到了9角钱，田明拿到了一元钱。在这些争抢、呼喊、撕扯、冷静、协商、换钱、找零的过程中，他俩谁都没有考虑过我，好像我就是空气一样，在，也不在。毕竟是兄弟关系，张平抽着烟冒着雾，把我喊到他身旁，悄悄对我说："走，下馆子走！"我就随着他到了小街南头的"贸司食堂"。张平花两角钱点了两碗大米饭（肉菜点不起）。我俩几口就把这碗大米饭吃光了。这是我第一次吃到大米饭，既新鲜又好吃。固原不产水稻，当年主要的农作物是小麦、糜子、谷子等，因此我们小时候吃的都是面食和黄米饭，直到1983年我考上宁夏大学，才能每天吃到大米饭。2007年9月，张平的儿子张亚健结婚，因张亚健和要娶的媳妇都在银川打工，媳妇娘家又在河南，就计划在银川摆几桌，简单办个婚礼。张亚健来找我，说明来意，并请我参加。我想起小时候的那一碗大米饭了，就对张亚健说："你的这几桌饭我给你定地方，饭钱、酒钱还有烟钱我都包了，不让你爸出。"这个简单的婚礼举办那天，张亚健的父亲母亲，也就是我的"一碗大米饭"堂兄，带着我的堂嫂从固原赶来。席间，他们满脸欢喜，掉了几颗牙的张平张着嘴光是个笑。后来听说，张平回到固原后见人就夸我。

1975 年，我 12 岁，我弟张伟 3 岁。估计当年家里经济条件好一些了，父亲母亲就考虑给幼年的张伟增加营养，安顿我每隔几天放学后，在街上买 4 个大面包，拿回来供张伟吃。面包的香甜，显然征服了小小张伟的味蕾，他每天总是用小手指着挂在房梁上的笼子，笼子里头就是专供他的面包。可是我总得尝一尝吧，于是买到 4 个大面包，往回走的路上，悄悄从中掐一小块尝了。这一尝带出了新问题，就每次都想尝，而且从掐一小块发展到一次掐好几块。但是，被父母发现了咋办？于是就从掐的技术上提高，既要掐着吃到，又要掐得不被发现，这也是费我小脑袋的一件事情。庆幸的是，这个一而再再而三的掐，最终也没有被我父母发现。不过我想过，也许发现了，只不过没有揭露罢了。多年后，我们兄弟姊妹都长大成人，都有了小家和孩子，一次过年团聚吃饭时，我把这个掐的秘密讲出来。我在讲述时，一大家子人都笑喷了，其中我父母更是笑出了满足，虽然不像大家放声笑，但笑得很收敛、很沉稳。我最懂他们的这个笑了。

人在旅途"一顿饭"

读到史铁生的一段话："我经由光阴，经由山水，经由乡村和城市，同样我也经由别人，经由一切他者以及由之引生的思绪和梦想而走成了我。那路途中的一切，有些与我擦肩而过从此天各一方，有些便永久进驻我的心魂，雕琢我，塑造我，锤炼我，融入我而成为我。"我们怀念经历过的路途、城市、细节，往往是因为一个人或者一顿饭。我就讲讲我的那些"一顿饭"吧。

1995 年五一，《宁夏日报》记者部搞了一个"福利"——组织十几位记者去青海采风考察。记者部主任华少甫安排人去南门广场租了一辆班车，大家大清早就欢喜地上路了。路途迢迢，班车不靠谱，进入甘肃境内后，有时漏油，有时熄火。责怪司机，司机很淡定，不吭声，缄默着捣鼓车。向前艰辛，向后不成，好不容易凌晨 2 点开到了西宁。在宾馆住下来，我们急着跑出去找饭吃。离住地不远，找到一个烧烤摊，摊主的络腮胡子长得很。一大把烤肉串递过来，哇，好大！每串上的羊肉块，都有银川的三倍大。除了大，味道比宁夏羊肉差一些。饥肠辘辘，大也好啊，每个人都吃了十来串。论斤数，估计离一斤也不远了。

　　第二天去青海湖，路上班车倒争气，没有再打麻烦。开车的司机有时边开还边哼哼唱歌呢！车窗外，老远的青海湖是蓝色的，绵延几十公里，我们也喊着唱开了。返回西宁的路上，车在一个简陋的"加油房"门口停下来加油，从另一个小房间里传出了藏语歌声，我一下被打动了。跟主人商量，能不能 10 元钱买回这盘磁带。主人说不能。我问哪里能买到。说塔尔寺。到西宁后，我们逛塔尔寺，找到那盘磁带是我的最大心愿。我给几个卖磁带的摊主描述，没有人明白，结果有个女的听明白了，说唱歌的叫亚东，歌名叫《桑吉卓玛》。我掏了 5 元钱，买上这盘磁带。磁带封面上是亚东的头像。那时候亚东没有蓄胡子，歌声干净如青藏高原的天，后来他不光蓄着大胡子，唱歌声音也摇滚起来了，比如他唱《向往雄鹰》，有几处都啊呀啊呀地吼起来了，觉得雄鹰飞得是挺高，不过天没有那么蓝了。

　　在西宁逛街时，我与樊学宏搭伴同行。樊笑着跟我说想给老婆买衣服，并说买个"三点"，结果也没找到。我说这里人估计要么穿"一片"要么不穿。樊就亮出了他的招牌笑容，并捶打我的肩头。我俩在一个清真馆子吃了午饭，每人要了一碗烩牛肉、一瓶黄河牌啤酒，碗里的牛肉片大得很也多得很，比银川的大且多。樊兄后来英年早逝，留下妻和子，儿子还未成家。隔了五六年，有一次在一个小聚中与樊嫂相遇，桌上的人都忆起樊兄，美好氛围中我讲了"买衣服"的真实故事。樊嫂听了，不吭声，埋下了头，好久才抬起来。

那次青海之行返程，那辆班车先把我们从西宁往兰州拉。中午到了兰州，华少甫大手一挥，用他的铿锵话说："再也不能相信这个司机了，租金不少他一分，让他一个人开回银川，我们坐火车！"就把司机打发了，让他一个人开回银川。我们是当天晚上从兰州站乘火车回的银川。火车开动，我们都坐的"硬板凳"，而且分散在好几个车厢。坐在我对面的是一位30出头的"黑脸哥"。火车刚一启动，他就跑到餐厅去了，两手各提回一扎黄河牌啤酒，低头放到脚底下，坐稳便开始干喝。他好像一直都没有看我一眼，我也就偷偷瞥了他几眼。整夜他都在喝，用牙咬开瓶盖，嘴对着瓶口，慢慢地品，一瓶喝完，又咬开一瓶。这样的喝、这样的量，让我在心里惊叹不已。天亮了，银川站快要到了，查验车票的两个乘警出现，我提供了车票，而对面这位"黑脸哥"拿不出车票，原来是个"逃票哥"，且摊开双手，说身上一分钱都没了。乘警看过桌底下十几个啤酒空瓶子，怒斥："喝得起酒，买不起票，走！"就把"逃票哥"带离了我们这节车厢。

2009年9月，为迎接建国60周年，内蒙古北方新报社发起"向祖国汇报——五自治区媒体记者采访行"活动。当时我主持的《现代生活报》参加了，除新疆另有记者前去，对内蒙古、西藏、广西的采访我都参加了。在内蒙古呼和浩特期间，去了伊利集团采访，喝了不少伊利酸奶，还采访了年老了的"草原英雄小姐妹"龙梅和玉荣。"天上闪烁的星星多呀星星多，不如我们公社的羊儿多；天边漂浮的云彩白呀云彩白，不如我们公社的羊绒白……"小时候熟悉的歌曲，那几天每天飘在我脑海中，有时我还对着蓝天白云仰头大唱。11岁的龙梅、9岁的玉荣在暴风雪中保护公社羊群致残的动人故事已过去五六十年了，年近70的她们在享受退休生活的同时，一直热心于公益事业，经常到家乡的小学，向青少年们讲述当年那场风雪经历，鼓励孩子们要有集体主义精神，长大为党和人民奉献自己的光和热。

在内蒙古、广西采访期间，领略了草原、山河的壮美，也品尝了少数民族的风味。在西藏一周的采访，所见所闻，更是令人难以忘怀。西藏山南地区位于冈底斯山至念青唐古拉山以南、雅鲁藏布江干流中下游地区。那次采访，我与李文龙、王小民随团来到山南。当时逢山南措美哲古牧人节，广阔草地，人山人海，炊烟缭绕，酒香味美。我们每人领有一张午餐券，上面提示此券只限当日使用。忘了当日吃了那么多羊肉，为何没有把餐券交出。拿回来把它放到书柜里，这些年搬了三次办公室，清理了许多东西，就是舍不得丢弃这个小餐券。呀拉索，小餐券，我会把你珍惜！2023 年 11 月，我退休离开办公室时，我会把你带回家，连同夹着你的那次采访活动的作品集，郑重摆放到我家中的书柜里，继续珍藏。

知己二三子，足以慰风尘。我与陈新平、丁学明的交情从 20 世纪 80 年代初开始，40 年来征程万里、同频同向、志趣相投。我们每次相聚时，总会叙说讲述与"三百六十五里路""再回首""请跟我来"歌词里那些一样的描述，也会一起喝大酒吹大牛，总而言之，都还是正能量的表现和表达。

2009 年 9 月底，乌鲁木齐的那次事件已经过去快三个月了。有一天，我给家在吴忠的丁学明打电话，商量一起去乌鲁木齐看望陈新平（他 1989 年 6 月从宁夏师范学院调到乌鲁木齐市，当时任乌鲁木齐县委常委、组织部部长）。丁学明问我啥时去，我说晚上。丁啊了一声，说好吧。我说航班我都查好了，晚上在机场候机大厅见。丁学明说好吧。我就打电话给民航售票处，订了两张机票、买了两个保险。航班是南京经停银川到乌鲁木齐，经停时间是晚上 8 点。晚上 7 点整，我和丁学明如约在候机大厅见面。我拉着行李箱等着，老远看见丁学明走过来，没有手拉或者肩挎什么箱和包，他双手抱一个纸箱，很严肃神圣的样子。我问抱的啥，丁说羊杂碎。哦，他抱的是吴忠的"西施羊杂"，真空包装好带给好这一口的陈新平。陈新平每次回来探亲，我都会陪他去吴忠见丁学明，吃一顿羊杂碎，喝一顿酒，谝一回传。可是把吴忠羊杂碎随身而且乘飞机带到乌鲁木齐，我心想也就丁学明干得出来。我俩在柜台上办手续时，还得为羊杂碎办托运手续，觉得比带个人还麻烦。安检了，登机了，入舱落座，直到要起飞，发现机舱里除了空乘人员，就我们两个乘客。我二人面面相觑，不知何故。原来，经停时，南京上的客到银川就下光了，再没有去乌鲁木齐的乘客了。我和丁学明都沉默不语。我说没关系，媒体上的报道都在鼓励新疆游呢，再说又不是光咱俩去。丁说还有谁，我说还有羊杂碎呢。丁就笑了。三个小时后到达乌鲁木齐，陈新平接到我俩，直接开车把我俩和吴忠羊杂碎拉到他家车库。原来他在家中设宴接风，他几个朋友已经在饭桌前等我们呢。我说大半夜咋能吃肉喝酒呀，陈说银川和乌鲁木齐有两个小时时差，没关系。我们就在陈新平家里一顿大喝，半斤装的伊犁老窖，7个人一会儿工夫就喝了两箱，也就是12瓶。酒过三巡，陈新平把热好的一盆吴忠羊杂碎端上桌，就站着开始感言致谢，说在没有人敢来的时候好朋友来了，比什么都珍贵。说着说着他哽咽了。谁能料到，当陈新平把哽咽压住时，他身旁的一个朋友却头贴着桌面哭开了，边哭边说："宁夏人太好了，我们甘肃人不像话！"这句哭着的话，指的是我和丁学明能来看朋友，他老家甘肃的人却没有人来。另一位朋友把这个哭的气氛，用笑话很快调整过来。13年了，我一直记着这个嘤嘤哭着的新疆中年男子！

2015年8月的一天，"全国省级法治报总编辑宁夏行"采访活动期间，采访团来到盐池县青山乡法治文化广场，我和新疆法制报社副社长张军戈与一位70多岁的老太太交谈。我向她问及我的老师王庆同，她说："认得认得，还给我开过结婚证呢！"遂邀请我俩去她家吃西瓜。我说队伍大时间紧不便去，她说那明年来吧，明年来了给我们宰羊吃。盐池的西瓜和滩羊，张军戈都没吃到，但采访团到了固原，晚上我俩散步后，我邀请他到所住宾馆附近的一家面馆，分别要了一大碗酸汤面。张军戈吃得大汗淋漓，连说爽爽爽。饭吃完了，我俩谈兴不减。他向我介绍了一生的经历和家庭情况。张军戈是黑龙江人，早年随军营的父亲入疆，一米八几的威武汉子，豪气文气皆备。他和妻子当年都从北师大毕业。一生除认真办报，还痴迷自驾游和摄影。他 2016 年秋天就退休了。一碗酸汤面带出了艺术人生，从此我们成为手机上的"高性能微友"。我从微信上看到，张军戈办理退休后，就带着一帮爱好相同、志趣相投的朋友，驰骋在大美新疆，吃羊肉喝大酒，穿高山跨草原，乐此不疲、荡气回肠，把平常日子过出了意气风发。他多次邀我去新疆，去吃新疆饭、去拍新疆景，我说退休了就去，到时候可以多待一些时间。我还把《天边》几句歌词发给他："我愿与你策马同行，奔驰在草原的深处；我愿与你展翅飞翔，遨游在蓝天的穿谷。"

2015 年 12 月上旬的一天，我参加完法治媒体业务研讨会议，从海口飞到昆明，再乘大巴到达石林彝族自治县，要与 20 多人的自治区专家休假疗养队伍会合。队伍晚上 7 点后才能回到酒店。一天折腾下来，我饿坏了。存好行李，走了好长一段路也找不到一个饭馆。

走到一个鱼塘边，看见主人正在地里摘青菜，我向她说明了我目前的情况。她笑着说："大老远地来了，那就给你做一顿饭吧。"回到屋子，她就麻利地淘洗刚刚摘到的青菜，说煮一碗菜，炒一盘菜行吗。我说行。

开吃喽！她炒的菜有腊肉，还有辣椒小菜呢。好吃极了，我吃了个精光。主人说再给你加一点菜吧。我说吃饱了不用了。她说再加的菜不要钱。我说真的吃好了。她还是加了两块东西，说是她们彝家的特色，让我尝尝。应该是豆制品，属秘制，有点酸辣，从来没吃过。

人在旅途，美景和美味是两个基本点，会浸润到心里、胃里。我忘不了彝家温暖的主人，还有这两块酸辣的东西。

2016 年 7 月的一天，我与老领导胡彦华去昆明出差。云南法制报社总编辑吉命土干，安排侄子从昆明长水机场接到晚点延误的我们，居然有花献给我俩，各一大捧。最感动的是，吉命士干总编辑居然从几百公里外的老家保安，宰了一只羊带到昆明。在他亲戚家开的小饭馆，我们大口吃着煮熟的羊肉，喝着一锅西红柿酸汤。

云南是花的世界，我们捧到了鲜花。吉总是彝族人，按彝族的礼仪，以家宴招待了我们。席间，我们听到了吉总唱的一首民歌，开头是："月亮升起来哎，晚风静悄悄。"接着听到她夫人更高水准的演唱。他们的儿子唱一首赞美父亲的歌时，我看到吉总和夫人都掉眼泪了。吉总说，这还是第一次听儿子表达。

有一首云南的歌《远方的客人请你留下来》，歌中表达的情义，可以从我吃过的这两次彝家饭中完全感受到。我期待萍水相逢的彝家主妇、吉命土干一家都能相携来到宁夏，如果他们来了，我也会烤全羊、献歌子。

2017年8月的一天，我随"全国法治报记者走进青海"采访团，来到海西都兰藏族自治县。天空下着毛毛细雨，我与十几位同行者在帐房里喝茶交流。午饭时间到了，端上来两大盘煮好的羊肉，大家纷纷"手抓"。考虑到我座位下的潮湿，加上我不会盘腿坚持坐定，就站起来，把一个肉厚的"羊响板"（宁夏话）顺手抓起来，准备到帐房外能避雨的地方吃掉。一个当地藏族干部模样的人，用不太不标准的普通话说："你要拿走的肉，是舅舅的肉，舅舅会用刀子一块一块切下来给外甥吃。"所有人听了，都沉默不语。我当时尴尬极了，无地自容，丢下"羊响板"，拔脚而逃。每当想起这块"舅舅的肉"，我就心痛。

2015年9月24日，胡彦华、权锦虎、白军胜、刘中等，我们几个应邀左旗一日游，邀请我们的是在左旗长大、银川工作的李嘉荣。权锦虎开着他的新卡宴，白军胜开着从北京开回来的别克。一路向西心飞扬，苍天之下阿拉善！白军胜刚穿戴过博士行头、学成毕业归来不久，脸上都泛着光亮，不像我们几个灰头土脸的，心里也不怎么敞亮。但左旗之行，让我们都有"诗与远方"的感觉，比如爬南寺时，权锦虎五十九的人了，像只小老虎上下蹿，我们就跟着他啊啊啊地爬呀爬。主人李嘉荣安排我们吃晚饭，桌子好大呀，加上我们共坐了 20 个人。吃的是大块羊肉驼肉、沙葱苦苦菜之类的，喝的是"蒙古王"。少不了"请你喝一杯下马酒远方的朋友请你留下来"的献唱，唱完就得喝一铜碗酒，我好像至少喝了四五碗。酒兴上我还站起来回敬歌曲，"贫穷把咱熬白了头你还说能忍受""我愿与你策马同行奔驰在草原的深处"……唱得左旗的朋友也一碗一碗地喝，都停不下来。我和老胡、老权几个惊叹，咋喝都喝不醉啊。苍天下马背上，深感与酒之匹配，我们人人都是豪情万丈舍我其谁的样子。当天晚上回到宾馆，久久不愿睡觉，还建了一个群，群名就叫"苍天下"！

第二天早上，正常睡醒，心明眼亮，神清气爽。李嘉荣喊我们吃早餐。来到一个馆子，哇，蒙古风，好气派。我咔咔咔拍了好些饰物和标识。坐下来开吃，一道一道全是蒙古风味。奶茶好喝得很，我喝了一碗又一碗；牛肉好吃得很，我吃了一块又一块。白军胜瞪个眼珠子看我，说他都吃撑了，我咋还停不下来。我说我就是草原上的牧人，早晨吃饱喝足，赶上羊去放一天，得管一天肚子。他们都笑。笑中，李嘉荣的妈来了，提了两瓶酒，一上桌就打开。"蒙古王"，跟头天晚上一样的酒。我们说不喝了不喝了，哪有大清早喝酒的呢。李嘉荣、李嘉荣的妈都说："我们左旗就是从早上开喝的。"我们接着就把两瓶"蒙古王"喝光了。返程路上，刘中说："左旗这一顿早餐，硬得很啊！"

2017 年 6 月 4 日，鄂托克前旗一个蒙古包中，主人叫张嘎，蒙古族。我和高宁生、赵云山、殷兵，还有我们每个人的妻子，一起喝大酒。张嘎的母亲炒菜炖肉，张嘎负责端菜，我们尽情地吃肉喝酒，"蒙古王"42度，咋喝都不醉。于是就唱上《蒙古人》《鸿雁》《呼伦贝尔大草原》了。我们还搜肠刮肚地把《我爱北京天安门》《火车向着韶山跑》《我是公社小社员》《红星照我去战斗》之类的也唱了。记不住的词，我们就啊啊啊。从中午一点钟，吃着喝着、说着唱着，一直到晚餐。张嘎的母亲又给我们做了酸汤面，张嘎一碗一碗端上桌，我们吃了才回银川。这几年，张嘎总是给我发微信，写的是："哥，你们再来吧!"有一次，我把看到的一首诗发给他，诗的标题是《我教自己简单明智地生活》，具体内容是：

仰望苍穹，向天祈祷，

傍晚之前长途漫步，

消耗我过剩的忧虑。

当山沟里牛蒡沙沙作响，

黄红相间的花楸浆果簇拥着下垂，

我写下快乐的诗句，

关于生命的衰变，衰变和美丽。

我回来了。

毛发蓬松的猫咪舔着我的手心，

咕噜咕噜叫得那么动听。

烈火熊熊分外耀眼，

在湖畔锯板厂的炮塔上，

偶尔只有鹳降落在屋顶上的叫声，

打破了寂静。

如果你敲我的门，

我可能甚至听不见。

2020年1月9日，我结束在上海的出差，要乘从浦东机场飞往银川的航班返回，飞机起飞时间是下午4点，这样有一大把时间，我可以逛逛街。我去了八佰伴商场，买了两件衬衫，接着想起曾经到过的金茂大厦，可以在第87层俯瞰上海，想再次体验一下"高度决定影响力"的感觉，就找去了。乘电梯嗖嗖嗖几十秒就上去了。如我所愿，上海在我眼底，也在我脚下！乘电梯下时，要在 56 层转乘，走出电梯门，我看到了餐厅。想想饿了，就去吃吧。门口价目牌上标着"中午自助餐，每位 398 元。"这么贵，闪！又一想，我能来几次呀，我挣钱干吗呢，就果断地跨门而入。找个位置，放下衬衫，脱掉大衣，开始"自助"了。哇，这么多好吃的，大虾大蟹、三文金枪，都是银川吃不到的；啤酒红酒，外文酒标，都是没见过的。不要说 398，我看 598 也值。我慢慢地吃，慢慢地品，窗外远处高楼耸立，东方明珠那个大红球都在低处。正在我品咂感怀的时候，邻座一位先生向我释放善意和微笑，应该是他的夫人吧，也对着我眉开眼笑。我心想，上海人素质就是高，我得努力表现，做到尽量匹配，就一样地回给他们善意和微笑。先生主动搭讪，先是自我介绍他和夫人是复旦退休教授，接着问我是哪里人干啥的。一看他们的气质和谈吐，我认定他们不会撒谎，就如实介绍了自己。夫人问我怎么一个人，我继续如实回答。简单的交流，就把我融化到"复旦"里了，我一下变得能说能溜，还把自己刚才到底是吃还是不吃的真实心理讲出来给他们听。他们哈哈笑了。我接着说："在银川我每顿只能吃羊肉，我觉得我把自己都吃成一只羊了。"他们哈哈笑个不停，还站起来靠近我，要扫码加微信。我接着对他们说："我吃了上海这一顿，加上见了您复旦两位教授，我回去能管一年的营养。"他们一直在笑，问我还来上海吗，如果来了，可以约定一起再来这儿吃。我说争取一年来一次，来了一定约。他们说很有意思，也很期待。谁知道三年多了，再也没有机会去上海，金茂大厦 56 层、与复旦两位退休教授相约的自助餐成为梦想和奢望。不过，我感到，2020 年 1 月 9 日上海那顿 398 元的自助餐，其营养和滋味，管了我三年多！

（原载《原州》2023 年第 3 期）

归来还是少年的胃

母亲拉扯长大，少年滋味悠长。胃这一辈子，是小时候就被妈搞定的。有的人，人心变了，口味还是那个少年；有的人妈没了，妈的味道犹在唇齿。

"西海固"无数个普普通通的母亲，她们最大的幸福和底气，就是能为家人做一顿粗茶淡饭，做饭的手艺被邻里乡亲佩服。我的母亲就是这样的人，她识不了多少字，但饭做得绝对好。2000 年前后那几年，我弟张伟在石家庄工作期间，我母亲去给他带孩子，每天还给他一家人做饭。有几次张伟把朋友约到家里，吃到了我母亲做的长面。他们吃完，眼睛发亮，表情夸张，都说吃到了世界上最好吃的面。后来张伟一家迁居到银川工作和生活，他每次去石家庄出差，朋友都会问候母亲，有的还说能不能把母亲带过去，给他们做一顿好吃的长面，有的还表示愿意把机票钱掏上，要请母亲去做面。每次张伟回来说这些，我母亲都笑得合不拢嘴，成就感跟我们在工作中获奖一样。

除了长面，我母亲的拿手饭还有搅团、摊馍馍、油饼子、酒酥子、凉粉、凉面等。长面分干捞、带汤两种。搅团以荞面为主搅成，配上汤菜、油泼辣子、蒜汁、醋，这个套餐能把人吃美。这些配料蘸汁，需饭前下功夫备好。比如蒜汁，一定是用木制罐捣碎的，油泼辣子一定得是自个儿碾出的辣面。还有两样吃头：猪肉臊子、酸菜，也能体现我母亲的厨艺水平。每年四五月青黄不接，能吃上用猪肉臊子做的长面，那可真是幸福啊。数九寒天下午放学归来，饥肠辘辘，捞一朵酸菜吃掉，就能顶饱解饿。原生家园原生饭，原生家庭原生胃——我们的家庭、我们的母亲，从小就把我们的胃口"惯坏了"。

其实都不是什么名菜佳肴，也摆不到大席大宴上，但这些家常便饭，却是生命中最好的营养和滋味。民以食为天，尽在日常，甚至在过年几天，大鱼大肉仍然拼不过长面、搅团。就拿今年过年来说吧，我的吃饭记录是，除夕中午，驾上车带全家人去父母家吃搅团，晚上吃长面，初一早上再吃饺子。过年几天，小家不开伙，直接吃父母。搅团我会吃掉两碗，长面干捞一碗、带汤一碗，饺子是萝卜大肉馅的，吃了既解馋又顺气。吃过饭，老母亲会把油泼辣子、蒜泥、油饼子、肉方子等包好装好，让我带走。我母亲是既贴辣子又费油。

我在想，这么多好吃头，除了我母亲手艺厨技高外，食材之好也是保障。比如过年的猪肉，是我妹夫路满雄在固原的大姐用粮食喂养出来的猪宰的，面是我堂兄张平家磨坊磨出来的，胡麻油是我表兄蛮牛开的油坊榨出来的，葱是海原李旺堡的，粉条是西吉兴隆的，牛肉是泾源的黄牛肉，醋是隆德的四兴牌子，辣子是自己家晒干的，土豆、萝卜都是固原亲戚送的，等等。就是说我父母搬到银川快 20 年了，过年甚至平时，吃的都是老家"西海固"的食材，我长到快 60 岁了，过年甚至平日里吃的，还是老母亲做的饭。

有一次，与父母亲一起吃饭聊天，还聊出了我的"吃饭碗"。1973 年与二伯分家，大人们在盘点家产，我只惦记着我的小小搪瓷碗，生怕分不过来，紧抱着这个小碗参与了分家仪式。2021 年 1 月记者新春走基层，结束彭阳县孟塬乡草滩村的采访后，返程路过三营时，我回到老家的老院子，看到了尘封的各种物件。打开厨房锈蚀的铁锁，看到不少当年的厨具，风匣、笼屉、捣蒜罐、面杖、饭碗菜盘之类的，当年母亲做饭的情景全跳出来，甚至闻到了我母亲做饭的味道。猛然间发现少年的我双手紧抱着的那个搪瓷小碗，斑驳不堪，像个古物。我不仅用手机一遍遍拍了它，还用报纸包好拿回来，置放于家中书柜中。家人认为极不着调也不和谐。他们都不知道，这个生锈了的"古物"，盛过母亲的长面、搅团，以及老家的咸水，还有岁月时光，还有家亲慈爱，还有我的成长！

原生水土，一方饮食。我的看法是，以黄河之隔，吃不到黄河水的宁南山区，与喝足黄河水的卫宁平原、银川平原等，不只人居环境有别，饮食习惯也不同。归纳起来，"西海固"的饭，做饭的人更讲究一些，吃饭的人滋味更浓一些，即所谓"重口味"。"西海固"的饭菜里，盛着中原文化的传承和陕西、甘肃的融合，银川这边的饭多有移居的"速成"和"拼凑"。

1987年我大学毕业后，在《固原报》工作了5年，对固原城里几道好吃头记忆犹新。南河滩附近的荣味斋店面不大，也就摆四五张小桌子。老板姓马，曾是当年固原地委食堂的厨师，改革开放后辞职创业开店，靠厨艺和人缘，迅速在固原走红。荣味斋早上泡馍、中午酸汤饺子、下午烩面炒面，货真价实，味道鲜美。记得我和赵云山1990年春季被当地军营请去培训通讯员，因为有讲课费，我俩在三天培训的每个清早都骑自行车去，路过荣味斋，舍得连吃了三回牛肉泡馍。今年4月初我去固原，陈学伟请我到比当年能大10倍规模的新荣味斋吃饭。他把老板马强喊到桌上了，说是见个面介绍认识一下。我当场描述了对马强父亲和当年荣味斋的记忆，并提起老荣味斋每天三个饭点卖的饭。马强一脸惊讶，对我说："哥，我爸都去世了。你能记这么细，我认你这个哥！"

那几年，南河滩市场有一对卖包子的回族老年夫妇，穿戴干净，气场不同，两人每天从家里各提着一个篮子，把蒸好的羊肉包子盖实捂住，徒步到南河滩市场来卖。常常是他们一出现，一会儿工夫包子就被"抢"光了，可遇不可求。能吃上二老的包子，你得提早守着等着。

南河滩市场大门口，有个卖牛头肉、牛蹄筋的摊铺，我在那儿买过好几回，摊主都把我认下了，每次去买，都笑脸相迎。1990年6月意大利世界杯期间，在海原兴仁中学教书的刘中，搭班车南行100多公里来找我。他说把当天的课调了，就是想一起在电视上看场比赛。我就骑上自行车，骑到南河滩市场买了牛头肉、牛蹄筋，还买了一个苤莲子，回来拼了三盘菜，打开一瓶"陇南春"，就开喝开看了。这场比赛是联邦德国对阵阿联酋，结果5:1，阿联酋输惨了。去年我在银川唐徕市场买菜，一眼发现了苤莲子，我当即买了一个，并给这个苤莲子拍了照，发给刘中。见面交接苤莲子时，刘中光是抿嘴笑。今年1月我回固原，得空走到南河滩市场，看能不能见到当年卖牛头肉、牛蹄筋的摊主。摊子找到了，搬到搭了棚的市场里头，不过摊主变成了儿子，长得跟他父亲像神了。他说："我爸老了，走不动了，干不动了。"

那几年在固原工作期间，我结婚成家，过上小日子，柴米油盐、买菜买肉的事，很快就掌握了。买肉的细节是这样的：买羊肉得去南河滩市场，摊主都是将羊肉剔骨卖，不像银川都是带骨售。剔过肉的"羊架子"，挂在那儿，一副卖5元，看上去没有肉，但经慢火炖两个小时，肉就从骨头缝隙冒出来了，加上骨头里的骨髓，一锅炖好的"羊架子"，其营养价值不亚于几斤羊肉。所以，大冬天每隔两三周，我都跑到南河滩市场，花5元搞一副"羊架子"，让摊主砍断剁碎，骑上车子，哼着小调，满载而归。当时，《宁夏日报》的苏保伟在固原记者站，不知怎么也掌握了这个"路数"，常常整回"羊架子"，用电炉子、电饭锅炖好，跟几个同事就着小酒喝羊汤、吸骨髓。他不止一次对我说："香得很啊！"

割猪肉的地方在电影院坡子下，约摸十几家摊位排开，看上谁家的尽管砍上一刀。固原人卖猪肉都不剔骨头，而且顺着砍，不得"挑三拣四"，不像银川市场上，猪肉都是剔骨卖，且各部位有各的价。总而言之，固原的猪肉吃起来比银川的香，这应该跟喂养的方式、饲料有关。如今回固原采访、工作，有时返程时，我还请司机开车绕道到电影院坡子下，停下来，找一家肉铺子，说好价，付了款，砍一刀，带回家。有几个摊主，看上去都是熟脸，他们在这里卖了三四十年的肉了。

从固原往银川带吃头，这几乎是所有在银川工作、生活的固原人习以为常的事情。固原人与银川人的饮食习惯多有不同，从食材上就有区别。比如牛肉，固原人基本上都吃泾源黄牛肉，银川人没有这么专一，哪儿的牛肉都行；葱，固原人专吃红葱，银川人专吃白葱；固原人爱吃烤馍锅盔，银川人爱吃葱花饼、茴香饼；中秋节，固原人家家户户蒸月饼，银川人买几块"老苗"就把节过了；金秋时节，固原人门庭窗前挂满了红辣子干蒜头，银川人基本上不去费这些力气……

当然，固原一些土特产也被银川人青睐。那年那月，银川人都喜欢从固原捎带鸡蛋。固原农家土鸡蛋好吃，这是公认的事实。1988年初秋，在固原兼任记者站站长的宁夏日报社总编辑助理余光仁，喊上我去南河滩市场，陪他买土鸡蛋，要带回银川。一位包着咖色头巾的农村中年妇女蹲在市场大门外路边，她的面前摆着一篮子鸡蛋，其成色、数量正好符合余光仁的需求。讲好价后，这个女人把篮子里的鸡蛋一个一个小心翼翼地取出来，又一个一个吹掉蛋皮上的草屑，工工整整地放置到余光仁备好的纸箱里。她说："这都是我个人下的蛋。"余光仁纠正道："这都是你养的鸡下的蛋！"女人一本正经地辩解："鸡是我养的，蛋是鸡下的，我把心都操碎了，咋说都成！"余光仁很感动，再说不出话来，多付了她5元钱。

我的朋友白军胜，1988年固原师专（现宁夏师范学院）中文系毕业后，被分配到红庄乡盐泥中学任教。白军胜课讲得好，还喜欢写诗写评论。我当时在《固原报》当副刊编辑，为白军胜编发了好几首诗。一次他收到稿费很高兴，跑到农贸市场买了两只活母鸡带回来和我一起吃。他说："母鸡带回来了，心痛得不行！"我问咋回事。他说："卖鸡的是个老太太，她把钱接到手里，我提起母鸡要走，她哇的一声哭开了，说是母鸡养了两年了，舍不得。"我听了，也心痛得很。

"西海固"的家常便饭里，饱含着日子的艰辛，融会着光阴的不易！

有过多少往事，仿佛就在昨天；有过多少滋味，永远留在胃里。如今我在银川每次下馆子，都要去找寻固原风味的馆子，这是胃的顽固性导致的。在银川，谁家馆子里聚的，就是谁家的人，一看那些吃饭的人、吃饭的脸，就知道一定是"原生家园原生胃"，一开口讲话，更印证了老乡见老乡，一碗牛肉汤。比如"宁味楼""聚得全"，比如"老白师泡馍""永禄饭庄"，去这些馆子吃饭，说不定会遇上发小和同学呢。

讲一讲我在银川推介"少年味""家乡味"的经历吧。从 2020 年 7 月 6 日发现，到 2021 年 11 月 23 日，我在朋友圈介绍了 3 次"隆德大馒头"。

一、好馒头是蒸的，两口子是真的。长城路南关清真寺往西、海基亚医院再往西 150 米，有个"国长馒头店"。店主叫裴国长，隆德县温堡乡人，蒸了好些年馒头了，他说过去在隆德县城开馒头店，县城的人都知道他。来银川开馒头店已经 5 年了，每天上下午各卖 3 个小时，馒头一个都不剩。我说给你们两口子照个相吧。他俩就站起来，满脸欢喜，站在一幅书法背景墙下，只是不往一起靠。我说挨得紧一些嘛，难道是假的？女主人赶紧说真的真的，就靠一搭里了。这一逗，他俩更乐了。紧接着，来了一个女顾客，买了三份各两个装的大馒头，说是她两个、一楼老奶奶两个、对门两个，都是让她捎带的。

二、"国长馒头店"一天卖掉 1000 个。"国长馒头店"靠馒头的分量大、有特色（碱面）、做工细，不仅在银川很快立足，而且赢得一大批回头客光顾，每天上下午固定时段卖掉馒头 1000 个。我下午路过，买了 4 个（我也算回头客），顺便聊了几句，才知道"国长馒头"使用的面粉挺有讲究：专门用河北面粉，全是冬小麦面粉。裴国长说，冬小麦面粉蒸的馒头好吃，宁夏面粉"杂得很"，市场上春小麦面粉多，冬小麦面粉都是从陕西等一些地方凑来的。哦，做馒头也有文章和学问！

馒头上为啥还有红喜字？裴国长答有人预订的，共 12 个大馒头，准备定亲用。预订的人是银川人吗？不是，是隆德老乡。这年月保留着类似这样的生活习俗，还会有多少人！

三、货真价实是永远。"国长馒头店"近日不见了，搬迁了。搬到哪了？今天让我给闻到了（路过时闻到了馒头的麦香）。原来就搬到原店旁边，比原先稍小些。店主裴国长说，原来年租金 5 万多，现在 3 万多，少了 2 万元。裴国长的笑脸上写着 3 个字：很满意。

光顾"国长馒头店"的都是老顾客。因此，新店面没有挂招牌（仅在门玻璃上做了小提示），人照常来买馒头，不影响生意。这年月，肉没有肉的香，菜没有菜的香，馒头也没有馒头的香，今天我却闻见了馒头香，算是稀罕。

我每次在朋友圈发文介绍"国长馒头"，都会引来很多留言和点赞，不少人留言说要去找要去买。后来听我们单位好几个人说，他们都找到了，都买了，确实好吃。其中闫凤英说她经常买，有一天她还把 4 个大馒头带到单位，2 个送给杨媛媛，2 个送给我，说她家离店近很方便，我和杨媛媛家离店远，不方便去买。"国长馒头"还多了这一个"传奇"！

最近，我又发现了一家"彭阳特色饼子店"，也在朋友圈宣传了，我是这样写的发的：

好吃不过油饼子。近日发现一个小门店——彭阳特色饼子店，位于凤凰北街快到上海路的西侧（北安小区附近）。该店专门做白饼子、油饼子，号称"家乡味"。刚炸出的油饼子，看上去就美得很，拿回家吃一口，吃出我母亲炸的油饼子的味道，确实印证了是正宗的"家乡味"！买油饼子时，还跟小店主人聊了一会儿。老板是一对彭阳夫妇，4年前从老家来银川创业，在海宝小区那儿开了"家乡味"饼子店，质量杠杠，辛勤劳作，童叟无欺，把事干成了！今年春节后，又在北安这儿开了分店。人不识货嘴识货，吃了都成回头客，如今这个店每天卖2000个白饼子、1000个油饼子。一个白饼子一块五，一个油饼子两块五，算下来收入可观。海宝那儿的老店由男主人打理，生意更好些。北安这个店由女主人打理，开了3个月，她忙不过来了，就把姐姐的儿子从老家喊来当帮手。油饼子用的是山东冬小麦面粉、彭阳老家磨出的胡麻油。这面这油，加上人勤奋、手气好、诚心干，就把这个小店开稳了。我隔着橱窗给店主人照相，她说咋遇上这么好的人了。我夸她家的油饼子好，吃出妈的味道了，她说家乡味就是妈的味。我说把小店开成了就是本事，她说大的干不了就能干个小的。她和她外甥都哈哈笑。

再说几句我母亲炸油饼子吧。小时候除了过年，平时很少吃上肉，不过端午节、中秋节、过年都能吃到油饼子。记得炸油饼子那一天，母亲的脸是专注的脸、肃穆的脸，开炸的时候不仅不让我们兄妹进厨房，还喝令不能大声说话，说话声大了费油得很。我和弟妹就老老实实地闭上嘴，都缩着身子安静地等着。炸完油饼，母亲走出厨房，脸上的严肃不见了，变成了满足的脸、赢了的脸。我们终于捧上油饼子吃，咬一口，比肉都香啊！即便是如今过年，吃上老母亲炸的油饼子，还是觉得比吃肉香。我母亲几十年来每年都将她炸的油饼子包好裹好，送到20里外的"小河子"，给我外爷吃。每次送回来，她都会高兴地学我外爷的声调："娃娃，比肉都香啊！"这样回娘家送油饼，直到我年届九十的外爷去世。

几天前与彭阳籍的吴涛等人在一个小馆子吃饭，上了一道"烫面油香"，我说这个咋能跟我们老家的油饼子比呢。吴涛说老家炸油饼，是三天的策划和仪式。我说那真是光阴的仪式、母亲的仪式，烫面油香是不下苦、走捷径的吃头，咋能比得了老家炸油饼的仪式呢。我们在对话中神清眼亮气爽，嘴还吧嗒，仿佛品咂到当年母亲炸的油饼子的味道。

在朋友圈发了4张彭阳夫妇和他们的油饼子图片，还有文字，立刻引来一大波点赞，还有不少留言，都说第二天要去找这个小店，买油饼子吃。陈凤兰说她去买了10个，回到小区就被邻居老太太们"抢"了，只给自己剩下一个。冯剑华说她派人去买了5个，回来吃一口就吃出她曾在彭阳吃过的味道，她说是彭阳的胡麻油好！刘涛的留言是："小时候家里炸油饼子，一般厨房门后面还要立一根擀面杖，我奶奶说怕油把锅炸了。"我的妹妹给我发了一个大大的赞，估计她一定是想吃我母亲炸的油饼子了。

（原载《原州》2022年第3期）

城市的风

卡尔维诺在《看不见的城市》中写道："城市是一些交换的地点，但这些交换并不仅仅是货物的交换，它们还是话语的交换，欲望的交换，记录的交换。"

我们为什么要去往一个城市？我们和一些城市有过怎样的交集？或许，某个城市，会成为一朵短暂的昙花。或许，某个城市，会成为一个永恒的坐标。

拂过的风究竟吹皱了谁的从前？又有谁还在留恋那一路上生命肆意的飞扬？我就在一些城市里，遇见了一些故事。

珠海，是我唯一期待能够住上半年甚至更长时间的城市，在大把的时间和慢节奏里，能够触摸和感知到那里的方方面面乃至神经末梢。

1993 年 4 月的一天，我和几位同事在宁夏日报社周末编辑部伏案编稿，编辑部主任丁思俭出现在门口，喊我去他办公室。我跟进去，忐忑不安地坐下来，从他手中接过一纸邀请函。他说："你看上面我的签字。这个告别三峡采访活动，你去参加！"我心中一股暖流涌起，连说谢谢、谢谢。

这是 1989 年我因工作的"北京之旅"后，又一次跨省出行。满满的诗与远方，仿佛在向我招手！

乘火车从银川到武汉，需在西安或北京中转。我选择了在北京转乘。我在前门大街珠市口附近，找到了我1989年住过的"四合院招待所"。办理入住手续的前台女服务员以京腔对我说："您又来了！"我惊叹于时隔多年还能被北京人认得。四合院的红门青砖、石雕摆件等，都还是原来的样子。当然我还是原来的我，只不过北京一夜后，要去往、要到达的地方更加遥远。

第二天乘火车沿京广线南下，一路飞驰，窗外闪动，大地绿草苍苍，田野里都是青纱帐。

人间四月天，草木蔓发季。数十名来自全国各省报的记者们相会于湖北日报社招待所，开启长江三峡截流兴坝前"让我最后看你一眼"的采风活动。接下来10天，一辆旅行大巴载着我们，行进在湖北大地、长江之滨，我们去往的地方有宜昌、巴东、巫山、荆州、奉节等。我们攀登了黄鹤楼，站在了中堡岛，眺望了神女峰，漂流了小三峡，浏览了荆州城。行进途中，车厢里总是欢歌笑语，有空就互递名片，互发邀请，合影时茄子加耶，人人满脸开心。

有一天，在宜昌宾馆晚餐结束后的散步途中，年届五十的珠海特区报社文艺部主任陈伯坚，用他夹杂着粤语的普通话悄悄提示我，要我把挂在腰带上的一串钥匙拿掉，说不然我就像个仓库管理员。我心里顿生窘意。散步结束后，我又跑出宾馆大门，找到一家商店，花15元买了一条新皮带。回到住地房间，把旧腰带扔进垃圾桶，把钥匙串放进行李箱。第二天早上吃早点、上大巴，感觉腰间生发出新的力量。我这个"立整立改"的细节，应该是被陈伯坚先生注意到了，在荆州古城墙徒步参观时，他不仅邀我与他合影，而且再次跟我交谈。他问我愿不愿意到珠海特区报社工作。我说愿意。他说那就好。

三峡行结束回来，每个清晨上班到岗，我的办公室桌面都能看到一个来自珠海的长条信封，拆开，是一份《珠海特区报》，天天收拆阅读，从无间断。我知道这是陈伯坚先生安排工作人员寄给我的，每每收执拆封，内心都是深深的感念。

1994 年 9 月的一天，我接到陈伯坚先生打来的电话，说他在出差长沙的途中给我打电话，让我很快到珠海特区报社报到上班，工作岗位就在他所负责的文艺部，并描述了暂住公寓、使用期时长、转正后薪酬等细节。我被感动得几乎说不出话来。

跟家人再三商量后，我最终放弃了这个"珠海有约"，连回复陈伯坚先生的电话都不好意思拨打。最终打通，向他说明家属工作忙、孩子还小等困难，只好放弃被举荐和提携。陈伯坚先生听完，笑着说了一句："那你将来会后悔的。"

此后几年，我除了持续接收阅读《珠海特区报》以外，还曾收到陈伯坚先生寄来的他的两本作品集，才知道他是广东省著名作家，也是名噪一时的"珠海股神"。再后来，渐渐失去了联系。

2005 年 9 月的一天，宁夏日报社领导带队，赴广州、深圳、珠海等地的报社考察学习，我也在队伍中。当进入珠海特区报社大楼，自然勾起我与众不同的思绪。我甚至在会议室主客交流中悄悄离席，乘电梯下到后院，寻找职工公寓楼。这样的思绪、这样的寻找，我只好深深埋在心里。

2020 年秋天的一个后半夜，我的朋友白军胜从珠海打来电话，说他正跟刘鹏凯一起夜宵、喝酱香白酒呢，并让刘鹏凯跟我寒暄了几句。他们二人，是我大学毕业后在《固原报》编副刊几年间的神交，共同的文学爱好将我们的精神牵引到一起。白军胜退休后以教育学博士之名，受聘于广东外语外贸大学南国学院，教书生活在广州。这个夜半来电，才知道刘鹏凯在珠海特区报社干了快 30 年了，他干的工作就是编副刊。我跟他开玩笑说："你这不是抢了我的饭碗吗。"几句话讲明白缘由，我们朗声大笑不止。原来刘鹏凯在 1994 年就辞掉固原拖配厂的工作，独自一人南下求职，被珠海特区报社录用。我提起陈伯坚先生，刘鹏凯说太熟悉了，并邀请我快快打个飞机，去珠海一起喝酒看欧冠，说他一定会把年届八十的陈伯坚先生邀出来一起聚。

刘鹏凯的"珠海有约"一直未能实现。让我高兴的是，他把我写的随笔《如父如子谢时光》编发到《珠海特区报》副刊上了。给我寄样报时，他还寄了一袋泰国大米，说这是珠海特区报给员工发的福利，他给我也搞了一份。

哦，珠海，我生命中最有可能的一次迁徙，在我将要完成职业之旅退休时，又出现"几朵浪花"，让我禁不住感慨与这个城市的失之交臂，感慨与珠海特区报社的失之交臂，更感慨与名家贵人陈伯坚先生的失之交臂。幸好，我没有完成的到达，朋友刘鹏凯完成了。2023年年底，办理退休后，我一定要飞到珠海，和刘鹏凯喝一场大酒，和陈伯坚先生追忆30年前的三峡行，我当然会说起那一年挂在腰际的那一串钥匙。我还要坐在刘鹏凯的办公桌前，找一找在珠海特区报社上班的感觉。

兰州，从距离上讲，是离我们最近的大城市了，三四百公里路，高速上跑四五个小时，高铁上只跑三个小时。

2004年12月的一天，我和黎明、张涛、吴炜去兰州考察寻找《现代生活报》发行渠道，就是乘晚上10点的火车去的。上去就躺平在卧铺上，睡到天亮就到兰州站了。

与我们洽谈合作的《读友》周报，安排大个子老张把我们接上，打上车直奔马子禄牛肉面馆，每人吃了一大碗正宗兰州牛肉面，牛肉量大，小菜样多，估计是优质的。传说中兰州牛肉面没有肉，兰州优质牛肉面才有肉。总而言之，不吃不知道，吃了才叫好，银川牛肉面跟人家比，差得码子大了！

考察沟通都挺顺利，合作的事基本上能定下来。当天下午，我们提出"自由行"。吴炜当年上的大学是西北民族学院，他吆喝一声："走，看我们学校去!"我们就打上车朝五泉山跑。校园里浏览一番后,吴炜提出到他住过 4 年的宿舍看看。我们跟着吴炜走,很快就找到了。宿舍门敞开着,上下铺坐着几个学生,有戴耳机听音乐的,有埋头读书的,都没有注意到门口站着 4 个 "不速之客"。吴炜忽然大喊一声:"都把被子码整齐,接受检查!"学生顿时惊恐,都无言无语张望着我们。接着吴炜爽朗大笑,讲明"同一个宿舍"的身份,大家都哈哈哈哈地笑了。

晚饭时,我们商量好到夜市上去吃。出租车把我们拉到了正宁路。哇,小吃摊位一个连一个,牛肉面、饸饹面、菜拌面、烤鱼、烤羊蹄、油炒粉、牛奶鸡蛋醪糟、杏皮水、软儿梨、灰豆子、甜醅子⋯⋯五花八门,看着哪样都馋人。

一个羊杂摊引起我们重点关注。摊主夫妇和儿子各司其职,父亲手执一把弯月般的刀,专心剔切羊头上的肉,并专门收钱管钱。母亲负责给吃客端杂碎舀羊汤,儿子只是个打杂的,负责抹桌子摆凳子,轮不上正经活儿干。关键是我们注意到,他们经营的羊杂碎跟银川的大不一样。白水羊头、五香干拌羊杂、羊蹄子、羊肝子、羊肺子等,都单独售卖,不像银川是烩到一锅里,再用碗盛。也看不见宁夏羊杂碎中的主料之一 ——面肺子。

我的看法是,兰州羊杂比银川的纯粹,不像银川的肉不够面肺子凑。这让我想到所有的不够,都得想办法去凑的习惯。我们所怀念的一些当年的食品,比如裹上面粉炸的那些鱼呀肉呀,其实都夹杂着短缺的辛酸。

我们打定主意,就吃这家的羊杂碎。羊头肉、心肝肺,各样都要上,就着蘸汁吃,每人又有了一碗免费的羊汤。张涛抢着多吃了几口,就猫着腰,举个单反,卡卡卡对摊主一家仨不停地拍。他还对着盘子里的肉们拍了。兰州一夜,羊杂留香,难得难忘!

2011 年 12 月底,也就是距上次兰州之行 7 年后,我和爱人利用周末乘火车去游兰州,住在兰大西门的萃英宾馆,我们穿行了兰大校园,午餐吃了兰州牛肉面,在铁桥、水车等打卡地拍了照,还在一家茶馆喝了三炮台。到了晚饭的点，我就给爱人描述曾经吃羊杂碎的情景，决定去找这个摊点，再吃一回。我们打到一辆出租车，我坐在副驾，爱人坐在后头。司机问去哪，我想不起那个夜市的名称，就比画记忆中的场景，并描述羊杂摊点。司机说我知道了，就稳稳地拉着我们朝那里去。我说饿得很，尽量开快点。司机侧脸看我一眼，用浓重的兰州话对我说："你吃得肥头大耳的，饿三天也不是个啥。"我和爱人听了，禁不住都笑。到了夜市大门口，司机说："记住，正宁路，下吧！"我们谢过司机，就朝里面走。我一眼就发现了要找的羊杂摊！坐下来，点单，各样羊杂都要。哦，7年了，摊点还是一家三口打理，分工还是没变，还都是埋头苦干的身影，收钱的父亲还没有放权给儿子，儿子还是专心于抹桌子摆板凳，看上去无怨无悔。我边吃着，边跟低头切羊杂的父亲搭话。我问："还认得我吗?"他头也没抬地说："咋能不认得呢！"我说："那你说说咋认得的。"他依然没抬头看我，脱口一句："给我照过相!"

回到银川，我把"给我照过相"的对话说给张涛，他一脸感动地说："照片都在电脑里，晚上发给你看。"晚上我就接到了2004年冬季兰州正宁路夜市的记录：埋头劳作的"羊杂一家人"，还有噘嘴吸骨髓的吴炜，还有瞪大眼睛看摊主切肉的我。我当时的表情，也是够认真的了。

上海，几乎所有的到达者，都会惊叹于鳞次栉比的摩天大楼。穿行其间，总会让人心生渺小的感受。

2006年11月，我有了一次上海出差的机会。临行前我从百度上搜寻上海的有用信息。其中金茂大厦第87层的酒吧引起我的好奇。因为这里号称是全中国最高的酒吧，我就有了亲往探究的愿望。出差期间的一个夜晚，我竟然找到了位于浦东滨江大道旁的金茂大厦，并搭乘电梯，嗖嗖嗖地上去了。

"全国之最"，名副其实。音乐微光中，不同肤色的人消遣交流、把酒言欢。我绕边环走一周，窗外广大，灯火阑珊，尽收眼底。我为到达而兴奋，我为看见而欣喜，从此记下了这个"高度"，后来几乎每次去上海出差，都会抽空登临这个"高度"，体验一把"高度决定影响力"的感受。

关于金茂大厦第 87 层，白天和黑夜的感受不一样。白天登上去，可以俯瞰包括东方明珠在内的高楼大厦，可以远观外滩万国建筑，可以眺望世博园中国馆。总之，让人有一种神清气爽、舍我其谁之感，也有"上海就在我脚下"的傲娇。

这感觉多棒！这些年来，我不仅多次独自登上去，而且带着亲朋好友、战友同事登上去。

我的外甥女逯雪瑶考到上海外国语大学法语专业，我趁在上海出差，把她从松江那儿约到浦东，带上她登到第 87 层，她一个劲儿地哇哇哇。我的外甥路曦考到东华大学环境工程专业，我也趁在上海出差，把他从松江那儿约到浦东，带上他登到第 87 层，他也是一个劲儿地哇哇哇。后来，这两个孩子都以优异的成绩考到法国、澳大利亚深造学习去了。不能说他们的成绩里有我的推动，但带他们"寻找高度"，总会是一种难得的体验，相信这样的"寻找"，一定在他们心中留有印记。

如与年轻同事一起出差上海，我都会挤出时间带他们登一回第 87 层。张涛、强永利、张怀民、孙滨等，带他们登上第 87 层，都留下了珍贵的合影。我想，他们心中的这一份"留住留存"，也一定不会抹去。

2017 年 6 月的一个深夜，我所在的自治区党校中青班在上海考察学习期间，晚上都是自主安排，我邀约两位同学，打一辆出租，朝金茂大厦奔去。夜空下的金茂大厦拥抱了我们，87 层的高度接纳了我们。多年以后，我在朋友圈发的一篇小文提及金茂大厦第 87 层，中青班同学李勇看到后，给我发来短信："强哥文章中提及去上海金茂大厦，使我想起中青班去上海实习期间，你带我和另一名同学在金茂大厦顶层喝咖啡、观夜景的往事。那是我迄今为止唯一一次去金茂大厦，记忆犹新，永生难忘！"

是的，上海，让我有着"既要仰望，又要俯瞰"的体验和认知。

北京，相信每一个人都留有自己的印记和情结。

北京那么大，就想到工体——这是我每一次北京之行的欲求。去动物园、颐和园、故宫、王府井的，都是初到京城的游人，只有在工体，才能看见纯粹的北京和北京人。一场比赛开赛前，他们从地铁口鱼贯而出。一场比赛结束，他们步行着在灯火中散去。

永安里那儿的秀水街，20世纪90年代还是露天经营。炎炎夏日，与不同肤色的老外穿行其中，会看到各种火热的场景：拎着大包小包的"东欧倒爷"，靠计算器砍价的洋妞洋妈，甚至邂逅名人明星也时有发生。1992年7月初，我第一次光顾秀水街，简直被这个火爆着的小街震撼了，也会选购两件"名牌"，回来穿上装样子显底气，也会掏钱打上大杯芬达、雪碧解个渴。当我从街巷逛出来，快走到美国大使馆门口时，猛然听见光着膀子的北京爷们大喊："施大爷、施大爷！"随围观者拥过去，发现是新聘任的中国足球主教练施拉普纳，他和太太也是刚逛完秀水街。在众人的吆喝簇拥下，施大爷不断挥手致意。这条街巷、这个遇见，连同不远处的工体、三里屯等，从此成了我在北京的打卡地，每次去北京，都会到这一带溜达。

1998年初夏，我去北京参加一个编采业务培训班，通知上说驻地是天安门宾馆。我还以为在天安门城楼附近呢，结果是在亚运村还要向北的北苑一带。和我住一个宿舍的是广东电视台的记者何涛。有一天晚饭后，他邀约我一起去看足球比赛，我就跟随他，打一辆天津大发，来到北京工人体育场。哇，几万人的大场面，人浪此起彼伏，"京骂"不绝于耳。这是中国甲A联赛其中的一场，北京国安队主场对阵做客的山东泰山队。这个难得的现场体验，让我从此看不上电视上的现场直播。

1999年盛夏，我们一家三口去北京玩，在宾馆住下来，就带妻子儿子到工体逛。不知何故，没有比赛，入场大门却是开着的。我10岁的儿子在门口一眼看见绿茵草皮，就飞进去在上面奔跑，抓都抓不住，任凭保安喊阻，他都不理会地跑啊跑。

2003年盛夏，非典疫情终于结束，甲A联赛重燃战火。同样是在这个夏天，中国足坛迎来了一件大事：皇马中国行，将中国的商业赛推向了一个新高度。8月2日，在不久前被非典疫情折磨得伤痕累累的北京，皇马与中国龙队进行了一场备受关注的"龙马大战"，比赛就在工体进行。

皇马的首发阵容主力尽出：卡西利亚斯、萨尔加多、帕文、埃尔格拉、卡洛斯、贝克汉姆、马克莱莱、齐达内、菲戈、罗纳尔多、劳尔。中国龙队的首发阵容则为：孙刚、李明、李玮锋、王霄、周挺，申思、祁宏、李彦、吴承瑛、杨晨、李毅。这场"龙马大战"，我竟然被我14岁的儿子带到了现场。他追星贝克汉姆，一路追到北京。我们不仅淘到球票，坐在工体西北看台上，目睹众星盘带和射门，而且还跑到皇马下榻的北京饭店，与来自全国的球迷一起伸长脖子张望球星。此行儿子还跟我提要求，花几百元买了一件皇马客场球衣，回来后他总是穿着它去踢球。现在这件球衣被我装裱在一个镜框里，像一件美术作品一样，放置在我的书房。

这样的看球经历，让我对工体情有独钟。这些年，因工作一起出差的胡彦华、袁进明、张虹、段鹏举、黎明等，都曾被我约去在工体看国安主场比赛。张虹说她的老婆婆喜欢看电视上的足球直播，没想到在现场看球另有一番不同体验。朋友权锦虎被我带到工体，看的是亚冠小组赛北京国安主场对阵澳大利亚布里斯班狮吼。那一年权锦虎的儿子正好在布里斯班留学，权说看见布里斯班狮吼队，如同不花钱去澳洲看了一回儿子。

相信足球的竞技力量，相信工体的聚集力量。我儿子就是因为酷爱足球，2012年被录取到英国利物浦大学读研，去了不久他就跑到安菲尔德球场看球，还把他在现场穿着"红军"队服的照片发给我看。留学期间，他给自己起了个英文名字叫特里，就仿佛是上场的"红军"主力。"特里同学"学成归来，给我带回的礼物是一个利物浦队的红色纪念杯。它摆放在我的书柜里。每当我从伏案读写中抬头，看见这个红色杯子、杯身上昂首的"利弗鸟"，心中都会涌动出一股力量。

厦门，其精华和灵魂栖息的地方就是鼓浪屿。"鼓浪屿四周海茫茫，海水鼓起波浪。鼓浪屿遥对着台湾岛，台湾是我家乡。登上日光岩眺望，只见云海苍苍。我渴望，我渴望，快快见到你，美丽的基隆港……"这首《鼓浪屿之波》，是1981年由著名作曲家钟立民作曲，张藜、红曙作词的一首歌唱祖国统一的音乐作品，1982年由著名歌唱家李光曦首唱，1984年女高音歌唱家张暴默在央视春节晚会上演唱，便迅速在全国传唱起来。《鼓浪屿之波》作为一支思乡曲，歌词描述的是，由于海峡的阻隔，旅居大陆、乡愁难以疏解的台湾同胞在厦门鼓浪屿登高远眺的情景，贯穿其中的是盼望海峡两岸和平统一的思想。

厦门及鼓浪屿，是许多人神往的地方。我的期望到达，当然与《鼓浪屿之波》歌曲有关，我不仅能准确地吟唱曲调，把歌词都记住了。

2012年9月的一天，我和爱人满怀兴致，乘船登临鼓浪屿，在离码头不远的从百度上搜到的"麓意思老别墅"住了下来。宾至如归，百年红砖，木旋楼梯，感觉超棒，更有意思的是，两只猫对每位到来的客人都亲近得很，表情和善，伸爪子，摇尾巴，情商比人还高。

接下来我们在《鼓浪屿之波》的背景音乐中，饱览了日光岩、菽庄花园、皓月园、毓园、鼓浪石等。我想起了舒婷，想起了她的《致橡树》《致大海》，还去参观了鼓浪屿钢琴博物馆。

此行中，我爱人总是念叨一件事，说她在厦门生活的二爷虽然去世了，其儿子，也就是她的叔叔一家还在厦门，但没有职系方式，遗憾见不上面。原来，这位二爷当年是国民党部队的一名官员，1949年随军逃往台湾，在大船启动时，有孕在身的夫人突然临产（就是在厦门的这位叔叔要降生），迫不得已下了船，从此一家人定居在厦门，开了一个小诊所，数十年过着低调隐忍的生活。20 世纪 80 年代，我的岳父专程去厦门看望过他们。后来我岳父去世，没有留下联系方式，这个亲情交往也就中断了。我和爱人的厦门之行，就留有这个没有见到的遗憾。

那次厦门归来，我就设计好让我的爱人和妻妹陪我岳母去厦门游一回。我岳母生了大病，趁她还没有倒下，尽量多出去看一看。很快，她们三人出发了，到厦门吃的还是我和爱人此前吃的饭，在鼓浪屿住的还是"麓意思老别墅"，两只猫一如既往地伸爪子、摇尾巴欢迎欢迎。我爱人给我打电话说，岳母每天都念叨，要是能见到厦门的家亲就好了，说我岳母甚至想出一招，三个人站在厦门热闹的街巷，站上一天，说不定能遇到厦门的亲人。这哪可能啊！返程时，岳母从鼓浪屿折了一小段不知道花名的花枝，回来后栽种培育，居然活了。四年后我岳母辞世，那盆花开得特别灿烂。

2014 年 11 月，我儿子儿媳婚礼后去厦门游玩，回来说去鼓浪屿住了两晚。我和爱人问住在哪儿，我儿子说一个叫"麓意思老别墅"的小宾馆。我问你们咋知道这个宾馆的，回答说网上查的。哦，麓意思老别墅！

手机时代，寻找必找到。没想到去年厦门的家亲通过手机，找到了我爱人河南老家的亲人。从此，一个叫"温暖大家庭"的群中，多了一个叫"太"的人。这位"太"，就是我爱人在厦门的叔叔。我也在这个"温暖大家庭"里。如今每天清早打开手机，"温暖大家庭"里都会有"太"的早安问候，似乎一天都未间断。"太"还把他一家的老照片、新拍的照片往群里发，经常在群里邀请大家去厦门玩。看得出来满心都是念亲思人啊。

我爱人说，最期待去厦门了，去厦门见叔叔一家，也算圆了父母的梦。我们在饭桌上说这些时，我三岁半的孙女乐乐说："我也要去厦门。给他们献花，献粉色的。"我们听了，在一阵沉静后，才笑出声来。这沉静，这笑声，在我心里糅合出一种说不出的滋味。

（原载《朔方》2023 年第 12 期）

跋

遥远的路程干干净净

1983 年 10 月初，20 岁的我考上宁夏大学中文系新闻专业，背上行囊，花 8.4 元钱买了一张车票，乘班车从固原第一次来到银川。我 1979 年 7 月高中毕业，在基础教育缺失、高考升学率极低的情况下，4 年后还能跨入高等学府接受教育，是非常幸运的人生胜利。大学开课后，我的"两篇作文"被两位老师表扬：一篇是教写作课的杨培明老师布置的作文《你为什么报考新闻专业》，我写了小时候因父亲订有《宁夏日报》《参考消息》，常常跟着他抚摸报纸，并认得"宁夏日报"四个毛体大字，进而有了持续读报看书的好习惯，有了对记者工作的认知和初心。杨培明老师在讲台上当众表扬我："写的是真情实感！"王庆同老师带着我们到永宁县杨和乡第一次实习采访，我回来，以《在富裕的背后》为标题，写了看到的细节和引发的思考，王老师批改留言："写得很好。要戒骄戒躁！"

93 岁特级教师于漪说过一句话："课堂的质量影响孩子的生命质量！"杨培明、王庆同两位老师表扬和鼓励我的"一句话"，深深根植于我的心灵。

我是宁夏大学培养的首届新闻专业学生，追求专业上的不断进步，以优质的文字作品推动个人成长，是我内心一直遵从的愿景。因此，即使在固原日报社、宁夏日报社的从业岗位上，我一直是编辑角色。但在编稿子办报纸之余，我始终习惯于学习和思考，策划报道题材，抽时间采访，坚持写编辑手记，总是期望以拿得出手的作品来获得存在感，所写的每一篇作品都力求真实、朴实、充实，传达正确的立场、观点、态度，引导人们分清对错、好坏、善恶、美丑，激发人们向上向善的力量。

以《中山南街47号》为书名，选编我从事36年新闻事业写过的文字篇章，并予以出版发行，表达对热爱的新闻事业的纪念和对工作职场的感恩。一辈子办报纸编稿子，还能够留下自己的一点痕迹，我深感欣慰。

这本书能够让同仁，特别是年轻的"后来者"，在态度、思考、方法、实践上得到一点有用的启发，是我的奢望。

87岁的王庆同教授给这本书撰写了序言，并对全书内容做了精彩点评和推介。我深深感到，从大学给我批改作文起，40年里，我就是给老师"交作业"的人。如今在告别工作职场时，又获得王老师批改我的"这些作业"——您的一篇序言和六篇点评，为这本书增加了"专业价值"。

我的同学、朋友、亲人在翻看到这本书时，基本上可以明白，一辈子的报人都干了些啥、写了些啥。这本书如果能够在宁夏日报社、固原日报社的图书馆、资料室留存几本，见证我与同事在党报阵地的成长与共荣，是我最为幸福的事。

感谢曾经与我一起采访、共同署过名的领导和战友。感谢为此书成册、出版付出辛劳、提供帮助的有心人，他们是唐晴、申佳、晨皓、田春林、王猛、倪慧、杨媛媛、徐可、尚煊。

从1987年炎炎夏日入列新闻事业队伍到如今退休在即，我编了36年报纸，干了最为喜欢的工作。36年意味着什么？意味着珍贵的看见和见证：看见了时代的日新月异，看见了身边的千变万化；见证了生活的多姿多彩，见证了光阴的步履踪迹。36年职场起承转合的完整过程，饱含着希望、艰辛、惊喜、感动、努力、创造。这是最为复杂的训练，这是最为遥远的路程，最终来到最接近心灵的地方。

七八岁时，父亲骑一辆飞鸽牌自行车，带上我去给亲戚拜年。十几公里路上，大雪纷飞，风缓时骑行，风疾时推车，清水河面，白雪覆盖，艰难行走，前头没有车辙和脚印，干干净净，身后留下的车辙和脚印，也是干净的。这是我少年时代最远的"远方"。这样的"远方"，这样的"干净"，雕琢在我的心上。

我的自勉是：报人报恩只有笔，唯有热爱着，写这人间美好，写这身边光亮。退休了有足够的时间，还热爱，还要写。

2023 年 9 月于紫云华庭

就这样深情地讲述，就这样真切地记录。

宁夏日报
NINGXIA RIBAO

喜看石市工业的4项"全国之最"

利税超建厂投资两倍

春华秋实丰收图

找准优势 看准路子

这个粮站为谁服务

劳作的汗渍和苦干的身影
—— 彭阳脱贫攻坚

法报纪录

08

隆德暖锅子

法报纪录

归来还是少年的胃

夏日报
NINGXIA RIBAO

王勤学扎根惠农
谱写致富新传

19

推动农村经济快速发展
—— 四论学习贯彻十四届五中全会精神

自治区党委发出通知批转自
关于政治协商民主监督参政

顶刮晋一条街

我区煤炭生产许可证工作